The Temptation of Jack Orkney

对杰克·奥克尼的考验

［英］多丽丝·莱辛 著

裘 因 译

著作权合同登记号　图字 01-2016-5957

The Temptation of Jack Orkney
Copyright © 1972 by Doris Lessing
This edition arranged with Jonathan Clowes Ltd.
through Andrew Nurnberg Associates International Limited
Simplitfied Chinese translation copyright © People's Literature Publishing House, 2018
All rights reserved.

图书在版编目(CIP)数据

对杰克·奥克尼的考验/(英)多丽丝·莱辛著;裘因译.—北京:人民文学出版社,2018
ISBN 978-7-02-014420-4

Ⅰ.①对… Ⅱ.①多…②裘… Ⅲ.①短篇小说—小说集—英国—现代 Ⅳ.①I561.45

中国版本图书馆 CIP 数据核字(2018)第 157420 号

责任编辑	张海香
装帧设计	崔欣晔
责任印制	任　祎

出版发行	人民文学出版社
社　　址	北京市朝内大街 166 号
邮政编码	100705
网　　址	http://www.rw-cn.com
印　　刷	三河市中晟雅豪印务有限公司
经　　销	全国新华书店等
字　　数	265 千字
开　　本	880 毫米×1230 毫米　1/32
印　　张	13.375　插页 1
印　　数	1—8000
版　　次	2019 年 8 月北京第 1 版
印　　次	2019 年 8 月第 1 次印刷
书　　号	978-7-02-014420-4
定　　价	59.80 元

如有印装质量问题,请与本社图书销售中心调换。电话:010-65233595

译者序

多丽丝·莱辛(Doris Lessing)于1919年10月22日出生于波斯(今伊朗),父母均为英国人。五岁时随父母移居南罗德西亚(今津巴布韦)。由于母亲重男轻女,多丽丝自幼缺乏母爱,因此性格十分叛逆,十四岁就辍学,当过保姆、电话接线员、速记员等。她从未受过高等教育,完全是自学成才。在非洲,因不满当地的种族歧视而积极参加非洲的左翼政治活动。1949年离开非洲赴英国定居。1951年加入英国共产党,在1956年匈牙利事件以后退党。后又信奉苏菲主义。于2013年11月17日去世。

莱辛曾问鼎欧洲几乎所有的文学大奖,还获得哈佛大学、普林斯顿大学的荣誉博士学位以及2000年的"荣誉爵士"勋章。2007年10月11日获诺贝尔文学奖。

莱辛一生著作等身,作品形式多样,有长篇小说、短篇小说集、自传、散文、杂文、剧本等等。作品内容涉及二十世纪英属非洲殖民地(津巴布韦)、南非以及二十世纪后半叶至今的英国及至欧洲的局势。她关注种族压迫、女性的精神世界、性别之战,混乱、疯狂的社会和日益分裂的西方文明以及激进的政治,甚至未来核战争会给人类带来的灾难等。她着重呈现个人内心世界的复杂、困惑和彷徨。她的代表作有《野草在歌唱》《金色笔记》《四门城》等。

莱辛的作品对当代西方的文明产生极大的影响。以《金色笔记》为例。一些男性看过此书以后,"生平第一次了解了女性是如何看待她们生命中的男人的",认为作者"看穿了伪装之下的我……了解我那邪恶的心理……我的虚荣、任性和脆弱",于是就"开始改变自己的愚蠢无知和招摇放肆……"①这本书也让女性去思索,"在一个更广阔的世界里,应该成为怎样的女人",让她们意识到,爱情并不是女人生命里的唯一,女性还应该有工作。② 有人说,《金色笔记》改变了他们的世界。而莱辛在她的《一点小小的个人建议》中也写道:"我觉得一旦作家感受到作为一个人,他对他所影响的其他人承担着责任时,就应该成为一个人道主义者,并且应该觉得自己是一个进行改变的工具。"

莱辛不仅在改变着社会,也在不断地改变着自己。她在接受弗洛伦斯·豪的采访时说:"过了五年,我就会说,天哪,以前我真傻。我的确每两年就会有这种感觉,两年前我是一个怎样的傻瓜。我觉得,思想或有关联的整套思想,一定有一个固定的生存期限——它们出现了,成熟了,死去了,或被替代了。"因此,吉列姆·廷德尔称莱辛为当今"最有独创精神、

---

① 参阅约翰·伦纳德著《非洲女王》,第528页。
② 参阅卡罗莱·克莱因著《多丽丝·莱辛传》,刘雪岚、陈玉洪译,第290页。

最有才气、最无法预料的作家之一"。

在莱辛的创作中,二三十部长篇小说固然起着主导作用,但她为数可观的短篇小说集(有十五六部之多)也占有重要地位,尤其是《对杰克·奥克尼的考验》,颇受评论界的关注。

这本集子一共收了十九篇短篇小说。这里着重介绍其中四篇:《一位老妇人和她的猫》《福蒂斯丘太太》《在部办公大楼外面》和《对杰克·奥克尼的考验》。

《一位老妇人和她的猫》描写一个吉卜赛女郎嫁给了一个英国人,在伦敦定居下来了。夫妇俩抚育四个子女长大成人。他们各自成了家,也有了子女,而且都有房有车,过着体面的生活。丈夫过世后,子女嫌弃母亲身上保留着一些吉卜赛人的习惯,不与她来往,更不用说赡养了。多少年了,只有一个女儿曾给她寄过一张圣诞卡。这张卡她保存多年,临死之前还翻出来看过。在她身体还强健的时候,她喜欢推着一车五颜六色的旧衣服,沿街去兜售,倒也能养活自己。但她与邻居格格不入,生活十分寂寞。一天,她收养了一只流浪猫,从此与猫相依为命。

老房子要拆迁,新住所不让养猫。老妇人为了不让这只猫再次无家可归、受到伤害,就带着它躲到其他无人居住的待拆迁的破房子里。谁知拆迁队伍提前入驻,她只好搬到更破的待拆迁的房子里。冬天来了,那没有屋顶的破房子既不挡风,也不挡雪。她本人又年老体衰,推不动小车上街兜售什么了,只好又冷又饿地躲在破房子里,靠那只猫给她叼来的死鸽子充饥,等猫钻进她怀里供她取暖。她曾挣扎着外出去讨一杯热茶喝。当那热水流进她体内时,她还以为自己能度过那个冬天。但这却是她喝到的最后一杯热茶。不久以后,她就饥寒交迫地冻死在那破屋子里了。是那只猫陪伴她度过了临终的几个夜晚。

这个悲惨的故事让我们看到了西方文明社会中的黑暗面。试想一下,人间但凡有一点点温暖,一个人怎么会宁肯为一只猫去死。这位老妇人本来是可以到政府提供的救济处去度过晚年的,但她不愿意到那里去"等死",为了那只猫,她宁愿冻死在破房子里。

老人死前曾悲愤地向着她的子女(实际上是向她所处的社会)发出悲愤的呼喊:"我曾经是你们的好母亲。""我从来也没让你们缺少过什么,从来没有!你们小时候总能得到最好的东西!"现在她老了,"需要一间自己的房间",却没有人理会。她付出了自己的一生,却落到了这样的下场。

《福蒂斯丘太太》讲的是一个少年如何用半瓶酒迫使一个老妓女出卖自己的肉体。这个中学生不仅在肉体上蹂躏一个比他父母都年长的妇人,还用刻毒的语言去谩骂、侮辱她,而这妇人仅仅是因为没有其他的生存手段而从事这样的"职业"而已。莱辛通过这个短篇充分揭示了资本主义社会的腐朽和青少年心理上的扭曲和丑恶。

《在部办公大楼外面》说的是某个非洲国家的两位代表(各带一名秘书)在等待英国的一位部长的召见,以便共商该国的宪法修改之事。

这位部长原本要召见的一位代表是个标准的傀儡,他是个拿着白人的钱,跟随白人指挥棒转的醉汉,整天吃喝嫖赌,在部长接见前醉得连站都站不稳。但他却是"公认的领导",要代表国家"发言"。另一派的领袖也好不到哪里去。为了铲除对手,曾在他的食物里下毒,而且为了自己能掌握大权,答应给一无是处的对手一个部长的职位,从而让他退出竞争,最后双方达成协议,一起步入部办公大楼,去同英国部长商讨非洲国家的大事。莱辛的这个故事向人们揭示了非洲一些国家领导人的本来面目以及英国殖民地当局对这些地区的政治操纵。

《对杰克·奥克尼的考验》写的是一位著名的政治活动家。他人到中年,子女均已长大成人,生活上没有很大负担了。他想趁此机会整理和审视一下自己的过去,却接到了父亲病危的通知。在父亲的病榻旁,他对自己的过去进行了进一步的反思。

他一生出生入死,当过战地记者,当过兵,写过很多文章,出过不少书,参加和组织过许多政治活动。但是面对父亲的死亡,他发觉自己的过去不值得骄傲,是失败的。他参与的政治活动并没有给社会带来应有的进步。究其原因,是他们这些活动家太自以为是,就像戴着面具在行动,还各自为政,互相攻击,抵销了许多力量。并且他儿子一辈,也正在重复他们的错误。他想给新一代的活动家一些忠告,但无从着手。他非常痛苦,整夜整夜地做噩梦。他甚至想脱离这些进步人士,躲入宗教之中,却又没法无视宗教的虚伪以及它的麻醉作用。他最后还是回到了原来的队伍中,只是多了一份清醒,这可能也反映出莱辛本人在脱离共产党前的一些彷徨的心意和心理历程。

在这本短篇小说集中,莱辛还直面了英国文明社会中其他的一些丑恶现象,如庸俗的婚姻观、混乱的两性关系,甚至乱伦这种行为。她指出二十世纪下半叶英国社会这么多问题,也是希望社会能够出现变化,以完成她改变社会的心念。

裘 因
2018年1月22日于上海

目 录

前言	1
我们的朋友朱迪思	1
相互之间	26
向伊萨克·巴别尔致敬	38
在部办公大楼外面	43
对话	56
个案随笔	72
喷泉	95
一封未寄出的情书	117
摄政公园的一年	130
福蒂斯丘太太	153
崇高职业附带的好处	174
一位老妇人和她的猫	191
狮子、树叶、玫瑰……	211
有关一个受威胁的城市的报告	220
一个并不美好的故事	259
另一座花园	287

意大利套衫	294
对杰克·奥克尼的考验	307
雪人的思考	390
说明	411

前　言

《我们的朋友朱迪思》曾同《相互之间》和《一个男人和两个女人》(《一个男人和两个女人》选自短篇小说集《到十九号房间去》) 一起，改编成一部法国电影《一个男人和两个女人》，由漂亮的瓦莱里·施特罗担任主演。这部电影在一些电影节上获得好评。

《我们的朋友朱迪思》是描述我认识的一个奇特而独立的女人。这样的女人往往就是那样不引人注目的。她们对自己的生活和时代的看法往往令人惊讶。

《相互之间》是关于乱伦的记述。我不止一次知道有些兄妹多年来保持着情人的关系。这种关系之所以是非法的，令人厌恶的，是因为这种关系显然会如此浓烈以至于其他的爱会显得单薄和无聊。如果允许乱伦，那么正常的爱情和婚姻都会终结。我必须尽快加上一句，这不是我个人的经验。

《向伊萨克·巴别尔致敬》是作者受到一个年轻姑娘试图精通文学并成熟起来的启发，不过旁人要她钦佩伊萨克·巴别尔的直爽和简练，而她只是在恋爱中和故意卖弄辞藻的一封信结尾的附言中做到了这一点。这个故事也谈到了有些人感受到的英国的天真,与那些受到过战争践踏的人民的可怕经历相比,英国是受到了庇护,没有遭到侵略战争的历练,因而形成了这种天真。

我觉得,《在部办公大楼外面》是我写得比较好的一篇故事,它的意义远远超过故事里描写的那些小事。非洲人很喜欢它,无论是非洲黑人,还是白人,都喜欢。他们常常写信给我,谈起这个故事。

《对话》是讲精神病的故事。一个清醒的正常人在同某个不清醒的,或者是在努力保持清醒的人打交道时可能会有的经历。同这样一个病人相处一段时间,会让一个人关于理智、常态、生活本身的所有观念都遭到不舒服的挑战,而且这些问题永远也不会消失。

《个案随笔》,像《英格兰对英格兰》(见《到十九号房间去》)一样,是另一个似乎在英国之外比在英国国内更受欢迎的故事。两篇故事都是讲对这个国家造成不良影响的阶级制度的。

《喷泉》首先见于一份英国航空杂志。我喜欢为报纸和杂志写故事,因为我们知道的这种形式的短篇小说最初就是在十九世纪销量很大的报纸产生时诞生于这些报纸和杂志的。当时出现的莫泊桑和安东·契诃夫,在我的心目中,仍然是最伟大的短篇小说家。这个故事是叙述令人愉快的过程,讲到一系列的事情或者一个人出现在某个人的谈话中,后来,也许是多年之后,在另一种情景中,又出现在另一个人的谈话中。你意识到,你是一场正在展开的戏剧场景的目击者,并决定耐心地等待剧情的发展……这个过程就是《到十九号房间去》里《两个陶匠》创作的基础,不过这里采用的手法不同,演变成了梦境和做梦的过程。《喷泉》创作的直接动机是听说了几个花朵般孩子干的事。他们都是有钱人的后代,他们把大把大把的美元埋在中央公园里,表示他们对不义之财的厌恶。

《一封未寄出的情书》谈的是从事写作或任何艺术创作的一些磨炼。

我之所以写《摄政公园的一年》《狮子、树叶和玫瑰……》以及《另一座花园》,是因为我在伦敦最迷人的那个公园旁居住了几个月。每天早晨,我早早地起床,在人们到来之前,去湖边散步。这时鸭子和鹅都还待在它们认为是自己领地的草地上和树丛中,它们把人类看成是白天来占领鸟类合法领地的入侵者。我希望,这三个故事,或者素描,或者印象,能传递伦敦公园的一些乐趣。我现在不住在摄政公园附近了。它不再是"我的"公园了。不过在那三篇作品中,至少是如此。

《有关一个受威胁的城市的报告》是常常吸引读者来信的一个故事。写作时我想到的是旧金山。那里的居民在脑海深处总是想着地震,但他们不想离开。换作是我也不会离开的,因为它确实是世界上最美丽的城市之一。人们有时把它当作宇宙故事,或者甚至是科幻故事,但是我认为它是非常现实主义的记述,因为它谈的是人们对面临的直接危险异常关注,而不理睬具有同样威胁的远期灾难的态度。它首次发表在《花花公子》杂志上。当年这本杂志是登载严肃故事的刊物。

《一个并不美好的故事》也吸引一些来信。因为人们可以把它的"内容"看成是传播道德败坏。有人赞成,有人反对。(我不喜欢文学的"内容"。)故事中谈的当然是我们本性中从未听说过对与错的那一面。从前,在有些日子里,一年一次,在骚动之神取缔了所有的道德和约束的时候,人们是尊重这种无政府状态的。某些公司聚会上还继承着这一习俗。

《对杰克·奥克尼的考验》,像《恋爱的习惯》《到十九号房间去》和《天堂里上帝的眼睛》(后面三篇收在《到十九号房间去》)一样,是一篇很隐秘的故事。作者往往在不经意之间触动了更深层次的脉络。新的教育方法往往疏忽历史教育,这就可能意味着某些年轻人会对这个标题提出疑问,于是你不得不说出那讽刺的含义:杰克·奥克尼觉得,上帝(以及生活中其他隐藏的特性)是对他正直坚定的无神论的考验,而多少世纪以来,且不说几千年以来,考验的是人沉迷于肉体欢愉而不信奉上帝。这个标题有点时间上的差异。你可能会试图对这样一个少年说:"到画廊去看看吧,圣徒们在看到食物、性以及幸福的不信教的人们时多痛苦呀。"但是这些行为极为放纵的孩子们,会惊讶地看看你,因为他们从来没想过要放弃任何能获得肉体上快感的事情,除非是怕得艾滋病,或者他们正在减肥。

《一位老妇人和她的猫》曾多次再版。

写作《福蒂斯丘太太》,是因为我曾在一幢两个职业妓女待过多年的大楼里居住过。

因为我有一些演艺行业的经验,所以很高兴地写成了《崇高职业附带的好处》。

多丽丝·莱辛
1994 年

我们的朋友朱迪思

我再也不邀请朱迪思参加聚会了,因为一位加拿大妇女带着终于给一件稀有物贴上标签时的那种满足和热诚说,"她当然是你们英国典型的老处女了。"

几个星期以前,一位美国社会学家从朱迪思口中得知她大约四十来岁,独居,未婚,就问我:"我想她已经放弃了?""放弃了什么?"我问;接下来的讨论就不值一提了。

朱迪思是不大去参加聚会的。在压力下,她会去。大家觉得,她不是看什么人的面子,而是为了纠正她觉得自己性格上的缺点。她曾经说:"我的确应该更多地接触一些新人。"我们回顾了早些时候我们交往的方式:偶尔在一起度过某些傍晚,偶尔去看一场电影,或者她会打个电话来说:"我正路过你家去大英博物馆,你愿意和我一起喝杯咖啡吗?我有二十分钟的空闲时间。"

对朱迪思来说,人们用来形容她的老处女这个词,总会引起她对旁人的一些有趣的猜测。例如,我的两个姑姑。她们都七十多岁了,两个人都没有结过婚,一个是从中国回来的前传教士,一个是伦敦一家著名医院的退休护士长。两位老太太一起生活在乡镇教堂旁边。她们把很多时间奉献给教会，做一些好事，给遍及全球的朋友们写信，给亲戚们的孙子辈和重孙辈写信。可是，如果你走进这幢五十年来什么也没有搬动过的房子，想要分析一下后维多利亚时代僵化而正直的状况，那就错了。她们读过《观察》或《泰晤士报》上评论过的每一本书，所以我最近接到了罗斯姑姑的一封信，问我是否觉得《在路上》的那位作者是否(也许?)夸大了他的困难。她们很懂音乐，会给那些她们觉得遭到忽视的年轻作曲家写去鼓励的信——"您应该懂得，任何新颖的、有独创性的事物，要获得理解，都是要花时间的。"作为信息灵通的、持有批判眼光的保守党人，她们会给内政大臣发出抗议的电报，或寄去支持的信件。这些女士，我的艾米莉和罗斯姑姑，的确符合英国老处女的含义。不过，既然点出了这种联系，那么，在精神上，朱迪思和她们如果不能算姐妹，那也是表姐妹。因此，接下来的是，人们对那些过着没有男人和无人慰藉的日子的女人抱有的怜悯而又钦佩的心情，是否需要有某种改变呢？

当然，人们永远也不会知道。现在看来，我永远不觉悟到这点，确实是我的错。我和朱迪思做朋友已五年多了，才出现了我不由自主地觉得是——够傻的——"朱迪思的面具第一次滑落的那件事"。

有人给我们共同的朋友贝蒂送了一件不穿的迪奥牌连衣裙。她个子太矮，穿上去不合身。她还说，"这不是有三个孩子和烹饪天才的已婚妇女穿的连衣裙。我不知道为什么不合适，但就是不行。"朱迪思的身材正合适。因此，一天傍晚，我们三人约好了带上连衣裙在朱迪思的卧室里碰头。贝蒂和我又一次发现朱迪思很美,这一想法并没有让我们感到惊讶。过去,我们两人常常会发现对方和我们自己羡慕朱迪思的时刻,她那镇定而严肃的脸庞,她那不显形的完美的身材,足以让在场的或街上的行人自愧不如。

朱迪思身材高挑,胸脯不高,体态苗条。浅棕色的头发从中路分开,围着脖子剪得很整齐。额头高昂,鼻梁直挺,圆润的、不苟言笑的嘴唇衬托着她漂亮的绿色大眼睛。白净的眼睑边上涂着金色,紧贴在眼球上方。因此,从侧面望去,她就像一尊凝视着前方的镶边的面具。那件用深绿色闪光料子做成的连衣裙是直式剪裁,有点像宽松的束腰外衣。领口很简朴。穿着它,朱迪思的确能产生一种古典的形象。也许是打猎回来、闲着没事的黛安娜?是决定到大英博物馆阅览室去待一下午的相当聪明的木雕仙女?类似这样的美女。贝蒂和我什么也没说,因为朱迪思正在一面长镜前照着自己,看来知道她看上去非常漂亮。

她慢慢地脱下那件连衣裙,把它放在一边。她慢慢地穿上她先前脱下的那条旧绒布裙子和羊毛外套。她一定是意外地看到了我们之间交换的无奈的目光,因为她接着带着一点讽刺的笑意说,"一个人必须保持原有的风格,你们说呢?"她似乎在复述某本无形的书上的话,不过这本书绝不是她写的,因为这是一本很俗气的书,也许是我们中间某个人写的,又加了一句:"我得承认,它的确能为我增光。"

"看见你穿过它以后,"贝蒂根本不理她,大声地喊道,

"我不能忍受其他任何人拥有它。我只能把它藏起来了。"朱迪思耸了耸肩,有点不高兴。她身上穿着那不成形的裙子和外套,脸上没有化妆,站在那里朝我们微笑,五十个人中间四十九个都不会朝这样的女人看第二眼的。

不久以后,发生了第二件很说明问题的事情。贝蒂在电话中对我说,朱迪思养了一只小猫。问我是否知道朱迪思喜欢猫?"不知道。不过她当然会喜欢。"我说。

贝蒂与朱迪思住在一条街上,与她见面的时间比我多。她隔三差五地告诉我那只猫的成长情况、习惯以及它对朱迪思生活的影响。譬如,她说,她觉得朱迪思有点依托,有点责任感是好事。但是这只小猫一长大,所有的邻居都抱怨起来了。这是一只雄猫,没有阉割过,每天夜里都吵得吓人。最后房东说,除非朱迪思准备把那只猫"处理好",否则,不是猫,就是朱迪思得搬走。朱迪思想尽办法,想找一个人,英国哪个地方的人都行,只要愿意接受这只猫。不过,这个人必须签一份书面声明,不得"处理"这只猫。贝蒂告诉我,朱迪思把那只猫送到兽医那里去处死时,整整哭了一天一夜。

"她没考虑过妥协吗?毕竟那只猫如果能选择的话,它也许情愿活着呢?"

"我能有勇气对朱迪思说这么差劲的话吗?雄猫的本性就是到处乱跑求偶,因此朱迪思觉得,仅仅是为了她自己方便,就去把那只猫阉了,从道义上来说,是错误的。"

"她是这么说的吗?"

"她不需要这么说,是吗?"

第三件事是她允许一个住在巴黎的美国青年,一个朋友的朋友,她几乎不了解的人,在圣诞节她去探望父母时使用她的公寓。那个年轻人和他的朋友们住了十来天,又是酗酒,又乱搞男女关系,又吸大麻。朱迪思回来后花了一个星期,才把房子收拾干净,把家具修理好。她给巴黎打了两次电话。第一次是说他是一个讨厌的年轻恶棍,如果他知道怎样对自己有利,今后就再也不要出现在她面前;第二次是为她发脾气表示道歉。"当时我可以选择让别人来使用我的公寓,还是让它空关着。既然选择了让你使用,提出任何条件显然是不恰当地侵犯了你的自由。我非常真诚地请求你原谅。"这件事的寓意已经很清楚了。她接到他的一封道歉的信,比没接到还要生气,因为那封信的内容虚伪,令人尴尬,更有甚者,它的意思令人摸不着头脑。

信里有一种好奇的口气,他甚至想过来进一步了解她——这让她特别生气。"你觉得他是什么意思?"她对我说,"他在我的公寓里住了十天。他该觉得已经够久了,你说呢?"

所以,有关朱迪思的那些事情都公开了,没有隐瞒,任何一个想研究它们的人都能看得一清二楚;或者她觉得,有智商来解读它们的人能越来越看清事实。

最后二十年,她是住在繁华的伦敦西街一幢高楼里的一套两居室的小公寓中。这套公寓很破旧,取暖设备很差。家具很旧,本来就难看,现在更是东倒西歪,磨损得厉害。她每年有二百英镑收入,来自一位过世的叔父。她就靠这笔遗产,还有写诗和到夜校和大学校外班教诗歌赚钱来贴补家用。

她不抽烟,不喝酒,吃得很少,不是为了自律,而是觉得这样更好。

她曾经在牛津大学学习诗歌和生物,成绩优秀。

她是一位卡斯尔韦尔。也就是说,她是学院派中上层阶级家族的一员。几个世纪以来,这个家族一直在培养出一些才华横溢而且道德高尚的男男女女,他们是英国艺术和科学界的精英。她同家人之间的关系很冷淡,他们很尊重她,从不干预她。

她会独自去埃克斯穆尔或西苏格兰徒步长途旅行。

隔三四年她会出版一本诗集。

她公寓房间里的四壁排满了书籍。有科学的、古典的和历史的;还有许多诗歌和一些剧本。没有一本小说。当朱迪思说:"我当然不看小说。"这并不表明,小说在文学中没有地位,或没有什么地位;或者人们不该看小说;而是人们显然不能期望她会看小说。

我去她公寓拜访几年之后才发现一个窗户底下有两个长长的书架,每一个书架上摆满了同一作者的作品。说得再委婉,人们也无法将这两位作家同朱迪思联系起来。他们是温和的、怀旧的、不知所云的、怪诞的。根据界定,是她事实上很讨厌的典型的英国纯文学。这两个书架上的书她一本也没看过;有些书,纸都没有裁开。但是每本书的题赠或献词都是给她的:怀着感激的心情、崇拜的心情、伤感的心情,而且不止一次表示出爱慕之情;简而言之,谁要是想翻一翻这两个书架,并且寻找一下题赠的日期,都可以得出一个结论:那就是从十五岁到二十五岁,朱迪思曾是一位年长的文学家宠爱的小伙伴,而从二十五岁到三十五岁,是另一位文学家创作的灵感所在。

在那个时期,她创作着自己的诗歌,而她写的那种诗,人们完全可以做出推论,根本不可能得到她那两位崇拜者的推崇。她的诗作总是冷漠而理性的;也就是说,她诗作的格式与给人以极大美感的格调大相径庭或者相辅相成。要理解这些诗,必须经常读。

我没有直接向朱迪思打听过这两位显赫但又相当古板的情人。不是因为她不会回答,或是因为她会觉得这样提问不礼貌,而是因为这种提问显然是不必要的。她放在那里的两个书架以及她根本不在乎的那些书,已经公开表明它们在她心中的地位。我能想象得出,她对此事是经过仔细考虑的,并且决定,把那些书摆在那里是公平的,或者是很合理的,尽管她根本不在乎别人是否会对她给予同样的注意。在这种感觉中几乎有着某种蔑视,因为她确实看不起那些需要别人注意的人。

例如,一些"现代派"年轻诗人,不止一次发现她是他们鄙视的有名长辈中唯一的"现代派"诗人。这是因为她自从十五岁开始写诗,她的诗句中一直充满了科学的、机械的和化学的意象。她就是这么想象,这么感觉的。

不止一次,有年轻诗人匆匆赶到她公寓,要把她当成同盟者,却发现她本能地根本不为现代的、新的、当代的词汇所触动。她的原则激怒并伤害了这位年轻诗人,但是这原则是如此根深蒂固,她自己根本意识不到,只要蔑视地耸耸肩就能表明追逐名望或者需要批评界捧场是可鄙的。不用说,在这世上也许有一位批评家是她看得起的。他已经生气地离开,让她自生自灭了。她理所当然地认为,只有少数能欣赏的人读她的诗,是适合她的身份的。

与此同时,她做报告,独自徒步穿越伦敦,写诗。有时人们还看到她和一个中年的希腊文教授一起出现在音乐会或剧院。这位教授有妻子和两个孩子。

贝蒂和我对这位教授有些猜想,会这么说:她当然会感到孤单,对吗?她难道从没想过要结婚吗?夜里一个人从什么地方回到空荡荡的公寓,该有多可怕啊!

最近贝蒂的丈夫刚好要出差,她的孩子们又出去做客了,她无法忍受那空荡荡的房子,就到朱迪思那里去避难了。要待到她家里又热闹起来才回去。

过后贝蒂打电话向我报告:

"五个晚上中有四个晚上,亚当教授总在十点左右来访。"

"朱迪思不觉得尴尬吗?"

"你觉得她会吗?"

"嗯,要是不觉得尴尬,至少会感到有些为难?"

"不,一点也不。不过我得说,我觉得他配不上她。他不可能理解她。他叫她朱迪。"

"天哪!"

"是的。不过我在想,要是那两个人叫她朱迪——小朱迪——想想看,这不可怕吗?不过,这的确说明了朱迪思的为人?"

"这很动人。"

"这倒是很动人。不过我很尴尬——啊,不是因为当时的处境,是因为她对他的态度。'朱迪,那壶里还能倒出一杯茶吗?'而她,就像个女儿那样,娴熟地给他倒了一杯。"

"啊,是的,我能理解你的感觉。"

"有三个晚上,他同她去了她卧室——非常随意地,因为她满不在乎。但是早晨他不在那里。于是我就问她。你知道问她问题时她的那种表情。就好像这事你已经谈了很多很多年了,她只是在继续你上次留下的话题罢了。所以不管她说出什么令人惊讶的话,你都会觉得傻子才会感到惊讶。"

"是的,然后呢?"

"我问她,没有孩子,她是不是感到遗憾。她说,是的,不过一个人不可能什么都拥有。"

"一个人不可能什么都拥有,是她说的?"

"她显然感到她几乎什么都有了。她说,她觉得很遗憾,因为她本来会把孩子培养得很好的。"

"要是设想一下,她也是能培养好的。"

"我问到了婚姻,但她说,总的来说,情妇的角色更适合她。"

"她用了情妇这个词?"

"你得承认,这是个妥切的词。"

"我想是的。"

"然后她说,她虽然喜欢亲近和性爱以及样样式式的事情,但是她喜欢清晨独自醒来,还是她自己。"

"是的,当然了。"

"当然。但她现在很苦恼,因为那个教授想要娶她。或者他觉得他应该这么做。至少,他对此事感到越来越内疚,越来越纠结。她说,她觉得离婚是没有道理的,无论如何,这对他那可怜的老婆很残忍,他们在一起过了那么多年,还非常满意地养育了两个孩子。她谈起他妻子时,似乎那就是一个不错的老用人,解雇她是不公平的,你知道。不管怎么说,考虑到种种情况,朱迪思很快就会去意大利,让自己镇静下来。"

"可是她哪儿来的钱呢?"

"幸运的是第三套节目①派她去做一些附庸风雅的节目。他们让她从熙德②和博尔吉亚家族③,好吧,那么是鲍格才家族④,中间选一个来做节目。而朱迪思选了博尔吉亚家族。"

"博尔吉亚家族,"我说,"朱迪思?"

---

① 第三套节目(Third Programme),1946—1967 年间英国广播公司三套覆盖全国的广播节目之一,主要播放文化性节目,1967 年改为"Radio 3"。
② 熙德(The Cid-El Thid,1043?—1099),西班牙军人,抗击摩尔人的英雄,征服并入主巴伦西亚(1094),其业绩被写成多种文学作品,如西班牙史诗《熙德之歌》。
③ 博尔吉亚家族(Borgia),定居意大利的西班牙世袭贵族,在十五至十六世纪出了两个教皇和许多政治及宗教领袖。
④ 鲍格才家族(Borghese),意大利一贵族世家,其成员在意大利社会、政治方面起过显要作用。

"是的,确实如此。我也是这么说的,口气也一样。她听懂我的意思了。她说,那段史诗正合她的口味,尽管文艺复兴向来与她格格不入。显然不行,那么辉煌、残酷和肮脏。不过骑士风度、崇高的道德标准和那一切愚蠢而高尚的举止正好与她趣味相投。"

"给的钱也一样多吗?"

"是的。不过朱迪思会让钱来决定一切吗?不,她说,一个人总应该选一些新事物,一些不合口味的事。嗯,所以让文艺复兴来扰乱她,更符合她的性格,等等,等等。当然,她并没有那么说。"

"当然没有。"

朱迪思去了佛罗伦萨;有几个月,一些明信片扼要地告诉我们她在干些什么。然后,贝蒂决定她自己该去度个假。她以前就惊恐地发现,如果她丈夫一夜未归,她就睡不着觉;如果他要去澳大利亚三个星期,她要等他回来才能活过来。她同丈夫讨论了此事。她丈夫认为,如果她真的觉得情况很严重,他同意让她飞到意大利去重拾她的自尊。她是这么说的。

我接到了她这么一封信:"这没有用。我要回家了。我本该知道的。还是面对比较好,你一旦真的结婚了,就既不像人也不像兽了。你要是还记得我过去的样子就好了!好了!我曾在米兰周围瞎逛。我在威尼斯晒太阳,然后我觉得我那黝黑的皮肤当然值点什么,所以我想同另一个孤独的人开始一段恋情,可是我没有勇气,于是到佛罗伦萨去看朱迪思了。

她不在那里。她去意大利的里维埃拉①了。我没有更有趣的事做,所以就追过去了。等我看到那地方时,我想放声大笑。这真不像朱迪思,你知道。那些棕榈树、遮阳伞和不惜代价的欢乐以及那一片美丽的蓝色海洋。朱迪思住在海边小山坡上的一间宽敞的石头房子中,到处都爬满了葡萄藤。你应该见见她,她变得漂亮了。最近十五年她似乎一直在周六上午去索霍区②的一家意大利店里买食物。我当时一定显得很惊讶,因为她解释说,她喜欢索霍。我想是因为那可怕的堕落、裸体和妓女等等证明了像她现在这样是多么正确?她告诉店里的人说,她要去意大利,那位 Signora③ 说,真巧,她也要回意大利,她很希望,像卡斯尔韦尔小姐这样的老朋友能到那里去看看她。朱迪思对我说,'她用了朋友这个词,我感到有点莫名其妙。我们之间的关系一直是很拘谨的。你能听懂吗?'她对我说。'十五年了。'我对她说。她说:'我觉得,我一定是感到,期待人们对你友好,有点强加于人,你不知道吗?'好吧。我说:'你应该理解,因为你自己就是这样的。''我是吗?'她说。'好吧,你想想吧。'我说。但是我能看出,她不想考虑此事。不管怎么说,她在这里。我同她一起过了一个星期。那个寡妇玛莉亚·利内依里继承了她母亲的房子,所以离开索霍回家了。一楼是一个邻居们资助的小小的、

---

① 里维埃拉(Riviera),在法国东南部和意大利西北部,是假日游憩胜地。
② 索霍区(Soho),英国伦敦一地区,多夜总会和外国饭店。
③ Signora〔意〕,太太。

简陋的 rosticceria①。他们都是些工人。山上不是旅游点。那寡妇同她的小男孩住在店楼上,那是个十来岁的肮脏的小家伙。不管你怎么说,英国人是唯一知道怎么养育孩子的民族。我不在乎这么说是否有偏见。朱迪思的房间在后面,有个阳台。她房间下面是个理发店,理发师叫鲁依奇·利内依里,是寡妇的弟弟。是的,我把他留在最后说。他四十来岁,个子高挑,肤色黝黑,长得很帅,是个彪形大汉,但是个相当可爱、慈祥的彪形大汉。他把朱迪思的头发剪了,使它显得柔顺一些。现在它看上去就像一顶金色的头盔。朱迪思已晒成棕色。那个寡妇利内依里给她做了一件白色的和一件绿色的连衣裙。换着穿,很合身。当朱迪思沿街走向下面镇子的时候,所有的意大利男人只要看一眼这个金发女郎,骨头就酥了。朱迪思大步走在路上,看到了这一切。她好像对这种敬意有点反应。然后她溜进大海,消失在浪花中。她每天游五英里。当然了。我没有问朱迪思,她是否镇定了,因为可以看得出,她还没有。那个寡妇利内依里在做媒。我看到这点时真想笑,但是还好我没笑出来,因为朱迪思问我,她真心想知道:'你能看着我嫁给一个意大利理发师吗?'(可以说,不是因为势利,而是很说明问题。)'嗯,是的,'我说,'你是我认识的女人中唯一我能看着嫁给意大利理发师的人。'因为不管她嫁给谁,她总是她自己。'至少是暂时的。'我说。对此,她不平地说:'你能在英国用暂时这个词,在意大利可不行。'你曾见到英国,至

---

① rosticceria〔意〕,烧烤店。

少伦敦,是一个放肆、自由和自由恋爱的发源地吗?没有。我也没有,但是她当然是对的。嫁给了鲁依奇,就等于嫁给了家庭、邻居、教会和 bambini①。不管你是否相信,她还是在考虑此事。现在她很不一样,非常放松和自由。她陶醉在她的吸引力中。那个寡妇对她像个母亲,总是给她做咖啡,听着许多关于如何养育她那个淘气的小家伙的忠告。不幸的是她并不理解。鲁依奇迷上了她。吃饭时间,她到上面广场的 trattoria② 去,所有的工人都待她如女神。好吧,那就算电影明星吧。我对她说,你要回国一定是疯了。首先,她的房租是一周十先令,花上一先令六便士就可以吃 pasta③,喝红酒,喝到肚子胀。不,她说,待在这里只是自我放纵。为什么?我说。她说,她没有待下去的理由。(哈,哈。)再说,她已经完成了她对鲍格才家族的研究,尽管还没找到如实讲述这些事实的办法。她想知道,这些人的动力是什么。她之所以待在这里只是为了那只猫。我忘了提猫了。这是一个猫的城镇。这里的意大利人热爱猫。我曾经想在饭桌旁喂一只流浪猫,但是服务员说不行;饭后,所有的服务员都拿着堆满吃剩食物的盘子,流浪猫就从各处跑出来吃。天黑时,旅客们进屋去吃饭,海滩上空空如也——你知道黄昏时海滩有多么空旷和荒凉吗?——好了,猫从各处出来了。那海滩似乎是在移动,于是你看见,那是

---

① bambini〔意〕,孩子。
② trattoria〔意〕,饭店。
③ pasta〔意〕,意大利面食,包括通心粉及面条等。

猫。它们沿着海边那窄窄的一英寸灰色的水面行走着,每走一步都生气地挥动它们的脚爪,去抓那死去的小鱼,用嘴将它们叼上干燥的沙地。然后它们就去抢鱼。你从来没见过这样的吼叫和打架的情景。清晨,当渔船来到无人的海滩时,有几十只猫待在那里。渔夫们扔一些小鱼给它们。那些猫又吼叫着去哄抢。朱迪思起床很早,就去那里观看。有时鲁依奇也去,他很宽容。他真正喜欢的是挽着朱迪思的胳臂,享受傍晚时分围着镇上的广场来回散步,炫耀一下她。你看到朱迪思了吗?不过她常去,因为她很宽容。而且她还微笑着,享受着她受欢迎的场景,这是毫无疑问的。

"她在房间里养了只猫,实际上是只小猫,但是怀孕了。朱迪思说她要等小猫生下来后才走。这只猫生小猫太早了。你想象一下朱迪思。她坐在那间大石屋的床上,光脚丫放在石地板上,看着那只猫,想弄清楚为什么一只总是吃着 rosticceria 最好食物的、健康的、无拘无束的意大利猫,会那么神经质。因为那是只神经质的猫。它一看见朱迪思注视它,就有点紧张,开始舔它尾巴的根部。但朱迪思继续看着,并谈论着意大利,说英国人喜欢意大利人是因为意大利人让英国人具有优越感。他们没有纪律。这就是一个民族喜欢另一个民族的可鄙的理由。然后她谈起鲁依奇,说他没有愧疚感,但是有罪孽感;而她没有罪孽感,但有愧疚感。我没有问她这是否是一个不可逾越的障碍,因为看她的表情,并非如此。她说,她宁愿有罪孽感,因为罪孽是可赎的。如果她理解罪孽,也许就能更理解文艺复兴。她说,鲁依奇非常健康,而且不神经质。

他当然是个天主教徒。他并不在意她是个无神论者。他母亲对他说过,英国人全是异教徒,但内心很善良。我想,他以为到当地的神父那里听几次高明的布道,就能一下子把朱迪思引入正道。此时,那只猫神经质地在室内走动,不时停下来舔舔。当它多一秒钟也无法忍受朱迪思的注视时,就蜷缩着脚爪,眯起眼睛在地板上打滚。于是朱迪思就抓抓它圆鼓鼓的怀孕的肚子,让它放松。看到她这样,我感到很紧张,这不像她。我不知道为什么。这时,鲁依奇从理发店里叫了一声,然后就走了上来,站在门旁笑着,朱迪思也笑。于是那寡妇说:孩子们,好好地玩吧。他们就走了,吃着冰淇淋,朝镇上走去。那只猫跟着他们。它像只狗一样,不让朱迪思脱离它的视线。当她在海里游出几英里时,那只猫就藏在海滩边等她回来。然后她就把它抱上山,因为那个淘气的小男孩老追它。好了。谢天谢地,明天我就回家了,去找我亲爱的老比利。我真不该离开他。朱迪思和意大利的有些事让我感到不安。我不知道是什么。问题是朱迪思和鲁依奇究竟能谈些什么?没什么可谈的。他们怎么谈得拢?当然,这不重要。结果我也成了一个正人君子。下星期见。"

当时我也该去晒太阳了,所以我没见到贝蒂。我从罗马回来的途中,在朱迪思的疗养地停了一停,沿着窄窄的街道朝镇北走去。在那家爬满了葡萄藤的 trattoria 所处的广场拐角处有一幢房子,矮矮的门上挂着一块破裂的木牌,上面用黑油漆写着 ROSTICCERIA。有一道由红珠子编成的门帘。珠子上停满了苍蝇。我用手拨开珠帘,看进去是一个暗暗的小房间,还有一个石制的柜台。金属钩子上挂着一串串意大利蒜味香肠。一只玻璃钟形罩罩着几盘熟食。香肠和玻璃罩上都爬着苍蝇。里面仅有的货物似乎就是木架上的几个罐头、两三个白面包、几只酒桶和一只打开的箱子,里面装着黏黏糊糊的浅绿色的葡萄,上面爬满了苍蝇。墙角里有唯一的一张木头桌子和两把椅子,两个工人正坐在那里吃着一块块香肠和面包。从屋后另一道门帘中走出来一个头发花白、四肢细长、丰满的矮个子女人。我说我找卡斯尔韦尔小姐,她的脸色就变了。她用一种生气而不礼貌的口吻说:"卡斯尔韦尔小姐上星期走了。"她从柜台下拿出一块白布,在玻璃罩上赶了赶苍蝇。我说:"我是她朋友。"她就说:"Si。"①然后手心朝下地把手放在柜台上,看着我,脸上一点表情也没有。两个工人站起身来,把最后的一点酒喝完了,点了点头,就走了。她对他们说了声 Ciao②,又朝我看看。看到我不走,就叫了一声"鲁依奇!"从后面的房间里传来一声叫喊,门帘的珠子一响,先走进来一个脸蛋尖尖、精瘦结实的小男孩,然后是鲁依奇。他个子高高的,肩膀宽厚,那蓬乱的黑发就像一顶帽子,低压在他的额头上。他看上去脾气很好,但此时此刻,有点不自然。他姐姐说了些什么,他就站到她身边,成为她的盟友,并肯定地说:"卡斯尔韦尔小姐走了。"我正想放弃,从挡着耀眼阳光的珠帘下小心翼翼地走出一只瘦瘦的斑点猫。那只猫很丑,

---

① Si〔意〕,是的。
② Ciao〔意〕,再见。

行动不便,背弓得很高。那孩子的牙齿间突然发出了"嘘"声,那只猫就僵住了。鲁依奇对孩子说了句严厉的话,对猫说了什么鼓励的话,那只猫就坐了下来,直视着前方,接着就使劲地舔它的两侧。"卡斯尔韦尔小姐生我们气了,"利内依里太太突然神气地说,"一天清晨,她走了。我们没想到她会走。"我说:"也许她得回国完成某项工作。"

利内依里太太耸耸肩,然后叹了口气。接着她同她弟弟严肃地交换了一个眼色。他们显然讨论过这个问题,决定永远不再提这件事了。

"我认识朱迪思很久了,"我说,尽量用一种恰当的口气,"她是一个出色的女人,她是位诗人。"但是他们对此毫无反应。与此同时,那个小孩子老是咧着嘴,眯起眼睛盯着猫看。突然,他又发出了"嘘嘘"声,还加上一声短促的尖叫。那只猫往后一跳,撞到墙上,拼命地想朝上爬去,清醒过来后又坐下了,开始急迫地、胡乱地舔着它的毛。这一次鲁依奇打了孩子一下,孩子真的尖叫了一声,掠过小猫,跑到街上去了。现在路上没有障碍了,那猫就蹿过地板,跳上柜台,跳过鲁依奇的肩膀,直接穿过珠帘,蹿进理发店,砰的一声落到地上。

"朱迪思离开我们时感到很遗憾,"利内依里太太不大肯定地说,"她哭了。"

"我能肯定,她哭了。"

"就这么回事。"利内依里太太总结性地说,又把手放了下来,目光从我身旁掠过,投向珠帘。就这么结束了。鲁依奇鲁莽地朝我点了点头,走到后面去了。我对利内依里太太说了声再见,就回镇南去了。在广场上我看见了那个孩子,他坐在停于trattoria外面的货车踏板上,用赤裸裸的脚趾扒着地上的灰土,茫然地、不高兴地盯着前方。

我必须路过佛罗伦萨,所以去了朱迪思曾经住过的地址。不,卡斯尔韦尔小姐没有回来。她的稿子和书籍还在那里。我能把它们带回英国吗?我包了一大包,把它们带回了英国。

我给朱迪思打了个电话。她说她已经写信让他们把书稿寄回来,但是谢谢我把它们带了回来。她说,再回到佛罗伦萨似乎没有意思了。

"我把它们送过来,好吗?"

"那当然好,太感谢了。"

朱迪思的公寓冷飕飕的。她穿着一件宽松的灰绿色羊毛连衣裙。她的头发还像一顶金色的软头盔,但是脸色显得苍白,而且很苦恼。她两腿分开,两臂紧抱,背对着一排电热炉——是我要求打开的——站着。她审视着我。

"我去了利内依里家。"

"噢,是吗?"

"他们似乎很想你。"

她没吭声。

"我也看见了那只猫。"

"噢。啊,我想你和贝蒂谈论过此事?"说话时带着一点不友好的笑意。

"唉哟,朱迪思,你一定认为我们会谈此事的吧?"

她考虑了一下,然后说:"我不理解,为什么人们要谈论他人的事。喔——我不是在批评你们。但是我不懂,你们为什么这么感兴趣。我不理解人们的行为,我也不感兴趣。"

"我觉得你应该给利内依里姐弟写封信。"

"我写了,当然,也谢了他们。"

"我指的不是这个。"

"你和贝蒂是这么想的?"

"是的,我们谈论过此事。我们觉得我们应该同你谈谈,你应该写封信给利内依里姐弟。"

"为什么?"

"一方面,他们两人都很喜欢你。"

"喜欢。"她微笑着说。

"朱迪思,我一生中从未遇到过这么失望的气氛。"

朱迪思想了想。"有的事情告诉人们,他们之间的确存在着观念上无法逾越的鸿沟,那还有什么可说的?"

"这不一定是观念上无法逾越的鸿沟。我想你会说,我们在多管闲事。"

朱迪思表示很反感。"这是个很愚蠢的字眼。这种想法也很愚蠢。如果我不允许的话,谁也不能管我的事。不,是我不理解别人。我不理解为什么你和贝蒂会关心此事,或者为什么利内依里姐弟会关心此事。"她不自然地微笑着,加上了一句。

"朱迪思!"

"如果一个人干了蠢事,那就不要继续下去。要做个了结。"

"出什么事了？是那只猫吗？"

"是的,我想是的。但是这不重要。"她看了我一眼,看到我嘲讽的脸色,就说,"那只猫生小猫时太小了。问题就出在这里。"

"就按你说的。但这显然不是全部。"

"让我感到不安的是我根本不理解我当时为什么会如此不安。"

"出什么事了？或许你不想谈这件事？"

"我根本不在乎是否谈这件事。你们确实常常说些特别奇怪的话,你和贝蒂。如果你想知道,我就告诉你。这有什么关系？"

"我当然想知道。"

"当然！"她说,"我要是你,就不会关心。好吧,我觉得事情的本质是我对猫的态度一定是错了。猫应该是独立的。它们应该是自己去生小猫的。这只猫不一样。一天晚上,它老是爬到我床上来,要我关注它。我不喜欢猫待在我床上。早上我看它很痛苦。整整一天,我都陪着它。这时鲁依奇——他就是那个弟弟,你知道的。"

"是的。"

"贝蒂提到他了？鲁依奇上来说,我该去游泳了。他说,猫会自己照顾自己的。我怪我自己。一个人过分沉迷于另一个人,就会出这样的事。"

这时,她望着我的神气是挑战性的。她的肢体看得出既是自卫又是进攻性的。"是的,是真的。我一直害怕这一点。

过去几个星期中我表现得很坏。因为我让这事儿发生了。"

"好吧,说下去。"

"我抛下猫去游泳了。当时天色已晚,所以我只游了几分钟。当我走出大海时,那只刚才跟着我的猫已经在海滩上生了一只小猫。那个小坏蛋米歇尔——那个儿子,你知道吧?——嗯,他总是折腾那只可怜的猫,这时他已经把它从小猫身边吓跑了。不过,那只小猫已经死了。我从海中走出来时,他拎着这只死猫的尾巴,朝我挥舞着。我让他把它埋了。他挖走了两英寸沙子,就把那小猫塞了进去——就在人们整天待在那里的沙滩上。所以我又正儿八经地把它埋了。这时他已经跑开了。他在追那只可怜的大猫。它吓坏了,朝镇北跑去。我也跑。我抓住了米歇尔,非常生气地打了他。我是不打孩子的。从那以后我一直为此感到难受。"

"当时你很生气嘛。"

"这不是借口。我根本不相信自己会打孩子。我打得很重。他哭着走了。那只可怜的猫躲在一辆停于广场上的运货车下面。这时它尖叫了一声。然后发生了一件极其异常的事。它只叫了一声,马上就出现了好些猫。刚才只有一只猫躺在货车下面,过了一分钟出现了几十只猫。它们在货车旁边围成一大圈,全都静静地看着我那只可怜的猫。"

"很动人。"我说。

"为什么?"

"只有一种可能,"我引经据典地说,"那些猫去那里是因为关心一个遇到麻烦的朋友。"

"不,"她动情地说,"不是这样的。也许是因为好奇,或者别的什么原因。我们怎么会知道?不过,我还是爬到货车下面去了。那只猫的背后戳着两只脚爪。那只小猫的胎位倒了,卡住了。我一只手按住了大猫,用另一只手把小猫拉了出来。"她摊开她那双修长白净的手。手上还残留着正在褪去的伤疤和抓痕。"它又咬又叫,但那只小猫是活的。它丢下小猫,爬过广场,进了屋子。这时,所有的猫都站起来,走了。这是我看到过的最奇特的景象。它们又消失了。一分钟之内,它们全到了,然后又消失了。我抱着小猫,跟在大猫后面。可怜的小东西,它身上全是土——因为是湿的,你知道。那只大猫上了我的床。另一只小猫要出生了,但是它也卡住了。因此当大猫一次又一次尖叫时,我就去把小猫拉出来。那些小猫开始吃奶了。有一只小猫特别大。那是一只可爱的胖黑猫。它一定是弄疼了大猫。可是大猫突然咬了一口——你不知道,就像是本能的反应,一下子咬住了小猫的后脑勺。就这样,它死了。很奇怪,不是吗?"她一边说,一边使劲地眨着眼睛,嘴唇在颤抖,"它是它的母亲,但是它杀了它。然后它从床上跳下,下楼跑到店里的柜台下。我叫了鲁依奇。你知道,他是利内依里太太的弟弟。"

"是的,我知道。"

"他说,这只猫太小,它吓坏了,伤得很重。他把那只活着的小猫放到大猫身边,但是大猫站起来走开了。它不要这只小猫。这时鲁依奇叫我不要看。但我跟着他。他抓住小猫的尾巴在墙上摔了两下,然后就把它扔在垃圾堆上。他用脚趾扒开了一些垃圾,把小猫放进去,又把垃圾堆在它上面。然后鲁依奇说应该干掉那只大猫。他说,它伤得很厉害,以后生小猫时都会很疼。"

"他没有干掉那只猫。它还活着。但是我觉得他是对的。"

"是的,我希望他是对的。"

"是什么让你不安——是他杀了那只小猫?"

"啊,不是。我觉得如果他不杀,那只大猫也会杀了它。但问题不在这里,对吗?"

"那么,问题在哪里呢?"

"我觉得,我是真不知道。"刚才她还说得气急败坏,这时却慢吞吞地说,"这不是一个对与错的问题,对吗?怎么可能呢?问题是一个人为人的品行。那天晚上,鲁依奇要同我一起去散步。对他来说,就是那么回事。有的事该做,他就做了。可是我觉得不舒服。他对我很好。他是个非常好的人。"她说道,口气有些咄咄逼人。

"是的,他看上去是个好人。"

"那天夜里我无法入睡。我在责怪我自己。我根本不应该抛下那只猫去游泳。好了,于是我决定第二天离开。我真的走了,就是那么回事。整件事是个错误,从头到尾都是如此。"

"去意大利就不对?"

"啊,只是去度个假应该还是不错的。"

"你干了那么多工作,都白干了。你是说你不想用那些研究成果了？"

"是的，那是个错误。"

"你为什么不把这事搁上几星期，看看情况会怎么样？"

"为什么？"

"你也许会对它有另一种想法。"

"说得真奇怪。我为什么要那样？啊，你是说，时间过去了，伤口就会愈合——是那样吗？这种想法真奇怪。我总觉得这是一种奇怪的想法。不，从一开始，整件事就让我感到不自在。根本不像我自己。"

"我该说，太不理智了。"

朱迪思很认真地考虑了一下。她思考时眉头紧皱。然后她说："但是如果一个人无法相信他的感觉，他还能相信什么？"

"我以为你会说，相信人的想法。"

"你会吗？为什么？你们这些人都很奇怪，真的。我不理解你们。"她关上了电热炉，露出凝重的神色。她友好而神情恍惚地微笑了一下，说："我觉得，讨论这事儿真的毫无意义。"

相互之间

"我想你哥又要来了吧?"
"也许。"

他在整理领带、领子并来回伸着下巴,看看脸刮得怎么样时,勇敢地把背朝着她。然后,利用一切借口,一只手放在领结上,僵直地站着,从左脸颊边上看着镜子里他妻子优雅地躺在床上的身躯,身体的重量放在右肘上,两条白皙的胳臂忙着一些锉指甲必须的动作。他把手放了下来,问:"也许是什么意思?"她没有回答,但是做作地举起一只手来检查五只粉色的指尖。她是个瘦削的,非常瘦的黑发女郎,大约十八岁。她的姿势、她察看指甲的神气,她那粉色条纹睡衣露出两条长长的、白皙的瘦腿——她的那种在杂志上常见的姿态,是在努力掩盖同他一样的深深的焦虑;因为她的呼吸同他一样,又响又浅。

他并没有上当。她黑色眼睛中兴奋的思念、她上胳臂肌肉中枝条似的筋络,让他感觉到她是多么想让他走;他的感觉由于急迫地需要她而显得很尖锐:她有点不对头,是的……这想法让他感到不安。他接受了它,并且让他过分警觉的思想设法确认他痛苦的原因,并加了一点:是的,不干净,肮脏。但是这种大胆的批判让他感到吃惊,于是他想起了她那么专注地照料她的皮肤、头发、指甲以及在浴室里花费的许多时光。是的,肮脏。他越来越感到厌恶。

有了这样的准备,他才能慢慢地转过身来,不是通过冰冷的镜子,而是直接望着她。他是一个体面的、身材结实、头发梳得铿亮、洗了澡的年轻人。在一个月前的婚礼上,他站在那里,比她矮了几英寸;但他充分相信成年人能够控制住任性的青春期。这时他那蓝色的眼睛一直盯着她,既有恳求(他没意识到),也咄咄逼人——他认为这是一种警告。与此同时,他抑制着一种厌恶的心情,他知道只要她朝他伸出双臂,这种心情会消失的。

"也许,是什么意思?"他又说了一遍。

她没有回答。过了几分钟,她倦怠地来回摆动着她那纤细的小手,说:"我说,也许。"

对他们两人来说,这次对话不仅是五分钟以前的余音,也是对其他早晨往往没说出来的话的反应。他们正处于灾难的边缘。但是那位年轻的丈夫要迟到了。他看了一下手表,这个动作只是虚张声势而不能令人信服地表明:我去上班,你就躺在那里吧……然后转身朝门口走去。走到一半又放慢了脚步,停了下来,说:"那么,我不回来吃晚饭了。"

"随你便。"她无精打采地说。她随即平躺了下来,在眼前挥动着双手,想把指甲油吹干,不过那指甲油是三天以前擦的。

他大声地说:"弗雷达!我是说真的,我不打算……"他似乎上了圈套,又不服输,显然想尽量保持他的自尊、他的男子气概——在什么面前?她朝他淡淡地一笑(不像那天早晨她醒来以后所做的每一件事),这是她没有意识到的。她当然不会意识到她打量他时那轻蔑一笑的残忍?因为其中含有挑逗;就是那种下意识的得意,让他变得脸色苍白,开始有点结巴了:"弗……弗雷……弗雷德……弗雷达……"但是他放弃了,走出了房间。很突然,不过考虑到当时那种恐怖的心情,已经是很安静了。

她一动不动地躺着,听着他的脚步声走下楼去,前门关上了。然后,她不慌不忙地将脚尖上那十只小趾甲涂成粉色的两条细长、白皙的腿抬起来放在床沿上,站到窗户旁,看着她丈夫梳得溜光的脑袋沿着人行道一晃一晃地离去。这里是伦敦郊区,他得去城里,他是那里的一个有前途的职员。路上另外一些行人中大多数是上班族。她看着他和那些人,直到他在拐弯角上转过身来。由于忧虑,他的脸拉得很长。她毫无笑容地、懒洋洋地挥了挥手。他似乎是朝着噩梦的记忆盯了一眼;然后她耸了耸肩,离开了窗户,没有看到那迟到的激动的挥手和笑容。

现在她皱着眉头站在那新衣橱的长镜子面前:一个很高的女孩子,由于个子高而背微驼,只能看到的手肘和膝盖,因那件短短的睡衣显得更可笑。她把睡衣从头上脱了下来,自信地侧视了一下颤动着的丰满的乳房和滚圆的腰部;然后套上一件四周和领子周围都有褶边的白色 négligé①,她的脑袋从中伸出来,摆了个姿态。现在她显得好看多了,真像个模特。她梳了梳她那短短的、发亮的黑发,长时间地望着深陷的忧虑的眼睛,又回到了床上。

　　过了一会儿,她神情紧张起来了。她听见前门轻轻地打开了,又轻轻地关上了。她听着,她看不见的那个人也在听着,看着。这是一个两居室的小套间,改造成一幢半独立式的住宅。房东太太住在这个套间下面底楼的小套间里;那位年轻的丈夫每天晚上会随便问问房东太太、不经意地听听很容易得到的关于这屋子里的来来往往和他妻子行动的消息。但是脚步声持续地朝她走来。门打开了,很轻。她抬起头来一看。看到进来的是一个非常高的、瘦削的黑发青年,她的脸就笑成了一朵花。他坐到他妹妹的床边,用他那瘦瘦的手拿起她的瘦手吻着,疼爱地咬了一下,然后俯下身去吻她的嘴唇。他们嘴对着嘴,两对深陷的眼睛凝视着对方。然后她闭上了眼睛,用牙齿咬着他的下嘴唇,用舌头舔着它。她还没有放开他,他就开始脱衣服;她问道:"今天上午你有急事吗?"口气根本不像对她丈夫那么骄横。

　　"得去埃克塞特街干活儿。"

　　他是一个电工,不用老待在办公桌旁,或办公室里。

　　他光着身子钻进了他妹妹的床,喃喃地说:"奥利夫·奥伊。"

---

　　① négligé〔法〕,妇女穿的长晨衣。

听到这个昵称,她心中充满强烈的感激之情,那修长的身躯就向他身躯紧贴过去,因为它从她丈夫那里从未像从这个人身上获得过原罪的赦免。她也深情地嘟哝着:"波比。"两对眼睛又一次在大约一英寸之外相互对视着。他的眼睛,虽然同她一样深陷在眼眶里,但是滚圆的眼珠在薄薄的、已经起了皱纹、有些浮肿的皮肤下显得很突出。而她的眼睛周围的皮肤却干净、白皙。他吻了一下同他丑陋的眼睛一模一样的眼睛,在她向他靠去时说:"好了,好了,奥利夫·奥伊,别着急,你会破坏兴致的。"

"不,我们不会的。"

"等等,我告诉你。"

"那好吧……"

这两个身躯,深深地喘着气,一动不动地待了很长一会儿。她的手放在他腰背部,做着柔软的、转圈的动作,让他进去。他的两只手放在她胯骨上,按着她。但是她成功了,他们结合了,这时他又说:"现在等等,躺着别动。"他们完全不动地躺着,闭上了眼睛。

过了一会儿,他突然问:"喂,他昨天晚上干了吗?"

"是的。"

他的牙齿对着她的前额露了出来,说:"我想是你让他这么做的。"

"为什么要让他?"

"你是头猪。"

"好吧,那么,艾丽丝怎么样?"

"啊,她嘛。嗯,她尖叫着,说:'停,停。'"

"那么,谁是猪?"

她来回扭动,他按着她的胯部,低声嘟哝着:"不,不,不,不。"

又不动了。窗外是郊区的阳光,绿色的新窗帘吹进那明亮的小卧室,轻拂着那些太大、太新的家具,而那两个修长白皙的身躯一动也不动,嘴对着嘴,闭着眼睛,深深的、平稳的呼吸将他们连在一起。

但是他的呼吸更深沉了;他的指甲嵌进了她的胯部,他把嘴挪开了,说:"那查利怎么样?"

"他也让我尖叫了。"她嘟哝着说,闭着眼睛,舔着他的喉咙。这一次是她使劲地按着他的腰,说:"不,不,不,你会弄得无趣的。"

他们一起躺着,一动也不动。沉默了很久,安静了很久。然后,那飘动的窗帘唤醒了她,她的脚绷紧了,她用它来回轻轻地蹭着他的腿。他生气地说:"那你为什么把它弄糟了,这才刚开始呢。"

"要是真的很困难的话,过后会好得多。"她悄悄地滑出来,夹紧她内部的肌肉,让它变得更困难,而且挑战地向他傻笑,他把手放在她喉咙上,半开玩笑、半正经地压着,让她停下来,同时完全按着她表示出来的急切的、挑逗的而且是渴望的需要从她身上进去,出来——看看两人能走多远。过了一会儿,他们就在扯对方的头发,撕咬,将手指插入细细的骨头中间。然后,就在射精之前,他们同时分开了,分开躺着,浑身颤抖。

"我们成功了,"他说着,深情地、溺爱地抚摸着她的头发。

"是的,现在要小心,弗雷德。"

他们又滑在一起了。

"现在会很完美。"她的嘴挨着他的喉咙,很满足地说。

这两个身躯,紧张地颤抖着,躺在一起,不自觉地一次又一次地抽动着。但是,慢慢地他们安静下来了。他们呼吸开始是一阵一阵的,变得平静了。他们一起呼吸。他们变成了一个人,相互遗弃又在相互的怀抱中,不声不响,不复存在了。

很长时间,很长时间,很长……

一辆汽车在楼下通常是很平静的街道上驶过,声音很响。年轻人睁开了眼睛,看着他妹妹松弛、温柔的脸。

"弗雷达。"

"噢——。"

"是的,我得走了。快到吃正餐的时间了。"

"等一会儿。"

"不,否则我们又会激动起来,会把一切都毁掉的。"

他们徐缓地分开了。但是他们的动作都是两只手轻轻地放在对方的胯骨上,将两个身子分开,更像是贴在一起。他们分开了,还静静地躺着,相互微笑着,用手指抚摸着对方的脸,像小猫一样轻轻地舔着对方的眼睑。

"越来越好了。"

"是的。"

"这次你去了哪里?"

"你知道的。"

"是的。"

"你去了哪里?"

"你知道的,去了你那里。"

"是的,告诉我。"

"不行。"

"我知道,告诉我。"

"同你在一起。"

"是的。"

"那么,我们是一个人。"

"是的。"

"是的。"

又不作声了。他又抬起了身子。

"今天下午你在哪里工作?"

"我告诉过你了。是埃克塞特街的一家面包铺。"

"之后呢?"

"我陪艾丽丝去看电影。"

她咬着她的嘴唇,惩罚它们和他,然后,她的指甲嵌入了他的肩膀。

"好了,亲爱的,我只是献献殷勤,就这么回事,我诱她同我性交。她别的什么也不懂。"

他坐了起来,开始穿衣服。过了一会儿,他就是一个穿着深蓝色套衫的清醒的高个子年轻人。他用那年轻丈夫的发刷将头发梳得锃亮,就像他是住在那里的那样,而她赤裸地躺在那里,看着。

他转过身来,微笑了一下,像丈夫那样,疼爱并拥有占有权。她脸上有某种神情,一种失落的绝望,使他的心情变得很沉重。他蹲在她身旁,皱着眉头,露出了牙齿,轻轻地用拇指压着她的气管,直视着她黑色的眼睛。她呼吸局促,咳嗽了。他把拇指放开了。

"你怎么了,弗雷德?"

"你发誓你不会对查利那样?"

"我怎么会呢?"

"你是什么意思?你可以做给他看。"

"但是为什么?你为什么觉得我要这么做,弗雷德?"

这两对陷在深凹眼眶里的眼睛,不确定地、孤寂地望着对方。

"我怎么知道你要做什么?"

"你真傻。"她突然说,露出母性的微笑。

他发出呻吟似的声音,把头埋到她胸前,她轻轻地捋着他的脑袋,目光从那上面掠过,望着墙,眨着眼睛,泪水从中流出。她说:"他今晚不回来吃晚饭,他生气了。"

"是吗?"

"他一直在谈论你。他今天问你是不是会来。"

"怎么,他猜到了?"他猛地把脑袋从她柔软的胸前挪开,脸色严峻地望着她的脸,"为什么?你没有干傻事吧?"

"不,但是弗雷德……但是你跟我在一起以后,我想,我是变了……"

"啊,天哪!"他绝望地跳了起来,开始做一些逃避、生气、仇恨、出走的动作——但是把每一个动作都停了下来。"那么,你要什么?你要我让你高潮?噢,那很容易,不是吗,如果你要的就是这个。那么,好吧,你躺下,我来。我给你,一直弄得你大叫为止,如果这就是……"他要脱衣服了;但是她从床上跳了起来,首先匆匆穿上她那有折褶的白衣服,本能地要保护他们刚才的一切。她站在他身旁,同他一样高,抓住他的胳臂,把它们放在他身旁。"弗雷德,弗雷德,弗雷德,亲爱的,我心爱的,别毁了它,别毁了它,在……"

"在什么?"

她勇敢地面对着他好斗的目光,坚定地说:"好了,你期待什么,弗雷德?他不傻,对吗?我不是一个……他同我做爱,是的,他是我丈夫,不是吗?并且……嗯,你和艾丽丝怎么样,你们也做这样的事,这很正常,不是吗?或许如果你和我不同查利和艾丽丝性交,我们就不能按照我们的办法来处事,你想过这一点吗?"

"我想过这一点吗!哼,你以为呢?"

"好了,这很正常,不是吗?"

"正常,"他恐惧地说,看着她那深情的脸庞想确认这个词,"正常,是吗?好吧,如果你要用这样的词汇……"泪水从他脸上流下,她带着一种保护性的爱激动地将它们吻干了。

"好了,那你当时为什么说我必须嫁给他?我不想嫁来着,是你说的,我必须这么做。"

"我没想到,这会破坏我们。"

"可是这并没有呀,对吗,弗雷德?什么也不可能像我们这样。怎么可能?你从艾丽丝那儿,就知道了,对吗,弗雷德?"现在是她在寻求他的确认。他们望着对方,然后闭上了眼睛,脸颊挨在一起,哭泣着,握着对方柔情脉脉的手,生怕她丈夫、他妻子会削弱他们的关系。

他说:"你刚才想说什么?"

"什么时候?"

"就是刚才。你说别毁了它,在。"

"我害怕了。"

"为什么?"

"要是我怀孕了?嗯,有一天,我必须这样,这是很公平的,他要孩子。假如他要离开我——就像今天这样,想到要离开我。嗯,他感到了什么……这是有理由的。不管我怎么努力对他好,你知道他都能感觉得到……弗雷德?"

"什么事?"

"有法律规定不行,是吗?"

"什么不行?"

"我指的是兄妹住在一起,没有人说三道四。"

他紧张地离开了她:"你疯了?"

"我为什么是疯了?为什么,弗雷德?"

"你都不想想,就是这么回事。"

"那我们怎么办呢?"

他没有回答,她叹了口气,把头放在他肩上,紧挨着他的脑袋,所以他能感到她睁着眼睛,她潮湿的睫毛碰到了他的脖子。

"我们什么也干不了,只能像现在这样过,你必须看到这一点。"

"那么,我得对他好些,否则他要离开我,我也不能怪他。"

她默默地哭泣着;而他静静地搂着她。

"这真难——我只是在等你来,弗雷德。我必须一直假装。"

他们默默地站着,眼泪干了,手却紧握在一起。慢慢地,他们平静下来了,充满着爱和怜悯的心情。他们曾在肉欲满足后的长时间沉默中这样平静下来。

最后他们文静而温暖地吻别了,那是兄妹之间的吻。

"你要迟到了,弗雷德,你会被解雇的。"

"我总是能找到另外一个工作的。"

"我总是能找到另外一个丈夫的……"

"奥利夫·奥伊……不过,你穿着白色晨衣,的确很美。"

"是的,我就是那种裸体不好看的体形,我需要衣装。"

"不错——我得走了。"

"明天来吗?"

"来的,十点左右?"

"好。"

"那么,让他高兴吧,再见。"

"保重——保重,我亲爱的,保重……"

向伊萨克·巴别尔[①]致敬

那天,我答应带凯瑟琳到乡间学校去探视我的小朋友菲利普,原定十一点出发,但是她九点就来了。她穿着一件新的蓝色连衣裙,那双时髦的鞋子也是新的。她的头发刚理过。她看上去比任何时候更像一个雷诺阿[②]笔下衣着入时的金发女郎,期待着从生活中获得一切赐予。

凯瑟琳住在坐落于流着棕色河水的小河旁的一幢白色住宅中。她帮我打扫我的公寓,她的热情表明,她觉得小公寓要比宽敞的住宅浪漫得多。我们喝着茶,主要谈论菲利普,他十五岁了,从食物到音乐,对每件事都有着纯洁的、坚定的爱好。凯瑟琳看着堆在他房间里的书,问我是否可以借本伊萨克·巴别尔的故事书到火车上去看。凯瑟琳十三岁。我说她可能会觉得有点难懂,但是她说:"菲利普是看这些故事的,不是吗?"

[①] 伊萨克·巴别尔(Isaac Babel,1894—1941),苏联作家,他善于描写生活细节,著有小说集《骑兵队》《敖德萨的故事》等。
[②] 雷诺阿(Renoir,1841—1919),法国印象派画家,创作题材广泛,尤以人物画见长,主要作品有《包厢》《游船上的午餐》《浴女》等。

在旅途中,我一边看报纸,一边注视着她翻看巴别尔的书时那张皱着眉头的娇美的小脸,因为她决心不让任何事情在她和她想要配得上菲利普的雄心之间制造障碍。

那个学校很迷人,很幽雅,但开销也很大。在校园里,两个孩子一起散步穿过那绿色的田野,我跟随着他们,看着阳光将他们谈话时转向对方的聪明、友好的脸庞洒上金色。凯瑟琳的左手握着那本伊萨克·巴别尔故事集。

午饭后我们去看电影。菲利普表示,聪明人不会为了好玩而去看电影,但是他为我们做出了让步。为了他,我们选了当时在小镇上演的两部电影中更严肃的那部。那是讲一个好神父帮助纽约罪犯的故事。不过,他的好心不足以让其中的一人不走进毒气室;我和菲利普在黑暗中等着凯瑟琳,看着她不哭了,可以面对傍晚金色的阳光时,才出去。

在电影院的大门口,看门人一直等在那里找寻眼睛哭红的人。他抓住凯瑟琳遭难的胳臂,厉声说:"喂,你为什么哭?他罪有应得,不是吗?"凯瑟琳难以置信地望着他。菲利普拉开了她,轻蔑地说:"即使在表演得很明白时,有些人也看不出对错。"看门人便把注意力转向第二个从黑暗中走出来的红眼人。我们一起走向车站,两个孩子因为看到世界的残酷而默不作声了。

最后,凯瑟琳说,眼睛又湿了:"我觉得这一切太残忍了,我都没法去想它。"菲利普说:"但是我们必须去想,知道吗,因为如果我们不想,这种现象还会继续,一直继续下去,你知道吗?"

在回伦敦的火车上,我坐在凯瑟琳旁边。她把那本故事集摊开在面前,但是她说:"菲利普太幸运了。我也希望能去那个学校。您注意到在花园里向他问好的那个女孩子了吗?他们一定是好朋友。我希望我母亲能给我一件那样的连衣裙。这不公平。"

"我觉得那件衣服穿在她身上显得太老气了。"

"啊,您是这么觉得的吗?"

一会儿,她又埋头去看那本书了,但几乎马上又抬起头来说:"他是一个很有名的作家吗?"

"他是一个非常棒的作家,很出色,一个最好的作家。"

"为什么?"

"嗯,首先,他写得这么简单明了。瞧,他用的词儿多么少,而他的故事多么动人。"

"是的。你认识他吗?他住在伦敦吗?"

"不,他死了。"

"噢,那①你为什么……根据你的口气,我以为他还活着。"

"对不起,我大概并不觉得他死了。"

"他什么时候死的?"

"他是被人谋杀的。我想,大概是二十年以前。"

"二十年。"她的手做了一个要把书推给我的动作,但随

---

① 原文为"They why did you—",估计是印刷错误,把"Then"印成了"They"。

即又松开了手。她说:"到十一月,我就满十四岁了。"听上去像是受到了威胁,但眼睛直逼着我。

我觉得我很难表达我的歉意,但没等我开口,她就说:"你说他是被谋杀的。"口气还是那么耐心而关切。

"是的。"

"我想,那个杀了他的人发现自己杀了一位名作家时会感到抱歉的。"

"是的,我想会的。"

"他被杀的时候已经很老了吗?"

"不,还很年轻。"

"噢,那太倒霉了,不是吗?"

"是的,我觉得,那很倒霉。"

"您觉得,这本书里哪篇故事最好?我是说,您真的认为最最好的那一篇。"

我选了那篇杀鹅的故事。她慢吞吞地读着,而我坐在那里等着,真想把书从她那里取走,想保护这个可爱的小孩子,不让她看伊萨克·巴别尔的书。

她看完后说:"嗯,有些地方我看不懂。他看事情的方法很滑稽。为什么穿着靴子的男人的腿看上去像女孩子呢?"她终于把那本书推给了我,并且说,"我觉得这一切太可怕了。"

"不过你得理解他过的那种生活。首先,他是一个生活在俄国的犹太人。这就够糟了。其次,他经历的全是革命和内战,还有……"

但是,我感觉到,她那种竭力否认的目光像一层清澈的玻璃,把我说的话全挡回来了。于是我说,"瞧,凯瑟琳,你为什么不等到长大以后再看一遍呢?也许到那时候你会更喜欢他的。"

她感激地说:"是的,也许那样会更好。再说了,菲利普比我大两岁,不是吗?"

过了一星期,我接到了凯瑟琳的一封来信。

> 非常感谢您好心地带我去拜访住校的菲利普。这是我一生中最快乐的一天。我非常感激您带我去了一趟。我一直在想那个胡德勒姆神父。这部电影毫无疑问地告诉我死刑是件坏事。我永远也忘不了那天下午我经历的一切,我一生都会记得它给我的教训。我一直在思考您告诉我的那个写短篇故事的著名俄国作家伊萨克·巴别尔的事,现在我懂了他的风格是注重简练,这无疑是令他成为他那么伟大的作家的原因。现在我在学校里写作文时也模仿他的风格,就是为了学到简练。对真正出色的写作风格来说,这是唯一的基础。爱您的凯瑟琳。又及:菲利普有没有提起我的宴会?我给他写信了,但是他没有答复。请了解一下,他是不是来,还是他忘了给我回信。我希望他能来,因为有时我觉得,他如果不来的话,我会死去的。又又及:请不要告诉他我的话。因为如果他知道了,我会死的。爱您的凯瑟琳。

在部办公大楼外面

大本钟敲了十下,一个年轻人来到了部办公大楼的门外,严肃地朝街面上来回张望了一下。他把手腕抬到眼前,朝它皱了皱眉头,完全是一副不得不等人、别无他法的神色。他把胳臂放下,肘部僵直地弯着,手放在大腿边上,手心朝下,五指叉开。在这部位,那只手做了一个小动作,手腕不偏不倚,似乎在弹一个琶音,或者是对人行道说再见——也许是在对它打招呼?一个优美的小手势,充满了魅力,对旁观者传递一种神气十足的派头。接着,他改变了姿态,变成了一个不得不等人,但又保持着尊严的人。他身穿漂亮的黑色西装,白衬衫,戴着一只似乎非常想飞走的灰色丝质领结,因为他肢体传出一种能量,使这领结的颜色变得忽而深灰,忽而浅灰或白色。但他那黑里透亮的皮肤衬托出他的持重,令他容光焕发,一个纨绔子弟——他身上好像披着一道彩虹。

他还没来得及皱着眉头再次来回打量这街道,另一个年轻的非洲人已穿过马路,来到他身旁。他们相互打了个招呼,拍了下手掌,然后握了一下手;不过其中显然有点拘束,第一个人出于与生俱来的戏剧感,似乎很喜欢这样,但是让第二个人感到很不自在。

"早上好,奇克维先生。"

"马芬特先生!早上好。"

马芬特先生是个魁梧而匀称的年轻人,也穿得很得体,但是他身上的衣服是普通的欧式服装,是滞销的西装、条纹衬衫、领带。而且他的手势也没有另外那个人与生俱来的那种得意的自嘲姿态。不过他很文雅,很庄重,很安静。尽管奇克维先生的态度(傲慢的,非难的)明显地表明,当时的情景中充满了恶意。

不过这两个人已结识多年。在政治形势不断变化的情况下,他们曾经在国民运动的不同阶段肩并肩地工作,也曾一起在监狱里服刑,只是最近才成为敌人。现在他们(奇克维先生为此改变了那种非难的神气)谈了几句来自祖国的消息、流言和情报。然后奇克维先生改变了语气,表示休战结束,又用推测的口气恶狠狠地说:"你的伟大领导在哪里?他想必会迟到很久吧?"

"只要五分钟。"另一人微笑说。

"当我们终于获得如此难得的荣幸,能跟女王陛下的部长面谈时,我们都无法期待这位伟人能遵守时间吗?"

"我同意,不过更有可能是像以前发生过的那样,女王陛下的部长会在最后一刻因为太忙而不见我们。"

霎时间两人都因为愤怒而涨得脸红耳赤,奇克维先生甚至还露出一排不大整齐的白色牙齿。

他们再次恢复了镇静。马芬特先生说:"你的领导又在哪里？用在我的领导身上的话，想必也适用于你的领导？"

"或许他们迟到的原因各有不同？我的领导就在那面的街上，很快就会吃完早餐。而你的领导呢，我听说，前天晚上你的德武里先生被人发现醉倒在我们好客的詹姆斯太太的家里，对吗？"

"可能吧，我当时不在场。"

"我听说大前天晚上他在旅馆里醉倒在一些不怀好意的新闻记者面前，因而取消了采访。"

"有可能，我不在场。"

奇克维先生皱着眉头，使劲盯着马芬特先生毫不在乎的脸庞，轻声地说："马芬特先生！"

"奇克维先生？"

"你们的运动，虽然不是我的，但代表着几千人——我怕，没有你们宣传人员所说的几百万，由一个从来不清醒的人领导着，难道不觉得羞耻、丢脸吗？"

马芬特先生微笑了一下，很赞同他发表的如此文雅而简短的发言和攻击，不过在全是伦敦机关工作人员和一些肥鸽的人行道上，这一切都是白费口舌的。然后，他只说了一句："不过，大不列颠女王陛下的部长承认的是德武里先生吧？"

奇克维先生皱了下眉头。

"那些崇高的英国慈善运动——反帝协会、泛非自由运动和英国殖民地独立运动认可的不也是德武里先生吗？"

这时，奇克维先生微微地点了下头，承认他说的不错，但同时表示这是互不相干的事情。

"我听说,"马芬特先生继续说,"例如,主管萨顿①西北事务的荣誉议员阁下拒绝让你的领导登上他的讲台,因为他是一个具有左翼观点的危险的鼓动者,对吗?"

这时,两人交换了一下强忍的高兴微笑——那种微笑针对的是政治的荒唐。(这并不是说,许多人留在政界,就是为了这个微笑。)奇克维先生甚至得意地昂首朝着灰色的天空,闭上眼睛,在将微笑送给潮湿的天空时,嘲讽地耸起了双肩。

然后,他垂下眼睛,把肢体绷成非难的形状,说道:"不过你得同意我的看法,马芬特先生——不幸的是,像德武里先生这样的人能广泛地被人认可为国民代表,而克温齐先生的长处却无人知晓。"

"我们大家都知道克温齐先生的为人。"马芬特先生说,而他在强调我们一词时故意冷冷地朝着他老朋友的眼睛瞥了一眼。这让奇克维先生默默地站着,沉思了一会儿。然后他轻声试探说:"是的,是的,是的。还是——嗯,马芬特先生?"

马芬特先生很认真地盯着奇克维先生的脸,又继续另一个话题:"不过,奇克维先生,情况就像我刚才讲的那样。"

奇克维先生针对他的脸色,而不是他的谈话,走近了一步,说:"不过,情况不一定会一成不变,对吗?"他们相互死盯着对方的脸,而马芬特先生几乎是机械性地询问道:"这是威胁,也许?"

"这是政治观察……马芬特先生?"

---

① 萨顿(Sutton),英国英格兰东南部城市。

"奇克维先生?"

"这种具体情况是很容易改变的。"

"是吗?"

"你知道是的。"

这两个人就这么站着,两张脸隔开几英寸,注意力集中地皱着眉头,为了迅速地在脑中协调十几种想法,这是必须的。他们是如此全神贯注,令一些职员和打字员不安地望着他们,然后,不想落个不自在的下场,又把目光移开了。

但这时他们感到有一个第三者过来了。马芬特先生很快地重复了一句:"这是威胁,也许?"声音很大。然后两个年轻人转过身去同德武里打招呼。此人比他们年长十岁或更多一些,身材魁梧,神色专断,引人注目。但是,即使是在这么早的时刻,他的脸上也有一种放荡不羁的神气,因为他的眼睛通红,神情恍惚,费好大劲才能站直身子。

这时,马芬特先生往后退了一步,站到他的领导右肘后半步的地方;而奇克维先生不苟言笑地面对着他们两人。

"您早上好,奇克维先生。"德武里先生说。

"您早上好,德武里先生。克温齐先生很快就会用完早餐,一会儿就来了。克温齐先生通宵在准备新宪法的提案。"

德武里先生没有搭理这种挑衅,而是茫然地站着,几乎是摇摇晃晃地,朝过路人眨着那双红眼睛。马芬特先生就代他说了:"我们都很钦佩克温齐先生的勤恳。"由于特别强调了我们这词,两位年轻人又交换了一下眼色,就像点了点头。这时马芬特先生知趣地伸出了他的右前臂,让德武里先生去扶。

47

过了一会儿,这位领导自己站稳了,用一种听起来似乎像抱怨的威胁口吻说:"我也知道宪法草案中所有的含义,奇克维先生。"

"听到这点让我很吃惊,德武里先生,因为上一个星期克温齐先生一直关在旅馆的房间里研究它,他说,七个人干上七十七年都无法弄清楚女王陛下的部长阁下提出的宪法内容。"

于是他们三人都哈哈大笑起来,感到荒唐和有趣。这时奇克维先生又皱起眉头说:"由于这些提案非常复杂,也因为克温齐先生已经达到了所有凡人能做到的地步,所以我们觉得,应该由克温齐先生代表我们的人民在部长面前发言。"

德武里先生挺直了身子,五指叉开放在他助手的前臂上。他睁着通红的眼睛,闷闷不乐地望着部办公大楼那面丑陋的墙壁,望着过路人的脸庞,然后,目光费劲地落到了奇克维先生的脸上。"但我是领导,我是大家公认的领导,因此我要代表我们的国家发言。"

"您不舒服吧,德武里先生?"

"是的,我不舒服,奇克维先生。"

"也许,让一个完全能自主的人来代表我们的人民同部长对话,更好一点吧?"(德武里先生没说话,保持着呆滞的、宽容的笑容。)"当然,除非您觉得到了十点三十分,您能更好地控制自己。"——他神气地把手腕抬到眼前,皱了下眉头,放下手腕——说,"时间快到了。"

"不,奇克维先生,我觉得到那时我的感觉也不一定会更好。你不知道,我有严重的胃病吗?"

"您有胃病,德武里先生?"

"您没听说,我因瘴气而无助地躺在威尔伯福斯夫人的医院里时,有人想害我的命吗?"

"是吗,德武里先生,有这么回事?"

"是的,确实如此,奇克维先生。当我无助地躺在医院里时,我的敌人贿赂了某个人,让他在我的食物里投放了毒药。那次我差点死掉。我的胃至今没有恢复。"

"听到这事,我感到十分遗憾。"

"我希望你如此。政治上的敌对,竟能让人堕落到使用这种手段,真是可怕。"

奇克维先生站着,略微朝一旁转了下身,看来很喜欢看一些飞舞的鸽子。他微笑了一下,询问道:"也许不是什么政治上的敌对,而是真诚的爱国主义,德武里先生?可能有些受到误导的人认为,没有您,国家会更好。"

"这是观点问题,奇克维先生。"

这三个人默不作声地站着;德武里先生悄悄地靠在马芬特先生的手臂上;马芬特先生站在那里侍候着;奇克维先生朝着鸽子微笑。

"德武里先生?"

"奇克维先生?"

"您当然知道,如果您同意部长对这部宪法的提案,那就会发生内战?"

"我同意这部宪法,是因为我希望避免流血。"

"不过,当您宣布打算同意的时候,在我们不幸国家的十二个不同的地方,开始了严重的暴乱。"

"受到误导的人民——是你们党误导的,奇克维先生。"

"我记得,大约十二个月以前,当报界谴责您引起暴乱时,您的回答是人民有自己的脑子。不过,当然,那是您拒绝考虑宪法的时候。"

"局势有了变化,也许?"

这段对话的紧张气氛对德武里先生产生了影响。从他那肥大的脸上掉下大颗大颗的晶莹汗珠,他用那只不用来支撑自己的手去擦汗,把身体的重量从一只脚转移到另一只脚上。

"是您的态度发生了变化,德武里先生。先前,您支持一个人,一批选民。然后,过了一夜,你成了那批举足轻重的选民的支持者。这不能说成是局势的变化,而是政治领导人的变化——是背叛。"奇克维先生像毒蛇一样鞭挞着,把最后三个字抛向那个手足无措的人。

马芬特先生看到他的领导眨巴着眼睛,站在那里一声不吭,就平静地替他说了一句:"德武里先生不习惯对庸俗的辱骂做出答复,他宁愿保持沉默。"两个年轻人又交换了眼色。这时,奇克维先生说:"我们人民的领袖拿了白人的钱,背叛我们的人民,这已不是第一次了。"说话时,他的脸离开德武里的脸不到四英寸。

德武里先生望着他的助手,后者说:"不过部长召见的是德武里先生。你应该小心一点,奇克维先生,作为一名律师,你应该懂得法律:政治观点不同是一回事,诽谤是另一回事。"

"例如,就像诬蔑别人下毒?"

这时,他们都转过身去了,第四个人加入了他们的行列。克温齐先生,个子高高的,有点驼背,一副孤傲的样子。他正微笑着,站在离他们几步之遥的地方。奇克维先生站到他身后一英尺的地方,于是面对面地就有两对人。

"早安,德武里先生。"

"早安,克温齐先生。"

"时间差不多了,我们该去见部长了。"克温齐先生说。

"我觉得德武里先生不能代表我们去见部长。"奇克维先生激动地说,有点威胁的味道。克温齐先生点点头。他那双深深地嵌在眉毛下的小眼睛让他的眼神显得认真和关注。这时他正眼睁睁地盯着他对手的满脸汗珠。

德武里先生抬高了嗓门,不假思索地说:"谁来负责?谁?全世界都知道道德高尚的克温齐先生,勤奋的克温齐先生,但是谁来为我的健康状况负责?"

奇克维先生插了进来:"没有人能为您的健康负责,只有您自己,德武里先生。如果您每天喝两瓶高浓度的烈性酒,您的健康当然会受到损害。"

"德武里先生目前的健康状况,"这时马芬特先生开口了,因为他的头头咬着嘴唇没有作声,而且眼睛通红,既有泪水,也因为喝了烈性酒,"是由于几星期前在恩卡洛利里的威尔伯福斯夫人的医院里服用了几乎杀了他的毒药所致。"

"听到这一点,我很遗憾,"克温齐先生温和地说,"我相信最坏的情况已经过去了。"

德武里先生气疯了,他的脸激动地皱了起来,到处冒着汗珠,目光乱转,拳头一会儿握紧,一会儿松开。

"我希望,"克温齐先生说,"您不会认为是我或者是我的党与此事有任何关系吧?"

"认为!"德武里先生说,"认为?我能对部长说什么?我的政治对手不会无耻到去毒害一个住院的无助的病人?我是否要告诉他们,我得像一位东方的君主那样让别人检验我的食物。不,我不能告诉他这些事——在那里,我也是无助的。他会说——野蛮的黑鬼,居然下毒药,人们还能期待他们什么?"

"我怀疑他会这么说,"克温齐先生说,"他自己的祖先都认为下毒是一种可以接受的手段,还不是很久以前的事。"

但是德武里先生没有听。他的胸脯鼓得高高的,他在大声地抽泣。马芬特先生将他那不起作用的前臂在身边放下,站到几步之外,沮丧地望着他的领导。他伤心地观察了一阵,克温齐先生和奇克维先生对此不理不睬,过后他看了奇克维先生几眼,又看了几眼克温齐先生。在这三方这样无声交谈之际,德武里先生,像莎士比亚剧中失去了皇冠的国王一样,站在一旁,他的胸脯起伏着,流淌着眼泪,低着头接受背叛者的棍棒和鞭子。

奇克维先生终于说了一句:"也许您应该告诉部长,您像美国歹徒一样,订了一件防弹衣。看在您在我们人民心中的地位分上,这无疑会给他留下深刻的印象。"德武里先生又抽泣开了。奇克维先生继续说:"不是我不同意您的想法——最好穿上防弹衣,是的。食品检验还不够。我已经听到我们一些年轻的鲁莽分子相互间的谈论。您最好要采取一切可能的防御措施。"

这时,克温齐先生皱皱眉头,抬起头来打断他的助手:"我觉得你说得太过分了,奇克维先生,当然不需要……"

听到这里,德武里像一个在伦敦潮湿的天空下站不稳的下台国王似的发出了大声苦笑和呻吟,说:"听听这个好人在说什么,他什么也不知道,是的,在他手下干着他的肮脏勾当时他还很正直,听听这个圣人的话!"

他晃了一下,去找马芬特先生的前臂,但它不在那里。他就自己站好了,面对着三个人。

克温齐先生说:"这是件很简单的事,我的朋友们。谁将代表我们的人民去同部长谈。现在必须决定的就是这件事。我必须告诉你们,我非常仔细地研究了这个宪法提案,我非常肯定,我们没有一个正直的人民领袖能够接受它。德武里先生,我肯定你会同意我的意见——这是一批很复杂的提案,有一些内容你很可能疏忽了,对吗?"

德武里先生苦笑了一下:"是的,很可能。"

"那么,我们取得了一致意见?"

德武里先生没作声。

"我想,我们的意见是一致的。"奇克维先生说,微笑地望着马芬特先生,后者过了一会儿微微地点了下头,然后转身去面对他领导投来的严厉谴责的目光。

"快十点半了,"奇克维先生说,"过几分钟我们就得去见女王陛下的部长了。"

那两个助手,一个带着威胁的神气,一个悲伤地望着德武里先生,后者还在人行道边上犹豫,伤心。克温齐先生还是很洒脱,有礼貌地微笑着。

克温齐先生最后说:"说到底,德武里先生,您去定会被选上的,我们当然希望如此。您有长期的经验,国家会需要您当部长的。即使在我们贫穷的国家里,一个部长的薪水也足以作为您现在体面地同意退出的补偿了。"

德武里大笑了一声,又痛苦,又怨恨,又轻蔑。

他走了。

马芬特先生说:"可是德武里先生,德武里先生,您去哪儿?"

德武里先生往身后甩了一句:"克温齐先生去同部长谈。"

马芬特先生朝另外两人点了点头,朝他原先的领导追过去,抓住他的胳臂,让他转过身来。"德武里先生,您必须同我们一起进去,在部长面前保持统一战线是很重要的。"

"在权势面前,我甘拜下风,先生们。"德武里先生说,讥讽地哈了哈腰,但不得不中断这个动作:马芬特先生用机灵的胳臂中止了他的摇晃。

"我们进去吧?"奇克维先生说。

克温齐先生再也没看德武里先生一眼,就趾高气扬地走进部办公大楼,后面跟着德武里先生,他的左手扶着马芬特先生的胳臂。奇克维先生最后一个进去,他微笑地看着德武里先生,轻快地一颠一颠地走着。

"刚好是十点半,"当一个侍者走上来阻拦他们时,奇克维先生说,"分秒不差。我想我能听到大本钟的钟声了。先生们,我们大家都知道,准时是效率的基石,没有它就无法治理一个现代国家。不是吗,克温齐先生?不是吗,马芬特先生?不是吗,德武里先生?"

对 话

不管她在商店、货摊、人行道上的旧房子那里耽搁多久，她要去的那幢窄窄的、有玻璃窗的大楼总伫立在那儿，比这些杂乱的破房子要高六层或八层。这一片破房子很可能不久就要被拆除，因为太不实惠了。这幢新大楼是很实惠的。它坐落在拐角的土地上，地基就占了三幢小房子、两家洗衣店和一家杂货铺的空间。楼内住了四十户人家，一百六十人，每户四口。每户住一套公寓。大楼里的气氛神秘而冷清。每次电梯停下，就可以看见四扇同样的黑门，处于同样的位置，同其他九层的四扇房门一式一样。每扇门内都保持着各自的隐私。

不过，这时她正站在拐角处看着一个身穿印花布连衣裙的老妇在货摊旁买土豆。那个卖菜的男人问："今天关节炎怎么样，阿达？"阿达回答（看来不是她有关节炎）："不太糟，弗雷德，但是他还得躺在那里，老样子。"弗雷德说："我老伴要是一不注意，肩膀之间就会不舒服。"他们继续谈论着关节炎，似乎这是用爪子和牙齿咬住他们身体的一只野兽，但是可以用加热或一些对路的食物哄哄它，或者贿赂它，直到她终于能看清它是躲在甘蓝菜后面，随时准备扑出来的美洲豹似的一只动物。街对面是一家唱片店,它播放的歌剧片段,响彻整条街道,但街上没有人去听它。就在这片店外,两个头发蓬乱的小伙子正在认真地谈些什么,一个头发深色,一个头发金黄,穿着运动衫和牛仔裤,细长的脖子似乎不大结实。

一辆公共汽车缓缓地停了下来;走下六七个人。一个男人走过时问了一声:"有什么好玩的事?"他眨了下眼,她这才意识到自己刚才在微笑。

街上熟悉的熙来攘往的繁忙景象让她感到心情舒畅。当然,这也正是她花了那么长时间,大约有一小时了,在这幢大楼脚下闲逛的原因。她故意用当时的另一番情景来印证或者测试她血液中流动的无法克制的肉体上的好心情,似乎是在对着人行道,对着路人,对着湛蓝天空中的片片浮云打招呼:那个站在一排排五颜六色的蔬菜摊头后面的男人,样子呆头呆脑,看上去有些野蛮;在滚滚的人流中站在唱片店门外的两个小伙子,看他们肩和腰的那种放肆而又可怜的姿态,就不难猜出他们会有什么出息;阿达,不管从哪个角度看都是丑恶的、令人讨厌的,皮肤松垮、泛黄,一身汗臭,等等,等等。是的,不胜其数。一眼望去,都是这种景象。肮脏的、丑陋的、可怜的……不过这又怎么样呢?她的血肉之躯坚持着,因为即使是此时此刻,她还在微笑,哪怕她看到的是另一种刺眼的情景。她能感觉到她脸上的微笑。正因为如此,路过的人会说些笑话,评论两句,停下来跟她聊一聊,请她去喝杯咖啡,逗逗她,把他们生活中的故事告诉她。今年她四十岁了,最近才变得安静了一点。用词不当:过去没尝试过;似乎是当年相当强烈的激情,设法凝聚成,或者变成一种出自内心的快乐。这与暂时的一些反应——痛苦、失望、失去——没有关系,因为这种快乐比它们更强烈。不过,这会继续下去吗?为什么要继续?很可能会毫无理由地再次消失,就像它毫无理由出现一样。很可能,这是她生活中的一个空间,她走进去了,发现那里充满了快乐和安逸,穿过它,又走了出去,进入了另一个仍然是不熟悉和想象不到的空间。她当然从未想象到这一点,这是大自然的赐予?机会?额外赠予?……一家书店在店门外放着一堆旧书,她把手放在它们破旧的封底上,她爱它们。她马上看了一眼爱这个字,她的手掌感受到触及这个字时的快乐,选了它,于是她自言自语地说:现在够了,我该进去了。

她望了一眼蔬菜摊,走进了这幢大楼。心中(这个词马上给删去了,尽管她感觉是在那里)保留着多彩的植物。电梯是一个棕色的小单间,闪烁着明亮的灯光,上升得很快。她没有去理会胃中的翻腾,强忍着阵阵的恶心;晕乎乎地来到了顶层;正是因为她神经有些紊乱,这个紧闭的小空间里忽明忽暗的光线,让她产生了幽闭恐怖。她很快地揿了39室的门铃。她走进去时,比尔站在一旁,让她在他脸颊上吻了一下,她的嘴唇感到了他脸上的潮湿。他马上在她身后关上房门,把身子靠在门上,利用门把作为一个支撑。她尽管因为坐电梯还感到有些恶心,但马上同晕乎乎地站在门旁的他拥成了一体。

不过,她马上恢复了正常(他把她仔细看了一遍,就推开了);而他还靠在门上。她走过去坐在一张铺着红毯子的长靠椅上,这是她常坐的位置。这套公寓有两个房间,一间很小,总是拉着半夜用的蓝色窗帘,很暗。因此,在床头灯微弱的黄色灯光下,那张窄窄的床,靠墙的一边堆满了书,成了令人窒息的阴影。这间卧室(他大部分时间都待在那里)先是让她感到幽闭恐怖,然后感到必须逃走,或者让阳光射进来,把墙破开,变成露天卧室。在那里,她的好心情能维持多久?她觉得不会很久,不过她永远不会知道,因为没有什么能使她去做这种试验。他们两人坐在第二个房间里常坐的位置上,她戒备地坐在红毯子上,他坐在他那把昂贵的椅子上。这把椅子看上去像外科做手术用的,全部用黑色的皮革和铬制成,他的体重已把它压得东倒西歪了。对他来说,这个房间是个挑战,因为太宽大了——他需要卧室的紧闭和黑暗。这个房间又宽又高,白色的高墙,纯黑色的地毯,深红色的靠椅,他的那把像机床一样的椅子,还有更多的书。但一面墙几乎全是窗子:从膝盖的高度到天花板全是窗户,因此,伦敦这个地区的邋遢景象显得像从飞机上看下来一样清楚。这个公寓太高了,或者显得很高,因为下面的一切是清一色的矮小。阵风在这里,在这个房间(如果她单独待在这里,她的情绪总会很好)周围呼啸着,摇晃着,撕扯着。对她来说,站在那些窗户旁,呆呆地看着天空、清风、流云、太阳,是一种解脱。对他来说,却是恐怖。因此她没有直接走向窗户,这会破坏他们一起头晕的平等的时刻——她是因为乘电梯,他是病态。不过,不走过去也有危险,那就是他可能会知道她刚才为什么放弃了享受他知道她喜欢的那事,并且觉得她太照顾他了。

他本来是背对着光的。这时也许意识到她正望着他,就把椅子转了一下,面对着天空。不,今天不是他的一个好日子,尽管一开始她以为他脸色苍白是因为深蓝色的毛衣造成的,毛衣紧绷的高领使他的头显得更突出。他脑袋很大,一头短发呈微红色,像一团绒毛,紧贴在后脑壳上,使得这张脸显得更大了,宽宽的、苍白的脑门,高高的颧骨,还有下巴,脸上的每一个部位似乎都力图占据统治地位,那双宁静的绿色大眼睛衬托着那张只能表示形形色色痛苦的嘴。陌生人(她在了解他之前也是如此)看上一眼,会觉得他是个魁梧、强壮、健康而自信的男人。但是,现在她了解了那些迹象,环视一下房间就能说:是的,你,你,你……因为她曾多次处在他的境地,俘获了他的身心。不过他们看着她,绝不会说她是他们中的一分子,因为在短暂的片刻和间歇成为他,并没有在她身上留下痕迹,不可能,因为她的神经太正常了。(正常?)但是她是与他们不同的一种人,几乎是另一个物种。值得人羡慕?她觉得是这样。如果她不觉得他们值得羡慕,她为什么来这里,为什么她总是想来?为什么她故意忘掉她在街上感到的幸福(不理他们,偏要使用这个词)?她是否认为,这个房间里的痛苦比幸福更真实?是因为忍受痛苦背后的勇气?她自己可能无法忍受会将最神秘的痛苦强加于她的那间遮着深色窗帘的小房间;但是她尊重这个生活在无遮拦的平台上、在浮云中飘荡的男人(这是他心中的感觉)。这是他的选择?

　　医生们、朋友们、她自己——每个了解情况的人——都会说:要有家庭的温暖,如果可能,要结婚,要舒适,要有别的人。

绝不能与世隔绝,绝不要孤独,不要狂风呼啸的高楼,不要只能井里观天的房间。但是他却拒绝常识。"不要抛弃我的本性。我必须这样撞过这一切,如果我做不到,那又会是谁的损失呢?"

是的,她觉得自己不够坚强,无法冲过她最怕的一切,尽管她生来很健康,她的神经是受她自己控制的。

"是的,不过你可以选择,我不行,除非我想成为一个生活在他人温暖怀抱中的小动物。"

(对话就是这么进行的。)

但是,他也可以选择:他们,她现在可以在人群中根据他们的眼神认出他们,有上百种方法可以躲藏起来。她可以说,不是每个人都能认出他们;我们认识多少人(男男女女,不过男人多于女人)仅仅是为了安全而卷入婚姻,或者依附于别人的家庭,偷窃(如果你愿意这样说也可以)安全感?不过偷窃意味着没有回报,而这些男人和女人,这些隐居的人确实付出了回报,否则他们不会这么受欢迎,这么为他人需要——所以不要谈什么像一只小袋鼠那样依赖着腹部皮毛的温暖,这是拿走一样东西,偿还另一样东西的问题。

"是的,不过我不想装模作样,我也不愿意装模作样,这不是我——我不能,而我之所以不能,那是你的错。"

这就是说,因为她,他变成了另一个人,就像她,因为他而变成了另一个人一样。

"亲爱的,我只有通过理性才能理解激情,直到我认识了你,我才理解什么是正常。好了,我投降……"

这很郁闷。她常常用这种郁闷的心情来删除她健康的心态使用的像爱情、幸福、我自己、健康等词汇。这种郁闷就意味着:我欠你的,我会报答你,我必须这么做,我的理智告诉我,我必须做。我甚至会变成你,但只是短暂地,在我能忍受的时期内。

与此同时,他们在交换信息,不是交谈。她见过 X 和 Y 和 Z,去过这些地方,看过那本书。

他看过这些书,见过 X 和 Y,花了许多时间听音乐。

"你要我走吗?"

"不,留下。"

这个很小的授权让她很高兴;她不想去揣摩自己的心情,她往后坐了坐,盘起了双腿,坐得舒服一些。她抽着烟。他放着爵士乐,茫然地听着,他的身体没有融进去,他那宽大而紧绷的前额上微微地冒着汗。(这意味着,他要她留下来不是因为需要温暖,而是因为需要有人在那里。她又挺直了身子,忘却了当时的快乐。)她看见他的眼睛闭上了。他的嘴紧绷着,表现出冷漠地忍受的决心,他的脸似乎是睡着了,或许……

"比尔。"她很快地,像是在祈求似的说。

他没有睁开眼睛,微笑了一下,给她送去温柔、友谊以及没有恶意的讥讽,一种人就应该给另一种人这样的感受。

"没事。"他说。

阵阵狂风在这幢大楼的角落旁呼啸,钢琴的音符就像雨点一样拍打着。片片白云飘过淡蓝色的天空。不间断的鼓声隆隆,有时又嘶嘶作响,就像她的血液冲击着心脏的跳动,一阵放肆的笛声像高空广告牌那样,在从窗台笔直喷向天花板的起伏的烟雾中飞舞。但是他闭眼坐在那里,手掌紧握着扶手作为支撑,他听到了什么,看到了什么,感觉到了什么?录音停了,他睁开眼睛,双眼摆脱了内部的困境,盯着面前的墙壁。他伸手去关机器。此时一片沉寂。

他又把眼睛闭上了。她不去想非常想谈的有关音乐、风、云、雨点、草地的图形和大地等林林总总的谈话,而是想看看——先是那房间,在暴风雨和摇晃的基石上坚持着的一个高高的不安全的平台;然后是他视野中的某种不协调的东西;然后是她自己在他心目中的形象——她马上觉得精神上很累,就像第三只眼睛冷漠而讥讽地眨了一眼,看见了他们两人,两个小人儿,他和她自己,就像她看见那个卖蔬菜的摊贩、那些小伙子、那个丈夫生关节炎的妇人一样。她毫无恻隐之心地看着他们,一起默默地坐在高高的房间里的两端,那只眼睛似乎在睁大,直到它怀疑而否定地充斥了整个宇宙。

现在,她接受了爱情、快乐(等等)违禁的词汇,并且让它们来温暖自己,因为她不仅不能忍受世界没有它们,她还需要它们来驱散她对他的气愤:是的,是的,这一切都很好,但是,如果不是因为我、像我这样的人,戏还怎么演下去,怎么收场?我们创造了你,是为了让你来利用我们、吞噬我们;我们也愿意默认这一切,但是不能蔑视……

他开口说话了,这并没有让她吃惊,因为他们常常是心有灵犀的:"你的性格分裂比我更厉害,你知道吗?"

她想:如果我的性格不分裂,如果有一半(假如应该这么划分的话)不能活动在你的世界里,即便是很短暂,那么我就不会坐在这里,你也不会要我。

他说:"我不是在批评你。绝对不是。因为你有交往。你还要什么?"

"交往。"她说,想着这个冷漠的词儿。

"是的,嗯,这是一切。"

"你怎么能坐在这里,坚持你所坚持的事情,还说这是一切。"

"如果你是这样的,那就这样好了。"

"反正都一样。"

"是的。"

"为什么? 的确,我想的和我感觉的有矛盾,但是……"

"但是?"

"好吧,这一切都毫无意义,我心里知道,这是意外,这是反常的,但尽管如此,每件事总会让我感到愉快。为什么有矛盾,为什么?"

"你不把它看成矛盾?"

"是的。"

"你是靠你祖先的老本儿生活的,靠祖传信念的老本儿。就是这么回事。"

"可能吧,不过我为什么要在乎这一点呢?"

"一只在阳光下嗡嗡作声的苍蝇。"他的微笑先是扭曲、温和的,然后表示出不满的批判。这种批判,冷酷的批判伤害了她。她觉得泪水在涌起。所以她今天不能待很久,因为流泪是不允许的,泪水是另一种争论,或者争斗——涉及个人的争斗——的一部分,已经玩过(或争过),早已结束了。

她没有去碰眼睛,只是眨着,想让泪水干了,为的是不让他看到她想哭。

这时他说道:"如果我是未来呢?"

长时间的沉默,她想:可能,可能。

"我觉得我是。如果世界像我这样的人越来越多,那么……"

"那些小苍蝇会嗡嗡地响得更厉害。"

他大笑了一声,很短促,但是真心的。她想,我不在乎你说什么,那笑声比什么都有力。她无数次地默默坐在那里,盼望那笑声变得更有力,感觉到自己是生活的中心,或者是一种温暖,她要让这房间充满暖意。

他坐在那里微笑着,但笑容是茫然的、沉重的。他的四肢似乎是寒冷而局促不安的。即使她坐在房间的对面,也能感到这一点。她朝他走去,在他椅子旁蹲了下来,从黑皮把手上抬起他的手,感到它又重又凉。它握了一下她的手,礼貌多于温暖。而她紧紧地抓住了它,希望生命能沿着她的胳臂通过她的手传到他的手上。这时她闭上了眼睛,迫使自己活生生地回想起她刚才在人行道上抛弃(几乎是蔑视地)的一切——抚摸那些旧书时的快乐,看到排列整齐的水果和蔬菜时的愉快。潮湿而零乱的布面内褪色的印刷品,六便士或九便士就能买到的歌声,有节奏地跳动着,成了生命的脉搏,就像那些五颜六色的橙子、柠檬和卷心菜,金色的、翠绿的,让人眼花缭乱,目不暇接——她屏住了呼吸,意志坚定地让生命流到他手上。它在她手中变得暖和一些,也友善一些了。过了一会儿,他睁开眼睛,朝她微笑:笑容中闪过一丝悲哀,然后是冷嘲。于是她吻了一下他的脸颊,回到粗毛毯上的座位。"苍蝇。"她说。

他没有理会她。她想:我为什么要这么做?那些来这里待一两夜的姑娘,因为他需要她们的纯真,给他的不会更少。我,还是她们中间的哪一个,都一样。"我想喝一杯。"她说。

他犹豫了一会儿,因为他根本不喜欢她喝酒,但他还是给她倒了一杯,而她默默地说(她毫无理由地感到她体内的每一个细胞都有飘飘然和寒冷的感觉):好吧,但是在我们俩的身躯在一起散发温暖(如果你喜欢,可以称之为苍蝇,但我不这样认为)的日子里,我不会要喝酒的。她在想:如果感到陶醉的是你而不是我呢?他说道:"有时,当我在这里孤独地待了一两天时,我就在想,是不是只要……我就会陶醉。"他大笑了一声,从理性上对那种思想方法感到有趣,对此,她却无意去揣摩。

"虚无主义的快感?"

"你当然不会有这种感觉,绝不会有的。"

她看到这种新的进攻性、这种突发的力量和批评(这时他精力充沛地在房间里来回走动),实际上是她给他的礼物;于是她说,突然变得很愤懑:"苍蝇没有感觉,只会嗡嗡作声。"

这种愤懑,是他们不允许在他们的交谈中出现的情绪,所以她把最后的几滴酒喝完了,让她的胃又感到了某种暖意,她当时需要胃里有点暖意的火花。

他说:"尽管如此,我觉得,我比你更接近真理。"

真理这个词并没有说明什么问题,听上去生硬而有点自说自话,就像一块石头;她让它隔在他们中间,用踝骨旁松软处跳动着的脉搏来对付它——她的双脚正伸在她面前,所以她能看到它们。

他说:"我觉得,像我这样离群索居的人应该比你们这些人看得更清楚。你觉得这听起来可笑吗?我对此想了很久,我觉得你们太容易满足了。"

她想:我希望他会走过来,坐在我身边的毛毯上,用胳臂搂着我——这就够了。这就够了,就够了。她感到很累。我当然很累——这是因为我必须像苍蝇那样嗡嗡作声……

没有前兆,甚至没有尝试,她就溜进了他、他的身子、他的心里。她看着自己,想着:这一小堆肉体,这个人会做出反应而且暖和起来,把脑袋放在我肩上,感到幸福——多么真实,多么庸俗,多么无意义。

她摆脱了他,从沙发椅上站起,走开,朝窗口走去。

"你在干什么?"

"欣赏你窗外的景色。"

天空万里无云,但天色已晚,楼底下的街道上已经上灯了,人行道上出现了微弱的黄色光芒,人们在街道上的一些小小的动作,似乎都令人激动,充满希望。这时他离开了他那机床般的椅子,走过来站在她身旁。他并没有碰她;不过要不是她在那里,他是根本不会走到那里去的。他用一只大巴掌撑在玻璃上,往外望去。她感到他深深地吸了口气。她一声不响地站着,感受到生命在人行道上流淌和盘旋,并希望他能感受到这点。他吐了一口气。她没有朝他看去。他又吸了口气。那只手颤抖了一下,然后绷紧了,再然后凝然不动了,这是一只结实的大手,关节处长了些小小的斑点——它的镇定,让她感到安慰。一切都会好的。她还是没有望着他的脸,只吻了一下他的脸颊,就转过身去了。他回到了他的椅子上,她重新坐到她在毛毯上的位置。室内渐渐为黄昏所笼罩,天色灰暗,显得宽大无垠,十分遥远。

"你至少应该装上窗帘。"

"我会把它们一直拉上的。"

"为什么不呢,那么,为什么不?"她坚持说,觉得眼眶又潮湿了,"没事儿,我不哭。"她理智地说。

"如果你想哭,为什么不哭?"

她不再哭了。但是有一次,就在不久之前,她曾经为了他,为了自己,为了那个冷酷的第三者,就像一个残忍的国王那样拒绝批准他们之间的亲密关系,哭得死去活来。她发现,她踝骨处跳动的脉搏有点绝望似的在与死亡搏斗。在暮色中,她的脚离得很远,她感觉自己被分割开了,无法掌控自己。但是她还是留在原地不动,尽量不使自己分裂。而他朝着空中射来的闪烁的灰色光线坚定地伸出了拳头,看着它,就像她看着自己的脉搏一样,完全像个陌生人。

"看在上帝的分上,把灯打开吧。"她说着,投降了。他伸出手,按下了开关,一道刺目的节能灯光照亮了整个房间。

他微笑了一下,不过他的脸色又变得惨白了,他湿漉的前额闪闪发光。她为他感到心疼,也为自己感到心疼,因为现在她要小心翼翼地站起来,离他而去。这种疼是放逐似的疼,是她自己选择的。她微笑地坐着,用双手抚摩着她的两个踝骨,感觉到她呼吸着的肉体的温暖。他们两人笑脸相迎,于是她说:"好了,该走了。"

她又吻了他一下,他也吻了她,然后她就边走边说:"我会给你打电话的。"

每一次,当她离去,他的门,除了门牌以外与这幢大楼里的其他房门一模一样的那扇黑门,在她身后关上时,她身上的每一个细胞都能感觉到,她(或者任何人)离去时,那种孤独感会给他带来什么样的感受。

她从那里出来,走进了街道,这时街道显得很陌生,她觉得她不认识它了。夜间,雾霾笼罩下的伦敦紫色的天空很粗野、苦涩。那些变幻莫测的光线后面的动力是痛苦。她曾经觉得温暖的高低不平的人行道,透过她凉鞋的鞋底袭来凉意,街上的阴影似乎就是黑色的冰块。过路的行人是一些她唯恐躲之不及的愚蠢而可恨的动物。但是比这更糟的是,所有的事物都呈现出一种昏沉沉的、单调的、黑白分明的、肤浅的神色,而且(这才令人害怕)她走过的现场反映了她自己的心态,这里没有属于自己的生命,只有她能输送一些。而她自己是个已经死去的空壳,是那些着色单调的街道上的一个硬纸板做成的塑像。

她想:为什么这一切不能结束呢,为什么?她又看到蔬菜贩子弗雷德的那张土豆似的脸,他对阿达丈夫疾病的关心只是因为她是他摊上的顾客;她望着阿达,她的脸庞和动作显示出来的那种令人生厌的生活(她就像一堆烂泥或者城市里的某种不值一提的东西)活生生地记载了一个愚蠢的体力劳动者的一生。那两个小伙子的热情并不能感动她,她感到厌恶。

她继续向前走。那幢高楼,像一座黑色高塔,俯视着她,同她保持着一样的步速。始终无法避开它。

在她大腿旁自动地摇来摆去的手,突然抬了起来,从篱笆上摘下一片叶子。那片叶子颤抖了一下。她发现颤抖的是她的手指,因为太累了。她抑制住了手指的颤动,那叶子就成了一片薄薄的、光滑的硬东西,像个硬币。它很小,圆圆的,亮光光的,墨绿色的。一阵淡淡的辛辣气味传入了她鼻孔。她知道,那是树叶的气味,当她把叶子拿到她鼻孔下时,树叶似乎就把勃勃的生气喷入她的脑海,让她了解到这叶子的实质,并通过它意识到她当时所站的地方。

她站在那里抚摸着这片叶子,这时生命又回来了。脉搏重新跳动了起来。一股暖意从她脚底升起。天空的紫黄色,是为了效果,为了极度夸张,而给生活在天空下的人们送去的一个礼物。一位年长的妇女走了过去,朝她微笑了一下,在昏暗中显得神秘而特殊。于是,她被人从麻木状态中救活了,她又成了自己。她缓慢地走着,内心感到安宁。她对走过她身旁的路人默默打着招呼。此时,那黑色的高塔还同她保持着一样的步速,她感到它就在她的右背后的什么地方高耸着。它高大、窄长、可怕,全都埋在黑暗之中,只是在顶层有一丝灯光在闪烁。那里有一个男人,靠着自己的意志力,挺直了身子,孤独地端坐在那里,盯着变幻莫测的冰冷的天空。

她埋头往前走着,按照她自己的血液愉快流动的节奏,走着。不过,她的一只手偷偷地触摸着那座高塔的底部,现在那高塔会永远挑战似的跟着她,直到她敢于爬上去为止。她的另一只手,紧紧地握着那片树叶。

个案随笔

　　莫林·沃森1942年出生于北爱尔兰纳尔逊路93号。她不记得战争，或者说，当人们提起"战争"，她就想起了配给制，凭票购买窗帘布，交换衣服，用来换四分之一磅茶叶的半磅黄油（莫林的父母喜欢茶，而不喜欢黄油）。再推后一些时光，在她刚出生不久，她曾感觉到火光和阴影的移动，光的跳跃和消失。她不知道这是回忆，还是她脑海中形成的图像，也许是因为她父母曾经告诉她，有一天晚上，炸弹落在离开纳尔逊路两条街的地方，他们所有的人都在冒烟的瓦砾堆中站了一天一夜，看着消防队员用水管扑火。这种感觉不仅是危险，而且是末日的到来，在巨大的、非人力能左右的力量面前的无助；这是她最深刻地感觉到、看到或者是想到的早期的童年。社会视察家也许会进行这样的描写：

> 　　莫林·沃森是在历史上最糟糕的那场战争高潮时期，在意外的假期中偶然怀上的。婴儿是母亲喂养大的。她母亲是在防空洞里遇到她丈夫的，所以只能偶尔（战争条件决定的）得到丈夫的资助。可怜的孩子，她出生在一个动乱的历史时期。当时的战乱毁掉了四千万人，

也很可能毁了她。

从莫林来说,她的记忆和她父母的回忆让她觉得,整件事很烦人,与她无关,所以就把它撇开了。

她第一次弄清楚这一点,是在她七岁的生日聚会上。当时她穿着一件紫色的蝉翼纱的连衣裙,扎着一根粉红色的腰带,金黄色的头发梳成了长卷。有一位母亲说:"这是我家雪莉穿的第一件不是配给的连衣裙。这很丢脸,不是吗?"她自己的母亲说:"当然了,这些战争儿童不知道自己错过了什么。"这时,莫林说:"我不是战争儿童。""那么你是什么,宝贝?"她母亲说,两人深情地交换了一下目光。

"我是莫林。"莫林说。

"我是雪莉。"雪莉插进来说。

雪莉·班纳是莫林最好的朋友。沃森家和班纳家比街上其他人家要富裕一些。沃森家住在街头的那套寓所,周租金要高一些。班纳家经营一爿卖糖果、纸张和烟草的商店。

莫林和雪莉记得(或者是别人告诉她们的?),纳尔逊路上曾经是一排弧形的房屋。后来,底层被分割成商店:一家杂货铺、一家洗衣店、一家五金店、一家面包铺、一家乳品店。似乎街上每隔一家就有一爿店,为其他家庭供应某些固定的需要。还有什么其他的需要?显然没有了;莫林的父母向市政委员会提出了申请,他们家楼下就成了第二家杂货铺,破了墙,摆了新货架,放了一只冷冻柜。莫林还记得两个小房间,每一间里都有印花的窗帘,将两个房间隔开的那壁墙上有两只背对背燃着的小壁炉,黑黑的人影常在窗帘上晃动、摇曳。

这两个房间在阵阵灰云中消失了,只留下一些味道好闻的木板露在外面。一些陌生而友好的男人赞赏她金色的瓶塞钻,要吻她,但不能如愿。他们让她从他们的水壶(她母亲每天给他们灌满两次)里吮吸甜茶,用香槐木的螺旋形边皮给她做手镯。过后,他们就消失了。一家新店出现了。莫林店。莫林和她母亲一起去了做招牌的店,让他们把这几个字用黄色的油漆写在蓝色的底板上。

即使没有这个名字,莫林也知道,这片店是与她对未来的希望连在一起的;而她的未来就是她母亲生活的目的。

她长得很可爱。她早就知道这一点。即使在有着火光和黑暗的阴影的时候,他们逗着玩的婴儿就很可爱。"你曾经是个多么可爱的婴儿啊,莫林。"在生日聚会上,有人说,"沃森太太,莫林长得真可爱。"但是所有的婴儿和小女孩都是可爱的,这一点她很清楚……不,不仅如此。因为雪莉胖胖的,黑黑的——也可爱。但是她们的父母——或者说,她们的母亲的谈话,从一开始就表明雪莉同莫林不是一个等量级的。

莫林十岁的时候发生了重要的一幕。两位母亲在莫林店楼上的房间里给她们的小女儿们梳头。雪莉的母亲说:"莫林自己也能梳得很好了,沃森太太。"沃森太太点了下头,但是深深地叹了口气。这叹气声让莫林很生气,因为它否定了她对她未来所感到的(她生来如此)十足的信心。也因为与她记得的,或者她认为她记得的那烦人的时代有关,犹似那冲天的火光的闪动。机会:沃森太太的这一声叹息,就像是幸运之神的祈祷,这是颠簸在大风大浪中的一个渺小无助的人物的叹息。莫林当场就做了个决定,她与那些准备遭受颠簸的无助的小人物没有丝毫共同之处。因为她要成为完全不同的人。她现在已经与众不同了。不仅是战争,连战争的阴影也早已过去,只有报上还有些谈论,这同她毫不相干。商店里什么都有。班纳家的糖果、烟草、纸张店刚装修完毕;莫林的店里什么都不缺。莫林和雪莉,两个可爱的小姑娘,穿着母亲做的漂亮的连衣裙,是富裕家庭的孩子,她们自己也知道这一点,因为她们的父母老是说(他们显然不在乎自己有多啰唆):"这些孩子什么也不缺,不是吗?她们不知道,情况可能完全不同,对吗?"这些话暗示她们应该对什么也不缺的生活表示感激。孩子们听了总是很生气,于是就去邻居们能看到并称赞她们的地方显摆她们有许多褶边的裙子。

十一岁。十二岁。雪莉的身份已经降格为比漂亮朋友差一级的角色,尽管她根本不丑。金发女郎,黑发女郎——而莫林却神秘地出落成"漂亮的那个"。她们两人心中都清楚,男孩子会先想同谁约会。可是这种平衡绝不像表面上那么不公平。当莫林在街角上或公共汽车站上躲闪或打趣时,她知道她是在为两个人战斗,因为她扔掉的那些男孩子,雪莉会要过去的。雪莉得到的男孩子比她本来能得到的还要多,这要归功于莫林,她为了自己,必须要一个陪衬,她的角色需要一个陪衬。

她们两人都在十五岁时离开了学校,莫林去店里工作。她的眼睛睁得大大的,这是她母亲的说法。她穿着一件长长的白色工作服,把卷发绾在脑后,动作麻利而优雅。顾客们说:"说真的,沃森太太,你的莫林长得真漂亮,不是吗?"这时,她会淡淡地一笑。

大概就在那时期,她第二次觉悟了。沃森太太在为莫林做一件新的连衣裙,快要做好了,但试衣的时间太长。莫林很烦躁。她母亲说,"好了,这是你的资本,不是吗?你必须看到这一点,宝贝。"她下意识地深深叹了口气。莫林说:"行了,别再说了。这不好,不是吗?"她的意思是这种想法并不坏,可是不必一再提醒她;她当时的感觉是又生气又尴尬,就像一个小孩子被提醒要刷牙似的,其实这个习惯早已成了她第二禀性。沃森太太看到了这点,也理解,只是又叹了口气;这次是母亲的叹息,是说:"啊,亲爱的,你成长得真快!""好了,妈妈,"莫林说,"有时你就是让我感到很累,你真是这样。"

十六岁了。她很内行地经营着她的资本。她的资产就是秀丽的美貌和善于挑选服装,这一定是上帝给的礼物,更可能是因为她几乎从开窍以前就一直在看时装杂志。雪莉把头发烫成六个月的蜂窝型,噘着鲜红的嘴唇,摆出一副郁郁寡欢、蔑视他人的样子。莫林对自己的感觉要好得多。她仿照电影明星的模式打扮自己,但也知道适可而止,什么样式是莫林可以做的。因此,她扮一阵子芭杜①、梦露②或者不管谁,所获

---

① 芭杜(Brigitte Bardot),生于1934年,为法国女电影明星。
② 梦露(Marilyn Monroe,1926—1962),美国著名电影明星,曾出演的电影为《夜阑人未静》《爱巢》《绅士喜爱金发女郎》《如何嫁给一个百万富翁》《七年之痒》《巴士站》《游龙戏凤》《热情似火》《乱点鸳鸯谱》《濒于崩溃》等。曾获金球奖"最佳女演员奖"。

得的经验能让她变得亭亭玉立;因为她会从中吸取精华,学会成为他人幻想的形象。所以尽管雪莉费劲地变得稀奇古怪,扮成十几个明星,而且真的成了她们,但是过后她还是一个嘻嘻哈哈的雪莉,胖乎乎的、脾气随和的她自己。但是在此期间莫林却在每一个角色中保持着自己的本色,总是让她的外貌以另一个自我的形式去迎合别人的眼神。

在十六岁前后,又出了件事,某种预言似的状况。沃森太太有个表兄弟,在服装行业工作,这个多年未被人想起的他,竟然在一场婚礼上与他们相遇了。他对莫林的评论是:穿着白色薄纱裙很漂亮。沃森太太可悄悄地在这薄薄的衣料上花了几个星期;她写信给他:莫林能当模特吗?他同高档服装和富有的姑娘们没有多少联系,但他来到店里,显然是带着个人的目的。穿着白色晨服的莫林仍然很美,非常美,但她那傲然的神气告诉这个精明的男人,她当然不会跟他走。她正保护着自己:他从类似人物身上看惯了这种自负的神气。这样的姑娘不会同中年表亲出走的,除非是出于偏爱,或者是想得到什么。不过,他告诉沃森太太,莫林确实是块当模特的料,但是她得在她嗓子上花点功夫。(他指的当然是她的口音,沃森太太是这样理解的。)他留下了地址和建议。沃森太太因之萌生了野心。她对莫林说:"这是你的机会,姑娘,要抓住它。"莫林听来却是:"这是我的机会。"

莫林对她的大好机会当然是很上心的,她一生都在为此进行准备。她接受了她母亲一百英镑的礼金(她没有向母亲表示感谢,没什么可谢的),真的写了封信给那个会训练她嗓子的学校。

然后她闷闷不乐地退缩了,她不明不白地过了一个星期才说,她是生病还是怎么了。她对母亲很粗暴,这种情况是少有的。父亲为此责骂了她:此事更是罕见。但他说的话让莫林第一次懂得,这种动力、这种鼓励、家里人这么努力为她创造光辉未来,都来自她母亲,她父亲没有参与其中。对他来说,她只是一个非常可爱的姑娘,被一个傻乎乎的女人宠坏了。

莫林渐渐意识到,她并没有生病,她是在一天天成长。首先,如果她改变了自己的"嗓音",就可以混入新的人群,那她就不再是这条街上的一分子了,她就再也不是我们的莫林了。那时她会怎么样?她母亲知道:她会嫁给一位公爵,并且会把她飞快地送到好莱坞去。莫林仔细考虑了她母亲对她的设想,然后羞愧地退缩了。再怎么说,她不是傻瓜,不过她做过一些很傻的事。一方面,当她抛弃幻想,睁大眼睛时,她看到伦敦千百条街上来往走着的全是像她那么漂亮的姑娘。那么,是什么让她和其他人产生了幻觉呢?怎么来解释她总是遇到那种特殊的腔调和异样的目光呢?唉,只不过是因为她,莫林,顺着她母亲的愿望,从小就以为自己很特殊,出类拔萃,有着无量的前程罢了。

同时(她非常明白),她在纳尔逊路93号,站在莫林店柜台后面做生意。(这时她想知道,她母亲对她如此过分的溺爱,邻居们在习惯之前是怎么想的。)她只盼望一位公爵或者制片人走进来买四分之一磅茶叶,或者一些切片面包。

莫林感到闷闷不乐。她父亲这么说。她母亲这么抱怨。莫林在……思考？是的。还不仅如此。她已经受到了伤害，她知道，而闷闷不乐更是一种保护性的沉默，等于她在等着伤口长痂。

她从痛苦中走出来时，要求用那一百英镑送她去上文秘学校。她父亲抱怨说，如果当年她在学校里多读一年书，那么，不用花钱就能学到如何当一名秘书了。她说："是的，可是当时你们没想到让我学这一行，不是吗？你们是怎么想的——要我像你们那样，一辈子卖黄油吗？"表面上看，是不公平，但往深里想想，是公平的，要考虑到他们对她做了什么。方式不同，但大家都心里有数，例如，沃森先生内心知道，他绝不应该允许他妻子把这爿店叫作"莫林店"。于是，莫林去上了一年文秘学校。雪莉同她一起去的。在这以前，雪莉曾在一家大连锁店在当地的一家分店里销售化妆品。对雪莉父母来说，要拿出一百英镑是很困难的，因为他们店里生意不好，已经为一家大公司买走；她父亲只是那里的一名店员。就这件事来说，沃森家也不是那么容易的：那一百英镑是多少年一点一点积攒下来，挤出来的。

这是莫林第一次把资本这个词同钱联系起来，而不是同她天生的相貌连在一起。对沃森家来说，挣钱比较容易，因为他们有资本，而班纳家没有资本。沃森太太说，班纳家运气不好。莫林坚持自己的意愿；结果这两家人采取了同样的行动，尽管姑娘们会有不同的未来——或者换一种说法，尽管这两笔一百镑的钱是一样的，沃森家靠这笔钱赚到的，可能比班纳家要多。

这一点直接反映在两个姑娘对男孩子的议论上。雪莉会说:"我比你更随和。"

莫林会答道:"我只让他们适可而止。"

对这个重大主题的第一次讨论发生在多年前。当时她们只有十三岁。即使是在那时候,雪莉("让他们走得远些")也比莫利走得远。她们私下里认为,这是因为雪莉的性格比较随和、宽容,而两人都知道,这是因为莫林的市场价值更高。

在文秘学校里,她们遇见了一些过去没见过的男孩。以前的男孩子都生活在街上或社区里,打小就认识的,因此很少往来,因为这样很无趣、很严肃,还有结婚的可能。或者是一些在跳舞或看电影后偶然遇见的。现在则是在学校里天天碰头的新认识的男孩子。雪莉同一个男孩交往了几星期,都考虑订婚了,又改变了主意,同另外一个交往去了。莫林经过仔细挑选,也交往了十来个。她知道自己在干什么,还怪雪莉太软弱。"你真笨,雪尔,我是说,你得交往下去,你为什么不学学我。"

莫林的做法是允许别人来追求她,一直到她终于像在给人恩惠那样同意让他把她带出去,先是吃午餐——她现在开始使用这个词儿了。她会同意跟一个男孩子出去吃两三次午餐,同时跟另外一个去吃晚餐(正餐)。那个吃正餐的伴侣得到的报酬是八天、十天、十二天晚上的闭嘴接吻,他会变得愤怒、生气,还是进行指责,这要看这人的性格如何。如果他把她甩了,那么,吃午餐的朋友就升格为正餐的伴侣。

在校期间,莫林白吃了一年饭。这并不是她计划好的,但是当她听见别的女孩说,她们要自己付钱或者喜欢显示独立人格时,莫林觉得这是错误的。自己付钱会让自己掉价,想想都会让她紧张或生气。

学习结束后,莫林在一家大建筑商的办公室里找到了一份工作。她成了初级打字员。她坚持要找专业人员办公室,因为她学习的全部意义就在于能够遇到更高层次的人士。当然她已经学会不用这种称谓了。当她母亲这么说时,她会制止她:"我不知道你指的是什么,更高层次的人士,但是如果我能在一个充满活力的地方找一份工作,那么在塞满设备的楼上找一个单人办公室就毫无意义了。"

雪莉去了一家布店,那里还有一个打字员(女的)和五个男店员。

莫林单位里有六名建筑师,他们大部分时间都出外勤,或者躲在大办公室里,看不到的,只有够格的秘书才能进去;那里还有一些低一层次的年轻练习生、设计师、制图员、经理等等,以及一大批打字员。

那些年轻的男子大多与她同一个级别。有几个月,她的饭钱是由他们支付或请客的。每逢周末,都有一个庄严的仪式,是这一周活动的高潮,当然也是最激动人心的时刻,那就是她分配自己工资的时刻。工资是七镑(三年后会涨到十镑),她拿出两镑来买衣服,四镑用于邮资,还有一镑是一周的零用钱。

一年过去了,她懂得了两件事。一是她储存了两百来镑,一是现在办公室里没有一个年轻人再愿意请她出去约会了。由于性格不同,他们对她冷酷地玩弄他们的态度也不同,有的感到愤怒,有的则表示钦佩。但是要那样,是行不通的,他们都知道这一点。

莫林仔细地考虑了这事。如果没人请她出去吃饭和娱乐,她就得自己付钱,那就存不下钱了,除非她再也不与人交往。如果要有人请她出去,那她必须做出回报。她给的是一个张开的嘴和允许随意抚摸到腰部。她算计着,因为她漂亮,她可以比其他姑娘少付出一些。

她比以往更聪明地利用她的资本。除了待在办公室或与人约会,她大部分时间都花在镜子前面或高档服装杂志上。她精神高度集中地琢磨着它们。此时,她知道,她可以到这些地区的任何一个地方去,只是她的口音还不行。多少个月以前,她还因为害怕把自己与街坊、邻居隔离开来而生气,可是现在她听着顾客和办公室里资深建筑师们的谈话,把自己的嗓音调整了一下,变得柔和一些了。雪莉说:"你说话声音很好听,莫林,比我好听多了。"其实,在这之前她就知道她说话的声音已经改变了。

办公室里有个男孩子为此逗过莫林。他的名字叫托尼·黑德。他正在公司里学习会计,他的背景同她自己差不多。他请她出去吃了两次午餐,后来再也不请她了。她知道这是为什么,因为他曾告诉她。"我供不起你,莫林。"他说。他赚的不比她多多少。他十九岁,雄心勃勃,很正派,她喜欢他。

当时她十九岁。雪莉已跟她店里的一名店员订了婚,下一个圣诞节就要结婚。

莫林从积蓄中拿出四十镑,到意大利去旅行。这是她第一次离开英国。她痛恨这次旅行,不是痛恨意大利,而是因为这个旅行团的六十个人中间,有一半是像她自己那样,盼望好运降临的女孩子,其他一半全是中年夫妇。在罗马、比萨、佛罗伦萨、威尼斯,那些意大利人痴呆呆地盯着莫林,陶醉的目光追随着她,而她走过他们身旁时,就像颗遥远的小星星。他们很可能觉得她就是颗小星星。一天晚上,那个导游,一个活络的年轻人,在完成了一天任务之后,带她出去,而且明确地表示,她的嘴,即使是张着的,以及胸脯是远远不够的。在剩下的旅途中,莫林老朝着他甜甜地微笑。她偶尔喝杯咖啡,吃点冰淇淋或喝点饮料,也没有人为她付钱。因为花四十英镑投资,所得的收益实在太少,莫林在旅途的最后一个晚上,慌慌忙忙地跟一个只会说七个英文单词的意大利男孩出去了。她觉得他这人太粗野,待了一小时,就离他而去了。

但是她花了四十镑,还是学到了不少东西。她会趁午休期间悄悄跑去国家美术馆和泰特陈列馆[①]。她用一种挑剔而敬佩的眼光看着那里的一幅幅绘画,铭记它们的主题或主要色彩,了解画家的名字。她看《快报》(她让父母买的,不买《镜报》了)上面的书评,如果推荐的是畅销书,她有时也会买

[①] 泰特陈列馆(Tate),建立于1897年,其中的美术藏品均为英国精制糖业家亨利·泰特爵士(1818—1899)捐赠。

上一本。

二十岁。雪莉已经结婚,有了孩子。莫林难得与她见面——两人都觉得,她们有了新的认知世界,另一个人是无法欣赏的。

莫林每周挣十英镑,存六英镑。

这时,办公室里来了一个见习建筑师斯坦利·亨特。他毕业于文法学校①和技术学院。个儿高挑,穿着入时,皮肤白皙,蓄着一撇小胡子。他们相互打量了一下,知道他们是同类人物。过了几个星期,他才请她外出。设身处地想一下,她就知道,他如果找不到一位小姐(听到他这样称呼一位顾客时,她微笑了一下),那也要找一个有点钱或房子的人做妻子。他尽量去同顾客攀谈,想让他们像对待资深建筑师那样对待他。莫林注视着这一切,她那张冷漠的小脸没有任何表示。

有一天,他邀请一位普拉特小姐喝咖啡,她叫切尔西,很有钱,在投资房产,但遭到了拒绝。他就邀莫林和他一起去吃三明治午餐。莫林很高兴地向他表示感谢,但是说她已经有约了。她去了国家美术馆,坐在台阶上,横眉冷对一些色狼和前来搭讪的人,把他们吓跑了,独自一人吃着三明治。

一星期以后,斯坦利请她去吃午餐,她建议去西西里安饭店。她很清楚,这家饭店比他预期的要贵。但是这顿饭吃得很成功。她给他留下了深刻印象,尽管他知道她的背景。

---

① 文法学校(grammar school),原指建立于十六世纪前后的注重拉丁语的学校,后来成为教授语言、历史、科学等的中学。

(他怎么会不知道呢,他自己也差不多。)

她小心翼翼地交往了两星期。过后她才同意去看电影。"如果你不介意的话,去看外语电影吧,我觉得美国电影太无聊。"她没有提出要付钱,但随口说了一句,她在邮局里存了近六百镑。"我在考虑将来买一片小店。一家服装店。我有个表亲是做这生意的。"

斯坦利表示,"有你这样的鉴赏能力,一定会成功的。"

莫林不再去舞厅或类似的地方(不过她当然没有向斯坦利隐瞒她"曾经"去过),但是她很喜欢跳舞。他们一起去了两次伦敦西区①,在一家俱乐部跳了舞。这个俱乐部是个"很不错的去处"。他们两人跳得很愉快。第二次她提出要付自己的那份钱,这可是她生平第一次这么做。他拒绝了。其实她早就知道他会拒绝,但是她看得出,她这么提,让他很高兴。不仅如此,还感到放心了。他一定在办公室听人们说过,她很吝啬。那天晚上,在依依不舍地送她回家的时候,她为他张开了嘴,并允许他的手去摸她的大腿。她感到强烈的性欲,这让她祝贺自己以前从来也没有像雪莉那样"半途而废"。如果女孩子每次受邀外出就让别人全部控制住,那当然什么人都可以嫁了。

但是斯坦利并没有完全上钩。他是个非常冷静的顾客,同她一样。他还在寻找更好的对象。

---

① 伦敦西区(West End),伦敦的西部地区,是王宫、议会、政府部门所在地,多大商店、剧院和高档住宅,同东伦敦形成对比。

一两年以后他就能当建筑师,他就有一技之长了。他正在存钱买房子。他长相很帅,招女人喜欢。有了这些资本,他应该能找更好的,而不是娶莫林。莫林同意他的想法。

但是,在此期间,他还是常带她出去。她经常很小心地说,在别处已有约会。她总是很小心地让他感到值得把她带去某个高消费的地方。他送她回家时,虽然她没有"几乎什么都干",但她"什么都干了,除了……"她庆幸自己没有过于喜欢他,否则她就完了。她知道得很清楚,她并不是真喜欢他,只是面对他的手、他的小胡子、他的衣服和他的新车时,她的脑子是晕乎乎的。

她知道而且也很遗憾,在此期间,她很清楚的、同托尼之间的关系也在发展。托尼关注着这两个很般配的人之间的决斗,会咧嘴一笑,说上两句。听到他的话,莫林会涨红了脸,冷漠地转身离去。他常常请她出去用餐,不过是各自付费的,而且以为她会拒绝。"你有多少存款,莫林?我存不下钱,你们这些姑娘让我把钱全花在你们身上了。"托尼带许多姑娘外出。莫林都记在心里。她恨他,然而她又喜欢他,而且知道她真喜欢他。她特别指望他的笑容和对她真正的理解:他并不赞同她,但是她内心感到他可能是对的?在此期间,她在独处时曾多次莫名其妙地流泪,事后觉得生活毫无意趣。她把未来归宿到斯坦利身上,而与此同时,她是通过托尼·黑德的眼睛观察事物的。

一天晚上,公司为高级职员举办了一次宴会。斯坦利是高级职员,莫林和托尼不是。莫林知道,斯坦利先前邀请了另外一个姑娘做伴。所以当斯坦利邀请她时,她直到最后一刻都没把握是否真能去成。特别值得一提的是,如果斯坦利请她这么一个下级职员,那就意味着他想试试看,那些高级职员是否能接受莫林当他妻子的想法。但是她表现得非常好。首先,她是在场的最最漂亮的女人,衣着也最入时。人人都看着她说:过去他们只是把她当成一个好看的打字员而已。但是今晚她使出浑身解数去吸引他们的注意力,让她的脸蛋和身段都摆出他们喜欢的样子。她没做错。宴会结束时,斯坦利和两个较年轻的建筑师建议开车去伦敦机场吃早餐,他们真去了。其他两个姑娘出身中产阶级。大部分时间,莫林都保持着沉默,安详地微笑着。一架赴意大利的飞机升空时,莫林说,她去过意大利。是的,她很喜欢那里,不过,她觉得意大利人太吵闹。她最喜欢的是西斯廷教堂①和坐船游亚得里亚海。她不怎么喜欢威尼斯,虽然它很美,但是那些小河有臭味,再说,人也太多了;也许冬天去更好一些。她说了这么多,也有权这么说。留下的印象很好。说话时她想起了托尼,有一次她在去国家美术馆的路上遇见了他。"去受教育,莫林?很好,会有用的,会的。"

事后她回想了这次活动的整个过程,知道那天晚上对她和斯坦利的关系很重要。正因为如此,她有一周没同他一起出游。她说她正忙于同她表亲商讨是否可能开一爿服装店。

---

① 西斯廷教堂(Sistine Chapel),罗马梵蒂冈的教堂,以意大利文艺复兴时期的雕塑家和画家米开朗基罗及其他艺术家的天顶画和壁画著称。

实际上她是坐在她房间里想着斯坦利,当对托尼的思念进入她脑海时,恼怒地将那些想法推开了。如果她能够在斯坦利身上成功,为什么不去找一个更好的呢?在接下来的一个星期中,那天晚上的两个建筑师一直密切地关注着她,不过并没有请她出去。这时她才发现,他们两人已经同当天与他们做伴的两个姑娘订婚了。运气不好嘛!她很肯定,如果不是这样,他们一定会请她出去的。那么,怎样才能遇到更多的像他们这样的人呢?嗯,难就难在这里——开车去机场是偶然的活动。这是她第一次真正与高级职员进行社交活动。

与此同时,斯坦利追得有些不耐烦了——他第一次有这种感觉。而她呢,快二十岁了,同她一起长大的所有姑娘都结了婚,有了第一个,甚至第二个孩子。

她同斯坦利去伦敦西区的一家意大利餐厅吃晚餐。事后两人有点狂热。过后莫林非常生自己的气:某种底线给越过了(她想,她还能称为处女吗?),现在必须做出决定。

斯坦利爱她。她爱斯坦利。一星期以后他向她求婚了。这是以一种异常强烈的凄切的声音提出来的。她知道,这是因为他在娶她的问题上心中充满了矛盾。她不够好。他也不够好。对两人说来,对方都是次等品。他们在车内扭动、呻吟、撕咬,就同意结婚了。她的八百英镑有助于购买郊区好地段的一幢房子。下一个星期日他将正式拜见她父母。

"看来,你同斯坦利·亨特订婚了?"托尼说。

"似乎是这样,不是吗?"

"抓住他了——对你不错!"

"更像是他抓住我了!"

"你爱怎么说,就怎么说吧。"

她满脸通红,很生气。他却一本正经。

"去吃点什么吧?"他说。她去了。

这是一个小饭店,里面全是拿着午餐票吃饭的办公室职员。她吃炸鱼("不要薯条"),他吃牛排腰子布丁。他开开玩笑,注视着她,专注地看着她,最后说:"你就不能找个比这更好一点的了?"①她知道,他所说的更好一点的,正是她心中想的。他意思是说正派一点的,就像他那么正派。但这是否意味着托尼觉得她很正派,不像斯坦利?她觉得自己并不是那样的。他的想法让她感动得想哭,但是强忍了下去。"他有什么不好吗?"她不经意地问道。"你怎么了?你得好好反省一下你的想法。"他严肃地说。然后两人长时间地对视着。两人坐在那里用目光说着再见:室内每个人都在瞧着并议论着这个非常漂亮的姑娘和那个长相不错的、黝黑的、胖乎乎的年轻会计。他因为对她失望而显得鲁莽而严肃。也许是因为爱她?很可能。

她默默地回家了,心中惦记着托尼。她一想起他,就想哭。她也得伤害他。

但她还是告诉她父母,她跟斯坦利订婚了,他会当上建筑师,他们会在赫默尔亨普还是斯特德(他们是这么想的)有一幢自己的房子。他有一辆汽车。星期天他会来喝茶。没等这

---

① 原文是"Can't you do better than than?"最后一个"than"疑是"that"之误。

话说完,她母亲已经把公爵和制片人忘掉了。她父亲理智地听着,然后祝贺她。星期天他本来要去看足球的。但是经过劝说,他同意这个好理由足以让他留在家里。

她母亲便开始讨论如何把下星期天安排得最好,前提当然是要尊重莫林更好的见解。她连续谈了四天。不过她只是在自言自语。她丈夫听着,什么也不说。莫林也像她父亲那样,挑剔地听着。沃森太太开始嚷嚷,要他们拿出决定性的意见,周日该上什么样的蛋糕。可是莫林没有意见。她安静地坐着,望着她母亲,一个上了年纪的胖墩墩的女人,曾有的金黄色的头发现在染成了黄色,脸上满是皱纹。她像一个激动的小孩,这很令人讨厌。莫林觉得,傻、傻、傻——你们这些人就是这样。

说到莫林,如果有人做个对比,那么,她现在就像当年要去当模特而必须改变"嗓音"时那么闷闷不乐。她只是说:"会好的,妈,别那么激动。"的确如此,因为斯坦利也知道会遇到什么状况。他知道,为什么在他没有真正上钩之前没有接到与她父母见面的邀请。处在她的境地,他也会这么做的。他正在做着同样的事,她将在一周后与他的父母见面。星期天沃森先生、沃森太太穿什么;上的是三明治还是蛋糕,摆的是鲜花还是假花——一切都无所谓。沃森夫妇是这场交易的一部分。为了能够公开拥有这个无论去哪里都是人们想要的女人,为了在公开展示之后拥有和她睡觉的权利,他得付出这样的代价。

在这期间,莫林一言不发。她坐在床上,茫然地望着。有一两次,她照了下镜子,甚至擦上了点油。她还裁了一条连衣裙,但又把它放在一边了。

周日,沃森太太按照自己的设想,摆了四份茶点,因为莫林太一往情深了(她是这么告诉每一个人的),无法注意到这些小事。斯坦利定在四点钟到达,三点五十五分时,莫林下楼来到了起居室。她穿着三年前的一件褪色的粉色连衣裙,她母亲做家务时穿的印花布罩衫,头发上扎的那块布很可能曾用作抹布。不管怎么说,这是一块褪了色的灰色布。她穿上了她母亲的旧鞋子。不能说她不好看;但是看上去像她自己的衰老的大姐,穿好了衣服准确进行辛苦的春天大扫除。

她父亲心知肚明,什么也没说。他放下报纸,打量了她一下,轻轻地笑了一声,又拿起了报纸。沃森太太终于明白情况严重,哭出声来。没等沃森太太哭完,斯坦利就来了。他差一点对沃森太太说,"我不知道莫林还有个姐姐。"莫林没精打采地坐在桌子的一端;沃森先生咧嘴笑着,坐在另一端,而沃森太太在两人之间擤着鼻子,擦着眼睛。

莫林说:"你好,斯坦利,这是我父亲和母亲。"他握了握他们的手,盯着她看。她没有直视他的眼睛,而他怒气冲冲地,用一种怀疑和受伤的目光射向她蓝色的眼睛。莫林倒了茶,请他吃三明治和蛋糕,谈着天气和食品的价格,还谈到店里即使给好顾客赊账,都有危险。斯坦利坐在那里,一个端正的年轻人,头发梳得锃亮,小胡子修理得很整齐,穿着整洁的棕色布夹克,怒气冲冲,满脸委屈。他什么话都不说,但是莫林滔滔不绝地讲着,她的话音却无精打采,冷冰冰的。五点钟时,沃森太太又哭了起来,全身抖动,斯坦利简慢地走了。

沃森先生说:"唉,那你为什么要去招惹他?"接着就把电视机打开了。沃森太太去躺一会儿。莫林在自己的房间里脱下各种伪装品,把它们放回母亲的房间。"别哭了,妈。你为什么要那样?有什么关系?"然后她特别细心地穿上一件新的白色亚麻布套装,棕色的鞋子、米色的短上衣。她把头发梳理了一下,脸上也打扮了一下,然后坐在那里,望着自己。过去的两小时(或者是一星期)给她的打击不小,她胃疼得弯下了腰。她哭了;但是泪水弄脏了她脸上的妆,她用拳头拍打了一下嘴,停了下来。

这时,她觉得,在过去的一周中,她简直就不是莫林,她成了另一个人。她为什么要这么做?为什么?然后她知道,这是为了托尼:在这次可笑的喝茶场面中,她觉得托尼一直在看着,微笑着,但他理解她。

于是她把脸上的泪水擦干,不去打扰她父母,悄悄地离开了家。街角上有一个电话亭。她安详而孤傲地沿街走着,嘴边像平常一样挂着微笑。杂货铺的伯特说:"嗨,莫林,真漂亮。为谁打扮的呀?"她按着街上的习俗,朝他笑笑,点点头,说道:"为你呀,伯特,都是为了你。"她朝电话亭走去,心中想着托尼。她觉得托尼似乎已经知道发生了什么。她想说:"我们去跳舞吧,托尼。"他会说:"我去哪儿接你?"她拨了他的号码,铃声响了又响,她拿着听筒等着。大约十分钟了,或许更久。她慢慢地放下听筒。他抛弃她了。他一直告诉她,用语言或无声地告诉她,要做什么样的人,要维护什么,现在他不在乎了,他抛弃她了。

莫林镇定了一下,打了个电话给斯坦利。

既然你要这样,那好吧,她对托尼说。

斯坦利接了电话,她友好地说了声:"哈啰。"

没有反应。她能听到他急促的呼吸声,她能看到他委屈的脸。

"喂,你不打算说点什么吗?"她尽量把话说得漫不经心的样子,但是她听得出自己声音中的恐惧。啊,是的,她会失去他,很可能已经失去了。为了掩饰这种恐惧,她说:"你就不能接受一个玩笑吗,斯坦利?"说完大笑了一声。

"玩笑!"

她笑着。不错,听上去没事。

"我以为你疯了,精神失常了……"他还在喘气,声音很刺耳。她想起了他曾在她脖子旁、怀抱中急切的呼吸声。她自己的呼吸也加速了,但是同时她却在想:我不喜欢他,真的一点儿也不喜欢他……可是她却轻声地说:"啊,斯坦,我当时有点开玩笑,就是这么回事。"

没有反应。现在,这是关键时刻。

"好了,斯坦,你看不出——我只是觉得一切都很无聊,就是这么回事。"她又笑了一声。

他说:"这让你父母感到愉快了,我可不这么认为。"

"啊,他们无所谓——你走以后他们大笑来着,不过开始很生气。"她匆匆地加上了一句,怕他以为他们是在取笑他,"他们对我习惯了,就这么回事。"

他沉默了很长时间。她一定要尽力抚平他的情绪。但是他什么也没说,只是朝着听筒喘气。

　　"斯坦利,那只是个玩笑,你不会真生气吧,会吗,斯坦利?"这时,她声音中带上了哭声。她觉得,这样会好一些。

　　他犹豫了一会儿,说:"好了,莫林,我只是不喜欢那样罢了,我不喜欢那种事,就是这样。"她让自己继续哭下去。过了一会儿,他用一种既屈就又生气的口吻原谅了她,说:"喂,好了,好了,没有什么可哭的,不是吗?"

　　他很气自己,但还是让步了。她心里明白,因为她自己也会是这样的。在过去几个小时里,他已经放弃她了,抛弃了她。他很高兴,真的,是外力迫使他放弃的。现在他可以自由地去寻找可能出现的更完美的人了——某个不会用今天下午那么逼真的表演来让他感到恐怖的人。

　　"我们去看电影吧,斯坦……"

　　即使是此时此刻,他还在犹豫。然后他匆匆地、不情不愿地说:"七点钟在莱斯特广场的电影院外见。"他放下了听筒。

　　他通常是开车来街角接她的。

　　她站在那里微笑,眼泪却唰唰地从脸上流下。她知道,她是因为失去抛弃了她的托尼而哭泣。她回到家里重新化了妆,觉得她现在完全成了斯坦利的囊中物了,因为他们之间的平衡已经失去,优势全倒向他那边了。

喷　泉

我本来可以这样写,从前有一个人,名叫伊弗雷姆,他住在……但是对我来说,这个故事是在浓雾中开始的。巴黎大雾导致开往伦敦的航班延误了一两个小时,于是一群旅行者坐在一张桌子周围喝咖啡,相互款待着。

一位来自得克萨斯的妇女开玩笑地说,一周前她曾在罗马的喷水池内扔硬币求福——从此就老有一些倒霉的小事跟随着她。一个加拿大人说,他在假期花了太多的钱,三天前,在没人注意的时候,他在同一个喷水池旁鬼使神差地用磁铁吸了一些硬币出来。有人说,昨晚,柏林剧院的一场戏里,有一个女孩子用庄严而轻蔑的姿势在舞台上乱扔钱币。这就让大家谈起有许多戏和小说中,常常有践踏、焚烧、乱扔或者例行蔑视金钱的场景;这很奇怪,因为生活中从来没有这种现象。不对,一个纽约来的护士长说——她曾亲眼看见一些佩花嬉皮士[①]在人行道上烧钱,表示他们对金钱的蔑视;但是在

---

① 佩花嬉皮士(Flower Children),他们主张爱情、和平与美好;用花朵来象征其主张。

她看来,这说明他们父母一定很富有。(这就是这篇故事,或者至少是浓雾,产生的日子。)

尽管如此,考虑到金钱在我们大家生活中的作用,一些作者常让笔下的人物去侮辱美元、卢布、英镑,这是很奇怪的现象。难道说这能让观众、读者们回家或合上那本书时感到,摆脱了金钱,心灵得到了净化?超脱了?

不过,我们听说,在比较太平的日子里,苏丹①们常在节日里把金币扔向喜欢疯抢的人群;国王常让人在他宠幸的大臣头上撒金子;如果空中掉下珠宝,没有人会想去提出疑问的。

我们中间人人都还记得最类似这种高贵行为的是伦敦某报业巨头,在一位有前途的年轻记者写了一篇他(这个巨头)很欣赏的文章后,派专人送了一只塞满五英镑纸币的信封去奖励他。但是这种举动只引起了负面反应。这在记者同行的心中引起了一种敌对情绪,在拿到这笔钱的记者心中引起了恐惧,生怕别人会说三道四。很可能,这就是为什么我们会描述一些与此相反的场面,为什么我们会在具有魔力的喷泉边上塞进一个硬币,感觉就像是在头脑清醒时会完全否定的一场恋爱中将情书塞进信封时那样。具有同情心的魔力——不过是很小的魔力,极小的魔力,财神爷最偷偷摸摸的召唤。而且,如果从喷泉中伸出一只手向我们扔硬币和珠宝,我们这些受过现代教育的人,很可能会嗤之以鼻,把它们扔回去的——

---

① 苏丹(Sultan),某些伊斯兰国家的最高统治者。

恕我直言。

这时,一个刚才一言不发的男人说话了。他知道有人曾把珠宝撒在意大利公共广场的泥地里。没有人把它们扔回去。他从口袋里拿出一只钱夹,从钱夹中取出一张珠宝商专用的折纸,在这张纸上有一颗小宝石,或者是个闪光的物体。这是一块奶白色夹着彩虹的蛋白石。是的,他说当时他在场。他捡起了这块小石头,把它保存下来了。当然,这值不了多少钱。如果有时间,他会把这个故事讲给我们听。不过出于某种原因,这个故事对他很珍贵,他不想因为匆忙而把它讲砸了。这时,饭店的玻璃外又升起了一团闪光的丝状浓雾,航班不可避免地又延误了。

于是,他讲起了这个故事。有一天,有人会把我介绍给一个二战期间出生在意大利的名叫尼基的年轻人(也许,或者你会这么做)。他的父亲曾经是位英雄,他的母亲现在是驻……的大使夫人。或者,在公共汽车上,或者在晚宴上,有一位姑娘,脖子上戴着一根项链,上面有一颗珍珠。如果有人问起这颗珍珠,她会说:你想得到吗,这颗珍珠是一位几乎不认识的男人送给我母亲的。母亲把它给我时说……会有这种事的。这么一来,这个故事的开头就不同了,根本不是浓雾了……

在约翰内斯堡,有一个叫伊弗雷姆的人。他父亲同他父亲的父亲一样,是与钻石打交道的。全家都是移民过来的。在约翰内斯堡这个有百年历史的城市里,人人都是如此。伊弗雷姆是个一般的孩子,既不聪明,也不笨,不好也不坏。他没有什么特点。他的兄弟们都成了钻石商。伊弗雷姆可不是一眼就能看出其特长的人。所以最后他被送到叔父那里当学徒,学习切割钻石的营生。

要完美地切割钻石,就像日本武士要出剑或高超的弓弩手要向靶心射箭一样。在制作一颗贵重的钻石时,匠人可要花上一星期,甚至几星期,靠不断地观察、记忆、直觉来琢磨它,最后他才终于知道,该在那钻石的哪个张力点上轻轻地敲一下,不用更多,那钻石就会这样劈开,一点不差。

伊弗雷姆学习这行当时,就住在约翰内斯堡郊区的家里。他的兄弟姐妹们都已成家,有了孩子。他是个不急于结婚的儿子。家里人先是开他的玩笑,说他太挑剔了;过后就不说什么了。而旁人谈起他来,总带点气愤、嘲讽,甚至害怕的口气。这是对那些不肯去遵循普通的自然法则的男女的反应。善良的人说,他是个好儿子,在他叔父本那里工作得很好,又体面地住在家里,只是周日晚上同一些单身的朋友打打扑克。当时他是二十五岁,然后是三十岁,三十五岁,四十岁。他父母老了,死了,他就一个人住在老房子里。人们不再关注他了。没有人对他抱有什么期望。

后来,一个长者病了,人们让伊弗雷姆替他飞到亚历山大去干一件特别的活儿。亚历山大有个富商买了一块未切割的钻石,要送给即将结婚的女儿做礼物。他需要把钻石尽量做得美观一些。在这种场合下,既然人们认为伊弗雷姆是世上最高超的钻石切割师,他就飞到埃及去了。他在商人住宅的一间安静的房间里与那钻石相伴了几天,然后把它割成三块漂亮的小钻石,用来做戒指和耳环。

这时,他该飞回家了。但是那位商人请他去用晚餐。这是个难得的机会,很不平常。没有多少人能进入那富裕而封闭的世界。伊弗雷姆在那安静的屋子里与钻石相伴的一周中,那位商人也许感受到了那种越来越紧张的气氛。

在晚餐期间,伊弗雷姆遇见了要给她宝石的那位姑娘。

不对,关于接下来的两周有什么好说的呢?当然不是约翰内斯堡的小工匠伊弗雷姆爱上了现代商人王子的女儿米赫雷。没有那么简单。从商人本人,米赫雷的这个传统的爸爸的反应,就可以看出这件事具有非同寻常的性质。

传统、普通、乏味——人们通常用这些词来形容米赫雷·坎塔尼斯所属的那个阶层或阶级的成员。在地中海沿岸的所有城市里,他们生活在分散的社区里,很富有,追随着国际时尚,生活得很高雅,在该夸巴黎时夸巴黎一番,在该夸伦敦时夸伦敦一番,到纽约或罗马去旅行,他们会选在某个海边歇夏,根据某种群体直觉,成为赶得上时代的人,说一些能为人接受的看法。这些人,过去是,现在还是,除了财富,一无长处。而那个迷人的米赫雷的美貌和聪慧可以说不会超过当晚亚历山大的十来个女人,或埃及的一千来个女人,或周边国家的几十万女人。所有那些国家都生了这么多她那种类型的女人。她的那种美是身材娇小,头发黑亮,眼睛乌黑,皮肤呈杏黄色,身体很柔软。伊弗雷姆第一次看到米赫雷时,她身披朦胧的白色绣花的麦斯林纱,站在喷泉旁。

她在这种与之相称的奢侈的气氛中生活了二十年。她很爱她的母亲和姐妹,但老跟她们拌嘴;她尊重她的爸爸,正准备嫁给保罗,一个来自南美的年轻人,她会同他继续过着那种完全相同的生活,只是要去布宜诺斯艾利斯罢了。

对她来说,这是一个普通的夜晚,是一次招待爸爸一个朋友的家宴。她不知道钻石的事,他们要给她一个惊喜。她穿着去年的连衣裙,脖子上戴着一串假珍珠项链,因为当时戴"配搭用"珍珠,而把真珍珠藏在梳妆台的盒子里是件很讨巧的事。

伊弗雷姆是珠宝商的儿子,看到那脖子上的假珍珠,感到很不舒服。

不过为什么?约翰内斯堡有这么多漂亮的姑娘。但是他很少外出旅行,而粗俗的约翰内斯堡是建筑在黄金上面,似乎是靠黄金的力量呼吸的。这个随着黄金的命运而盛衰的城市(与这个故事很相配),可能令人激动、狂热、活跃,但它并不神秘,没有令人想象的空间,没有隐秘的东西。而亚历山大……譬如外墙刷成不显眼的白色的这幢房子,墙内就可能隐藏着一切:罪行,或者是被驱逐的国王的宫殿,它有内花园、喷泉,还有米赫雷,穿着得体的月白色连衣裙,而且……好吧,当天晚上她也许没有穿上她最漂亮的衣裳。有人说,她笑起来很难看。家人有时开玩笑说,幸好她永远也不需要去赚钱养活自己。在晚餐中的某个时刻,她也许感到应该为这次家宴做点贡献,说了一个有关朋友的无聊而稍带恶意的故事。她当然觉得很没趣,打了一两次呵欠,而且没有努力去掩饰她的呵欠。约翰内斯堡来的这个钻石切割师凝视着她,忘了吃东西,用一种埋怨而粗鲁的口气问了两次,她为什么要戴假珍珠项链。她做出这样的结论:他很笨,随即就把他忘了。

他没有回家,而是拍电报回去要钱。他从不花钱,所以有很多现钱,可以用来购买他费时多日寻找的那一颗完美的珍珠。最终,他在开罗的一个密室里找到了。他花了好几天的工夫在那里喝着咖啡,同一个波斯老商人讨价还价。这位老人同他一样,深懂珠宝,因此只买卖极品珠宝。

伊弗雷姆带着这珠宝,来到米赫雷父亲的住宅。他被请入一间宽敞的房间,窗外是一个天井,墙上爬满了素馨,池子里长满了睡莲。他要求把这颗珍珠送给那位年轻的姑娘。

爸爸请这个商人吃晚饭,就很奇怪。现在爸爸没有生气,也很奇怪。他很精明,因为精明是他的生命所至。人们的目光、说话的口气、措辞的特点中的任何一点商业气息,他都能正确无误地判断出来。通常只有富翁才能到这个富可敌国的商人家里来做客,现在坐在他对面的却是一个小小的钻石切割匠。他要用送一颗珍珠的形式给他女儿送一小笔财产,并且不要任何回报。

他们喝着咖啡,然后喝威士忌。他们谈论着世上的珠宝和即将到来的婚礼,最后再次留伊弗雷姆吃饭。

晚餐期间,米赫雷坐在那个上了年纪的绅士(他大约四十五岁)——她爸爸生意场上的朋友——的对面,像平时一样,很有礼貌,然后因为爸爸的一个眼色,变得更客气了。参加晚宴的有米赫雷、她父亲、她未婚夫保罗和伊弗雷姆。母亲和姐妹们到别处做客去了。席间没有发生什么。那对年轻人没有怎么搭理两位长者。最后,伊弗雷姆从口袋里拿出一个小纸包,从中抖出一颗完美的珍珠,闪着玫瑰或者二十岁姑娘肉体的光彩。他把这颗珍珠递给了米赫雷,并说她不应该戴假珍珠。口气又有点刺耳;这是埋怨,或者是对不完美的一种谴责。

在烛光下,珍珠躺在白色的锦缎上。伊弗雷姆的脸露在珍珠上面的烛光里。米赫雷费了好大劲,才把他的相貌同一两个星期前见到过的那个人联系起来。

这当然是个特殊的时刻。但并不是戏剧性的场面——不,它缺乏伊弗雷姆割钻石或弓弩手拉弓时的那种高度决断。米赫雷看着父亲,想要一个解释。她的未婚夫当然也是如此。她父亲并没有显得不知所措或者尴尬,他的神气甚至像一个旁观者,因为他从没表示过能对这种场面做出判断。在过去的一生中,米赫雷很可能从未有过这样的权力,可以自由做出决定。

她从锦缎上拿起这颗珍珠,放到手掌上。她、她的未婚夫、她的父亲,都眼睁睁地看着这颗珍珠。他们都很懂行,知道它的价值,伊弗雷姆则目不转睛地望着这姑娘。此时她抬起长长的、卷曲的睫毛,望着他——是询问?是求他放过她?他那审视的目光露出失望的神气;它是在说他口中曾经说过的话:为什么能接受次货?

荒谬……

不可能……

最后,米赫雷稍微耸了下肩,今晚她肩上披着粉色的硬纱巾,对伊弗雷姆说:"谢谢你,非常感谢。"

他们离开了饭桌。四个人在阳台上喝咖啡,天上升起了非常能引起人们回忆的离满月还有两夜的亚历山大的月亮,这与当时可能照耀在吵闹的约翰内斯堡上空的月亮很不相同。米赫雷让那颗珍珠躺在手掌上反射着月光,而她那乌黑的眼神不时与伊弗雷姆交汇在一起——但是从来没有人对他的眼睛是什么颜色感到过兴趣,也不会感到兴趣——这是毫无疑问的,他就像一个发出警告、提醒,或者甚至威胁的人。

第二天,他回约翰内斯堡去了,而米赫雷的梳妆台上放着一只小小的银色盒子,里面放着那颗独一无二的珍珠。

过三个星期她就要出嫁了。

家人间马上就谈开了这件事:"那个疯狂的小犹太人,迷上了米赫雷……"人们把她接受这颗珍珠说成是她这方面的矜持和善意的举动。"米赫雷对那可怜的老东西真宽容……"他们这样来抚平这件事,来面对在他们生活中、思想中不可能占任何位置的事情。但是他们当然知道,特别是米赫雷确实知道,出了一件异样的事。

当她非常巧妙,非常优雅地拒绝嫁给保罗时,坎塔尼斯家的爸妈礼节性地说她很傻、忘恩负义,等等,但是在这样的婚约中,没有人会为之心碎的,因为这些婚姻的安排就像王族之间的婚姻。如果她不嫁保罗,她会嫁给像他那样的人——何况她还很年轻。

他们发现自从出了珍珠那件事以后,她的情绪就不大正常。爸爸自言自语地说,以后他会当心的,不会再让不可靠的人上他的餐桌。他们为米赫雷安排了一次去伊斯坦布尔去看她表兄妹的旅行。

那时,约翰内斯堡的一个钻石切割匠正在继续着他的营生,为制作订婚戒、装饰戒、领带别针、项链、手镯切割着钻石。他想象着一平碗钻石般闪光的水晶,里面放着许多玫瑰。但那些玫瑰却都是白色的,各自呈现着不同的白色。他看到的玫瑰,有大理石似的冷白色、接近咖啡色的白色、像某些蝴蝶翅膀那样绿茵茵的白色、泛红的白色、乳白色、接近米色的白色、有点像黄色的白色。他想象了成百种白色的玫瑰。他把这些玫瑰压扁了,将它们装满一只水晶盘子,把它们送给——米赫雷?他可能已经难得想起她了。他想象着如何收集各式各样的白色宝石,制造成完美的首饰、手镯、项链,或是新月形发夹,并把这些首饰送给——米赫雷?给谁有什么关系呢?他购买形形色色的蛋白石,有的像光线时隐时现时的玻璃后面的薄雾,有的像埋着火种的牛奶,有的像姑娘在霜冻之夜吐出的凝结起来的气息。他购买各式珍珠,一颗一颗地买,颗颗都是完美的。他购买珍珠母的碎片。他购买像遮着云雾的钻石似的月长石。他甚至购买一些有人制成可以完美地反射光线的玻璃块。他购买白玉和水晶,并收集钻石的碎片,要使这些珍珠和蛋白石中没有闪现的光泽也能发出与闪光的冰霜相呼应的光泽。他把这些珠宝放在纸袋中,这些纸袋先是放在一个小小的烟盒里,然后转到原来放润喉糖的大一点的盒子里,后来又转移到原来放雪茄的更大一点的盒子里。他玩弄着这些宝石,对它们做出各种假想,在脑海里做出成千种排列。有时候他会想起一个穿着朦胧的月白色衣裳的优雅的姑娘:这种记忆越来越像一张伤感的明信片或一本老式的日历。

在伊斯坦布尔,米赫雷没有得到家人的同意,就嫁给了一个年轻的意大利工程师。在正常情况下她是绝对不会遇见他的。当时,她叔叔正在改建一艘游艇;那位工程师在叔叔的办公室里讨论改建方案,米赫雷走了进去。是她先走的第一步。必须如此。他二十七岁了,除了工资,什么也没有,还没有特别好的前途。他的名字叫卡洛斯。他热衷于政治,确切地说,他是个革命者,一个谋反者。政治从未进入过米赫雷的世界。或者可以说,那些家庭就是政治,他们财富概念中的政治。但是这种政治只有在买卖极大,涉及国际地位及声誉,就像国家间结成联盟或分裂时,才显示出来。

米赫雷想要卡洛斯觉得她很严肃,卡洛斯却称她为白鹅①,叫她"小富婆"。他喜欢带她去参加一些非常严肃的男女讨论即将来临的战争的会议——当时是1939年。这场恋爱完全符合这种浪漫传统:她的家人一定认为她把自己给毁了;而他和他的朋友却认为,从总体来说,是他给她带来了好处。

为了鼓励自己下决心去高攀这位年轻的英雄,她会打开一个小小的银盒,里面的绸缎上放着一颗珍珠,自言自语地说:他认为我是珍贵的……

在她嫁给卡洛斯的那个星期里,保罗娶了一个法国望族

---

① 鹅(goose),在英语中"goose"的另一个意思是"傻瓜"。

的女子。米赫雷去了罗马，住在一个没有仆人的小住宅内，无依无靠，只有对一个难以名状的中年男子的回忆，他曾经在两次漫长而无聊的晚餐期间坐在她对面，并且给了她一颗珍珠，就像给她上了一课。她觉得，在她的一生中，除了他，再也没有人曾经对她提过要求，或者问过她什么，或者认真地对待过她。

战争开始了。取代她的那位新娘，在布宜诺斯艾利斯过着奢侈的生活。而米赫雷这个可怜的家庭主妇看着她那个曾经反对法西斯墨索里尼的丈夫，被墨索里尼军队征去当兵，然后看着他去打仗，而她却在等待自己第一个孩子的出生。

战争吞没了她。当人们再次听说她的境遇时，她的英雄已经死了，她的第一个孩子也死了。在卡洛斯最后一次离去时受孕的第二个孩子，再过一两个月就要出生了。她住在意大利中部的一个小镇上，她除了自尊心之外，什么也没有了：她曾发誓，除非答应她的条件，否则她决不去争取她父母的同意。她嫁入的那个家庭遭受了很多苦难，她住在一位姑姑家的房间里。

德国人在意大利节节败退，后面追来的是盟国的胜利之师……但这听上去像是官方的战争史。

重新尝试一下：在受到战争创伤、毁坏的饥饿的半岛上，当地居民不认识的两支军队在来回调动：一支在朝欧洲腹地退却，另一支在追赶它。在有些地方，两支军队驻扎的地盘纵横交错，只有靠军服才能将它们区分开来。两支军队都穿得很暖，衣冠整齐，吃得很好，还有烟酒供应。而当地居民没有暖气,没有御寒的衣服,没有食物,没有香烟。但是他们有很多酒。

在一支军队中有一个人叫伊弗雷姆。他因为年事已高,不是个战士,而是供应食物和商品的机构中的人员。他是个军士,在军队里,他和当老百姓时一样,不引人注目。他当兵的四年中,大部分时间在北非。他有一个个人的爱好或痴迷,就是无论到什么地方,他都要去找人或找地方,为的是给他背包中随身带的一个扁盒子中众多灿烂发光的东西增添点什么。

与他一起服役的士兵觉得,他这个人和他专注的事有点可笑。无论人们怎么不喜欢他或喜欢他,都不至于让他因惊扰他人而成为不满的靶子。他们不取笑他,也不叫他疯子。也许他更像团里的那只宠物狗。有一次他把他的宝贝盒子放错了地方,有一两个士兵冒着一定的危险去把它拿了回来。有时,部队里某个同事会给他带来在集市上偶尔看到的一小块东西——琥珀、护身符、玉。他告诉他们如何去讨价还价;他陪他们跑到很远的地方去为家里的妻子和女儿们买宝石。

在一切都分崩离析的那一周,他正好在意大利。参加过战争或者接触过战争的任何人(现在,这意味着每一个人,或者至少是欧洲和亚洲的每一个人)都知道,在那时候——一周、几天,有时几个小时——一切都会崩溃,所有的秩序都会崩溃,连那些标志着敌人和敌人之间的差别的秩序都是如此。

在这种时刻,各种各样的账都会算清的。这时,那些不受欢迎的军官会"偶然"被杀。这时,一个人厌恶另一个人,也会把他杀掉,或者死命地揍他一顿。一个想要某个女人的人,会把她强奸了,如果她在附近。如果她不在附近,就把另一个当成她给强奸了。妇女们遭到强奸;而那些想遭到奸污的女人肯定会到那些有强奸的地方去。一个女人要是嫉恨另一个女人,就会去伤害她。总之,那是一个无法无天、掠取战利品、纵火的时刻,为了破坏而破坏的时刻。有些人认为,这种违背正常秩序的时刻,就是战争的缘由,战争内在的借口,战争的目的和法则,隐藏在我们见到的模式后面的另一种模式。过后,对已发生的事没有任何记载。没有人去记载,因为人人都在参与或在保护自己。

当战争发展到这一阶段时,伊弗雷姆正在佛罗伦萨附近的一个小镇上。有一个下士,也是约翰内斯堡人,在人们谈起伊弗雷姆的首饰盒时,眼中总是露出凶光。一天傍晚,当不是追猎者就是被追猎者的当地人都在耍着花招去捞好处或追寻财富的时候,这个人看着屋子对面的伊弗雷姆,咧着嘴笑。此人在和平时期是个店主。伊弗雷姆知道会发生什么事。人人都知道会发生什么事——在这种时刻,往日的常识会同古老的本能一起浮现出来。伊弗雷姆悄悄地离开了在那一周内变得杂乱无章的教室,走进刚刚暗下来的被恐惧清空的街道,由于附近的炮火,这里的墙壁仍在摇晃,成片的泥土仍在纷纷落下。但是这里也很安静。冷酷而恶心的恐惧会让一切安静下来,会用看不见的双手捂住人们的嘴……一个偶尔上街的人匆匆穿过这些街道,目不斜视,嘴巴紧闭。这样的两个人相遇时,除了他们的目光在强烈撞击发出询问的眼神之外,是不看对方的。在每扇百叶窗或窗格或房门后面,都有人站着,或坐着,或蹲着,等待着这种混乱时刻的结束,他们手边都放着枪和锐器。

伊弗雷姆穿过这些街道。那个下士当时没看见他出来,但现在当然会找来了。他随时都可能追上手上拿着一只扁盒子的伊弗雷姆。伊弗雷姆边走边看着墙上和人行道上的坑洞,仔细地看了看堆着半屋碎石的教堂,察看了被炸弹碎片撕裂的泥地,甚至抬头看了看路过的树枝和门道旁长着的植物。最后,在他走过堆满瓦砾的喷泉时,跪了一小会儿,把铁盒塞到烂泥里了。他迅速地离开,也没有回头去看是否有人看到他。在教堂的拐角处,他遇到了范·德·默威下士。伊弗雷姆走近他敌人时,伸出空空的双手,站住了。这个下士个子很大,比他要年轻二十岁。范·德·默威对他皱皱眉头,显示出他精明算计的能力,神色有点像米赫雷父亲听到这个无足轻重的人毫无理由地要给他女儿送一颗贵重的珍珠时那样。伊弗雷姆一看到他的脸色,马上就像一个投降的囚犯似的把双手举过头顶,范·德·默威搜了他的身。有那么一会儿,伊弗雷姆很可能被杀死,当时真的很悬。但正好有一群士兵沿街去抢劫另一座教堂的油画和宝贝。范·德·默威的注意力被他们吸引了过去,只好看着伊弗雷姆离开,自己跑去加入抢劫行动。

等到那无法无天的日子结束时,伊弗雷姆已经往北面走了一两百英里。六个月以后,他所在的小镇离开他几乎被害的地方有十英里之遥。那个要杀他的人又成了他军中下属

（但那件事已经过去,已经埋葬在另一个时期或另一个范畴里的陌生的环境中了）。伊弗雷姆请了一晚上的假,尽快地赶到V——地。他想,也许他能步行穿过那些无人的街道,来到一个堆满碎石的喷泉,他会跪在喷泉旁,把手伸进那脏水,去拿回他的宝贝。

但是,那广场上挤满了人。尽管当时咖啡店还只卖劣质咖啡或有化学味道的水,但那两家咖啡店里坐满了饥肠辘辘的人,他们已经在继续正常的生活方式了。这些店里当然无限量地向他们供应便宜的葡萄酒。人人都喝得酩酊大醉,或醉醺醺的。在一个生产葡萄酒的国家,没有食物时,酒就成了一种食物,人们对它的需求就像对食物一个样。伊弗雷姆从喷泉走过,看见水很脏,脏得让任何人都无法看清里面有什么东西,也看不清碎石是否已被清理掉,还有他的宝贝是否和碎石一起给清理掉了。

他坐在人行道的一个破凉篷底下一张裂了缝的木桌旁边,叫了杯咖啡。当时,他是那里唯一的士兵,或者至少是唯一穿军装的人。主力部队在这个小镇的一边来回调动。军装意味着有东西可换,意味着食物、衣服、香烟。一下子有五六个小男孩围在他的肘旁,向他提供姑娘。各种年龄的妇女闲步走过,或让他看见或设法吸引他的眼球,因为那个镇上大多数女性的生活状况是我们在那有失身份的年代里所总结的:为了一支香烟准备出卖自己的状态。老妇人、老男人、瘸子、形形色色的人,都在他面前伸出双手,展示着各种或多或少无用的东西——打火机、手表、旧搭扣,或瓶子,或胸针——希望能换巧克力或食物。伊弗雷姆坐在那里,生自己的气,因为他没带点鸡蛋、罐头或巧克力来。他没想到这点。他坐在那里,而酒意蒙眬、脸盘尖尖的饥饿的人群挤在他身边,十几个女人摆出各种姿势让他察看。他感到恶心。他几乎要忘掉他那装满宝石的铁盒子,准备起身离去了。这时,一个憔悴的女子,穿着一件洗旧的印花连衣裙,由于怀孕而裙子抬得高高的,走过来坐在他桌旁。他以为她来这里是要出卖自己,所以看都不看她一眼,因为无法承受一个孕妇堕落到这种地步。

她说:"你不记得我了?"

这时,他仔细地打量她的脸,她也在打量他。他在寻找米赫雷;而她想在他脸上看到,是什么改变了她的生活,想弄清楚她缝在身上衬裙里的一个小布包里的那颗珍珠意味着什么。

他们坐在那里想交换些信息。但是这两个人之间的共同点太少了,甚至没法说:某某某怎么样了?他的情况,或她的情况如何?

镇上饥饿的居民往后退了一步,因为这个士兵成了一个人,一个男人,他是米赫雷的朋友,而米赫雷是他们的朋友。

这两个人在那儿待了一两个小时。总的来说,他们都感到很尴尬。现在两人都很清楚,不管两人之间曾经发生过什么,重要还是不重要(他们都没办法说),这些事是发生在从某个领域或级别来说他们本是陌生人的时候。问题当然不在于她,那个令人无法忘怀的亚历山大姑娘,变成了受到战争摧残的镇上的一个相当邋遢的年轻待产妇女;也不在于他为了她,在战争的四年中一直带着许多宝石,有的很贵重,有的比较贵重,有的一钱不值,那些东西只有一点是共同的:它们的价值与另一个珍贵的东西有关,它短时期内的专有名字是米赫雷。

周围所有人都睁大了饥饿的眼睛盯着他,这个残忍地空手来到他们镇上的士兵,再要坐在那里喝烧焦的咖啡豆制成的咖啡,就令人无法忍受了。他必须尽快离开。因为没有其他交通工具,他是坐在农民大车后面的挡板上来到这镇上的;如果他不能搭上同样的车,他得在午夜之前步行十英里。

广场上升起了一轮饥肠辘辘的水汪汪的月亮,不像他家乡的月亮,也不像埃及荒诞的月亮。他终于傻傻地站了起来,走到臭熏熏的喷泉旁。他跪在边上,把手伸进去,碰到各种各样滑溜溜的东西,可能是死老鼠或死猫,或者甚至是死人的碎片,经过一阵摸索,碰到了形状熟悉的铁盒。他把它拿了出来,用吹到那里的一些旧报纸把它擦干了,回到桌旁,坐下来,打开了铁盒。珍珠受到了光线和空气的滋养。蛋白石不喜欢与光线隔绝,光能让它们的内心复活。不过,水没进去。他就把那一堆耀眼、闪光的东西倒在那张破损的木桌上。

周围挤着那些饥饿的人们,他们看着宝石,想着食物。

她从胸口拿出一小块布,露出了她的珍珠。她把它递给他看。

"我从来没卖它。"她说。

这时,他望着她,目不转睛地,就像以前那样。

她用人们从家庭教师那里学来的漂亮的英语说:"有时

我需要食物,我挨过饿,你知道!我没有仆人……"

他望着她。啊,她对这眼神是多么熟悉,她在记忆中一再探索过的眼神!有恼火、生气、伤心。什么都有,但更主要的是失望。不仅如此,还有告诫或者提醒。她觉得,它是在说:一只愚蠢的白鹅!小富婆!可怜的小废物!你为什么总是做错事?你为什么这么傻?一颗珍珠同它代表的心意相比算得了什么?如果你饿了,需要钱,就把它卖了,当然了!

她突然一动不动地坐在那里,这表明一个人正在强忍哭泣。她美丽的眼睛含着泪水。然后她固执地说:"我永远也不会卖掉。永远!"

而他好像是对自己喃喃地说:我应该带食物来的。我是笨蛋。这些东西有什么用……

但是从他周围的那些饥饿的眼睛里,他看到他们在想,即使在饥荒年代,总有些男男女女藏着粮食想换黄金或珠宝的。

"拿去吧。"他对孩子们说,对妇女、老人们说。

他们没听懂他的意思,不相信他。

他又说了一遍:"拿去吧,拿吧!"

没有人动手。于是他站起身来,开始往空中抛珍珠、蛋白石、月长石,各式各样的宝石,扔得到处都是。有那么几分钟,出现了人们乱跑、哄抢的疯狂场面。等人们拿着他们从泥土里捡到的东西跑回到他们居住的角落里时,广场上就空无一人了。这还不是神话开始的时候,没有讲一个士兵来到一个小镇,莫名其妙地从喷泉里拿出珠宝,像一个国王或苏丹那样,把它们抛向空中,这些珠宝像国王的珠宝一样,很多,但价值不等,因为有人可能捡了一块闪闪发光的钻石,事后证明是块一钱不值的玻璃,而另一个人拿到的一颗小珍珠,却是经过精挑细拣的,可以值几个月的伙食,甚至一幢房子或一个小农场。

"我得走了。"伊弗雷姆对他的同伴说。

她点头道别,就像对待一个重逢的熟人一样。她看着一个头发灰白、矮胖的男人走过喷泉、教堂,然后消失了。

那天夜里晚些时候,她拿出那颗珍珠,握在手中。如果她把它卖了,她还可以不依靠她自己的家人,过着舒服的日子。在这里,在她死去的丈夫的家庭圈子里,她可以再婚,嫁给另外一个工程师或文职人员,因为即使她是一个带着孩子的寡妇,她还是值得要的。当然,如果她回到她自己的家,她也会再婚,身份是一个富有的年轻寡妇带着一个现在幸好已经结束的那场战争留下的小孩子。

她脑海中盘旋着这些想法。最后她想,无论她怎么做,都没有差别。不管伊弗雷姆的介入在她的生活中起了什么作用,在她拒绝嫁给保罗,嫁给了卡洛斯,来到意大利,生了两个孩子时,一切都已经结束了。她的一个孩子因为生了一场无关紧要的儿童疾病,只是由于战时食品的质量和战时的温度而夭折了。这颗珍珠——或者是什么别的东西,让她改变了生活方式,遭到了践踏,做出了牺牲。她现在做什么都无法让她回到原状了。她留在意大利,还是回到她出生的圈子里,都已经无所谓了。

至于伊弗雷姆嘛,战争结束时,他回到了约翰内斯堡,继续切割钻石,并在周日晚上打扑克。

这个故事差不多就在呼叫航班班次的时候讲完的。当我们走向浓雾依然密布的停机坪时,从得克萨斯来的那位太太问那个讲故事的人,他不会就是伊弗雷姆吧?

"不。"罗森博士说,他是从约翰内斯堡来的一个六十来岁的男人,一个生气勃勃、衣着得体的男人,没有太多的特点——就像世上大多数老百姓一样。

不,他绝对不是伊弗雷姆。

可是,他怎么会知道这一切的?也许他当时在场?

是的,他是在场。不过,如果他要告诉我们,在那混乱而可怕的一周内——可怕,太可怕了!——他怎么会来到离他该待的地方一百英里以外的地方,而且还穿着便装,那么这故事会比他已经给我们讲的还要长。

他能不能告诉我们,他为什么在场?

莫非他也是冲着伊弗雷姆的那个盒子去的?如果我们高兴,也可以这么想。我们这么想也是情有可原的。那个盒子里的东西价值连城,是团里每个人都知道的。

那么说,他是伊弗雷姆的朋友?他认识伊弗雷姆?

是的,他可以这么说。他认识伊弗雷姆,说来已近五十年了。是的,他觉得,他可以说是伊弗雷姆的朋友。

在飞机上,罗森博士坐在那里看书,没有再告诉我们什么。

但是有朝一日,我会碰到一个名叫尼基或拉斐尔的年轻人;或者脖子上戴的金项链上嵌着一颗珍珠的姑娘,或者一个中年妇女,她说,她认为珍珠是不幸的,她自己永远不会去碰它们,因为有一次,一个男人给了她妹妹一颗珍珠,毁了她一生。如果发生类似的事情,那么这个故事的模式就不同了。

一封未寄出的情书

是的,我说了,"我有这么多丈夫,不需要丈夫了"。我看到了你妻子当时的脸色。她没有同你交换眼色,但这是因为她不需要——过一会儿你们回到家,她说:"这么说多做作呀!"你答道:"别忘了,她是个演员。"你这么说的意思,正是我要这么说的意思。对于这一点,我是肯定的。也许,在她听来,也是如此。我的确希望如此,因为我知道你是什么样的人。如果你妻子没听到你这么说,那是你小气,我不会原谅你。如果我能够过独身生活,而且不那么挑剔,那么你应该有一个同你一样好的妻子。我的丈夫们,那些点亮我心灵的男人(是的,我知道,如果我用这个词儿,你妻子会发出怎样的微笑),是配得上你的……我知道,我现在在说心里话,承认你妻子的脸色对我的伤害有多深。难道她不知道,即使是在那时,我也在演戏?啊,不,因为你的妻子,我再怎么说也不会原谅你的,不,不原谅。

如果我说,"我不需要丈夫,我有那么多情人",那么,在餐桌旁的每一个人都会大笑一声,表示我这么说有点过分陈腐而"放肆",不过并不令人意外。一个上了年纪的明星,正在逐渐凋零的美人……"我有那么多情人"——很凄凉,也很勇敢。是的,对任何一个"美丽但正在凋零的"女演员来说,这种说法太恰当,太圆滑,却是正确无误的。但是,对我来说,是不正确的,因为我毕竟不仅仅是任何一个演员,我是维多利亚·卡林顿,而且我确切地知道,我该得到什么,该付出什么。我知道什么是合适的(不是对我而言,这不重要),如果不考虑我所代表的一切的话。你以为我不能换一种说法,譬如:"我是个演员,所以是不分性别的。"或者:"我在我内心创造了一个与我的女性对立的男性。"或者:"我在自己身上把我心灵中的男性成分具体化了,我是靠着这个源泉来进行创作的。"啊,我不傻,不愚昧,我知道我们时代的不同方言,甚至如何来使用它们。但是你设想一下,昨天晚上我如果说了那样的话!那是假话,你们大家都会感到不舒服,很恼火。事后你们会说:"女演员们不该装聪明。"(你不说,其他人会说。)他们很可能不相信,不会相信,女演员应该是愚蠢的,但是她们的差异感或者不协调感会这样表现出来。而且,我在说"我不需要丈夫,我有那么多丈夫"时,他们的沉默是对的,因为对我来说,这种说法是对的——这不仅是"做作",或者"放肆"——这是在提出一个他们必须承认的声明。

"做作"那个词儿为什么用在女演员身上,你曾认真地考虑过吗?(你当然考虑过,对你来说,我并不陌生,我感觉到了这一点,但是我喜欢这样和你谈话。)有一天下午,我去看伊尔玛·佩因特在一个新剧中的演出,事后我过去祝贺她(因为她当然听说我在剧场,我要是不过去的话,她会感到委屈的——我与众不同,我不喜欢人们出于礼貌而过来)。当时,我们坐在她的化妆间里,她在卸妆,我看着她的脸庞。我们俩年龄差不多,都是从——年开始演戏的。我觉得她的脸就是我的脸,我们长着同样的脸,我意识到每一个真正的女演员都长着同样的脸。不,我的脸和她的脸,并不是"面具相似",而是我们基本的脸是如此筋疲力尽,因为它随时要准备着其他扮相,成为其他的人,几乎就像化妆间里墙上挂着的随时可以取下来使用的一样东西。我们的脸是……它有一种擦洗干净的、真实的、赤裸裸的神气,就像是一张木板桌或者木头地板。我们的脸,羞怯,谦逊,随着时间的推移,将我们的"本性""我们的个性"从她身上,从我身上,磨损殆尽。

我看着她的脸(人们说我们是对手,称我们两人为"伟大的"女演员),突然想对它表示敬意,因为我知道,她要花多大的劲儿才能呈现出那种干净、单纯的神色——我曾扮演过成千位漂亮的女人,我要花多大的力气才能让我这张脸在那层化妆品的掩盖下保持冷静而高雅,准备让其他人来使用。

在宴会上,人人都打扮得漂漂亮亮的,我可是个"人物",于是我设法用我自己的和别人的记忆生造出我出名的"美丽",来掩饰我相貌本质上的平凡和一般。当然,现在这种"美丽"几乎从那张尖削、可爱、辛酸的脸上消失了,几乎全部消失了。而当年那么多男人曾经爱过这张脸(他们不知道,那不是我,只是让我用来慢慢地消耗的、我得用来工作的那张纯净的脸)。昨天晚上,我坐在你和你妻子对面,她那么美丽和人性化,她的美没有面具,而是表达着她感觉到的每一个变化,你也就是你自己。我意识到我的样子。我能看到我那十分白皙的皮肤正在渐渐失去它的"美";我能看到,我的微笑,即使在现在,都有它"动人的可爱"的时刻;我能看到我的眼睛"轻柔而蒙眬",即使是在现在……但是我也知道,在场的每个人,即使不知道,也都能感觉到那张辛苦的、真挚的、平凡的脸正准备在这种没落的状态中为人所用;而且正是那张工作用的脸和著名女演员的"个性"之间的差异,才使得我做的和说的每件事都变成"做作的",才使得我必须得说,"我不要丈夫,我有那么多丈夫",而且这么说是正确的。我告诉你,即使我什么都不说,整个晚上一句话不说,结果也会是一样的:"她多做作呀,不过,当然了,她是个演员。"

然而我所说的,确实是真话:我再也没有情人了。我有好几个丈夫,而且这是真的,自从……

这是我给你写信的原因;这封信是对你在我生命中应有的地位表示一种敬意。或者,也许,仅仅是因为今晚我无法忍受我角色(在生活中扮演的角色)的寂寞。

当我是个小姑娘的时候,我遇见的每一个男人或者是听说过的,或者是在报上看过照片的男人,似乎都是我的情人。我把他当作我的情人,因为那是我的权利。他可能从未听说过我,他可能会觉得我很丑(我当时不是个很讨人喜欢的女孩——我那惹人注目的容貌、白皙的皮肤、红色的头发,还没有发育成熟;小时候,我是乳白色的脸,猩红的头发,相貌是不协调的。我只有在为了舞台上演出而进行化妆以后才是美丽的)……他可能会觉得我十分讨厌,但是我认定了他。是的,那时我有一些虚构的情人,但现实中并没有。没有一个真实的男人能像我编出来的那么好,没有真正的嘴唇、手,能像我创造出来的那样打动我,就像上帝一样。我嫁给第一个丈夫时是这样,嫁给第二个丈夫时也这样,因为我不爱他们,而且多年来我也不懂得爱是什么。确切地说,这种状况一直延续到我三十二岁的时候;那年我病得很厉害,没有人知道为什么,或者怎么会这样!但是我知道,那是因为我没有得到我非常想要的那个大角色。所以我是因为失望而病倒的。但是现在我觉得,我没有得到那角色是多么走运。我太老了——如果我演了她,那个迷人的天真无邪的姑娘(当时我认为自己是那样的,愿上帝原谅我),我必须得演上三四年,因为那个剧一直在上演,而我太虚荣,不可能停下来。那么结果会怎么样呢?到那时,我都快四十了,不能演迷人的姑娘了。于是就会像许多老是把自己当成迷人的姑娘的女演员,把痛苦当成止血剂去烙伤口,我会发现自己在演越来越小的角色,然后我会成为一个"性格"演员,然后……

与此相反,我得了重病,不想好起来。我以为是因为挫折而病倒了,但实际上是因为多年的重负,我不知道如何来承受,如何将这种重负纳入我对自己的设想。就在那时,我爱上了我的医生。现在我觉得这是必然的,而在当时我觉得是个奇迹,因为那是我第一次对自己说"爱"这个词儿,也是我这么说的原因,好像我没结过两次婚,还有过一二十个虚构的男人那样。我之所以这样,是因为我驾驭不了他。一个男人总是我行我素,这还是第一次。我无法让他像我要的那样行动,而且我没碰过他的嘴唇和手。没有,我不得不等他来做出决定,采取行动。当他真成了我情人时,我就像个小姑娘,笨手笨脚的,我只能等他的行动来唤醒我。

他爱我,当然了,但不像我爱他那样,所以过了一阵,他就离开了我。当时我真想死,但就是在那时,我怀着感激的心情懂得发生了什么事——我第一次当了回女人,与那个致命的"迷人的姑娘"不同,与"女主角"不同——于是我知道,其他人也都知道,我进入了我人生的一个新阶段。我再生了,只有我知道,这是出于对那个人的爱,那是我的第一个丈夫(我是这么称他的,尽管其他人都把他当成我的医生,我只是逢场作戏地同他发生了关系)。

他确实是我的第一个丈夫。他改变了我的一生。在他之后,当我孤独、不幸得快发疯时,我以为我能够回到他娶我之前的状态,我会同男人上床(现在是真的,就像我过去在想象中做的那样),但是不可能了,行不通了。因为我曾经为一个男人所拥有,这个男人在我身上制造了他自己,把他自己留在我心里了,所以我再也不能利用一个男人,拥有他,驾驭他,让他干我想要的事。

在很长一段时间里,我就像死了,空了一样,毫无生气。(这是说,我是这个样子,而我的事业却处于顶峰时期。)我没有情人,在现实中是如此,在想象中也是如此,就像成了修女或处女。

奇怪的是,到了三十五岁,我才第一次感到自己是个处女,贞洁的,没人碰过。我当时是绝对的独身。那些要我的、追我的男人,似乎是隔着一堵表明我神圣不可侵犯的玻璃墙在走动、微笑,伸出他们的双手。这难道不该是我当姑娘时的感觉?是的,我相信是这样——在三十五岁时我第一次成了小姑娘。这当然是普通、"正常的"姑娘们的一种感觉?——她们头上顶着贞洁的光环,只有一个男人,那位英雄,才能冲破?但我的情况不是如此,我从来不是一个贞洁的姑娘,直到我知道,怎么静下来,等待那个人来启动我对他做出反应时才拥有了贞洁。

又过了很久,我开始觉得我不久就会成为老太婆了。我没有爱情,我成不了好艺术家,一个真正的好的表演艺术家。那个曾经爱过我的人给我的触觉在渐渐消退,已经消退了。我的工作中缺少了某种东西,它开始变成机械性的了。

我就这样听之顺之。我无法选择男人,也没有男人选择我。于是我就说:"那很好,没有办法。"尤其是,我懂得我自己和生活之间的关系,我知道我是干什么的,该干什么的逻辑,我知道,对于命运的走向,人们是无能为力的。我的真实情况是,我曾经被爱过一次,现在已经结束了,而我应该让自己沉入某种干枯、理智的冷漠中——是的,你很快就会变成一个正直的、红头发的、智商很高的夫人(不过,当然是做作的!)。你的绿眼睛清醒地闪烁着幽默而理解的火焰。对你来说,其他的一切都已成为过去,现在接受一切就行了,让你干什么,你尽量干就是了。

然后,有一天晚上……

什么事?表面上看来,当时的情况是,在一家饭店的晚宴上,我坐在一个男人对面,我们聊着,笑着,就像偶尔在饭桌旁遇到的人们那样。但是事后我回家时我的心在燃烧。我在燃烧,我走火入魔了……对我来说,这真是个奇迹,我不是说:那是个有趣的男人,我要他,我将拥有他;而是:我的房子着火了,就是那个人,是的,又是他,他就在那里,他点亮了我的心灵。

我只是任凭自己为他痛苦,知道这是值得的,因为我在受煎熬——事情发展到了这一步,我的心灵成了它自己的测量器,它自己衡量好坏的尺度:鉴于事后我是如何工作的,我知道他是什么样的人。

我对他的了解超过他妻子对他的了解,或者她能对他的了解(她当时也在场,是一个戴着非常漂亮的珍珠项链的可爱的女人)——我对他的了解超过了他对自己的了解。整个傍晚我都坐在他对面。有什么值得一提的吗?一个上了年纪的女演员,还很好看,穿着很漂亮(那年冬天我有一套袖口镶貂皮的漂亮的紫色西装),坐在一个迷人的男人对面,那男人很帅,很聪明,等等。人们可以用这些词儿来形容大家常遇见的半数男人。但是在他身上,在他的存在中的某一个地方,有什么东西与我身上的什么东西很吻合,他走进了我,他启动了我。我记得,我曾看着坐在桌子那边的他的妻子,心中想道:是的,亲爱的,不过你的丈夫也是我的丈夫,因为他走进了我,而且把我当成了他的家,而且因为他,我要再次发自内心地去表演。我对此很肯定,我肯定这会是我能做到的最棒的表演,尽管我要到明天晚上上了舞台才能知道。

例如,有一个晚上,我站在舞台上,朝观众伸出两只白皙而细长的胳臂(这是他们看到的,我看到的是两只涂得很白的、冻得发紫的胳臂,不仅如此,还是松垮的),而且我知道,那天晚上我只能算个业余演员。我站在舞台上,像一个女人似的伸出了我美丽的胳臂,那是维多利亚·卡林顿在说:看,我是多么辛酸地伸出了我的胳臂,你不渴望它们能抱住你吗,我那白皙细长的胳臂,瞧,维多利亚多美,多迷人啊!然后,在化妆室里,我感到很羞愧,多年以来,站在舞台上,我,那个女人,和观众之间是没有隔阂的——从我初出茅庐开始,我一直是那么表演的——那么,今晚是怎么了?

我想了一会儿,我懂了。前一天下午,一个男人(美国制片商,但这无关紧要)曾到我化妆室来看我,他走后我就想,又是这样啦。我知道那种感觉,这表明他已经开始运行了,所以我能期待我的工作能反映出这一点……它的确反映出来了,还很猛烈!好吧,所以它教会了我要会区别。我知道,我得小心,不能允许任何二流人物接近我。所以我设起了壁垒,加强了身边冷漠、超脱的氛围,让它横亘在我和人们,我和观众之间;我创造了没有男人能进入、能冲破的一个很酷的空间,除非他的力量,他的魔力非常强,真正能与我的互补。

现在我不大会觉得自己是轻飘飘的,在燃烧,被——什么?——唤醒或重塑。

我现在过着独身的生活。不,你永远也想象不出这是一种什么样的生活。因为今天晚上我看到你时我就知道,你的存在,你这个人,总是与别人有关联的。你总是在为你的工作、你的妻子、朋友和子女付出,你妻子的神气表明她也在付出,她坚信她的付出是会被接收的。是的,这一切我都懂。我知道同你一起生活会是什么样的,我懂你。

我们大家分手了,我看着你开车与你妻子一起离去,然后我回到了家里……不,告诉你或任何人,毕竟都是没有用的。(除非,要么,告诉我的同事和对手伊尔玛·佩因特!)但是,如果我告诉了你——不过,不,有些规则只有使用它们的人才能懂。

因此我会翻译成你们的语言,我会将真实的情况翻译成适合女演员维多利亚·卡林顿的那种做作的,几乎令人尴尬的夸大的语气。我会告诉你,我遇见你后回家时,痛苦得整个身子都抽搐了,我躺在地板上大汗淋漓,浑身发抖,好像得了疟疾,似乎有一些夺命的刀子刺穿了我,因为遇见了你,就再次提醒了我,跟一个男人在一起,真正在一起时的情景,那日夜的节奏就像海浪似的摇晃着我们两人。

我最引以为傲的一切似乎都一钱不值了——我努力争取的,我已经取得的,甚至是我存在的核心,像自己发明的一种超级仪器那样的内心感觉的平衡,或是一只接受能力极强的宝贵的动物,都是如此——我自己越来越混乱、敏感而脆弱的生命,似乎都是荒谬的、微不足道的、老处女式的、因为懦弱而找出的可耻的借口。由于平衡、有秩序和越来越讲究而令我如此满意的生活,显得古怪而孤独。我身上的每一个细胞都在喊叫、渴望、需要什么,我就像一个被夺走了毒品的瘾君子。

我费劲地从地板上站起身来,洗了个澡。我就像照看一个残疾人或者……是的,像照看一个孕妇那样照看着自己。这种奇特的受精作用现在极少发生,所以我很珍惜,一点也不浪费,既渴望又害怕它们。每次当我被迫想起是我主动放弃的时候,都像被杀了一样,被撕裂了一样。

每当这种时候,我都发誓,决不能再让它发生了,因为那痛苦太可怕了。如果不微笑(我那即将消逝的美丽的"可爱又动人的"微笑),不接受,不屈从,而去找你并对你说……那将会出现什么样的花朵,什么样的火焰,什么样的奇迹。

但是我不会说,所以某种非常稀有的(比你妻子能给予你的,或任何平凡的妻子能想象的要美得多的)事情,永远也不会发生了。

反之……我坐在那里品赏着我的痛苦,我坐在那里抓着它,我坐在那里咬紧了牙关……

天很黑,现在已经是清晨了。我房间里的光线是灰暗的,就像水或空气的精灵,我从窗户往外望去,外面的窗内都没有光。我坐在床上,注视着花园砖墙上婆娑的树影,我忍受着痛苦并……

啊,我亲爱的,我亲爱的,我是帐篷,可以供你卧躺,我是天空,可以供你像小鸟一样飞翔,我是……

我的心是一个房间,一个大房间,一个厅——它是空的,它在等待。有时一只苍蝇嗡嗡地飞过,带来另一个大陆夏天早晨的气息。有时一个小孩在里面嬉笑,就像几代人在一起歌唱,小孩、青年和一个老妇合成了一个整体。有时你会走进来,我会闭上双眼,因为我心中能甜蜜地认出你是什么样的人，我能感觉得出你是什么样的人，就像我站在树旁，把手放在它在呼吸的树干上一样。

我是一池清水，千奇百怪的生物在里面游动。你在里面玩耍，一个小男孩，你棕色的皮肤在闪闪发光，池水像手一样，就像我的手一样，从你四肢上面淌过，但我的手永远不会去碰你，明天晚上，在静心倾听的人群面前，我的双手会伸向剧场里成千的观众，用我自我克制带来的痛苦为他们创造爱。

我是一个房间，一个老人坐在里面微笑着，就像他已经微笑了五十个世纪那样，你的披须狮子创造了我。

我是世界，你赋予它生命，你传递了微笑，创造了我。我同你在一起，时刻创造着成千个微生物，我们掌控下的生物，每一个我们都亲手摸过，并把它们像自由的小鸟一样放飞到宇宙中去。

我是辽阔的空间，随着人的心灵越来越光明，变得越来越大，它成长着，扩展着。在这里，有一个东西，一个物体，蹲在角落里，一种黑暗的、迟钝的、蜷曲的、没有固定形状的重物，实实在在的睡眠，一种冷冷的、愚蠢的睡眠，像空气污浊的房间中的黑暗那样的重物——蹲在我心中的这个东西睡意蒙眬地扭动了一下，于是我费尽力气，用了我所有的力量去打败它。因为这就是我生下来的目的，这是我现在的状态，要驱赶实实在在的睡眠，用禁锢的光明和智慧的光环来围住它，让它无法将丑恶的、迟钝的污点扩散到树上、星星上，扩散到你身上。

你朝我转过身来，对我微笑，让光明又一次穿过我全身，就像一个国王抓住了王后的手,把她放到他的宝座上:一个国王和他的王后,手牵着手,坐在我的山顶上,冲着他们安宁的国家微笑。

晨光渐渐投向砖墙,树影消失了。我想今天我将如何在我冷酷的贞洁的氛围中,在自律的氛围中,走上舞台,我将如何抬起我的脸庞(我当姑娘时的那张如花似玉的脸庞),还有我将如何抬起我的胳臂,传递你给我的温暖。

好了,我亲爱的,现在朝你妻子转过身去,把她的头放在你的肩上,在你们爱情的睡梦中甜睡吧。我放手让你去享受没有我的快乐。我把你让给你的爱。我让你去过你的生活。

摄政公园的一年

去年这一年开始就非同寻常,就像其他的每一年一样。从什么时候开始的,一月份?但是一月是处于寒冷、雪花、黑暗中的一个月。最重要的是黑暗。在一月份,除了新的日历,什么都没有开始。日历只是表明我们这部分的地球向下,朝着夏天长时间的光亮的转动已经开始了,已经在激活植物、改变它们的反射作用了。我会把一年之始放回到秋天去。那时,我"觉得自己是"夹在两道古色古香砖墙之间的一座非常狭长而荒芜的公园的"持有者"——我这么写是因为现在是别人占有着它。花园的中心有一棵老梨树,花园的尽头有一片小树林。林子里是一小片最近冒出来的树木,几棵桑树、一棵接骨木、一棵椿树。沿着运河走的话,这一宝贵的空间离开大理石拱门大约是二十分钟的路程。这个花园需要开垦。幸好我找到了一个从农村来伦敦碰运气的小伙子,他讨厌世上所有的工作,只喜欢挖地。他情愿住在用布帘隔开的半间房子里,地上铺上报纸,加上草席,墙上贴着自己的诗歌和图画。他当然拥有富于冒险精神的青年喜欢向大城市挑战的那种古老而浪漫的传统,但是他把他自己和世界看成是新孵出来的物种,譬如说,就出现在一年之前,他到了二十岁,发现自己是个自由人,很可能是嬉皮士的时候。他靠吃烤豆和友谊生活着。当他需要钱时,就去给别人开垦花园。我们一起把这个潜在的花园的地面给刨了。那全是些建筑用的碎石、罐子、瓶子、破玻璃,再往下,就是伦敦的黏土。这种物质你们想来已经听够了。真的,伦敦的历史似乎就是由它构成的。但是当你真正遇到成吨的这种物质,好几码深,又重,又湿,无法渗透,连一条虫子和树根都没有,没有一点空气,不能派任何用处时,你会感到奇怪,伦敦怎么会有那么多花园和林地。我无法相信我的园艺书上所说,黏土是植物完美的潜在土壤。我、朋友们和这个农村来的小伙子用它来做成各式各样的模子,并觉得我们中间没有一个雕塑家真是遗憾。但是这不能把黏土变成可使用的土壤。最后,我们标出了花坛,把残留着杂草和青草的大块大块的黏土翻了过来。那地方看上去就像犁过的土地等着种植者搬进来似的。但即使在初霜之前,坚硬的小卵石之间的土壤中已经显示出腐烂的青草和黏土的碎片开始结合在一起了。前一阵在下雨,现在还在下。就像伦敦总是下雨一样。我出去检查那些黏土块时,每次只能拿起一块,因为块块都那么重。我发现土块的边沿已经有点软化了。但是无论我怎么甩,或者用铁锹敲,都无法将它们打碎。它们似乎是永恒的。关键在于地下。那块地是基底杂岩,站在平视的角度看花园,它就像第一次世界大战的电影:积满水的壕沟、地上铺着一年积下来的湿漉漉的落叶、巨大的泥块、腐烂的杂草、光秃秃的树干和滴着水的树枝。所有的一切、样样东西都是潮湿的、光秃秃的,处于原始状态。

那是十二月。在圣诞节前后,下了几场浓霜之后,我去察看情况,朝一块泥土踢了一脚,它就碎了。那个农村来的小伙子,本来不是种地出身的,是乡镇上的孩子,所以也不相信那书本上说的花园需要一部推土机。他接到我电话就来了,花了一个来小时,用一把锄就轻轻松松地把那七拱八翘的地面变成了夹杂着些枯草的整齐的耕地了。这些草当然没有完全枯死,而是准备在春天再长出来。但是现在我们相信那本园艺书了,就把草根翻到上面让霜将它们冻死。结果就是这样。灌满了水的梗茎和根,一冻就膨胀,像总水管在严寒中那样炸开了。春天还没到,泥土就早早地松开并开垦好了。所有真正艰苦的工作都做好了,不是用铁锹,也不是用锄头,甚至不靠虫子,而是靠霜冻。事实上我了解非洲,或者部分非洲,在那里,你绝对不能忘了太阳、风、雨的力量。但是在气候温和一些的英国,你会忘记它们,似乎向北倾斜的太阳的力量一定不如直晒的太阳,似乎大自然本身的力量也没有那么大了。也就是说,你能忘掉它,不过你会看到,在几个星期之内,气候就能把七十英尺乘以二十英尺的荒地给整合好了。

一月在下雨,二月还不停。如果我从高出平地的台阶顶上一脚踩下去,我的脚踝就会陷到黏土里面。阳光费劲地穿过冰冷的云彩,但是它的热度足以将雪珠吸进去。我在摄政公园沿着一条条用正在膨胀的、闪闪发光的黑色树枝铺成的小道上行走着,很想说春天的样子、明年的希望,是从落叶遍地时出现的。现在这个公园里到处是灰蒙蒙的水、湿漉漉的草、棕黑色的树木,那些水鸟必须同从多风暴的海面飞到陆地上来的海鸥争夺面包屑和面包皮。三月份还是阴雨连绵,空气沉闷。通常,到了三月,从雪地或泥地中冒出来的不仅是雪花莲和藏红花;小道上已经会出现那些出来寻春的人们。但是,这个月很糟糕。我的新花园遭到了朋友们的讥讽。他们不是园艺家,不知道一个月的气温能让积水的壕沟、光秃秃的墙壁、湿漉漉的土地发生什么样的变化。四月份也没有发生那个诗人说"啊,在英国!"时的情景,他一定会马上回到他喜爱的意大利去的。四月不是春天的开始,而是冬天的延续。还是下雨、下雨、下雨,而且很冷,日复一日。而在我天天去散步的公园里,只有傍晚时光的延长表明了春天的来临,因为尽管遍地都是藏红花,但小树丛和大树上的花蕾似乎都冻僵了。这种情况怎么都不结束。我不知道,在北方的那些国家,例如瑞典和俄罗斯,人们是如何忍受这一切的。冬天拖得这么长,人就像是给关在冰制的头盔中一样。

天气非常潮湿。只要离开小道走上一步,脚下就会传来咯吱咯吱的响声。你知道,没有空气可以留在那种海绵中。到处是水,成吨的水浮在我们头顶上的空气里,每天有成吨的水落下,脚下都成了一片湖面了。

突然,有几天像夏天。不,那不是春天。去年没有春天。在我熟悉的那些国家中,没有一个国家的气候会发生这么快的变化。天气在保持一种状态时,过去的那种状态似乎是不可能的。花园里,缕缕蒸汽飞上天去,同正是夏天似的云彩合在一起,风铃草、风信子、藏红花和水仙花都长出来了。如果你翻一下泥土,那些虫子正在那里起劲地蠕动。每一天都浓缩了原本要几星期的生长期;大自然在加油追赶;如果这样继续下去,我们就会直接冲进夏天,而果树的花期和春天的花朵就会像快动作的电影画面那样一闪而过。但是不,突然,我们遇到了干冷的寒潮,而且继续了几个星期。没有阳光的寒潮,干冷,有时会有点微弱的阳光。在花园里,水分迅速地渗进新翻松的泥土中,你又可以轻松地行走在黏土上了。梨树快开花了,但是花朵没有绽放。花园深处的那些树有些泛绿,但是就像一再被浸泡的泥土上的一层青苔。我用铁锹挖了一下土,一些虫子都懒洋洋的。鸟儿躲避着不计其数的野猫,叼走新生的每一片青草,用它们的喙啄坏了藏红花。公园里,那些棕黑色的树枝上稀稀拉拉地长着几片叶子。不过,在岸边散步时,你能看见鸭和鹅正爬在没长出叶子的小岛上孵蛋。大型水鸟还在水面上栖息。它们朝湖边上的饲养人员汇集过去,爬到岸上,张着五颜六色的喙,发出嘶叫声,乞讨食物。不久,从那些小岛上会滚出来一窝窝小鸟,它们会跟父母学,也沿着湖岸跟着那些慢慢移动的人影乞讨面包。不过现在还不是时候。果树还没开花呢。在去年不是春天的那段日子里,万物都处于停滞状态。开始是下雨,没有太阳,接着又是几星期的干冷。但是我们知道,春天一定已经到了,一定就在这里。慢慢地,栗树街上每一根僵直的树梢上都展现出耀眼的绿意。柔荑花挂满枝头,尚未长成绿叶。玫瑰花已修剪整齐,但尚未开放。垂入水中的细柳已呈嫩绿色,而不是冬天的浅灰色了。山楂树和樱桃树、李子树和醋栗树、白面子树和苹果树上,那年的花苞处处都藏在叶芽中间。园林工人穿着厚厚的毛衣,弯腰整理着阴冷而灰暗的花坛,出土的青草长得很稀疏,犹如干旱之后的夏末常出现的情况。但是旱情通常不会发生在这么早的季节。傍晚时光的长度已接近仲夏,就像十一月光秃秃树枝上的深色叶芽象征着春天那样,四月、五月,还有六月的傍晚越来越长,满天是夏日的夕阳,可是大地的寒意尚未散尽。在夏季来临之前,人们就忙不迭地想抓住它,还未等到冬天的土壤获得温暖,就把施洗约翰节①定为朝阴暗的冬天的转折点。往常,此时的泥土都已翻好,完全沉浸在阳光中。阳光催促着果树开花,树叶和青草成长。对植物生长来说,光照甚至比温度更重要。林荫道上都是漫步的人群,他们会一直滞留到九点、九点过后。剧院开门了;儿童乐园里的秋千摆个不停。英国无数园艺专家都来参观玫瑰园,拿这里的范本去同他们自己花园里的花朵进行对比。但是在去年的此时此刻,寒冷仍抑制着那些玫瑰,紧缩着它们的脉络,让那些正在长出来的长长的嫩红花苞显得萎靡不振,就像一个贫血的人。这种气候一直延续着,那么干冷,就像早些时候,多雨的冬天无尽地延长一样。公园就像一块怎么也干不了的海绵。

  然后,在整个春天被吞掉之后,太阳和雨水又一起来了。整个公园马上就春花怒放,我花园里的梨树和墙上的金链花也都欣欣向荣。

---

  ① 施洗约翰节(Midsummer Day),6月24日,亦可译为"仲夏日"。

每一年,总会有一周是春天最好的时光,满园春色,鲜花盛开,香气扑鼻,就像有一周是典型的秋天,满天飞着金黄色的秋叶。

但是在去年,那些由于习性不同通常在不同时间开花的树木,都在同一时间绽放了。樱花、醋栗、山楂、丁香、粉红色的玫瑰同风铃草、郁金香、紫罗兰一起争奇斗艳,还有许多千奇百怪的花,似乎那里的花果树有几百种,而不是几十种。我们踩着新生的小草在花满枝头的树丛里散步,那些花朵颜色各异,有粉红的、象牙色的,也有泛绿的白色。我们沿着湖边信步走去,湖面上有成群的小鸭和小鹅,在它们父母身边嬉戏。蓟种子冠花那样的小球随着微风吹起的涟漪起伏,只有春天招来的游船才会破坏这种场景。灿烂的春天和炎热的夏天同时来临。雨云在天空飞驰,翻滚,草地上到处都躺着嬉闹和陶醉的情人,而松鼠就像追逐着棉线团的小猫一样,沿着栗树的树干上下跳跃。栗树花虽然姗姗来迟,但还是显示出夏天应有的形状,树叶深绿,花色似粉色和白色的烛光。松鼠像家猫一样肥大,那些垃圾筐以及一些朋友提供的食物喂饱了它们。人们带着面包、饼干、蛋糕,从公园周围的所有街上,从远得多的地方,来到这里,人人带着他们各自特有的欢笑和愉快的神色。有一个女人拿来的不是通常的几片面包或者是过期的蛋糕,而是一个购物袋,里面装满了食物。她站在几百只鸽子、麻雀、鹅、鸭子、天鹅、歌鸫的包围中,对我倾诉道,最近她的子女都已长大,离开了家,她和她丈夫又吃得很少。但是,多年来她都在为狼吞虎咽、不挑食的青少年和他们的朋友烧饭,让她习惯于准备和提供伙食。她发现自己订购的食物数量总是太多,一对上了年纪的夫妇怎么吃也吃不了;她努力克制着想开发新的美食的强烈愿望。不过她找到了解决的办法。每当她渴望举办一次十二个人的宴会,或五十人的非正式宴会时,她就装满一袋食品,坐公交车来到摄政公园,来到有鸟类栖息的水边,一直待到它们把她带来的食物全部吃完、她喂养别人的渴望得到满足才离去。水禽在她身旁的岸边飞舞或游弋,等到它们确信她再也没有食物了,才把它们的注意力转向下一个可能喂食的人身上。要不,它们就飘然游去,在水中翻跃和来回转圈,博得岸旁人群的赞叹。他们必然在惊呼:"啊,天气这么热,我要是一只鸭子,那该多好,就待在那凉爽的水中!"而这些水禽很可能在不无道理地咕哝:"我要是个人,该多好,皮肤光溜溜的,任凭微风去吹拂,清水去触摸,而不是披着一身羽毛的水禽,只有双脚能感受到空气或湖水……"不管怎么说,这些水禽对自己、对它们的功能、它们的地位,当然有着精确的判断。习惯于看到它们在水面上,或在水边的草地上整洁地蜷缩着打盹,我以为它们总是待在那些地方的。但事实并非如此。一天清晨我五点就起床,想要(我是这样想的)独占这个公园时,发现情况不是这样的。当时已经有五六个人在那里闲逛、聊天,或者至少是在相互打招呼,仿佛他们是些不寻常的同伴。此时,草地上,树底下,全是鹅和鸭子,白天,在那里是从来见不到它们的。每只母鸭和母鹅身旁都围着一群色彩斑斓的胖墩墩的雏禽。母鸭和母鹅在向它们的后代介绍陆地上的世界,这与公园热闹时它们所居住的水面是不同的。灰腿的鹅站在日本李树下,黑天鹅在山楂树下。一只松鼠过来考察一只小鸭,它独自忧郁地待在拱形的玫瑰树下。当时是不到六点的清晨,但万物似乎已苏醒好几个时辰了——很可能就是这样,因为现在夜晚的时间非常短,而从禽鸟的观点看来,几乎根本没有黑夜。它们可能分不清黄昏、清晨或夏天半夜里闪着微光的黑暗。人们还在睡觉或正从床上爬起时,正是公园最活跃、最怡人的时光,也是禽鸟和动物多少能独占的时光。

当园丁来到,人们穿过公园去上班时,这里发生了变化。水禽们决定回到湖面上它们应有的位置。只能这样来描写它们的活动:母禽们把雏禽叫到身边,沿着小路回到水边,把草地、小路和树林让给人类。水面上又全是一群群的鸭和鹅,有一色的,也有多彩的,有的很庄重,有的像玩具店里涂上各种色彩和油漆的木头鸭子那么鲜亮、夸张。就像观众进场时,满台的经理、助理、提词者、导演都把剧场前台空出来准备演出一样。公园里有部分陆地,上面有常见的麻雀和鸽子,而湖面上挤得似乎水泄不通。然而岛上的蛋还没有全孵出来,现在这里绿草丛生,伦敦的观鸟者已经无法通过望远镜来观察那些正在耐心地孵蛋的鸟。每一天,在早些时候孵出来的几窝小鸟笨拙而蹒跚地学着它们父母优雅的步态时,水面上到处都是新孵出来的小鸟。

一座小桥横跨在湖汊上。这里有一只水鸡正在众目睽睽之下孵蛋。这里的水很浅。在离岸一两码的地方,两只水鸡用堆起来的枯枝在水中筑了一个巢。不过,不是所有的树枝都是干枯的。有一根是扎下根的,上面还有绿叶,就像一面小绿旗飘在离桥几英尺的那只黑白相间的骨顶鸟①头上。它就在那儿蹲着,盯着那些观望着它的人们。在公园向观众开放的整天和半夜,人们都停下脚步来观察它。他们不仅是观望。在它周围用细枝铺成的垫子上,全是观赏者投下的食物碎片。但是这些东西给那两只骨顶鸟带来了很多麻烦。因为一些飞禽,尤其是麻雀,有时还有歌鸫和鹩哥,甚至鸭子和其他一些无关的水鸡,都会来枝条中寻找食物。那只骨顶鸟——雄的,或雌的,它们仿佛是轮流孵蛋的——不得不老站起来,生气地发出唧唧咕咕的声音把它们吓跑。或者是那只正在旁边游着想为正在孵蛋的鸟抓点食物的配偶,匆匆上来警告那些越境者。可是麻雀还老是冲过来,抓点什么再飞走。连那些硕大的天鹅也围过来,在那些雪白的巨鸟身边,这两只小骨顶鸟看上去就像是它们的缩影。人们还把比面包更糟的东西扔过去。桥下和周围的湖面上全是罐子、纸片和塑料制品。这些垃圾在水上漂浮或沉淀,在这炎热的夏初,没过几天,湖水就开始发臭。现在是真正的夏天了。公园里很挤,人们总是在草地和小道上扔垃圾,水臭也日益严重,尤其是骨顶鸟栖息的地方。那只骨顶鸟孵蛋的样子一定是骨顶鸟历史上最公开的场面。不过它们既然选了那地点,筑了巢,那它们就待下去,孵蛋,直到任务完成。最近几天,观赏者们在桥上徘徊,保护着它们不受可能的入侵者的侵犯,不让别人朝它们扔罐子,可能的话,也能看见小骨顶鸟下水的时刻。我很肯定,有些人的

---

① 骨顶鸟(coot)的另一名称是"水鸡"(water hen)。

确看到了,因为他们是全神贯注的。我没看到。但是有一个炎热的下午,桥上挤的人比平时更多。这时我看见一只深色的小鸟在窝旁的水面上漂浮。一只大鸟在它旁边忙着寻找食物。那只孵蛋的鸟起身离开了那树枝铺成的垫子,扑扑翅膀,扭动了一下身子。在它身下露出了一堆泛白的东西:一只没孵好的蛋和一些蛋壳。那儿还有一只小鸟,不愿意去找它在水面上的同胞。那只正在游泳的鸟抓了些零碎的食物,递给正在孵蛋的鸟。它(可能是公的,也可能是母的)抓起那些零碎的食物,把它们塞进那只小鸟嗷嗷待哺的嘴中。那只在游泳的小鸟被那只游水的大鸟塞得饱饱的。看样子,那只游泳的大鸟想让那只浮在水上的小鸟游得离窝更远一些。它老是游开去,骨顶鸟常常故意这么做,然后又转回来,看看那只小鸟是否跟在后面。但是那只小鸟已经爬回到窝里,消失在孵蛋鸟的身下。那只游水的鸟游得很远,独自爬上了岸。当时岸上站着三个人:一个高挑又美丽的姑娘,两旁各站着一个年轻人。他们一直在观察那两只骨顶鸟。姑娘说:"啊,我知道,公鸟去看它情人去了,母鸟不得不独自喂小鸟了。""你怎么知道的?"一个年轻人问,而另一个人很生气地大笑了一声。他走开了,那个姑娘跟在他身后,显得很不安。那个刚才说"你怎么知道的?"的年轻人匆匆地跟在他们两人后面。

整个下午,两只鸟在轮流孵蛋,一只游出去为另一只寻找食物,时不时地有一只小鸟会从它出生的木平台的圆木上爬下去,在波浪中翻滚。与此同时,窝边的湖面上全是形形色色的水禽,有成年的,半成年的,也有刚孵出来的。在这么一大群水禽中,那只小小的骨顶鸟是一个小玩意儿,只有对守护着它的父母来说是珍贵的。

在五颜六色的鸭子中间,骨顶鸟是一种不太活跃、黑白相间的特殊鸟类,就像长着红色火漆喙的黑天鹅。它们的神气似乎是目的单纯、很负责任,很有自制力。这时,有一只骨顶鸟从水里飞上来,同另外一些鸟一起去抢扔过来的面包,它露出来的脚趾很大,呈白绿色,有鳞,像爬行动物似的,令人吃惊,它们的祖先似乎一半是鸟,一半是蜥蜴,它们毫无变化地沿着进化链就传承了下来,而在水上的身躯却变成了灵巧而健美的水鸡形状,跟陆地上的同类相似,很容易想象。但骨顶鸟比任何鸭子和鹅更像水鸟。如果你站着喂一群鸟,而那里正好有海鸥,那么它们会冲下来就飞走,其间已在空中抓住了面包片,似乎它们就是跳出水面的鱼。如果你不去照顾别的鸟,海鸥会把一切都叼走。身材高大的鹅会站在那里,灵巧地从你的手指间啄取食物,就像一个风度翩翩的绅士,然后转过身去,用它的喙野蛮地啄另一只争食的鹅。除了海鸥,这些鹅最能寻食。那些鸭子,表面上看来很笨拙,走起路来蹒跚摇摆,但是它们能飞快地抢到鹅没抢到的东西。可是要去喂骨顶鸟——从感情上说,我很想这么做——那要比喂动物园里胆子比较小的鹿更困难,在那里一些大动物肯定会将现有的食物全抢走。首先,水鸡必须用它们笨拙的有蹼的足爬上岸来。然后,它们的行动比其他的鸟都慢;其他鸟已经将食物吞下,又挤过来要更多的时候,骨顶鸟才去到处拨弄,想找点吃的。不过,在水中,谁也没有它们迅速和利索。

那场长时间的公开孵蛋终于成功了,但只为公园增加了一名成员。一天下午,那里有父母和两只小鸟在忙碌着,它们的窝已处于成群的水鸟中间。第二天下午,那里有两只骨顶鸟和一只滚动的黑色毛团。

但是窝还在那里,树枝中还嵌着面包屑。整个夏天,整个秋天都是这样。即使绿叶掉了,或者是被鸟从那根哨兵似的树枝上叼走了,窝和树枝还在那里。现在已经是冬天了,所以来年春天,这一对或者另外一对骨顶鸟,也许会不顾那些显然是没有风度的人士和他们不适当的食物以及他们的罐子和塑料制品,还有臭味,带来另一个家庭。不过那个树枝铺成的平台当然得进行修整,因为原来的骨顶鸟一家刚离开,其他飞禽就发觉在那里栖息并在周围游耍是很方便的。而直竖着的根深的树枝则是到水上来冒险的麻雀栖息的好地方。去年的麻雀比以往任何一年都多。人们将小鸟匀称的体形和活蹦乱跳的神气与它们没精打采、松松垮垮的父母相比,就可以看到在这个季节里,它们的数量增加了多少。它们是在哪里孵出来的?除了那些水鸟的窝以及秋天来临,栗树街的树叶落光时暴露出来的一只浅浅的细枝筑成的巢以外,我没见过其他鸟巢。而这只巢就筑在略高于高个子男人的树枝上,藏在完全能隐身的树叶丛中孵蛋的鸟肯定离散步人群的头顶只有几英寸。还有一只是在地上的,位于风铃草、天竺葵和玉簪属植物丛中。那是一只羽毛光洁的棕色鸟。当我在几步之遥的小道上看着它时,它也望着我,并不显得十分不安。它用张开的爪子将温暖的鸟蛋紧护在胸前,看着可能的敌人整天来回经过,因为它要花几天的工夫才能让小鸟见到阳光。然而,就像那只骨顶鸟一样,它选择了那个暴露的地方孵蛋,紧挨着小道,就在露天剧场后面。也许,这就像那些狐狸,它们离开了一直在猎杀、毒害和用陷阱捕捉它们的农村,来到城郊,靠镇上的垃圾生活,有些鸟用我们还不理解的方式习惯了与人们相处,习惯了我们的噪声、我们的脏乱?它们也许甚至喜欢我们?还不仅是人,因为离那只棕色和孵蛋鸟几码之外,有一个人们喂野猫的地方。整个夏天,在粉色的玫瑰花丛中,总有几盘剩余的和新鲜的食物、牛奶、水、小块的三明治、饼干。野猫来吃这些食物,但不去攻击那只孵蛋的鸟——也许,在那些野猫不在那儿的时候,那只鸟也吃过这些食物?很可能。它能忍受来自剧院扩音器中的人声和音乐,是因为它的饭店。它只要飞几秒钟就能到达那饭店,正好是迅速找点面包皮而不让鸟蛋冷却的距离。在剧院所在的小密林里,一定还有许多其他的鸟窝,许多鸟会把公园的那块地方当成它们的地盘。当年,每年演出的《仲夏夜之梦》,不管是好,是坏,还是不好不坏,都提供了一段美好的时光。这不是指舞台上的表演,而是看到一只猫头鹰呼叫奥布朗①,或是燕子朝提泰妮娅②和巴顿③头上猛扑下来,或者是月亮高挂在树梢上,让舞台显得又小又无足轻重,或者是棕鸟群在栖息前最后一次以弧线队形飞过。

---

① 奥布朗(Oberon),中世纪民间传说中的仙王。《仲夏夜之梦》中的一个角色。
② 提泰妮娅(Titania),《仲夏夜之梦》中的仙后,奥布朗之妻。
③ 巴顿(Bottom),《仲夏夜之梦》中的织工。

节目排练和演出的这一整段时期内,这些鸟在筑巢、孵蛋、喂小鸟。它们选择了这里,公园最喧闹的地方,当然也说明了它们对我们的看法。或许是它们看不到我们,根本不把我们当回事,只把我们同残羹剩饭联系在一起。没有什么比遭到忽视,视而不见,不予理睬更奇怪的事。也许,那两只骨顶鸟选择那样的地方,最公开的地方,是因为那里湖水的深度合适,其他什么都不重要。它们根本不理会桥上的观众,只把他们当成是扔食物和其他东西的络绎不绝的喧闹的人群。

在视力能及的空间里,公园内正上演着几十个独立的剧本,有人演的,也有动物演的。七月的一个周日下午,那时旱情一直在发展和继续,树荫下的灌木丛都枯萎了,因为阵雨下得不大,不足以渗透厚厚的树叶。公园里全是人,一车车的人从四面八方拥来参观动物园。在动物园门口,队伍排了几百码长。动物园里面就像是个集市。沿着动物园的西边,有一条小路。那是一条林荫道。陡坡通向踢足球和打板球的场地。时遇夏天,又是周日,正是打板球的好时光。当时有四场比赛正在进行。每一场都有一批预备队员、朋友、妻子、孩子和偶尔路过的观众。这个世界,周日的板球世界,绝对是自我专注的。每一场比赛都不理会其他三场的。树下的斜坡上,都是两个两个一对的情人。在尽头熊和其他山地动物居住的梅平山那里,有四个年轻人在睡觉。他们是游客,看上去像德国人,也可能是斯堪的纳维亚人。四个人都留着长发。两个姑娘穿着长连衣裙,两个小伙子穿着饰有流苏的皮外套。他们有四只帆布背包和四把吉他。他们很可能整夜都在聊天、唱歌和跳舞,也可能没钱支付一夜的住宿费。现在他们枕着彼此的胳臂,一动不动地睡了一整天。他们可能根本不知道人们正在离他们很近的地方热火朝天地打着板球,也不知道在他们睡觉的当儿动物园曾经人群拥挤,又清空了。从他们所在的斜坡上可以很清楚地看到儿童动物园和对面的象屋,也可以看到梯田状的梅平山上的山羊和熊。有些人不想费劲地挤进动物园,就坐在睡觉的四个人附近的斜坡上,高谈阔论,不想安静下来。他们看着那些大象的表演。那些动物真可怜。它们这么做只是为了换得它们的小房子和不得不住进去的那点由沟渠围着的空间。一个妇人拿着一个塑料袋走过来,坐在一张长凳上,背对着那些情人和正在睡觉的年轻人,喂起了麻雀和鸽子,皱着眉头集中注意力要让那些可怜的麻雀(那么小)能吃到和(大得出奇的)鸽子一样多的食物。在儿童动物园里,一个小女孩抓住一头同她差不多高的驴子喊着,"它要淋湿了,啊,这头驴要淋湿了!"果真如此,来了一阵期待很久的小雨。一小汪水在闪闪发光。没有人理会此事。板球队员继续打球,那个女人仍皱着眉头,为大自然的不公平而忙碌着。情人们在谈情说爱。那四个睡觉的年轻人连身子也没有翻动。只有一个路过的青年,用脚趾挑了一下,将姑娘们的长裙盖住了那些吉他。而那个小女孩在哭,因为那头可怜的驴淋湿了,可是那头驴显得很喜欢淋雨,又踢又叫。她妈妈在哪里?她爸爸在哪里?她怎么孤零零地一个人,同她那头驴在一起,独自承受着悲痛。雨下了一阵,停了,对任何东西没有带来好处或坏处。过几个星期才会真正下点雨,拯救那枯黄的草地。过几个星期,才会是真正的夏天,这与园丁们的日历无关,甚至与白昼的长度无关。白昼很快就又缩短了,会是早已忘却的非春天的几个小时了。但这时的特点是树木过分茂盛、沉重、饱满、丰盛。所有的树木枝叶繁茂。树枝下弯、下垂得抬不起来。长长的柳枝垂在水中,似乎有人划着船,拿着大剪刀把每一根枝条剪得一样长,就像用布丁盆①扣在人的头上将头发修剪过一样。那些一直是在长长的绿色树荫下游进游出,悠闲地、懒洋洋地吃树叶的鸭子和鹅,现在得踩着水,使劲地靠翅膀飞上去撕咬树叶。也许是它们把下面的枝叶吃得一般齐?现在有那么多禽鸟,那些小鸟都长大了,到处可以看到鹅群、鸭群、大天鹅、水鸡。这座公园当然不可能养活这么多。它们会怎么样呢?会不会把它们分到水鸟少一些的公园去,让每只鸟从小就把能看到的每一个人当成移动的面包来源?此时,小船和帆船必须巧妙地穿过成群的水禽。麻雀成群,玫瑰成簇,万物取之不尽,极其丰盛。这时,公园的中心已不是栗树街和富有英国特色的绿色草坪,而是那条带有意大利风情的长长的林荫道,一端有喷泉和一排排高高的杨树,另一端是黑黄相间的正门,路的两旁长满了玫瑰花。夏天的林荫道就像栗树街一样,需要湛蓝的天空和热度,而山楂树、李树、樱桃树和醋栗树则需要春天或秋天。

  夏天的园丁仿佛全是光着膀子,光着脚干活的小伙子。

---

① 布丁盆(pudding basin),英国有一种发式叫锅盖头(pudding basin haircut),那是一种并不时髦的发式,看上去似乎是将布丁盆扣在头上修剪边上的头发而成。

他们要乘凉,就站在喷泉的水花中,任凭风将水花洒落。"据他们说",嬉皮士们认为,这种工作,在夏天搞园艺,对于他们,对于我们,对于社会都是有好处的。有一天傍晚,我听见一个园丁女孩对另一个园丁女孩说出这些想法:

"这里没有任何烦恼,你可以干你自己的事,但是你必须干好你的本职工作,这是很公平的。"

这些夏天的业余园丁同公园参观者之间的关系,与参观者同熟悉的老园丁之间的关系,是不同的。老园丁更有主人翁的精神。我记得,我曾同一个园丁有过一次交流。那是几年前的一个春天。有一次,刚下过雪,出太阳了,朋友们打电话来说,藏红花开得特别美。我就出门去了公园,发现雪地里到处都是竞相绽放的藏红花,有白色的,紫色的,金色的。每一块地里都有用黑色棉线织成的网罩着,防止小鸟来啄它们。我正弯腰去看这网是怎么织成的——这种活儿太细腻,烦人,不是吗?——就看见一个穿着制服的园丁从他的望棚中走出来,站在我身旁。

"你在干什么?"

"我在看你的藏红花。"

"它们不是我的。它们是公众的财产。"

"啊,很好。"

"我是拿了工钱来照看它们的。"

"你是告诉我,在这么寒冷的下雪天,你一直站在没有取暖设施的小木屋内守护着这些藏红花?"

"你可以这么说。"

"那么,这些棉线有什么用吗?"

"棉线对付鸟贼是有效的,我说的不是人贼。"

"可是我不会去吃你的藏红花吧?"

"我只是在干我的活儿。"

"你的活儿就是当个藏红花守护者?"

"是的,夫人,一直是这样。在我以前,我父亲也干这个活儿。在我还是个小孩子的时候我就知道我要做什么样的工作,从那时起,我一直在干这工作。"

一些年轻人性格不那么多疑,但是他们不会理解可敬的老百姓是多么羡慕他们这样的工作。

还有一次,天竺葵花开过了一次,需要摘除后,才能再开一次。当时有好几垄天竺葵,枝头上全是枯死的花朵。我自己忍住了诱惑,没有跨过栏杆去摘除枯花。另一个人却没有忍住。一位上了年纪的男人,带着无视良心谴责的神气,蹲在天竺葵中间,努力地工作着。一个长头发、赤着脚、光着膀子的年轻夏季园丁,靠在铁锹上,望着他。

"他为什么这么做?"他对我说。

"他无法忍受天竺葵就此枯死,不能重新绽放,"我说,"我能理解。我刚把自己花园里的枯花全摘除了。"

"我家里只能种盆草。"

那位上年纪的男人看见我们在注视他,议论他,很可能还要向上报告他的罪过,显得比先前更加不安。但是他还是拼命干着,这是一个为了责任而挑战社会的有原则的人。

一冲动,我就和那个园丁分手了,各自走向不同的方向,因为我们不忍心让他这样来表示他的高尚道德。

不过,他当然是对的。在其他几垄天竺葵全枯死、没有花的时候,他摘过的那垄就像在春天那样,长得非常鲜艳。

现在已经下过雨了,而且下得很透。人们似乎很难记起年初那长时期的干旱、阴冷,还有在干热中的干旱。现在长期的干旱已从记忆中消失了,因为现在是英国真正的夏天,适时下阵雨,适时的凉爽和炎热。不过,该是秋天了;一切都非常充足,表明该是秋天了。一阵巨风,将树叶纷纷吹落,湖面死水地区的臭气冲天,让人们对守园人的哲学百思不得其解——难道说,清除发臭的垃圾是违背他们原则的?他们就雇不起一个人,让他每周划船将那些垃圾清除?难道他们相信大自然有能力修复一切?

我的花园在去年还是荒地一片——很快又要留给别人了——此时正盛开着玫瑰、百里香、天竺葵、铁线莲;蝴蝶成群地聚集在芳香的柠檬和海索草花的上方。那棵梨树上结满了毫无味道的小梨。这棵树太老了。它能开出大量的花朵,却不能进一步将它们变成良好的果实。风一吹,梨子就纷纷落下。住在公房里的所有小男孩都跳过围墙来抢梨,他们不是要吃梨,而是拿它们朝彼此掷扔。要是请他们进来摘梨,他们会觉得非常不爽,产生反感。因为袭击才有趣。许多家里没有花园的人,从公寓房上面看着运河沿岸茂盛的大花园,去袭击它们,带着战利品逃跑,然后再次袭击,而且这种袭击就发生在气愤的屋主的鼻子下面。

一天下午,我正坐在公园旁的一辆公共汽车内,风很大,满天落叶。这是真正秋天的时刻,真正秋天的那一周。我马上冲向公园,我正好赶上了。一切都是黄色的、金色的、棕色的、橘黄色的,一堆堆的落叶已整齐地捆好,准备去焚烧。在风的驱动下,空中全是彩色的树叶。天气凉爽下来了——我指的是北半球,不是公园。自从七月的某个时候开始,天气变得跟往年一样,公园里总是一会儿热,一会儿冷,一会儿不冷不热。树叶被吹入湖中,沉入水下,出现成串的水泡,禽鸟就在那里潜水和游玩。那对骨顶鸟的旧窝周围是悬铃木的绿色和黄色树叶构成的一幅闪亮的图案。如果这里是荒原,你可以看到在这片浅滩上,陆地是如何在一两个季节中构成的;这个湖汊如何变成沼泽,然后在一个干旱的季节中变成新的土地。水也会退却。臭熏熏的死水塘正在为厚厚的、软软的层层树叶所覆盖;那些塑料制品、罐子、纸屑都消失了,毫无疑问,正如守园人期望秋天来临时会发生的情况那样。

我从公园的一头走到另一头,然后又走回来,绕着公园转一圈,又斜穿过去。松鼠在奔跑、追赶,水鸟在我身旁的岸边游弋,心想,这种形状的人可能会喂食,而这个喂食的人可能决定转个弯再大量施撒,现在很小气是为了过一会儿多给一些。水鸟少多了。在岛上孵出来的大家庭都迁走了。数量又正常了。无论是成双成对的,还是独身的,都过着平静的、自给自足的日子。

仅仅过了一周,完美的秋天就过去了。那些光秃秃的树枝显示出来年春天的形状。不过我去了瑞典,那里的雪下得很早,已经是铺天盖地了。离开那里再飞回家,就是从冬天飞进秋天,一个下午,时光就倒流了。由于某种故障,飞机没有在该降落时降落,必须在伦敦上空转一大圈,这对我们来说,倒是件好事。我过去从来没有飞得这么低,当时还没有云彩遮着这个城市。这里全是树林、湖泊、公园和花园,还是五彩缤纷的秋天,树上全是黄褐色和金黄色的叶子。人们以为无法伪装的伦敦的点点滴滴的丑恶,全被这树林和花园掩盖了。

不过,从地上看去,公园里的那些树显得很高大,光秃秃、潮乎乎的。湖面灰蒙蒙的,湖水是凝固的。水鸟迅速飞过去寻食时,在水上留下箭形的波浪,湖水有规则地渐渐向四处散开,直到消失在岸边。现在这里没有船只了,因为这些船已被拉上岸,成排地翻扑在岸边,等待春天的来临。

天色已暗。

冬天的公园与兴奋的、拥挤的、喧闹的夏天,是完全不同的。暮色初现时,一条长长的潮湿的小道……这时下午三时刚过。两位绅士穿着整洁的黑西装,微秃的头顶梳理得很整齐,领子上有几缕头发——让人们想起十八世纪,或者他们是在追随当代的时尚,谁知道呢?——两个文职人员从纳什街的办公室里出来,背着手,静静地从水边走过。他们谈话的声音很低,你会觉得他们一定是来私下讨论公司的秘密的。

花坛被挖过了、翻过了。在焚烧枯叶的日子里,每天都会出现新的成堆的树叶。燃烧的枯叶在空中散发的气味是悔恨而不是愉快。因为此时你必然会想到污染。但是玫瑰花还挺立在那里,高高的茎梗上色彩斑斓。人们一下子可以看到一年内所有的阶段,每一枝都有它各种色彩的果实,还有凋谢的玫瑰、玫瑰形状的棕色粉尘,还有玫瑰本身,不过每朵花外面的几叶花瓣上都有霜冻的烙印。果实、凋谢的玫瑰、新绽放的花朵——还有许许多多命中注定永远也无法绽放的花蕾,因为要是树枝整修工不把它们剪去,严霜也会将它们冻死。粉色冰淇淋、金格·罗杰斯、夏日的假日和约瑟夫的外套①很快就会被砍得无影无踪。

现在很快就要到一年中最寒冷的时刻了,不久就是白昼最短的日子。

我坐在林荫道上的一条长凳上,在夏天晴空万里的日子里,这里的杨树和喷泉犹如意大利,但是现在,从东北飘来的灰黄色的云彩正在急促地掠过。我一到,成群的麻雀就飞了过来,饥饿地期待着,但我很健忘,连一块饼干都没带。它们跳到长凳上、我的鞋上、长凳靠背上。它们显得有些驼背,因为风将它们的羽毛吹乱了。海鸥也在那里,看来今天海上的波浪一定很大,或许那里有浮油。

今天的落日很辉煌,是金黄色、红色的,还夹着层层乌云。在这落日的余晖中,飞鸟在缓慢地旋转,就像旋风吹过后上下翻动的垃圾。它们看上去像乌鸦,但是不可能,它们一定又是些海鸥。但是把它们想象成乌鸦是很有趣的,就像在回家的路上,那些悬铃木树,被吹得一边倒,它们树干上的花纹,看上去像一些准备一起朝北大门冲去的驯鹿。

---

① 粉色冰淇淋(Pink Parfait)、金格·罗杰斯(Ginger Rogers)、夏日的假日(Summer Holiday)、约瑟夫的外套(Joseph's Coat),皆是玫瑰花的名称。

福蒂斯丘太太

那年秋天,他突然意识到了他以前从未想过的许多事情。

先是,他自己……

他的父母……他发现他不喜欢他们,因为他们说谎。他想告诉他们他新近的一些想法,他们却装成不知道他在说什么,他因此发现了他们在说谎。

他的姐姐,远不是他的朋友和盟友,不像人们多年来一直说的"像一个豆荚里的两粒豆"①,她似乎很恨他。

还有福蒂斯丘太太。

简,十七岁,已经辍学,每天晚上都外出。弗雷德,十六岁,一个傻乎乎的中学生,躺在床上,一心等着她回家。与他做伴的是他在夏末想象出来的她的一个虚构的双胞胎。这个可爱的姑娘的关心让他摆脱了羞耻、邋遢和痛苦。此时,父母一无所知地在睡觉,毫不关心不到六码以外的儿子正在同自己进行着可怕的斗争。有时简先回家,有时福蒂斯丘太太先回家。弗雷德听着她从他头上走过,想到以前从未想起过她,

---

① "像一个豆荚里的两粒豆"(like two peas in a pod),意为"一模一样"。

一点不了解她,真奇怪。

丹德利一家住在外卖酒商店楼上的一个小公寓里。丹德利先生和太太为桑科与杜克经营这家店已有二十年了。店里日夜散发着他们无法逃遁的、令人作呕的啤酒和白酒的气味。店铺楼上是厨房和起居室。这一层房子(原来只有一层)似乎是用来挡气味的,可是那气味还是传到上面的卧室里。两间卧室——母亲和父亲占一间;姐弟俩多年来共居一室,直到最近丹德利先生把它隔成了两个小单间,至少让人觉得,男孩和女孩都有了独立的空间。

顶楼上的两个房间是福蒂斯丘太太占用着,她在丹德利一家搬来之前就住在那里了。自从这个男孩能记事起,就有人嘀咕说,福蒂斯丘太太住在屋子的高层,闻不到酒味;不过,如果这种说法让她听到,她会说,在炎热的夜晚,酒味让她睡不着觉。但是总的来说,大家的关系还是挺好的。丹德利夫妇的精力都放在酒的买卖上,而福蒂斯丘太太经常外出。有时,有些老妇人来探望她,还有一位老人,一位干瘪的、但很客气的小矮个儿,会在大多数晚上来看她,来得的确很晚,往往在十二点以后。

白天,福蒂斯丘太太很少外出,但是每天晚上六点左右就身着毛皮饰品出门了,冬天是一件浅色的粗毛外套,夏天在衣服外面披一条长围巾。她总是戴着一顶小帽子,面纱紧遮着她的脸,一束鲜花别在毛皮饰物里。那些毛皮经常换着花样。弗雷德记得有六七件亚麻色的毛皮外套,许多小动物咬着它们的尾巴,或者炫耀着发亮的眼珠和空空的爪子。多年来,福蒂斯丘太太经过化妆的黑色眼睛总是从面纱后面亮晶晶地望着他,她那涂了口红的干瘪的小嘴微笑着。

有一天傍晚,他放下了家庭作业,从他父母工作的店旁溜了出去,走了一小段路,来到了牛津街。随着每一次心跳,他的血液中都会涌出强烈而可怕的孤独感,每一个影子都会让他想起死亡,每一缕光线都是他光辉未来的希望,让他一边自言自语,一边在街上转了又转。他眼中噙着泪水,不得不压下来到嘴边的歌曲。尽管他知道自己是疯了,而且以为他一生都是如此(他已不记得自己在这个秋天之前是什么样子了),这是他想为自己和那个同他共享他在那里过夜的小房间的亲人保守的秘密。在拐过一个他可能(他已说不清了)已经在那天傍晚拐过多次的街角时,他看见一个女人走在他前面,穿着一件在街灯下闪闪发光的宽松的皮外套,戴着一顶带面纱的小帽,一双尖尖的小脚轻捷地朝索霍走去。他认出了福蒂斯丘太太,是个朋友,就跑上去和她打招呼,心里感到轻松一些,因为他们可以一起来对付街上这可怕的陷阱。一看到他,她先给了他女人从未给过他的一个微笑,然后变得一本正经,有些恼怒,过后轻快地朝他点点头,同往常一样地说:"喂,弗雷德,你好吗?"他同她一起走了几步,说他得去做家庭作业,听到那个老女人的声音说:"对了,孩子,你得做作业,你妈和爸是对的,像你这么聪明的孩子,荒废了太可惜。"他看着她继续往前走,穿过牛津街,走进那里狭小的街道。

他转过身去,看见比尔·贝茨从刚关门的五金店出来,正朝他走来。比尔咧嘴一笑,说,"怎么,那么说,她不要你?"

"那是福蒂斯丘太太。"弗雷德说,就是因为比尔说话的声调,他一下子进入了一个新的世界。

"她不是个很坏的老娼妇,"比尔说,"但是她不高兴在干活的时候见到你。"

"啊,我不知道,"弗雷德说,第一次尝试着用一种见过世面的口气说话,"她住在我们楼上,不是吗?"(比尔应该知道此事,每个人都知道,他想着,心中感到很不舒服。)"我只是打个招呼,就这么回事。"他知道这事过去了,因为比尔点点头说:"我去看电影,你去吗?"

"得做作业。"弗雷德苦恼地说。

"那你就得去做了,对吧?"比尔通情达理地说着就上路了。

他回到家里,心中感到很羞耻。他父母怎么能和娼妇同住一幢楼呢(娼妓,妓女——不过他只认识这些字),他们怎么能像对待一个普通体面的人那样对待她呢,甚至还要更好一些(他懂,他用心中的耳朵去听,觉得他们同她说话的语气中还有点尊敬的味道)——他们怎么能忍受这一切呢?公正地说,他们并没有选她当房客,她是公司的房客,但是他们至少应该告诉桑科与杜克,把她驱逐出去……

尽管他在街上的冒险行动似乎持续了一夜,但是他发现,他回家时还不到八点。

他上楼来到自己的小房间,拿出了课本。通过天花板他能听到他姐姐在来回走动。由于房间之间没有门,所以他走到楼梯的平台上,穿过父母的房间(他姐姐回来晚时必须爬过那两个沉睡的人),来到她的房间。她穿着黑色的衬裙,站在镜子面前化妆。"你可不可以?"她挑剔地说,"你不能敲敲门吗?"他嘀咕了几句,感到自己脸上露出了微笑,挑衅又悲伤。这些日子,他即使在远处看到他姐,脸上似乎也会露出这种微笑。他坐到她床上。"你可不可以?"她又说了一遍,从他身边拿开了一件黑色内衣。她在还是胖墩墩的白皙的肩上披上了一件樱桃红色的新睡衣,仔细地把它扣好,再去用口红涂嘴唇。

"你要去哪儿?"

"去看电影,如果你不反对的话。"她冒出了一句,这种得意扬扬的新口气是她辍学以后才有的。他知道,这也是她用来对付所有男人的口气。但是为什么要对他这样?他坐着,感到那丑陋的怪笑大概印在他脸上了,因为他去不掉,他看着那梳着新发式的美丽的姑娘在眼睛周围画上浓浓的黑色眼线,他想着他们曾经是一个豆荚里的两粒豆。在夏天……是的,现在他觉得是这样的;在像一年那么长的整个夏天,他们去看朋友,逛公园,逛动物园,看电影,他们一直是朋友,盟友。然后,突然之间,一切就暗下来了,而且在这黑暗中产生了这个恨他的冷漠而轻佻的姑娘。

"同谁一起去?"

"杰姆·泰勒,如果你不反对的话。"她说。

"我为什么要反对呢,我只是问一声。"

"还是少知道为妙。"她说,她很满意自己能这么轻松地谈话。他认识到他刚才同比尔交谈的成果让他往前迈了一步,就像她用这种口气或方式说话一样。出于一种很不习惯的与她平等的感觉,他问道,"老杰姆好吗?我最近没见到他。"

"啊,弗雷德,我要迟到了。"这种坏脾气表明她已经搽好了脸,要穿衣服了。她不肯在他面前这么做。

傻妞,他想,边笑边想着她的那个替身,他夜里的那个女孩。她以为我不知道她穿着衬裙或什么都不穿是什么样子?想到在隔板后面在黑暗中发生的事,他用拳头捶了一下隔板,笑了一声。她匆匆地来回走着说:"喂,弗雷德,你快把我弄疯了,真的。"因为这是他们姐弟过去说过的话,表明他们之间的亲密关系,甚至是真正平等的可能性,她控制住了自己,脸上露出从容、可爱的笑容,说:"如果你不在意的话,我要穿衣服了。"

他先走了。只是在穿过父母的房间,看见床旁他母亲饰有羽毛的拖鞋时才想起他本来是想谈福蒂斯丘太太的事。他意识到自己的荒唐,因为他姐姐当然会装成不懂他的意思……他那固定的羞愧的笑容变得很凶狠,他想道:喂,杰姆,你从她那里是什么也得不到的,只有你可不可以,你反对吗,以及请便。我对我可爱的姐姐很了解……他在自己的房里无法做作业,即使在他姐姐走了以后也是如此。他姐姐走时砰砰地关了三扇门,她那后跟发出那么多噪音,连父母都从店里对她大喊了几声。他在想福蒂斯丘太太。但是她老了。从他记事开始,她一直是老的。还有那些下午来看她的老女人,她们也是娼妓(娼妇、妓女、坏女人)?她,她们是在哪里干这种事的？几乎每天晚上都来得这么晚的那个臭烘烘的老男人是谁？

他坐在从楼下冲上来的阵阵酒味中，想着那个老男人酸臭的气味以及那些老妇人身上的香味。他房中污浊的臭味，加上他对夜晚的某些回忆把它同福蒂斯丘太太房中的臭味联系在一起，让他感到透不过气来。根据他的想象，从他坐的地方肯定能闻到福蒂斯丘太太房间里的强烈气味。

比尔一定是说错了。她不可能还在干这一行，谁会要这么老的家伙？

每天晚上，关了店门之后，他们一家人会一起吃顿饭。他们坐下来的时候通常是十点半左右。今天晚上有一些煮培根和烤豆子。弗雷德不经意地说："我在外面看到福蒂斯丘太太去上班了。"他看着父母的脸，等着他们对这种冒失的、放肆的说法的反应。他们甚至没有交换眼色。她母亲用沾着油迹的手往后捋了一下染黄的头发，说："可怜的女人，我想她对那法令一定感到高兴。仔细想想，冬天有时应该是很糟的。"法令那两个字又一次激起了他的正义感。他必须弄清楚，想想他父母甚至都不为他们多年来的堕落行为道歉。这时他父亲说——他满脸通红，一定是从放在柜台下的玻璃杯中呷酒了——"法令下来之前，有一两次我看见她在弗里思街上，我觉得她很可怜。不过，我想，她已经习惯了。"

"这样会好一点的。"丹德利太太说着，把剩下的凝在一起的烤豆子朝她丈夫跟前推了推。

他用烤面包皮把它们从盘子里舀了出来。她说："怎么不用匙子?"

"用面包怎么了?"他答道,说话时醉眼蒙眬,毫无说服力。她对此不予搭理。

"那她在什么地方干这种事呀?"弗雷德不经意地说,事先已知道她一定有个去处。

"帕敦街的那家新俱乐部楼上。租金又涨了,斯潘塞先生是这么对我说的。还有,她现在需要一部电话。嗯,我不知道他说的话能相信多少。不过他经常说,即使他不帮她处理难题,她也几乎能把一切事办得很好。"

"他说的话根本不能信。"丹德利先生说。他吃饱了,往后一坐,把他那圆溜溜的肚子鼓了出来。"他曾对我说,他在骑士桥的格雷斯托克旅馆当门房,结果是一家脱衣舞酒吧的门房,就在她新找的那个地方旁边的一条街上。他在那儿干了好多年。在变成脱衣舞酒吧之前,那是一家夜总会。"

"嗯,这么说没意思,对吗?"丹德利太太说着,又为大家倒了第二杯茶,"我是说为什么要说谎,我觉得人人都知道,不是吗?"

弗雷德又压制住了不同的看法:是的,斯潘塞先生(他是福蒂斯丘太太的"常客"。不过,他以前从来也不理解他们用这个丑陋的字眼的含义)说谎是对的;即使是现在,他也希望他父母说谎话。什么都要比这么来回闲扯这么可怕的事情要好,何况多年来这事就发生在他们头顶上方,已成为他们生活的一部分。

他突然低下了头,飞快地把豆子塞进嘴里。他知道自己的脸很红,需要有一个脸红的理由。

"你吃得这么快,会烧心的。"他母亲说,就像他所期待的那样。

"我得去完成我的家庭作业。"他说着,匆匆咽下食物,朝推给他的那杯茶摇摇头。

他在自己的房间里一直坐到他父母上床,努力把家里的日常活动同他新得到的知识区分开来。等了一段时间,福蒂斯丘太太进来了,他能够听到她走动的脚步声,她干什么都是不慌不忙的。水流了很长一段时间,现在他懂得了,这种声音,水从浴缸里流进流出的声音,是他长这么大以来在这时刻总会听到的声音。他脸上带着羞愧而僵硬的笑容,一直坐在那里听着。然后他姐姐进来了;他能听到她砰地坐到床上,弯腰去脱鞋时发出的舒了口气的刺耳的叹息声。他差一点要喊出来:"晚安,简。"但是忍住了。可是整个夏天他们都曾通过隔板窃窃私语和嬉笑。

斯潘塞先生,福蒂斯丘太太的常客,上楼了。他听见他们在一起谈话。他脱衣上床时听着他们,睁眼躺着的时候听着他们,最终入睡时也在听。

第二天傍晚,他等福蒂斯丘太太出门时跟在她后面,小心翼翼地不让她发现。她走得很快,效率很高,就像走在去办公室的路上。那为什么要穿上毛皮外套,戴上面纱,化妆?当然了,这是习惯,因为这么多年来一直在人行道上行走;她当然在室内穿着外套接待客人。但结果还是他错了。在离开她门口最后一百码的地方,她放慢了脚步,快速地朝左右看看是否有警察，然后望着一个朝她走过去的身材魁梧的中年男子。这个男人转过身来，同她走在一起，两人并肩走进了她的门洞。整件事情发生得如此之快，如此之顺溜，即使当时那里有一个警察，他能看到的也只是一个女人遇到了她所等待的男人而已。

于是弗雷德回家了。简已经为她傍晚的活动打扮停当了。他也跟在她后面。她走得很快，不看路人。她走过不同层次的光线时，那漂亮的新大衣呈现出玉白色、翡翠色、深绿色；她那蓬松的黑发闪闪发光。她走进了地铁。他也跟她乘电梯下去，站在月台上，离她只有一臂之遥，却很安全，因为她只顾自己。她站在月台边上，望着轨道对面的一个大广告。这广告非常大，是个深棕色的闪闪发光的皮制手枪套，里面装着一支枪，但是每个孔内装的不是子弹，而是五颜六色的口红：粉红色的、橘黄色的、猩红色的、紫红色的，可能想象得到的各色口红。弗雷德就站在他姐姐身后，仔细地看着她尖尖的小脸在研究广告并选择她要买的口红。她微笑着，但这笑容根本不像似乎永远贴在弗雷德脸上的那种哀诉的、羞愧的笑容，而是宁静的、得意的微笑。列车滑入车站，挡住了广告。车门一打开，他姐姐没有东张西望，一步就跨了进去。他紧靠着车窗站着，望着她平静的小脸，希望她能瞧他一眼。但是列车匆匆地把她带走了。她永远也不会知道，他曾经来过这里。

他回家了，从他嘴中，病态而激动地冲出一种幼稚的、怀疑的嘀咕声：手枪，血淋淋的手枪……他父母正在吃晚饭，边吃着饭，边大口喝茶，就像猪猡、猪猡、猪猡一样。他一边这想,一边狼吞虎咽地吃着他的晚餐,只想快点吃完。然后他说:"我忘了一本书在店里,爸,我要取一下。"就沿着昏暗的楼梯走下去,穿过那恶心的腾腾烟雾。在钱柜下面的一个抽屉里,有一把手枪放了好些年了。为的是在夜贼闯进时丹德利先生(或太太)可以用它来吓跑他们。弗雷德的许多梦想都是围绕那个武器编织的。但是这把暗暗闪光的手枪内部有什么部件坏了。他小心地把它藏在毛衣下面,走上楼去,敲了敲父母的房门。他们已经上床了。这是一张很大的双人床,由于他已成了这个可怕的世界的一分子,他都不敢朝床上看一眼。两个老人,双颊下陷,胖乎乎的,有斑点的肩膀鼓在外面,并排躺着,望着他。"我想留点东西给简。"他说着,就把目光从他们身上移开了。他把手枪放在简的枕头上,把六支各色唇膏排列成似乎是从枪中射出的子弹的形状。

他回到店里。柜台下放着那瓶黑与白①,旁边是一只父亲常用来喝酒的发酸臭味的玻璃杯。他肯定那瓶酒还有半瓶时才关了灯,坐下来等待。没过多久。他一听见钥匙插入锁孔,就把门敞开了,让福蒂斯丘太太看见他。

"哎哟,弗雷德,你在干什么?"

"我发现爸爸没关灯,所以下来了。"他费劲地皱着眉头,一边冲洗着那只脏兮兮的杯子,一边在找可以放威士忌酒瓶的地方。然后,他不经意地,好像是突然想起似的,说:"来一杯吧,福蒂斯丘太太?"在那暗淡的灯光下,她困难地把注意

---

① 黑与白(Black and White),一种酒的牌子。

力集中到那只瓶子上。"我从来不碰这种东西,亲爱的……"他低下头去摆弄酒瓶,在她的脸旁掠过,闻到她呼吸中的酒味,知道她心情不错。

"那好吧,亲爱的,"她接着说,"就喝一点陪陪你。你像你爸,知道吗?"

"是吗?"他腋下夹着那瓶酒,走出了店铺,随手把门关上并锁好。楼梯若隐若现。"在寒冷的晚上,他曾多次请我喝一杯,不过是趁你母亲看不见的时候。"她窃笑了一下,又加了一句。她把她的体重压在楼梯把手上,似乎在测试它的承重力。

"我们上去吧。"他含沙射影地说,知道他能达到目的,因为到目前为止,一切都很顺利,顺利得让他吃惊。她本该说:"这个时候你不睡觉,在干什么?"或者"你这样年纪的孩子喝酒,以后会成什么样子!"

她强打精神,顺从地走在前面。

她茫然地微笑着,请他走进一个塞满了家具和杂物的小房间。一切都呈现着与她衣服相同的柔软的光泽。她走进旁边的一个房间去脱衣服。他坐在一张牡蛎色的缎子沙发上,望着蓝盈盈的织锦窗帘、一只摆满了瓷娃娃的装饰橱、厚厚的米色地毯、粉色的靠垫、涂成粉色的墙壁。屋角的一张桌子上放着照片。以他看来,都是她的照片,合乎逻辑地从他认得出来的那些往后一直排到他认不出的。最早的那张是黄色卷发披肩的一个小姑娘,头上戴着一顶大礼帽,穿着一件亮晶晶的粉色紧身马甲、粉色的缎子裤、黑色有网眼的长袜,戴着白手套,正用一根手杖调皮地指着观众——指着他,弗雷德。"像一支血淋淋的枪。"他想着,感到他脸上出现了那羞愧的、嘲弄的笑容。他听到他身后的房门关上了,但是没有转身,尽管很想知道他会看到什么。他意识到,他从来没有见过她不着帽子、面纱、毛皮的样子。她在他身后闲晃着说:"那是我,我当时是配乐表演女郎①,服装很漂亮,是吧?"

"配乐表演女郎?"他表示不信。她承认,"啊,那是你出生以前的事,是吧?"

第二个"是吧"说得很怪,让他很容易就转过身去看了:她正背对他,弯着腰在一个橱柜里找着什么。背的形状为厚厚的、柔软的、樱桃红的,上面有许多旋涡和波浪图形的衣服掩盖着。她站直了身子,面对着他,向他展示出他姐姐穿的睡衣,一点也没意识到那可怕的事实。她把两只杯子和一罐水拿到屋中央,放在位于深粉色地毯上的桌子上,说:"我希望你不会介意我穿上舒适的衣服,我们又不是陌生人。"她在对面坐下,把两只杯子朝他跟前推了一下,提醒他酒瓶还在他手中。他倒着那黄色的、香喷喷的液体,看着她的脸,想知道什么时候该停下。但是她脸上毫无表情,所以他往她的酒杯里倒了一半。"就喝一点,亲爱的……"他喝了一口,而她举起了杯子,在手里拿着,那种茫然而疲倦的样子与她的脸色很相配。现在,他一生中第一次可以真正看着这张脸了。那是一

---

① 配乐表演女郎(Gaiety Girl),"Gaiety"为旧时伦敦的一家剧院名,该剧院的配乐表演曾轰动一时。

张衰老、干瘪的脸,黑黑的小眼睛深深地嵌在眼窝里,小嘴噘着,周围都是深深的网状皱纹。他尽量不去盯着看这张衰老又相当和善的脸庞,它就像一个面具,夹在体形苗条而年轻的身躯上面披着的那件樱桃红睡衣和巧妙地染成漂亮的银棕色的头发之间,这头发正柔软地披在老得不像样的脖子上。

"我姐姐也有一件这样的睡衣。"

"很好看,不是吗?人们是在理查德店里买的,就在街那边。我想她也是在那里买的,是吗?"

"我不知道。"

"布丁好坏,不尝不知,对吗?"

听到这句话,让他想起了父母在吃晚饭时愚蠢地相互唠叨的情景,他们在睡前总是懒洋洋的。他感到他脸上那可笑的笑容消失了。他非常生气,但不感到羞耻了。

"给我一支烟,亲爱的,"她接着说,"我太累了,站不起来。"

"我不抽烟的。"

"你只要把我的拎包递给我就行。"

他把她放在相片旁边的那只很大的鳄鱼皮包递给她。"我有一些很棒的东西,对吗?"她对他没说出口的评论表示同意,"嗯,我总是说,我总有一些很棒的东西,不管……我从来不要便宜或低级的东西,我的东西总是很棒的……巴比·贝茨比教我的,他总是说,决不要便宜或低级的东西。他那时常带我去坐他的游艇,你知道,去戛纳和尼斯。他当了我三年朋友,并且教我要拥有漂亮的东西。"

"巴比·贝茨比?"

"我想,那是在你出生以前,不过,以前所有的报纸都刊载过他的事迹。每星期都有。他是个挥金如土的人,你知道,很大方。"

"是真的吗?"

"我在这方面总是很幸运的,我的朋友们总是很大方的。就说现在的斯潘塞先生,他从来不让我缺什么东西。昨天他还在说:你的窗帘有点过时了。我会给你买新的。记住我的话,他会的,他是说话算数的。"

他发现,不管她早些时候喝了什么,那威士忌正在彻底摧垮她。她坐在那里,朝他眨巴着模糊的眼睛,她的烟夹在大拇指和食指之间,离开嘴有六英寸远,正往她樱桃红的睡衣上掉着烟灰。她从玻璃杯里喝了一大口酒,差点把杯子放在空中,弗雷德及时地接住了。

"你知道,斯潘塞先生是个好人。"她对着离她涣散的目光一英尺远的空中说。

"是吗?"

"你知道,我们现在只是老朋友。我们两人都有点老了。为了让他高兴,我有时也让他拍拍肩,抓抓痒。不过,我不感兴趣,真的。"

她想把烟头塞进嘴里,可是没塞进去,把烟头碰到脸颊上去了。她朝前弯过身去,把它掐灭了。又很神气地往后一靠。她盯着弗雷德,眯起了眼睛想看清楚他,但没成功,就对她屋子里的这个陌生人礼节性地一笑。

这笑容颤颤悠悠地变成噘起了全是皱纹的嘴。她说："就说现在的斯潘塞先生，他是肯花钱的人。我永远不会说，他不是，但是，但是，但是……"她去摸那包香烟，他赶快为她抽出一支点燃了，"但是，是的，他可能会想，我已经不想了，不过，我并非如此，你也不要那么想。我们之间差三十岁呢，你知道吗？"

"三十岁。"弗雷德彬彬有礼地说，这时他的微笑被一种冷酷的、十分厌恶的感觉凝固了。

"你以为呢，亲爱的？他总是摆出一副姿态，好像我们年龄相当，现在他是不想了，但是——好吧，如果你不相信我，那就看看它。"她用指甲涂成猩红色的左手颤悠悠地指着摆照片的桌子，"是的，那一张，就看看它，这是去年夏天照的。"弗雷德俯过身去，拿起她刚指的那张照片，朝身前凑了凑，尽管她活生生地坐在他对面，但那张照片定能证明她胜过斯潘塞先生。她当时穿着一件宽下摆、紧束腰的条纹长裙，外面套着紧身马甲。她那两只上了年纪的光胳臂垂在两旁，在美丽的闪闪发光的头发下面，有伤风雅地露出那衰老的脖子和脸庞。

"喂，说的有道理，对吗？"她说，"你怎么看？"

"斯潘塞先生什么时候来？"他问。

"我想他今天不会来了，他在工作。我钦佩他，真的，他能干得下来这样的工作，有时要干到凌晨三四点钟。而且在那种地方，碰到那样的游手好闲的人，那可不是开玩笑的。斯潘塞先生总是用他们想不到的方法把他们搞定。要是他们制造麻烦，就把他们赶走。他还不是个大块头，已经不年轻了。

我不知道他是怎么干的。但是他机敏。是的,我常对他说,你机敏,我说,就什么事都办得成。"她的杯子已经空了,但她还望着它。

斯潘塞先生不会来的消息并没有让弗雷德感到吃惊;他早就知道了,因为当她说,"我从来不碰这种东西,亲爱的"之时,他就产生了秘密的、下流的信心。

这时,他起来,走到她身后,站了一会儿,稳定一下自己,因为他脸上又露出了尴尬的、羞愧的笑容,弱化了他的意向——然后坚定地把两只手插到她的腋窝下,把她搀起来,扶着她。

她开始挣扎着想坐下来,但还是让他给搀起来了。"该说再见了?"她说。可是他一边扶着她,一边开始朝卧室推她。这时,她说话突然连贯了:"可是弗雷德,这是弗雷德,弗雷德,这是弗雷德……"她挣脱了他的双手,跌跌撞撞地往后退了两步,被卧室的门挡住了。在这里,她撑开了樱桃红睡衣下的两条腿,好撑住她那摇晃的身体,晃了一下,抓住了弗雷德,紧紧地抓住了他,说:"这可是弗雷德。"

"你有什么好在乎的?"他说着,冷笑了一声。

"可是我不在这里工作,亲爱的,你知道的——不,放开我。"因为他用中学生的两只大手抓住了她的肩膀。

他感觉到她的肩膀绷紧了,然后在他的手掌中变得又小又柔软。

"你像你父亲,同你父亲一模一样,你知道吗?"

他用左手推开了房门;然后在她面对着他时推她的左肩,

让她转过身去；然后，两只手从后面伸到她的腋窝下，推着她进了卧室，她却在傻笑。

那间卧室的主调是粉色的，粉红的绸子床罩、粉色的墙壁。枕头边上懒洋洋地靠着一只穿着镶有荷叶边的粉色裙子的洋娃娃，它的下巴塞在一条白色的三角围巾中，双眼从围巾上面瞪着对面的墙壁。那里有一个十八世纪的姑娘，拿着一朵白色的玫瑰，放在嘴边。弗雷德推着福蒂斯丘太太走过深红色的地毯，直到她的膝盖碰到了床。他把她举起来，扔到床上，在她压到洋娃娃之前用一只手利索地把它推到旁边。

她闭着眼睛，松松垮垮地躺着，呼吸很急促，嘴微张着。嘴边的皱纹弯弯曲曲，眼皮在黑色的眼窝中泛着蓝色。

"把灯关了。"她恳求道。

他把装在床头板上的有粉色灯罩的灯关了。她摸索着她的衣服。他脱掉了自己的长裤、内裤，把她的两只手拨开，找到了在隔壁房间射来的灯光下呈樱桃红色的睡衣的柔软的开口处。他拉下了她的绸裤子，让她的双腿飞了起来，然后又砰一声掉下。她像个木头人。过后，她的特长又复活了，至少对她那疲劳的双手来说是如此，而他也在一阵让他依然充满仇恨的极度疲劳的痉挛中达到了他在那些丑恶的秋夜热切想象中的目的。她那衰老的身躯在他下面微微地颤动，他能听见她不规则的呼吸声。他一下子从她身上跳下来，匆匆穿上内裤，长裤。然后他打开了灯。她闭眼躺在那里，满脸的悲哀。她的上身偎依在柔软而发光的樱桃红色的衣裳中，两只白皙的腿撑开着，光溜溜的。她没有想起身盖上点什么。他弯腰看着她,怀着仇恨露牙笑着,使劲把她的手从她身上移开。那两只手无力地落到那弄脏了的绸床罩上。这时他又粗暴地撕开了那睡衣,好像她是那只洋娃娃。她抽泣着,傻笑着,挣扎着。他很高兴地看着眼泪从那黑色的眼窝中流出,沿着她那被睫毛膏弄脏的脸颊缓缓地淌下。她裸体躺在那樱红色的皱褶中。他看着那腋窝周围浅灰色的皱纹,小小的、平平的乳房,松垮的肚子,然后是已经长出白毛的那撮三角形黑毛。她想把两条腿叠起来。他使劲地把它们分开,嘟哝着说:"看看你自己,看看你自己吧!"——与此同时,他忍着那种臭气引起的恶心。他早就知道这个房间的空气是这样的。

"肮脏的老娼妇,让人恶心。你就是这样的人,让人恶心!"他放松了抓在她大腿上的两只手,在两条腿并拢时看到了上面出现的红印。她扭动着,钻到樱桃红睡衣下面。

她坐了起来,将睡衣围在身上。粉色的衣裳、粉色的床罩、粉色的墙壁,粉色,粉色,到处是粉色。还有一块深红色的地毯。他觉得这个房间似乎是用肉体造成的。

她抬起头,直视着他。

"不太好,对吗?"

他往后退了一步,觉得自己的脸发烫了。他母亲就是这样纠正他的:那不太好,亲爱的,那种难过的谴责的口气同福蒂斯丘太太一模一样。

"一点也不好,弗雷德,一点也不好。我不知道你怎么会有这种想法的!"

她没有看他,把双脚放到床边。他能看到它们在颤抖。

她来回看着,想把脚伸进饰有羽毛的拖鞋中去。

他发现自己觉得有必要帮她把她那双可怜的脚塞进花哨的拖鞋中去。他逃走了。沿着楼梯跑进自己的房间,扑倒在自己床上。通过离他耳朵一英寸的隔板他能听到他姐姐在走动。他又跳了起来,冲出自己的小房间,穿过父母的房间,他恨透了这房间,所以把它当成真空,似乎根本不存在。

他姐姐正蜷缩着身子躺在床上,身上穿着樱桃粉色的睡衣,在把手指甲染成珊瑚色。

"很聪明吗?我觉得不。"她说。

他在找那把枪,它放在她的梳妆台上,在一堆唇膏中间。

他拿起枪,把它朝下指向那个女人,他那身着让他既熟悉又恐惧的暖粉色睡衣的姐姐。

"愚蠢。"她说。

"是的。"

她继续染着指甲。

"愚蠢,愚蠢,愚蠢。"她说。

"是的。"

"那为什么?——啊,快停下,把那家伙放下。"

他放下了。

"如果你不介意,我要睡了。"

他没说什么,她抬头望着他。这是她从广告,或很可能是从电影中学来的那种茫然的、长时间地往上瞧的神色。但是一会儿那神色变了,她又变成简了。她在他身上看到了什么。

他的脸变了?他的声音变了?他变了。

胜利使他感到浑身暖洋洋的;他微笑着。他再一次赢得了他姐姐;他向前走了一步,再次同她站在同一水平线上了。

"请便。"他说着就朝房门走去。

"Ta-ta①,晚安,不要让臭虫咬了。"她按照他们儿时——去年的习惯说道。

"啊,别忘了你的年龄。"他说。他穿过他父母那讨厌的黑乎乎的房间时只是想:可怜的老家伙,他们也无能为力。

---

① 英国儿童常用语,意为"再见"。

崇高职业附带的好处

或许,可能是提供养分的泥土的一种状况?鲜花,当然了。但问题不在这里。不,绝对不是自然流出的副产品。把这一切看成肥料是准确而宽容的。这种异常的堆肥,滋养着那些有条不紊的演出,一夜又一夜,天天如此。我们看了都会感到惊讶,甚至会惊呼——如果我们还没有完全丧失那种童贞的话。我,譬如,就认为,剧院需要童贞,就像梦需要睡眠一样,缺了它是一刻也不能存在的。他或她怎么受得了每个该死的晚上和一周两个下午连续几小时如此彻底而虔诚地变成另外一个人!即使中间有间歇可以喝橘子水和苏格兰威士忌。如果这个剧本就像人们所说的得宠的话,可能一下子就要演几个月。

例如,那两个家喻户晓的人,至少在那些宁愿把空间给他们,而不是给那些精力更旺盛的表演者,诸如足球队员、马或狗的家里(占人口的百分之一)是为人熟知的——这两个人已经排练了一个月,排的是一部要求慢慢地走向床戏的剧,把那张床当成了舞台——完全不是为了表现剧本中可能含有的负罪感和害人的欲望,而是为了表现纯真。

这种纯真洁白无瑕,因此需要重新考虑泥土和堆肥这些措辞了。也就是说,如果我们不要去研究纯真就好了。

情况是这样的——我觉得并非偶然——在排练期间这两个人,他(我们就叫他约翰)和她(叫玛丽就行)在各自的生活中也遇到了同样极为严峻的时刻。他的婚姻遇到了麻烦;而她已经离婚了,但正处于她该决定是否嫁给一个尚可接受的新丈夫的阶段。总的感觉是不嫁。不管怎么说,在排练了一天并不是他们自己的强烈恋情之后,两个人都无法期望平静的爱。远非如此,相反,两人回到了没有多大差别的争吵、谴责和折磨——甚至说了那些在排练中说过的话,带着好演员在认真排练时用来抹去他们私生活的笑声。好了,有一天晚上,所有的人都离开了昏暗的剧院,玛丽却发现自己在后台,待在那张大床旁边。这张床是这出剧的重要道具。是搭出来的。但是为了节省开支,只搭了主要的部分。她坐在床旁的小凳上,这也是道具的一部分,发现自己在流泪,尽管她说不出是为了什么。(这是她叙说当时经历时的原话。)通过模糊的视线,她看到一个人影从化妆间里出来:不是鬼,也不是夜贼,而是那个帅气的约翰。是他的脚,或者至少是某种冲动,把他带到了这里。他也以为楼里已经没有人了。她说,不需要语言。他坐在床对面与她坐的那只配对的凳子上。他递给她一支烟。在他们之间铺着那张弄皱的床单,那天他们至少花了四个小时在上面持续地、苦苦地反复排练显得非常激情的相互拥抱。半小时之后他们离开了,甚至没有像通常在剧场里分手时那么习惯地、随意地吻别。第二天傍晚,没有经过安排,他们又遇见了。整整一周,这两个角色,上午,下午,有些傍晚,都在扮演欲望和与之有关的激情的折磨中度过。夜里,则在回到各自吵闹的生活中之前,纯真而亲切地度过半个小时。据她解释,他们太羞涩了,不敢碰对方。就像在初恋中一样,点一支烟,偶尔碰一下手,都是微妙而痛苦的——真的,已经很够了。晚上那半小时,充满着来自虚无缥缈空间的让人振作的气息。最后,他们的关系(她总是这么认为的)在一次接吻中达到了顶点。这个吻是如此矜持,如此微妙,以至它的诗意足以让她决定不嫁给那个尚可接受的丈夫,让他离开了他妻子。不,那次接吻不是发生在首晚演出,而是在带妆彩排以后。首晚演出很成功,在通常的礼节性的高潮中,大家分享着紧张、鲜花、香槟、祝贺。而后,剧院后台陷入黑暗,变得空荡荡的,正如一小时前演出结束后前台的状况一样。这两个人发现自己在往外走时停在床边了——为了必须暂时摆脱那些首晚演出的客人,稍微绕了一点路。她朝枕头套看了一眼。为了刚才结束的那场演出,那枕头套本该换上新的。她发现了口红的痕迹——是她的,彩排时留下的。"说真的,"她生气地说,"我觉得他们真应该记得,在首场演出时要放一只干净的枕头套。""我完全同意,"他说,态度很冷静,对不负责任的行为具有同样程度的职业上的气愤,"从正厅前座中间一点的地方都能看见那口红。"说完,他们相互吻了一下,合乎习俗地、同志式地、轻快地道了晚安,就分手了。她去对她的情人再次声明,说不,她不会嫁给他,而他去反对他妻子,他妻子说,作为有责任感的成年人,他们确实应该再试一次。

或者就拿那个著名的剧作家来说,他现在已经死了。他从未说过他对他的一些妻子有什么不满。他对报界说,她们都是极好的女人。而事实上,他通常在娶了她们四年左右,就把她们一个又一个地抛弃了。当他娶了第六任妻子时,她偶然碰到他第五和第四任妻子,并承认情况不妙。她们聊了一阵后,决定同前面的几任妻子联系一下。一天下午,六个女人,五位前妻和那位现任妻子碰面了。她们说,不是出于愤怒,而是想从科学的角度弄懂他的心理。这个男人(我们姑且称他为约翰)的每部剧里面都有一个女人。有时是主角,有时不是。她聪明、风趣、温暖、驯顺、美丽,而且宽容。这些女人中个个都觉得,在生活中,如果不是在剧本里,最后这个特点是最宝贵的。她们都当过演员,也都演过这个女人。只是名字不同,服饰不同,时代不同。第一任妻子演的是他第一部剧里的一位郊区教师。现任妻子也在四年前演了这女人,不过变成了盛开的花朵,一位意大利公主。她们都有同样的经历:即使是在终于发现是完美爱情的最初那些狂喜的日子里,都有一种不安情绪在发展,让她们感到——她们所有的人都说,她们感觉到了——她们似乎不是她们自己,她们似乎被迫在生活中扮演一个角色,甚至,像其中一个人所说——好像总有一个第三者在场——一个幽灵。这个幽灵当然就是舞台上那个女人的幽灵。而且每个人都经历过这样的时刻:当她们遭到背叛,受到伤害,现实让她们痛彻心扉的时候,她们的约翰大声喊道(他确信自己遭到了毋庸置疑的背叛):"你为什么不能像……?你根本不像她!"用的是她确实演过的他的"她"的化身的名字。就在那时,他会向她投去厌恶的抛弃的眼光,走到书房里去开始写他的新剧本。剧本里会有这个女人的新模型,当主角或次要角色都行。因为她在生活中并不存在,所以必须在艺术中不断地将她创造出来。这个剧本的上演必然会导致他与她——当时的妻子离婚。因为尽管那个妻子不知道,可能还只是个等待着重大机会的一个没有完全通过考验的姑娘,剧作家却对新的妻子已经有了设想,并在召唤她。在排练开始后的一周左右,她羞涩地走近那个伟人,她那美丽的眼睛使劲地闪出光芒,说道:"我必须说,我真的必须说,请您原谅我,但是谢谢您让我在您美丽的剧本中演这个美丽的角色。"这时,他肯定会娶她,然后,当他终于知道她毕竟只是玛丽,她会像任何一个女人那样生气、埋怨或者哭泣时,就会同她离婚了。

或者就拿玛丽·X来说——这次是位女作家。在她事业蒸蒸日上时,他丈夫就指出,而且是颇有敌意地说,她写的所有作品中几乎都有同样的一个人物,男性。不过,这不重要,因为从实际目的来说,他是个无性别的人,是一个微不足道的、做怪脸的小丑或一个滑稽的人物。不管他实际上在做什么,是在吹笛子、跳舞,还是一个表面上的正常人,他的脸上总现出同样的怪相,那种微笑同痛苦或伤心时肌肉的抽搐毫无区别。她一旦理解了她丈夫的谴责是正确的,就在她写过的字里行间去寻找。一点不错,他就在那里,从一开始就这样。即使是在几十年以前写的、现在早已存档的习作中,都是如此。问题是,他是谁?他从哪里来的?是她父亲?不,她兄弟？不。她丈夫？当然不是，他根本没有小丑的行为举止①，再说，这个鬼情人（她丈夫是这么称呼他的）在她丈夫出现前好多年就有了。她的几个儿子？她真心地希望不是，那么说，是她母亲？——因为这些出自下意识感觉的人物是不尊重性别的。不是。那么是谁？可能是谁？谁也不是。不管她追溯到多远的童年，她也想不出有哪个人可能是他的替身，或者是促成了这个模棱两可的诱人的幽灵。但是，在当前，她确实知道，有一个，两个，或者三个这样的人。沿着这一想法，她又发现了一个新情况，在她的第一个剧本上演（现在说来是十二年以前了）之前，她没有遇到过，一次也没有，任何人，男的，或女的，是这个悲哀的小丑的化身。从那以后，从演这个角色的演员（公司知道她的剧本之前，就给他起了个诨名，叫皮埃罗）开始，这样的人物，她认识了几个，她从来也没有缺过他。当时的那个演员成了她短暂的朋友，后来就成了她生活边缘的一个老做怪脸的舞台外的人物，这与他的角色很相配。那么，这是舞台最终把血肉赋予她的……她的什么？幻想？她夜间的梦中人物？把他带到她跟前？② 好吧，如果是这样，一个理智的人是不会喜欢这种想法的，一个作家尤其如此。当她遇到一个人将那张一模一样的脸庞转向她时，她只满足于对自己说，他又来了，心里偷偷地痉挛一下，战栗似的笑一声，

---

① 原文为 Petrouchka，来自俄语的 Петрушка，意为小丑，或装疯卖傻的行为。

② 原文为 "—on stage had had the power…" 疑为 "—on stage which had the power…" 之误。

这是我们对我们内心黑暗面的思念。但绝不能对丈夫说,他很奇怪而且执拗地怨恨这个根本不可能成为对手的对手。

还是回到现实,容易理解的情况吧。我曾经认识一个人。他说,他的悲剧是,他尽管爱女人,却软弱无力。他总是与我们做伴,带我们出去,在公众场合同我们在一起,但是到了那程度——他说,就那样。这很好。他在拍摄一部大片。在这个过程中,他说,必须让主角去试演另一部电影。那部电影也将由他来拍摄,那位演员在那部电影中可能再次担任主角。当然,那是一部完全不同的电影。在那部电影里,一个长得很帅、嗜酒成性的十八世纪浪荡子,费尽心机想强奸一个美丽的乡村姑娘,从而逼她成为他的情妇,但是失败了。而正在拍摄的那部电影里,他演的是一个好色的蓝领青年,女人们一见到他就会成片地倒下。现在要试镜了。那个演员走了进来,穿着工作服,戴着工作帽,摆出的却是贵族优雅的姿态。当时是上午十时左右。这场戏要演的是这位绅士与那位小姐没能成事的片断——因为她的举止缺乏教养和可能没洗干净,剧本是这样写的。一般情况下,这样的试演只要花半个上午就能完成。但是那一整天,一个小时过了,又一个小时,在摄影棚里,无数的助手、灯光专家、拍摄团队、女化妆师们,都看着那个生气的导演极其耐心地要求他们遵守必要的纪律,他自己却看着那个帅气的主角想占有那个美丽而神情轻蔑的姑娘,尝试了,又失败,尝试了又失败,尝试了又失败,失败,一次又一次。大片耀眼的灯光照耀着摄影棚,灯光特别集中在一小块地方,那只有四根帷柱的床。周围至少有三百人站着,如果不是真的在帮忙,那就是被迫看着那个好色的年轻人几个星期以来一直在一部电影中浪荡地与十来个女人调情,现在为了另一部电影向公众展示着他的无能。一次又一次,又一次。

直到离工会规定拍摄人员必须回家喝茶并与妻子团聚的时间只有五分钟时,一切才算结束。这时,那位生气的导演对此时已累得筋疲力尽的年轻人说:"好了,我想就这样了。不过说真的,老兄,我确实觉得X(另一位演员)很可能更适合这个具体的角色。你太朴实了,亲爱的,我们得正视这一点。他更加含蓄一点。"

或者是那个著名的女电影演员,美国人。她对演出的角色的挑剔,是出了名的。人们最怕的是她在律师、代理人、丈夫和各式保护人的包围下,把剧本退回去,说:"目前看来,它真不适合我——除非我们可以建议做些修改……?"

那么,什么才是适合她的?几十年来,她演过形形色色绝望的女人:前囚犯、遭背叛的情人、屡遭厄运的残疾人、伤心的母亲。但是什么样的一般标准才会让她说出:是的,这是适合我的?我曾经认识一个曾在她主演的电影中演过很不起眼的角色的男人。我想知道,她是个什么样的人。他说,她很认真,在选择合演的明星时很固执,在拍摄一些袒胸露背的镜头时,如果不披上经过律师界定的有正确密度的三重薄纱,是不让拍的;她绝对不让人拍摄突出她鼻子,而不是突出她最美部位的镜头……是的,但是她外貌是什么样的?天哪,他说,你一定已经在上百部电影中见过她了。

她过着,一直是过着难得的正直的生活,没有换过丈夫,从来没有绯闻；永远是一位坚决要维护她口中的好莱坞高标准的夫人。

不久以前，我听见她拒绝了一个个为从遗嘱中获得好处而将丈夫折磨至死的角色，但剧情安排得似乎是别人干的。她声称，那只是动机不明的低级趣味。不久以后，她很高兴地演了一个把骗她财产的律师情人整死的角色，不过那是公开的，显得很高尚。

确实是相当正直，而且是很阳光的人物，就像这个……

有一位英国绅士，因为是个排行在中间的儿子，所以是个半真半假的贵族①。他生气地说自己与权贵没有关系，人们不能对他抱有偏见。他住在一幢很大的乡间别墅里，但是孤身一人，因为他妻子在他们结婚以后不久就去世了。所谓孤身，是没提他的男仆。由于没有再婚，围绕着他和他的生活方式就出现了一些通常的谣言，影射他有各式各样恶毒的爱好。那些未能嫁给他的女人放出风来说，她们是发现了他的秘密，这才冷却了她们的追求。

他当了十几年鳏夫，后来让人带去看他所谓的"秀"，他是根本不喜欢去剧院的。在那里他见到了玛丽·格里菲思，她结过两次婚，但是向所有人，甚至向媒体宣布，她不想结婚，她选择自由。

她是个迷人的金发女郎，她的舞台形象在五十年代形成，

---

① 根据英国的习俗，只有长子才能世袭贵族的头衔和财产。最小的儿子可能得宠，父辈会多传给他些财产，而排行中间的儿子，往往享受不到那些特权。

符合当时的风尚:举止随意,说话大声,很直率,就像她常说的,普通得再也不能普通了。她竭力掩饰她中产阶级的身份,她刚开始当演员时这是个障碍。她尽量演一些这种戏路的角色:主要是些命中注定的不合时宜的衣冠不整的女郎。就像有个评论家说的,"一只时不时像天鹅的迷路的丑小鸭。"另一个评论家说是 jolie laide①。这就让玛丽可以把自己说成既难看又不吸引人,从中获得双重好处。当人们说这个玩笑并不新鲜时,她会说:"是啊,我从未受过教育,我也从未假装受过教育,不是吗?"

这位绅士在她身上看到的一切,让他的朋友们无法相信,也让她感到好笑并引起思索。他说,她是他祖母的化身,是乡间最好的女骑手,是他遇到过的最勇敢的女人,而且,当然是一位伟大的女性。

玛丽想了想,要不要去学骑马。万一有个话剧或电影监制在她身上发现了她那个还不认识的崇拜者在她身上看到的气质呢,但还是决定放弃了。有人介绍他们彼此认识了,他就开始追她——只能用这个字眼来形容。当时她是同一个时装设计师住在一起。很难说,那种礼仪让他们两人中的哪一个,玛丽还是她情人("男朋友")更为激动。约翰给她送鲜花、富有情趣的正式便条,留下访问的名片,请她去喝茶,带她乘车去他的贝特利访问——或者说是同她一起坐在后座上,由男

---

① jolie laide〔法〕,意为"不漂亮但迷人的女性"。在法语中"jolie"意为"引人注目的","laide"意为"难看的"。

仆赶车——请她去吃晚饭。每次外出回来,玛丽和她的那位服装设计师会遗憾地感到,现代生活中可悲地缺少浪漫。他们不止一次泪汪汪地拥抱着,因为他们的关系中缺乏的诗意,现在会永远缺失了。因为一切都有时间性和地区性的。对他们来说,鲜花、正式的便条、坐马车和长时间亲密地用餐,是根本不可能的,不协调的。他们命定是在试衣间镜子前相遇,过后吵架半小时,一周后开始同居。当然了,他们两人都想知道,约翰先生是不是可能走到求婚这一步?玛丽说,"我知道他疯了,但是他并没有完全疯掉。我,当他妻子,他一定是在开玩笑。"

他耐心地追求了六个月左右,形成了玛丽看不清的,但很尊重的惯例。为什么不呢?就像她说的,除了在一个剧中演出,同时又为另一个排练,并让她男朋友高兴之外,她还有时间可以同时安排十来个这样的关系。她问,在那些日子里,如果把时间推到一百来年之前,那些人在等待真相出现时是怎么办的?然后,约翰终于告诉她,他已经决定了,她就是适合他的女人。

"你是适合他的女人?"她的服装设计师问道。

"他是这么说的——我发誓。"

然后,玛丽第一次受邀去他家度周末。她的情人为她做了几件晚礼服,浪漫而不露。由于两人都强烈地感到在这种场合她应该打扮得得体一些。他们也考虑了她白天穿的衣服。由于当时她要穿裙子的话,就穿短裙子,而且她也不想完全失去她的风格,就做了一套带裤子的套装,主要的材料是水貂皮。配上水貂皮靴子。她看上去就是一个月光下的爱斯基摩人。

玛丽发现,在那幢房子里周末会有三个人:她自己、约翰先生和那个男仆。她坚持对那些持怀疑态度的朋友们说,她觉得那幢房子很可爱,同她完全相配。下午,她被请去坐马车,由那个男仆赶车,晚餐前在书房里喝雪利酒,那个男仆是男管家,吃了一顿时间很长的正式晚餐,由那个男仆递上他事先选好的菜肴。然后,就像玛丽后来所说的,她好奇到歇斯底里的程度,等待着肯定是丢脸的求婚。

在十一点五十五分时,约翰帅气地朝她俯过身去,说:"亲爱的,你一定了解我对你的感情,但是在我能够请求任何女人共同生活之前,我必须做一件事。如果你愿意,可以把它当作一种考验。"

玛丽愿意接受考验。

于是约翰朝那个仆人点头示意,那人就走出房间。过了一会儿,他推了一只直立的高大的黑色棺材进来。为了操作灵便,下面装了轮子。这只棺材竖立着,被推到一面高镜子前面。这个仆人,穿着整洁的黑衣服,在一边笔挺地站着。约翰微笑着点点头,表示对玛丽的鼓励,自己走进棺材,站在里面,双手交叉,放在胸前,凝视着镜子。在黑色的棺材里,是穿着黑色衣服的约翰;在它旁边是穿着黑色服装的仆人。

事后玛丽说,她当时感到很烦恼,因为她能想到的所有手势和姿势似乎都不合时宜。所以她掐掉了她的香烟,十指交叉地把双手放在膝上,微笑着不作声。过了长长的五分钟,她的约翰从棺材里走了出来,朝仆人点点头,仆人就把它推走了。他亲切地朝她俯过身去。

"白兰地?"他问。

"就一点儿,谢谢。"

他们再没有提起棺材的事情。不久,他送她去她的房间。在那里,不过是在房门外,他吻了她。"这也不坏。"她谈到当时的情形时说。"一点——不——坏!"他说,她通过了所有的考验。如果她允许的话,他想求她嫁给他。她说,她要考虑一下。于是他吻了她的手,希望她睡个好觉。

第二天,那个男仆,一字不提午夜的仪式,赶车把她送回伦敦,一路上她还在考虑此事。她本来决定绝不问他任何问题,但是她没忍住。结果发现在她的约翰的生活中,每天午夜都会举行这个棺材的仪式。"不是每个女人都受得了的,"那仆人说,"我见过一些来了又走的女人,没有一个像您这样的,夫人。"

玛丽同她的情人商量了一下。他为她设计了一件结婚礼服。他说,他是受到十五世纪王室一件衣裙的启发,尽管很不符合当时的时尚,但他非常想采用这件衣裙给他带来的灵感。

礼服做成了。玛丽写了封信给约翰,说他可以得到答复了,但他必须在一天晚上演出之后去化妆室。他答复说,如果她能原谅他,他不会真的再去看演出,一年一次对他来说已经够多了。不过他希望,不用说她也知道,他是尊重她的职业的。

当他来到化妆室时,有人请他等一下。那个服装师终于让他进去了。他一下子不知道该往哪儿瞧——玛丽似乎不在那里。由于他以前从未去过女演员的化妆室,或者因此也未去过后台,他讨厌那个有着许多明亮镜子的小房间,那强烈的冷色的化妆灯、梳妆台上那些像外科医生用的仪器、医院用的瓶瓶罐罐。那个服装师就站在那里,一个一脸忠诚、头发灰白的小个子,十指交叉着,她①脸上毫无表情,就站在某样东西前面,那东西看上去像——对了,她②往旁边一站,就露出了一口长长的棺材。在棺材里面,伸展着身子,穿着白色的结婚礼服,眼睛紧闭,双手搂着鲜花,周围全是鲜花,躺着他的爱,玛丽。为参加结婚仪式,她已穿戴停当,但又彻底地死了。

"死得像该死的奥菲利娅③"一样。那天夜里晚些时候,她在他们喜欢的饭店里,对着她的朋友们和情人就是这么说的。

他瞪大眼睛,僵住了,脸色发白——这一切都是服装师说的,因为玛丽说,她绝不肯张开眼睛破坏那场表演。于是他鞠了一躬,默默地走了出去,像绅士那样接受了自己的失败。

这件礼服成了设计师下一次展览中抢眼的作品,但那时他和玛丽已经不在一起了。他们以他们特有的风格和方式,友好而实事求是地讨论这件礼服时,都表示,这套结婚礼服的确很别致。要么她就穿上它去登记处把事儿办了,要么他们应该毫不吝惜地把它忘了。

---

①② 原文如此,估计是"他"之误。
③ 奥菲利娅(Ophelia),莎剧《哈姆莱特》中的女主角。

于是,这件 prêt-à-porter① 衣服就挂在时装店里。这种式样就国际化了。成千的新娘穿着它走向教堂和婚姻登记处。

一切都还是挺直白的,或者,至少是可以理解的。但是,现在故事要进入一个沉闷的阶级,或者,至少是稍稍转向月光照耀的时期。

玛丽把那件衣服挂在衣橱里达数月之久。她无法穿它,这不是她的风格,但是出于某种原因,她也不想与它分手。最后她穿着它去参加了一次化装舞会,一夜之间成了十五世纪的王室夫人。

参加这次舞会的有舞台剧导演和电影导演,也有厨师、服装设计师、美发师和红明星,他们是当时时装界的大佬。有个导演曾经见过玛丽在舞台上或电视里演过十来个通常的角色,此时却对她另眼相看了。他对未来的嗅觉很灵,想要把十九世纪的一本小说拍成一部充满血腥的大电影。小说中的女主人公是一个刚愎自用的贵族女儿,她爱上了一个平民革命者。他不看好玛丽的嗓音,结果却发现她本身的嗓音很不错——多少年来,他是听到这声音的第一个人。她拿到这个角色。她必须去学骑马。这部电影是在萨默塞特拍摄的,约翰先生在那里有一幢乡间别墅。

她在他祖母赢得全郡钦佩的田野和森林中驰骋了几个星期。他曾说她是他祖母的化身。但此时约翰先生已经带着一

------

① prêt-à-porter〔法〕,意为"现成的"。

颗破碎的心去国外了,同行的还有那口棺材和他的男仆。玛丽并没有去打听,因为,说实话,她几乎不去想他了。正如她在一次电视采访中所说,当她全心投入一个角色时,她没有时间去考虑别的事情。而他呢,由于像讨厌剧院一样讨厌电影,很可能从未看过这部电影。

但是她在跃过一个篱笆时,给当地的一名乡村地主看见了。她嫁给了他,时间很短,但是,就像她在一切结束时所说的,够长了。她改变了自己的风格,就像每一个重要的女演员所走的必由之路一样,逐渐变成了英国话剧界的 grande dame①。

这就让我想起了那位正在演一部她挑剔地称之为厨灶剧②的 grande dame,因为其他剧本当时很少。在排练时她一直抱怨她不得不说一些令人讨厌而且不道德的台词。在酒店吃午饭时,她用那久经训练可以传远的大嗓门讲述着她对当前道德的一些看法。她也用同样的大嗓门讲述了下面一个故事。她当时正在北部的某个地方巡演。她的化妆室里来了一个她觉得确实曾经见过的男人。那种感觉非常强烈,以至她无法说她不认识他,并且同意和他一起去共进晚餐。晚餐结束了,她还是不知所以,尽管她因为竭力在脑海中搜寻答案而无法享用这顿晚餐。最后她承认了自己的困扰。他简直不知所措了,她说。

---

① grande dame〔法〕,意为"贵夫人"。
② 厨灶剧(kitchen-sink play),英国二十世纪五十年代后期以来,有一派剧作家的作品着重描写工人家庭生活等现实的灰暗面,也有人称之为激进现实主义。

她至少能记起这家饭店吧?

是的,有点什么……

"你不记得我在夺走你那么宝贵的贞洁之前的那美妙的一周里,我们天天晚上都来这里吗,亲爱的?"

"他们一定是重新装修过了!再说,那应该是 1935 年。从那以后,我从未来过这里——你想想看。再说,你应该知道,那是在我成为罗马天主教徒之前……"

这也让我想起了那个女演员。她在一个富有感染力的宗教剧内演一个修女。在那个理解她的服装师的默许下,她常常把服装拿回家。她解释说,这个剧缺乏真正的基督教的悟性。她穿着那服装去熨衣服、洗碗、洗她的内衣裤——做她所谓的"我的一些小小的苦差事"。

一位老妇人和她的猫

她的名字叫赫蒂,她与二十世纪同庚。七十岁时,由于气候寒冷和营养不良而死去。自从二战结束后不久她丈夫在一个极其寒冷的冬天生肺炎死去以后,她长期过着独身生活。当时她丈夫刚过中年。现在她四个子女也已人到中年了,有了成年的子女。在这些儿孙中,只有一个女儿给她寄圣诞卡,除此之外,她对他们来说是不存在的。因为他们都是体面人,有家,有好的工作,还有车。而赫蒂并不体面。这些人要是提起她,都说她一直有点怪。

当她丈夫弗雷德·彭尼法瑟还活着、孩子们尚未长大的时候,他们住在一个非常拥挤和不舒服的市建公寓里,地处伦敦像港口一样人流涌动的地区,离尤斯顿、圣潘克拉斯和金斯克洛斯那些大站不到半英里。这些公寓楼是那个地区造得最早的一批阴森森的、令人生厌的灰色大楼,矗立在占地许多英亩的小房子和花园中间。它们很快就要拆除了,建造更高的灰色楼盘。彭尼法瑟一家是守规矩的租户,付房租,不欠债。他是个建筑工人,"工作稳定",并以此为豪。当时没有迹象表明,赫蒂后来会离经叛道。她只是常常会溜出去一个来小时,来到火车进出的月台上。她说,她喜欢那里的气息。她喜欢熙熙攘攘的人群。"从那些陌生的地方来了,又走了。"她指的是苏格兰、爱尔兰、英格兰的北部。观察嘈杂的来访者、烟雾、纷至沓来的人们,成了她的一种嗜好,就像其他人爱喝酒和赌博一样。她丈夫逗她,称她为吉卜赛人。实际上,她是半个吉卜赛人,因为她母亲曾经是个吉卜赛人,但是她选择离开自己的部落,嫁给一个有固定居所的人。弗雷德·彭尼法瑟喜欢他的妻子,是因为她不同于他认识的那些女人,这也是他娶她的原因。但是她的子女们怕她身上的吉卜赛血液会让她做出比去车站更糟的事。她是一个个子高挑的女人,一头浓密发光的黑发,皮肤很容易晒黑,眼睛又黑又亮。她穿着色彩鲜艳的衣裳,脾气很急,但一会儿就没事了。年轻时,她很引人注目,自豪又帅气。这一切必然会让街上的一些人称她为"那个吉卜赛女人"。当她听见这种称呼时,她会大声反击,这有什么不好。

丈夫死去、子女成家离去以后,市政委员会让她搬到同一幢楼的一套小公寓里。她得到了一份工作,在当地的一家铺子里卖食品。但她觉得这工作很无聊。对那些独居的中年妇女来说,当她们生命中忙碌和要负责任的那一段时光过去后,似乎就该干些传统的事情。喝酒。赌博。再找一个丈夫。有一两次缠绵的风流韵事。大概如此。实际上,赫蒂有段时间都尝试过了,就像业余爱好一样,但是感到厌倦了。她一边继续当售货员赚着一份工资,一边开始买卖旧衣服。她没有自己的店铺,而是从各家各户买一些或者讨一些衣服,再卖给摊贩和旧货店。她非常喜欢干这事。那是一种激情。她放弃了她体面的工作，忘掉了她对火车和旅客的喜爱。她的房间里总是塞满了色彩鲜艳的布片，她不想卖掉的她喜欢的一种款式的连衣裙、成串的珠子、旧毛皮、绣制品、花边。这个公寓的居民中间，也有些人在街上摆摊，但是赫蒂的经营方法中有些做法让她失去了朋友。当了她二三十年的邻居说，她变得古怪了，不想再同她交往了。可是她不在乎。她自己过得很愉快。特别喜欢推着她那辆旧婴儿车在街上来回逛，车里塞满了她已买下或准备卖出的东西。她喜欢闲聊、讨价还价，用甜言蜜语从居民家里骗一些东西。就是最后那种德行（她当然知道得一清二楚），让邻居们产生了反感。窥一斑可见全豹。那是乞讨。体面的人是不乞讨的。她再也不是一个体面的人了。

她在那个小公寓里感到很孤独，就尽量少待在那里，总是喜欢去热闹的街道。但她毕竟得在房间里待一些时间。有一天她看见一只迷路的小猫，躲在一个肮脏的角落里瑟瑟发抖，就把它带回到公寓楼里。她当时住在六楼。这只小猫长成又大又壮的雄猫后，就在这些楼梯和电梯里，还有几十家公寓里，来回瞎逛，似乎这幢建筑物就是个小镇。当局并不主动虐害宠物，只是禁止，再就是容忍。自从这只猫来了以后，赫蒂在生活中与人的交往多了。因为这只畜生总是同院子对面的那幢高楼里的什么人交了朋友，或者接连几夜不回家，她不得不去找它，到处敲门，询问。或者它回家时被人踢过，瘸着腿，或者与同类打架后流着血。她就去同那些踢它的人，或者与它打架的猫的主人吵架。她同爱猫者交换养猫的知识。总是得为她可怜的蒂比扎绷带,照料它。这只猫很快就成了浑身跳蚤、耳朵被咬烂、遍体鳞伤的勇士,一副狼狈的样子。它是一只花色猫,眼睛很小,是黄色的。它的品种远不如颜色好看、体形优美的纯种猫。但是它有独立精神。当它不想吃猫罐头或赫蒂喂它的面包或袋装肉卤时,常常会给自己抓鸽子吃。在她感到孤独而把它抱在胸前时,它会发出呜呜的声音,依偎着她。这种时刻越来越少了。她一旦意识到她的子女希望她不要再去找他们,是因为收破烂的老妪让他们感到尴尬时,她就接受了这种处境。只有在圣诞节这样的时刻,才会出现这种愤怒而痛苦的情绪。她对这只猫唱着或哼着:"你这只邋遢的老畜生,肮脏的老猫,没有人要你,他们会要蒂比吗,不,你只是只倒胃口的雄猫,只是一只偷食的老猫。唉,蒂勃斯、蒂勃斯、蒂勃斯。"

楼里有许多猫。甚至还有两三只狗。它们总是在灰色的水泥走廊里来回打架。有时还有狗屎和猫屎。有人得去清理,不过也有可能留在那里几天或几周,这就成了邻居之间几天和几周的战争和仇恨的原因之一。有很多人去投诉。最后,市政委员会的一个官员来了,说要强制执行动物饲养条例。和其他人一样,赫蒂必须把她的猫处置了。这个危机刚好发生在她倒霉的时刻。她得了流感,无法去赚钱;很难出去领养老金,欠了债。她也欠了很多房租。她租的电视机没付钱,引来了电视台的代表。邻居们在传说,赫蒂"变成野人"了。这是因为那只猫沿着楼梯和走廊拖来一只它抓的鸽子,羽毛和鲜血洒了一地；一个去告状的妇女看见赫蒂正在拔毛，准备像她以前处理其他鸽子一样，把它放到锅里煮了，然后与蒂比分而食之。

"你真脏，"在把炖好的东西放到猫盆子里吹凉时，她会对它说，"肮脏的老东西。吃那么脏的鸽子。你以为你是谁呀，一只野猫？体面的猫是不吃脏鸟的。只有那些老吉卜赛人吃野鸟。"

一天晚上，她求一位有车的邻居帮忙，把她自己、那台电视机、那只猫、几捆衣服和那辆婴儿车装上去。她穿过伦敦来到一条街上的一间房间里，那里是贫民窟，很快就要给拆除了。那个邻居又跑了第二趟，给她送来床和床垫、一只五斗橱、一只旧行李箱、几只平底锅，那床和床垫是绑在车顶上运来的。于是，她离开了她居住了三十年，几乎是半辈子的那条街。

她又在一间屋子里安了家。她不敢找"他们"去恢复她的养老金关系和她的身份，因为她欠下了房租，也因为偷了这台电视机。她又开始做生意。那个小房间又像她从前的那间房间那样，放满了五颜六色的布料、花边和闪光的饰片。她在单孔的煤气灶上煮饭，在水槽里洗东西。只能用平底锅烧水，否则就没有热水。在这幢已经决定要拆迁的房子里，住着几个老太太和一个有五个孩子的家庭。

她住在一楼的后面，里面有一扇窗对着一座废弃的花园。她的猫很高兴这房子周围有一英里的猎食场所，而它主人在这里过着非常舒适的生活。不远处有一条运河流过，在城里那种肮脏的河水里,有些小岛,一只猫可以从靠岸的船只上一艘、一艘跳过去,再跳到那些岛上,岛上有老鼠和鸟。人行道上全是肥肥的伦敦鸽。这只猫是个很棒的猎手。它很快就在当地猫群的等级体系中占有了自己的位置,而且不需要打多少架就能保住这位置。它是一只强壮的大雄猫,是许多窝小猫的父亲。

在那里,赫蒂和它度过了五年幸福的时光。她买卖做得很好,因为附近就有富人,愿意扔一些穷人需要便宜买进的东西。她不再孤独,因为她同顶楼的一个女人建立了虽然吵吵闹闹但还令人满意的友谊。那是一个像她一样的寡妇,同子女们也不来往。赫蒂对那五个孩子很严厉,埋怨他们又吵,又乱。但是,她刚对他们母亲说,"她为他们付出一切是很傻的,因为他们不会感激她",①过后又偷偷塞给他们一些钱和糖果。即使没有养老金,她也活得很好。她把电视机卖了,自己和楼上的朋友一起去海边玩了几天,还买了一台小收音机。她不看书或杂志。事实上她不识字,或者识得太少。读书,写字,对她来说,是件很不愉快的事。她的猫只带来好处,不需要她付出代价,因为它自己能养活自己,还不断抓来鸽子,让她煮来吃,不过它要求用牛奶来交换。

"馋蒂比,你这个馋东西,你不要以为我不知道。啊,我才知道呢,你老吃那些老鸽子会生病的。我一再对你这么说,不是吗?"

---

① 原文如此,但这里的引号应该去掉,这句话应该不是直接引语。

人们终于在改建这条街了。不再是一模一样的、长长的、破烂的贫民窟了。中产阶级买了一些房子。尽管这意味着会有更多好的、暖和的衣服可以买卖,或者说乞讨,因为她还是忍不住要靠她那可怜的三寸不烂之舌、她那还在闪光的漂亮的眼睛去白要一些东西,赫蒂知道,同她的邻居们一样,这幢房子,连带里面可怜的居民,很快就会被人买走,去进行改建。

在赫蒂满七十岁的那周里,来了个通知,这个小小的社区要给取缔了,给他们四周时间到别外去找住房。

通常,不管是在伦敦,还是在世界上的其他地方,住房没了,这些人当然就必须分散开来,自寻出路。但是这条街的命运引起了人们的注意。因为很快就要进行市政选举了。穷人中间无家可归的现象,在这条街上特别集中。这是整个地区,实际上是整个城市真实的写照,一半是漂亮的、改建过的、高雅的住宅,住满了花着大笔钞票的人们,而另一半则是像赫蒂那样的人租的快要倒塌的房子。

政务会委员和教会人士演讲的结果,令地方当局觉得不能无视城市改建造成的这些牺牲品。由一名负责失业事务的官员、一名社会工作者和一名安置官员组成的一个团队来访问赫蒂所住的那幢楼内的居民。赫蒂,一个骨瘦如柴的坚强的老妇人,穿着她在那个星期别人扔掉的衣服中找到的一套猩红色羊毛套装,戴着一顶针织的黑色帽子,脚上套着一双爱德华七世时代流行的黑色扎扣靴子,这双靴子对她来说太大了,所以她不得不拖着地走路,请他们进屋。虽然这些人都对极端贫穷的情景习以为常,但还是没有人愿意走进去。他们只是站在房门口,向她提出这样的建议:他们会帮她去领取养老金——她为什么早不申请?——还有,她和屋子里的其他四个老太太一起,应该搬到政务会在北郊办的一家收容所去。这些老人都习惯了生气勃勃的伦敦,也喜欢这里,所以当她们没有别的选择只能表示同意时,都陷入了伤心和郁闷的心态。赫蒂也同意了。最近两个冬天里,她骨头疼得厉害,一碰就咳嗽。与其他人相比,她也许更像城里人,因为她曾推着装满旧衣服和花边的破婴儿车走过那么多的街道,也因为她十分熟悉和了解伦敦的服装和趣味。她最不在乎新家"处于绿色的田野中"的说法。实际上,在所说的那家收容所附近并没有田野,但出于某种原因,所有的老太太都愿意强调这句毫无意义的话,似乎它很适合她们的处境,离死亡不远的老妇人的处境。"待在绿色田野附近是很舒服的。"她们在一起喝茶时这么说。

那位安置官员来做最后的一些安排。赫蒂·彭尼法瑟要在两周后与其他人一起搬家。那个年轻人坐在拥挤的房间内唯一的一张椅子的边缘上,因为椅子油腻腻的,他怀疑上面有跳蚤或更糟的东西。由于吓人的臭味,他呼吸都是尽量放轻。这幢房子里有一只抽水马桶,但它已经坏了三天了。它就在一堵薄薄的墙背面,整幢房子都是臭气熏天的。

这个年轻人太了解缺房会造成多大的痛苦。他知道有多少被子女抛弃的老人没法在当局的照顾下过日子,忍不住觉得这个可怜人能在他的收容所得到个位置可以说是很幸运的,即使这个机构对待老人就像对待调皮而愚蠢的孩子一样,一直到他们幸运地死去。对此,他一目了然,也进行谴责。

但是,正当他告诉赫蒂,一部面包车会来把她和其他四个老太太的行李搬走,她只要拿上自己的衣服,"或许还可以拿几张照片"时,他看见他原以为是一堆五颜六色的破布站了起来,把它蓬乱的、黑乎乎的爪子放到老人的裙子上。今天裙子是赫蒂用别针别在身上的一块印着粉色和红色玫瑰的印花窗帘布,因为她喜欢那图案。

"你不能把那只猫带去。"他不假思索地说。这是他不得不常说的话。由于他知道这么说会造成多大的痛苦,所以他通常说得比较委婉。但这次他被吓了一跳。

这时的蒂比看上去像在尘土和雨水中绞成一团的旧羊毛,一只眼睛永远是半闭的,因为在一次打架中肌肉给撕裂了。一只耳朵是残留的。侧边有一条斜斜的地方没有毛,上面有块很厚的疤。一个恨猫的人对待蒂比如同他对待所有的猫一样,用气枪给了它一颗子弹,给它造成的伤口花了两年才愈合。蒂比还很臭。

不过,并不比它的主人更糟。她这时正一动不动、拘谨地坐着,看着政务会来的这位衣着整洁、头发一丝不乱的年轻人,明亮的眼睛中充满了怀疑、仇恨。

"这只猫多大了?"

"十岁,不,只有八岁,它就像只有五岁大的猫一样年轻。"赫蒂绝望地说。

"你如果能结束它的苦难,对它似乎是件好事。"

在官员离去之前,赫蒂什么都同意了。她是老人中唯一养猫的人。其他人有养虎皮鹦鹉的,或什么都没养。收容所里允许养虎皮鹦鹉。

她有自己的计划,也告诉了别人。所以当面包车来接她们和她们的衣服、照片和虎皮鹦鹉时,她不在场,而且她们替她撒了谎。"啊,我们不知道,她会去哪里,真的,"那些老妇人一遍又一遍地对那个无所谓的面包车司机说,"昨天夜里她还在,不过她提过要去曼彻斯特找女儿什么的。"然后她们就去收容所等着死亡。

赫蒂知道,房子在清空之后,改建之前,会空出来几个月,甚至几年。她打算继续住在这幢房子里,一直等到建筑商入驻。

那是一个温暖的秋天。她一辈子第一次过着她先辈吉卜赛人的生活。不再像体面的人那样睡到一幢房子里的一间房里的床上。有好几夜,她都同蒂比一起蜷缩在离她自己的住处两扇门的一幢空房子的门洞里。她确切地知道警察什么时候会来巡逻,那时可以在长满灌木林的花园树丛里的什么地方藏身。

正如她期待的,那幢房子没发生什么事。她就搬回去了。她砸坏了屋后一扇窗的窗框,让蒂比进出,这样她就不必去为它开门,也不用开着一扇窗,让人引起怀疑。她搬到了顶楼的后间房,每天一大早就离开,白天推着她的婴儿车和破烂走街串巷,晚上在地板上点上一支微亮的蜡烛。那只抽水马桶还是坏的,所以她使用放在二楼的一只桶。夜里偷偷地倒进白天有许多游船和钓鱼者来往的那条运河里。

在那期间,蒂比给她抓来几只鸽子。

"啊,你是一只聪明的猫咪,蒂比,蒂比!啊,你很聪明,是的。你知道目前的处境,是吧,你知道怎么活动。"

天气变得很冷;圣诞节来了,又走了。赫蒂又开始咳嗽了,她大部分时间都是在成堆的床毯和旧衣服堆下待着,打盹。晚上,她看着烛光照在地板和天花板上的影子——窗框都装得不结实,透风。有两次,流浪者在这幢房子的底层过夜,她听见警察把他们赶走了。她不得不下楼去弄清楚警察有没有把猫能钻进钻出的那个破窗框堵住,还好,他们没有。一只鹩哥飞了进来,想飞出去时受伤了。她把它的毛拔了,放在一只烤锅里,用一些小木板点燃的火把它烤熟了。煤气当然已经给切断了。她一向吃得不多,不怕躲在成堆的衣服里只能吃上一口干面包和一小块奶酪。她很冷,但是不大去理会它。外面到处是泥泞的肮脏的雪。她回到她的窝里,想着冷空气很快就会过去,她又可以做买卖了。蒂比有时会钻到她那堆衣服里,她把它暖和的身子搂到胸前。"啊,你这只聪明的猫,聪明的老东西,你能照顾好自己,对吗?那就对了,我的宝贝,那就对了,我的心肝。"

然后,就在一月份,冬天还刚刚开始,地上的雪有点化了,她刚能走动时,就看见建筑商的货车停在外面了,有几个人在卸他们的工具。他们没有走到房子里面来。他们第二天才开工。但在那之前,赫蒂、她的猫、她那装满衣服和两条毛毯的婴儿车已经不在了。她还带了一盒火柴,一根蜡烛,一只旧平锅,一套叉子和匙,一把开罐刀和一只老鼠夹。她怕老鼠。

大约两英里以外,在住着许多富人、知识分子和名人的汉普斯特德怡人的住宅和花园中间,有三幢很大的空房子。那是几年前她坐公共汽车路过时偶尔看到的。她难得坐公共汽车,因为她奇怪的服装,看上去既像一个坚强的老悍妇,又像一个顽皮的孩子的模样,会引来一些议论和好奇的目光。因为她这个不体面的流浪者,年龄越大,身上强烈的苛求的孩子气就越厉害。什么都混在一起,待在她身边是很不舒服的。

她当时担心,"他们"可能已经把这些房屋改建完毕。但是它们还在那里,只是太破烂,太危险了,连流浪汉都觉得这些房子没多大用处,更不用说伦敦无家可归的大军了。在那里,窗上的玻璃全没了,一楼的地板也几乎没有了,只有积水的地下室上面有些小平台和突出的木板。天花板摇摇欲坠,屋顶要塌了。那些房子就像给炸过的楼房。

但是在一个寒冷和昏暗的下午,大约四五点钟的光景,她把那辆婴儿车沿着破损的楼梯拉上去,小心翼翼地在三楼一间房间里的不牢固的木板上走着。这个房间有个大洞,直通楼底。往下看就像一口井。她拿着蜡烛去查看墙壁,还比较完整,还看到有一个干燥的角落吹不到从窗口飘进来的风和雨。她就在这儿安了家。一棵槭树遮住了那离主干道二十码的窗洞。塞在婴儿车衣服堆下面走了一路的蒂比跳了下来,往外一蹿,就消失在那荒芜的草堆里,在寻找它的晚餐了。回来时它已经吃饱了,而且很高兴,待在她僵硬而消瘦的老胳膊的怀抱里显得很幸福。她已经到了要等它寻食回来的地步,因为那呜呜出声的一堆骨头和毛皮似乎确实能稍稍缓解她骨头中持续的寒冷和疼痛。

第二天她把那双爱德华七世时代流行的靴子卖了几个先令——现在又流行起来了——买了一只大面包和几小块腊肉。在离自己的角落很远的一个破烂的角落里,她弄了几块木板,点上火,烘了面包和那几片腊肉。蒂比抓来了一只鸽子,她把它也烤了,但烤得不透。她担心火会烧起来,一切都会化为乌有。她也怕烟味漏出去,会把警察引过来。她不得不老往火上烧水,所以那只鸽子还是血淋淋的,不好吃,最后是蒂比把大部分鸽子吃了。她感到困惑而沮丧,但以为这是因为在春天来临之前她还得度过漫长的冬天。实际上,她是病了。她试了两次,想去做点生意,赚点钱来喂饱肚子。最后她承认自己病了。她知道她自己还没有病入膏肓,因为在她以往的生命中也出现过这种状况,常会感觉到生命垂危时的那种令人寒心的、无精打采的冷漠心情。但是她全身的骨头都在痛,头也痛,咳嗽比以往任何时候都厉害。不过她还没有想到自己主要是因为寒冷才得病的,即使是在雨雪交加的一月的天气里都是如此。她一辈子没有住过供暖充足的房子,从来没有过真正暖和的家,即使是住在市建公寓里时也如此。那些公寓有电火炉,但为了节约起见,她家从来不用它们,只有在极冷的寒流到来时才是个例外。他们总是在身上加衣服,或者早早上床。但是她确实知道,现在要让自己不死,就不能像往常那样无所谓地对待寒冷了。她知道她得吃点东西。在这个寒风飕飕的房间中比较干燥的一个角落里,在能避开雪花和雪糁儿飘进来的那个窗洞的地方,她又做了个窝——她最后的一个窝。她在瓦砾中找到了一块聚乙烯板,先把那块板放在底下,这样潮气就上不来。然后她把她的两床毛毯铺在上面。在毛毯上面堆上那些旧衣服。她真希望再有一块聚乙烯板可以铺在顶上,可是没有。她就用一些报纸代替了。她气喘喘地钻在当中,手边放着一大块面包。她打着盹,等着,啃点面包,看着雪花徐徐飘来。蒂比紧挨着露在那堆破布堆外面的那张衰老发青的脸庞,伸出一只爪子去摸摸它。它喵喵地叫着,显得焦躁不安,然后在寒冷的清晨出去抓来了一只鸽子。猫把这只还在挣扎、微微颤抖的鸽子放在老妇人旁边。但她不敢爬出这堆衣服,里面的暖和来之不易,要保持更困难。她真的无力爬出来,费力地从地板上再抽出几块木板来生火,拔掉鸽子身上的毛,再烤它。她伸出一只冰冷的手抚摸着那只猫。

"蒂比,你这老东西,那么说,你是拿来给我的,是吗?是的,对吗?来这儿,进来……"但是它不肯钻进去和她待在一起。它又喵了一声,把那鸽子朝她身边推推。这时鸽子已经瘫掉,死了。

"那你就吃了它吧。你吃。我不饿,谢谢你,蒂比。"

不过猫对这只死鸟不感兴趣。它已经吃过一只鸽子才把这只拿来给赫蒂的。它自己吃得很好。尽管它的毛皮打结,身上有伤疤,一只金黄色的眼睛是半闭着的,但它是一只强壮的、健康的猫。

第二天清晨四点钟左右,楼下传来脚步声和说话声。赫蒂飞快地从衣堆里冲出来,蜷缩在房间的尽头,窗旁的一堆塑料和屋梁后面,现在那上面都盖着一层雪。她通过地板上的洞可以看到已经完全坍塌的一楼,并通过那里可以看到底楼。她看见一个穿着厚大衣,戴着围巾和手套的男人用一只很亮的手电照着地板上躺着的一小堆衣服。她看见这堆衣服里面是一个睡着的男人或女人。她很害怕,因为她起先不知道这堆废墟里还有别人住着。他,或者她,有没有听见她对猫说话啊?再说,猫在哪里?它要是不小心的话,会给抓住的。那它就完了!这个拿着手电筒的男人走了,又带了一个人回来。在下面离赫蒂很远的黑暗处的一个小洞里,有一束强烈的光,那是手电射出的光。在这块有光的地方,两人弯下身去抬那捆东西,那是一个男人或者是像赫蒂一样的女人的尸体。他们抬着它走过像陷阱一样的一块已经塌下去的腐烂的木板,这是放在积水的地下室上面当跳板用的。一个人用扶着死人脚的那只手拿着手电筒,那光线从树木和草地上一晃一晃地掠过:他们正穿过那些灌木丛把尸首送到车上。

在伦敦凌晨两点到五点之间,有人在他们知道的所有坍塌的空房子里巡逻,搜集死尸,警告活人,告诉他们根本不应该待在那里,请他们去政府的收容所或流浪者寄宿处。此时,一般的居民还在熟睡,不会受到穷人的死尸这类不愉快事情的打扰。

赫蒂太害怕了,不敢回到她那温暖的窝里。她把毛毯围在身上,坐在那里,透过这房子结构的空隙处张望着,清楚地看到物体的形状和分界线、洞和泥潭,还有一堆堆的瓦砾。她的眼睛像她的猫一样,已经习惯于黑暗了。

她听见有东西索索地跑过,这是老鼠。她本来想放夹子的,但是一想到她的朋友蒂比的爪子也可能给夹住,就放弃了。她一直坐到寒冷的灰色晨光射进来,那时已过了九点。现在她确实知道自己病得厉害,很危险,因为她的骨头从破烂的衣物下获得的所有温暖全散失了。她颤抖得非常厉害。她抖得快散架了。在发作的间歇,她浑身无力地瘫在那里,感到筋疲力尽。通过头顶上的天花板——不过那不是天花板,只是一些网状的横档和木板——她可以看到一个黑洞,那里原来是个阁楼,通过那上面的屋顶能看到开始下雨的灰色天空。那只猫从它躲藏的地方回来了,蜷缩在她的膝盖上,温暖着她的胃。她在仔细考虑自己的处境。这是她最后的一些清晰的想法。她告诉自己,她撑不到春天了,除非她允许"他们"找到她,将她送往医院。事后她会被送到收容所。

可是,蒂比,她那可怜的猫,会怎样呢?她用拇指捋捋那可怜的畜生邋遢的脑袋,咕哝说:"蒂比,蒂比,他们不会抓住你的,不,你会没事的,我会照看你的。"

快到中午的时刻,在灰色的万里乌云层中露出了金黄色的太阳。她蹒跚地走下那腐朽的楼梯,去了商店。即使是在对一切怪事都司空见惯的伦敦街道上,人们也转过头来看一眼这个瘦骨嶙峋的高个子女人,她苍白的脸烧得红点斑斑,青紫色的嘴唇紧闭着,黑黑的眼睛显得焦躁不安。她穿着一件扣得很紧的男式大衣,戴着破旧的棕色羊毛手套和一顶旧皮帽。她推着一辆婴儿车,里面装着旧衣服和绣片,还有旧套衫和鞋,全都乱七八糟地、紧紧地塞在一起,她老推着这车停在那些正排着队,或正在聊天、看橱窗的人跟前。她还咕哝着:"把您的旧衣服给我,亲爱的,把您漂亮的衣物给我,给赫蒂点什么,可怜的赫蒂很饿。"一个女人给了她一把零钱,赫蒂买了一个嵌有西红柿和生菜的面包卷。她不敢去咖啡店,因为即使她神志不清,她也知道,她会得罪人,而且很可能被赶出来。不过她在一个街上的摊贩那里讨了一杯茶。当那热乎乎的甜水流过她全身时,她觉得她可以度过那个冬天。她买了一盒牛奶,推着婴儿车,穿过泥泞积雪的街道,回到那废墟当中。

蒂比不在那里。她在那些木板的洞洞里撒了泡尿,咕哝着:"真麻烦,就怪那杯茶。"然后把自己裹在毛毯里,等着寒夜的来临。

过了一阵,蒂比进来了。它的前腿流血了。她曾听见索索的声音,知道它曾同一只老鼠,或几只老鼠打斗,被咬了。她把牛奶倒在斜放着的平锅里,蒂比把它全喝了。

她把那畜生紧紧地抱在她冰凉的胸前,过了一夜。他们没有睡觉,只是断断续续地打着盹。在正常情况下,蒂比会去找食,夜晚是它的好时光,但是它已经同这个老妪一起待了三夜了。

第二天清晨,他们又听见收尸人在底层的瓦砾中行动,看见手电筒的光沿着潮湿的墙壁和倒塌的屋梁移动。有一阵,那手电筒的光几乎直射到赫蒂身上,但是没有人走上来。有谁能相信,有人会绝望到要去爬那些危险的楼梯,相信那些破烂的地板,何况还是在冬天严寒的时刻?

此时,赫蒂已经不再去想自己是病人,自己的疾病严重到什么程度,会有什么危险了,也不去想她已不可能活下去的事。她已经从她的脑海中赶走了冬天的存在及其致命的气候,似乎春天就要到了。她知道,如果她是在春天离开另外那幢房子,那她和那只猫可以在这里住上好几个月,既安全又舒服。因为她觉得她的生命或死亡会取决于建筑商随心所欲地不在四月而在一月开工改建房屋,是不可能的,甚至是愚蠢的事情。她无法相信:这件事不会留在她的脑海中。前一天她的头脑还很清醒。但是今天她的思路就模糊不清了。她大声地说着,笑着。有一次,她爬出来,在她的破烂中翻寻四年前从她的好女儿那里收到的一张旧圣诞卡。她用严厉的、非常生气的、埋怨的口气对她的四个子女说,现在她老了,需要一间自己的房间。"我曾经是你们的好母亲,"她对着他们喊道,但眼前出现的是那些看不见的证人——老邻居、救济工作者、医生,"我从来也没让你们缺少过什么,从来没有!你们小时候总能得到最好的东西!你们可以问任何一个人,去啊,去问他们!"

她非常焦躁,吵得很厉害,弄得蒂比都跑开了,跳上那辆婴儿车,望着她。它还是一瘸一瘸的,它的前腿上血迹斑斑。那只老鼠咬得很深。天亮时刻,赫蒂似乎睡着了。那只猫离开了她,来到下面的花园里,看到一只鸽子正在人行道上觅食。它朝那只鸟扑过去,把它拖到树丛里,全吃了,没有把它送给女主人。它吃完以后,躲在一旁,注视着来往的人们。它用它那一只目光炯炯的黄眼睛,一心一意地盯着他们,似乎在思考或者计划着什么。直到很晚了,它才走进那古老的废墟,爬上那摇摇欲坠的潮湿的楼梯——它似乎知道,根本不值得去那里了。

它看到的赫蒂,好像是睡着了。身上松松垮垮地披着一床毛毯,坐靠在一个角落里。她的脑袋低垂到胸前,猩红色的毛线帽下露出缕缕白发,遮住了那张脸,脸上呈虚假的粉色,那是冷冻昏迷后的红晕。她当时还没有死,但是那天晚上就死了。那些老鼠在墙上、木板上爬上爬下,那只猫逃走了,离开了它们,仍然是一瘸一瘸的,跑到灌木丛中去了。

有一两个星期,赫蒂没有被人发现。天气暖了,那个寻找尸首的人闻到臭味,爬上了那危险的楼梯。她还剩下一点,但是不多了。

至于那只猫,它在密密的灌木丛中逗留了两三天,注视着来往的人们,还有他们后面大马路上隆隆驶过的车辆。有一次,两个人站在人行道上聊天,那只猫看见了四条腿,就走出去,在一条腿旁蹭了蹭身子,有一只手伸下来,摸了摸它,拍了两下。然后,这两个人就走了。

这只猫知道它不会再找到一个家了,就离开了。它靠着嗅觉和触觉从一座花园找到另一座花园,穿过空着的房屋,最后来到一片古老的墓地。这片墓地上已经有两三只流浪猫,它就同它们待在一起了。这是一群流浪猫变成野猫的起点。它们捕杀鸟类和生活在地里的田鼠,从泥潭里喝水。在冬天结束之前,这些猫因为干渴而过着艰苦的日子,在土地上冻和地上只有雪没有泥潭的这段日子里,鸟也很难捕捉,因为在白雪覆盖的地面,猫很容易被认出来。但总的来说,它们过得还可以。这些猫中间有一只是雌的,很快那里就出现了一群野猫。它们狂野得似乎不是生活在街道和住宅围绕的市中心一样。在伦敦那方圆一英里的地区,就有五六个这样的猫群,这是其中之一。

然后,一个官员来抓猫,把它们带走了。其中有几只逃走了,躲了起来,等到安全了才回去。但是蒂比给抓住了。不仅是因为它老了,身子僵了,那只给老鼠咬过的腿至今还瘸着,而是因为它很友善,没有从那人身边跑开,那人只要把它抱起来就行。

"你是个老勇士,不是吗?"那人说,"一只真正坚强的、真正的老流浪猫。"

那只猫甚至以为它可能会找到另一个人类的朋友和一个家。

但情况并非如此。那一周内,抓到的野猫有几百只。如果蒂比年轻一些,还可能为它找一个家,因为它很友善,希望能得到人类的喜爱,但是它太老了,而且是臭烘烘的,浑身伤疤。所以他们给它打了一针,像我们所说的,"让它安眠了"。

狮子、树叶、玫瑰……

圣马克桥下,缓缓的流水淹没着今年夏天的落叶。当我朝那座桥走去时,她双手扯着缀有红点的头巾的两端,笑眯眯地走过来和我搭讪。"太阳老是跟着我。"她说着,看看那正午的太阳。它同意大利的太阳一样灿烂,但是并未高悬当空,因为现在是十月了,我们所处的地球的这一端在往回朝着明天或下个月就要开始的寒冷的冬天倾斜。"是的",她说,"太阳老跟着我,是的,月亮也是。"她去找月亮,可是那天看不见月亮,因为阳光正照耀着整个天空、落叶萧萧下的树木、鲜嫩的草地,以及站在桥头和运河旁人行道上的我们。

没有月亮,只有她一个知交在场,她的脸色就变成怀疑了。为了避免那伤心的时刻,我马上说:"你有太阳做朋友,太幸运了。"她的脸上又绽出高兴的神色。她弯下腰喊着,憋出胜利的笑声。而我往前走去,心中很羡慕她疯狂的脑袋能让阳光透过。那天我是去捕捉这阴沉的一年中夏末的片断,捕捉并拥有它。为此目的,必须要什么都不想,所有的感官都保持清醒,不管是否有蜻蜓或丽蝇飞过,都不要去理睬。

这是一座造得很华丽的桥,有白色的支柱,六根铁制的灯柱、栏杆,两端都有像基座似的长方形的桥面,上面空空如也。我在这里停下了脚步,开始召唤并煽动我自己的那头狮子。我是这么看的,一座公园不延伸到乡下,不同乡下和自然的荒凉发生联系,是没法提什么要求的;是它允许自己被房屋包围并所有。那里已经关着一些野生动物,就在公园中央种了许多盛开的玫瑰的地方。那头狮子离开了干旱的山坡,来蹲到圣马克桥旁,脸朝着公园里面。这是一只金黄色的野兽,它的前爪永远压在胸前,眼睛是纯绿色的,就像人的眼睛,但是比我们认识的任何一个人更像人。如果我能走进那两只眼睛,就像穿过两扇门一样,进入它的脑海,那就会进入传说中的那个认知的天地。我让它待在那里了,让它耐心地待在秋天的落叶下,就像待在(我想象中的)兴都库什①山脉斜坡的岩石上一样,眼睛也不眨一下,不需要撇开思想、话语、感觉,因为它就是它见到的一切的象征。

从圣马克桥大门通向科瓦斯奇·贾汗季爵士②纪念碑的林荫道上,阳光和煦,环境安静。有许多人在悠闲地散步,感受着这儿的一切,通过他们的肺,我们的肺,一分钟十六次的舒适的扇动,享受着树木的呼吸。那些树从那天早上太阳升起时就开始了长时间的排气。这里的树木很高大,每棵树都值得关注,空气充足,可以感受到树木的精髓。不仅是树,还

---

① 兴都库什(Hindu Kush),绵亘于亚洲中部阿富汗和巴基斯坦之间的山脉。
② 科瓦斯奇·贾汗季爵士(Sir Cowasjee Jehangir,1569—1627),是印度莫卧儿帝国第四皇帝,阿克巴之子。

有山羊,有十来只白色的有膻气的山羊。走过这一切,来到用铁丝围着的围场,那里有一些狼会围着树干在高兴地嬉闹。在即将来临的冬天夜里,它们的嚎叫声会让善良的人们彻夜难眠。

差一点儿,差一点儿我就到了树叶纷纷落下、飞鸟各自飞走的时刻。但是我失败了。有一种催促着我的紧迫感:快点儿,这是最后一天,很可能就是冷凝的灰色空气将我、我们同太阳隔开前的最后一天,也是我们周围散发着暖气,似乎在微弱地保持着水温的最后一天。

就"差"那么"一丁点儿",令人痛苦地想起了不了解飞鸟、树叶、玫瑰,不能感同身受的痛苦。但是我来到了这里,就在这地区,虽然还要穿过小路和大门,甚至还没有走到

> 这个喷嘴式饮水器
> 由大都会喷嘴式饮水器
> 和耕牛饲料槽协会
> 建造,
> 是孟买一位富有的帕西族①绅士
> 科瓦斯奇·贾汗季爵士
> (印度之星爵士)
> 的礼物。
> 为纪念他和他的帕西族同胞

---

① 帕西族(Parsee),公元八世纪为逃避穆斯林迫害而自波斯移居印度的琐罗亚斯德教徒的后裔。

在不列颠统治印度期间
受到保护,而对英国人民表达的
感激之情。
落成典礼于1869年由特克公爵夫人
梅公主殿下支持。

在我最喜欢的这个滑稽可笑的纪念碑旁,在一片绿油油的树丛中有一只绿色的木头十字架,一个照料着它的小男孩正从栏杆上俯过身去,往上面贴一些半便士的邮票,他把舌头使劲地往外伸着,拿橘黄色的邮票在舌头上蹭几下,然后再贴到十字架上。

沿着林荫道再往前走一百码,就是梅平山,它位于樱草山高高的公寓楼前方右边远一些的地方,梅平山梯田状的平台排列得非常整齐,似乎熊都可以从岩石层爬到摆满盆栽植物的阳台上。假设我这时刚从火星上下来,我会怎么看这个有着许多野兽、多彩的花草和游人的公园呢?我的眼睛刚接触到新鲜事物时,会怎么看一棵树呢?那么多年以前,我刚看到雪山之间一块干燥而炎热的平原上的梯田状平台时,我是怎么想的?假设我,在招待这位来自火星的人物时,有任务去进行解释:嗯,先生,是的——我的确看见了……不过,不大清楚。通常是这样,我向你承认(虽然我们要小一点),无水的沟渠、好多树枝,不过,等一会儿,它们都是固定在地上,不能移动……而且每年春天从泥土中吸出树叶,秋天又把它们吐出来。为什么?你说得有道理,想想也很荒谬。成吨、成吨、成吨的树叶,只要想一下,光是这个公园里,就有多少万吨树叶压在树干和树枝上,每年吮吸着树干的养分,然后又掉到地上,回归根部。再说,我们是能思考的,是的。

现在呈现在我面前的是那条栗树林荫道,沿着它往前,走到一半,看到的是那个残忍的白人小孩非常随意地按着海豚的头,再往前走几步,是那只瓮,它由四只常年为纷纷的落叶和花瓣所遮盖、长着翅膀、笑眯眯的狮子高举着。在碧蓝碧蓝的天空下,那些橘黄色的栗子,显得油光光,亮晶晶的。地上确实是到处散落着干枯的、叶脉清晰而卷曲的黄绿色树叶。每一片都有它小小的棕色边缘。在栗树树干和褐色木制长凳之间有一长条泥地,上面似乎饰有金黄色的浮雕,发射出蓝色和金色的光芒,光芒四射时,那条长长的林荫道上有趣的景象顿时就消失了。就那么一小会儿,我清楚地看到我想要看的一切再次隐退了。这让我咬紧了牙关,为我们所有看不到周围繁华景色的人们感到愤怒。我要看到。我发誓,我会看到的。于是就往右转,穿过树干像棕色绸缎那么光滑整齐的小树丛,再穿过内环路,走了进去。现在我可以左转来到一片玫瑰花的中央(这是玛丽王后①玫瑰花园,她现在又从公主、公爵夫人变成了王后),或者继续走下去,走过一棵据说是花白蜡树的大树(树干上有很多树节),再走过一棵树枝下垂的榆树,来到那座小山,山上的草丛依然清香,但大部分都枯萎了。

那些芳草吸引着我去闻它们的清香。寒风干燥而刺骨,

---

① 玛丽王后(Queen Mary,1867—1953),乔治五世(继位前为约克公爵)之妻,符腾堡泰克公爵之女。

它不像林荫道上那徐徐的和风。这里的风速很快,令人兴奋。这时,尽管有六个公园的管理员,穿着笔挺的制服,并排坐在长凳上晒太阳,这里就是意大利。在一座有五个喷口的喷泉周围有一些参天大树。喷泉中心的那股呈弧线形的白色水柱落向水面,十分壮观。有一条小道通向喷泉。它徐徐地向上延伸,有整齐的台阶,两旁是一坛坛绿叶茂盛的盖果基植物和一丛丛红玫瑰、白玫瑰、烈火色玫瑰和蓝莹莹的宝石玫瑰。

又出现或变成了这番景象:喷泉的喷水形状从不变化,每片树叶都有自己的生活,每棵玫瑰从不凋谢,湛蓝的天空印入我的脑海,这种感觉越来越强烈,使我开始感到狂喜。我觉得我终于明白了一点狮子生来就一直知道的东西。但是,停!——我害怕的事情发生了。从寂静中传来了人声,尽管我曾发誓,曾保证,这一天要把人声挡在外面。

"无论我怎样沉静地凝视……"

啊,就是这样,就是这样(尽管这些话说得很轻巧,很适合这公园的气氛,不过,我发誓,这座有一百年历史的公园根本不理解我们),就是这样,不管我怎么做,千头万绪塞满了我的脑袋,一件比一件更熟悉。那句话会像成群贪婪的狗那样吞噬掉那种宝贵而强烈的感觉。

"无论我怎样沉静地凝视……"

马雅可夫斯基说过:"不是人,而是穿着长裤的云。"过去我常觉得这有点做作;但是现在我不这么想了。如果今天我选择他这个不大可能的伴侣——他会怎么看这种模式,这种城市风貌?——一起漫步走过那长长的下山路,背朝着水雾笼罩的喷泉,走过六个在晒太阳的管理人员,走过那些干活的园丁,走过婴儿车里的婴儿和当天上午又匆匆穿上夏装、脖子晒得发红的女人。我走着,看不到白日,沉浸在旋转的白色或五光十色的、棕色或彩虹色的思绪的云雾中。没有什么能驱散它们或使它们安静下来。

在这条下山路的底下是那扇镀金的大门。在这里有两条路可选:往左,走过池塘和池内的鲜花以及玫瑰花坛来到玫瑰园广场;往右,走过饭店,沿着一排粗大的树木走去,它们庞大的树身本身就是一种宁静,走过那座小桥,然后往左弯一下,到达小船旁边……走过那些小船,再过几座桥,来到外环路,再转一大圈去动物园。在那里我会看到四头长颈鹿正惊讶地把它们的脑袋伸向天空,在一根供搔痒的柱子上蹭着它们的脖颈,这四头长颈鹿的皮肤上好像喷上了河床里的烂泥。或者会看到晃动着长鼻子的大象。假设从火星上来的那个人……?或者,假设我刚从另外一个行星上来,披上这身皮,我会怎么想?如果你什么也没见过,你会觉得长颈鹿比树木更特别,或者大象比玫瑰更特别吗?

我在玫瑰园里走回到路易·拉佩利耶夫人、莫妮克和罗丝·戈雅、索拉雅和海伦·特劳贝尔、罗丝·埃莱娜、粉色冰淇淋、和平月季和马拉加纳①那里去。我们坐在隐蔽的长凳上,欣赏着这异国情调的太阳下五彩缤纷的玫瑰,相互微笑着,自得其乐地微笑着。一个女人坐下来,很神秘地告诉我

---

① 这些皆为玫瑰花的名称。

们:"我刚才看见一只松鼠,尾巴的毛色亮亮的,就像姑娘的头发一样,那是阳光照射出来的,你知道的。"一位退休的绅士来占了个座位,打开一份报纸,但是报纸掉到他肚皮上,扇动着。他缓慢地眨着眼睛,好奇地望着眼前的花园,然后闭上了眼睛。

  这里一切都是慢悠悠的,是一个睡意蒙眬的地方。在这里,人们说话的声音更低,过路人伸出一根手指去轻轻地碰一下花瓣。当那些高高的、花环似的玫瑰花的阴影移动到改变了这里的模样时,我离开了,走出了那两扇镀金的大门,来到一个树枝在闪动,每一片树叶都各自摇动着发出无数不同韵律的地方。玫瑰园甜蜜的错觉让我忘记了我在这一天所做出的所有决定,所以我执拗地告诉自己,这种手舞足蹈只意味着这里有风,树是没有手和眼睛的,也不需要它们。于是,我回头沿着小路一直朝东北出口走去,看到一个工人在快速地往小推车里铲树叶,看上去似乎是他的铁锹在不断地撒落金子。

  那一排排的高房子安静地耸立着,窗框都像着了火似的。

  自从我走进这公园,地球在自转中转了十分之一,在太阳周围旋转了上万英里。而太阳拉着我们同它一起沿着无法想象的弧线匆匆地赶向……

  当我走过那个工人撒金子的铁锹时,一阵风将树叶从小车上吹走,把它们吹到离树很远的地方,将黄铜和金子撒在碧绿的草地上。

  树叶、话语、人们、影子,一起朝着秋天和秋分旋转。

  在公园外面的人行道上,她还在。她依然是笑眯眯的,扯着她饰有红点的头巾,显得很高兴地站在一个魁梧的警察身旁,更确切地说,是站在他下面。警察毫无表情地朝下望着她。他的神情是坚决不做任何评论。不过他的姿势在说,"是这样吗?"或者甚至是"真想不到!"她却在诉说她与太阳、月亮和我们这个潮湿的星球的关系。

有关一个受威胁的城市的报告

加急电讯一

所有坐标所有计划所有印刷品全部取消。因为这个城市出现了我们没有预料到的情况。根据这一信息取消所有的计划。所有制定计划者和预言家停止活动,以适应新的情况。

加急电讯

必须注意本频道的播送很可能因为当地发射的材料而中断。我们的燃料短缺,因此本频道是当前运作的唯一频道。

任务的背景概要

由于我们的行星发现这个城市会遭到毁灭或严重损害,本部门根据一种需要进行了各种估计,制定了所有的计划:如何到达这城市并告诉它的居民将会发生什么事情。我们通过天文观察镜和去年一年中不时发出的无人操纵的仪器对他们的行为、时间进行了观察,我们的对外事务长官得出了这样的结论:这些人可能根本不知道会遭到什么威胁,不知道他们的技术虽然在某些方面非常先进,但有一个很大的缺口,事实上,可以把这个缺口确定为无知的领域——不知道他们会遇到什么事。这种缺口似乎是不可能存在的。我们的技术员花了很多时间,试图弄清楚这些人的大脑结构,怎么会产生这种矛盾——如上所述,在一个领域中技术如此先进,而在另一个领域中却是一片空白。我们的技术员不得不将此问题搁置起来,因为他们的理论越来越立不住脚,也因为我们不知道,什么地方有物种,哪怕是相隔几代的物种,与我们心目中的这个物种类似。这也许成了我们未决问题当中最引人入胜、最有挑战性的问题,它击败了我们一个又一个部门。

这次任务的目的概要

不过,尽管这些猜测很吸引人,但是姑且把它们放在一边。我们以最快的速度、最大的压力将所有的资源用来建造一艘宇宙飞船,它能够真正把一个团队降落到这个行星上,因为我们发出了警告,提供了我们拥有的,但是(我们认为)他们没有的信息,因此警告是必须的,我们还打算为他们提供我们更多的援助。我们想要帮助清理那地区,把居民迁移到其他地方,缓解对那地区的冲击。然后,做了我们为其他行星做过的一切,让我们特殊的心理结构适应这种预报和援助后,回到基地,从他们中间选几个合适的家伙一起带回来,以便训练他们去克服他们脑海中以及他们科学中的这一缺口。第一步我们做到了,即我们设法在规定的时间内造出一艘宇宙飞船,能把需要数量的人员运到这里。这使用了我们自己的许多技术,推迟了我们自己的某些宝贵的计划。不过我们的飞船在这里着陆了,七天前毫无困难地按计划在大陆的西海岸着陆了。

问题的性质

你们会想知道,为什么现在才播送。有两个原因。一、我们马上意识到,对我们燃料的需求会超过我们的预期,我们必须节省。二、我们在等待理解我们要告诉你们的事情。当时我们并不理解这个问题。因为我们几乎马上就清楚了,我们有关"他们心理结构中的缺口"的想法是不切实际的。我们根本不了解问题的性质。它太不可能了,所以是等我们完全有把握了,我们才播送的。问题是这个物种不是不能预测到它不久将来的情况,而是似乎并不在乎。但是这么来描述它的处境是太简单了。如果事情这么简单——它知道五年后它的城市会被毁掉,或部分毁掉,而对此感到无所谓——我们就必须说:这个物种缺乏任何动物物种必须有的首要的特性;它缺乏生存的愿望。为了要找出这是种什么样的结构,延误了这次播送。我想一步一步地谈谈我们遇到的情况来部分弥补这一延误的后果。这会引出对我们经历的有生物栖息的行星上绝无仅有的一个物种和状况的详细描述。

一个不可能的事实

但是,首先,有个事实是你们很难相信的。我们也不是马上发现这一点的。但是我们一旦发现了,就成了我们集中调查的关键,让我们看清了我们的问题。这座城市曾经历过一次灾难,规模相当大,按他们的时间来计算,大约在六十五年前。

一个想法马上就出现了:我们的专家不知道过去的这场灾难,只知道将要发生的这一次。我们的见解同他们的一样,有缺陷。我们认为,他们有缺口,这个缺口让他们无法看到不久的将来。确认了这一点以后,我们再也没有考虑到另外一种可能性。事实是,他们没有缺口,他们知道威胁他们的危险,但不在乎。或者是表现得他们不在乎。由于我们无法理解后面这种可能性,我们没有把我们的思想和仪器转回到过去——按他们的时间概念来计算。我们认为这件事绝对是理所当然的。这种假设非常肯定,让我们无法有效地操作,就像这些人的假设让他们不去采取行动一样。我们觉得(因为我们自己是这样构成的),不可能已经发生过灾难,因为如果我们经历过这样的事情,我们会从中汲取教训,并采取相应的措施。于是,由于一系列的假设以及无法走出我们自己的思想倾向,我们没有看到一个事实,它可能是理解他们最奇怪的特点的线索——事实就是,在那么短的时间以前他们经历过那种将再次威胁他们的灾难,而且就在不久的将来。

登陆

几个世纪以来,我们的无人驾驶机一直在他们的星球上登陆。飞机的形状不同,制作的材料也不同。直到一年之前,每次登陆之间的间隔很长。之所以有这样的间隔,是因为除了这个物种具有独特的破坏性和好斗性之外,它并不是我们技术革命在宇宙阶段可以研究的最出色的或最有趣的物种。但是最近我们的飞船登陆了十二次,每次都离上述地点不远,而且都是在他们的星球的光潜能最强的时候。这是轻而易举的事,因为那地区是半沙漠地带,人烟稀少。我们为飞船选择的材料是能显示它们实质光的。这就是为什么我们总是选择他们行星的光度最强的时候作为登陆的时间。要是能看见,这些飞船看上去就像强烈的月光。为了完成当前的任务,我们使用的飞船是这一系列中的第十三艘,精密度更高,因为它是人工驾驶的。

我们按计划登陆了。空中万里无云,他们的月光亮度很强。我们马上知道别人能看见我们,因为他们的一群青年就在附近。有五六十人,正在举行婚礼。有篝火、食物,还有很大的声音。我们一降落,他们就散开了。我们轻叩他们的脑流,就可以确定他们觉得我们的飞船是外星来的,不过他们并不在乎。不,这种说法不确切。但是要记住,我们是在试图描述我们中间任何人都不相信是可能的一种心理状态。不是他们不在乎我们,而是他们在整个过程中都是那么冷漠,让我们感到这是一种障碍或者壁垒。那些年轻人走了以后,我们调查了那地区的情况,发现我们位于通向大山的高地上,远离那座城市所处的水域的陆地上。一些年长一些的人过来了。我们现在知道他们就住在附近,是一些农民。他们站得很近,观察着那艘飞船。我们检查了一下他们的脑子,发现另一种障碍。即使在那么早的阶段,我们都能确定他们的思想结构和年轻人的结构是不同的。事后,我们理解为:年长一些的人觉得,作为社会的成员,他们有责任或能力去行动,而年轻人是被排斥在外的,或者是决心要把自己排斥在外的。随着该星球的这一地带转入阳光,我们知道别人看不见我们的飞船了,因为有两个年长者走得那么近,我们都担心他们会真的进入高密度的区域。但是他们知道我们的存在,因为他们有另外的症状:头痛和恶心。他们很生气,因为他们遭到了这样的伤害。他们要是离得远一些,这种伤害会变得轻一些的。但是,与此同时,他们感到很骄傲。这种反应突出了他们与年轻人之间的差异。这种骄傲基于他们认为我们代表着什么;因为,与那些年轻人不同,他们以为我们是某种武器,不是来自他们自己的土地,就是来自敌人的土地,但是从他们自己的星球发射来的。

制造战争的模式

宇宙中人人都知道,这个物种正处于自我毁灭或部分毁灭的过程中。这是当地特有的现象。这些最大和最强的群体，从地理位置来说，完全为他们制造战争的功能所控制。或者说，每一个群体就是一种制造战争的功能，因为它的经济、个人生活、它的行为全都服从于准备或者发动战争的需要。这个地区的居民不是总能看到这个地区完全是由制造战争的机器所统治，因为这个物种在制造战争或备战的同时，还能自以为是爱好和平的。是的，真是这样，这与我们的主题有密切的关系，是它的实质。

采取理智的行动是不可能的

我们在这里要谈一下那种障碍的实质，也就是他们的思想模式。我们现在谈这个问题，但是过一阵我们才开始理解它。那就是他们在自己的脑海中可以同时有几种矛盾的信念，而觉察不到这一点。这就是为什么他们很难采取理智的行动。而且，每个地理区域制造战争的功能不是由它的居民来控制，而是由这个区域自己来控制的。每个地区都在发明、完善高度发达的各种战争武器，从控制人的思想的仪器到宇宙飞船，这对自己的居民同对敌人一样，都是保密的。

俯首帖耳的居民

例如，最近登上他们月球的那件事，受到成功登月地区群体的大肆宣扬，也受到整个星球上所有居民的追捧。不过，这绝不是上述群体首次取得的成功。不，首次"登月"是秘密进行的。是为一个群体战胜另一群体服务的。那些奴隶般的人民对此一无所知。军事部门使用许多仪器和机器在地球各地不断进行试验。居民总是能瞥到,甚至清楚地看到它们,并向当局报告。但是这些仪器中有些是同来自外星的机器有些相似(至少外表上是如此)。居民们报告看到了"飞碟"——这是他们的一种说法——很可能把他们自己的群体正在试验的装置当成了我们的观测飞船,或是来自木星系的观测飞船。这样的居民会发现,等材料上报到一定级别的官僚机构后,他和他的观察就会给淹没了。他会遭到各方面的攻击、嘲笑,甚至受到威胁。通常的做法是,命令一个由身处高位的官员组成的委员会去搜集证据,并就已经看见过的无数"不明真相飞行物"做出报告。但是这个委员会最后发表一些冠冕堂皇的言论,情况依然如旧。官方报告中根本不提他们中间有些人提出的少数派的报告。这就是他们能够承受的他们公众代表的行为水准。在这个星球上,到处都有许多人看见过我们的或其他行星的飞船,或者他们自己的或其他地区的军用装置。但是军事部门制造出占有主导地位的气氛,把这些人看成是弱智者,或者是受骗上当者。直到他们中间有人真正看到了一个装置或一艘宇宙飞船时才肯相信。而在此以前,他认为任何一个说见过这种装置的人都是神经病。由于了解这一点,所以当他真正看到什么的时候,往往就不说出来。但是现在已经有那么多人亲眼见到这些东西,所以到处都有形形色色的持不同意见者或者愠怒的小群体。这些人年龄不同,却能影响他们所有人中最大、最广泛的亚文化群。这一物种中的年轻人,生长在一个全面备战的社会中,自然不愿意去面对一个只意味着早期死亡和伤残的未来。他们的反应就像上面提到的,不愿意参与对不同社团的管理。年长一些的似乎更能欺骗自己,在从事战争活动的同时,用一些和平之类的词汇来描述他们的地区。年轻人脑子清楚,更容易把星球看成一个机体,但是也更加被动,更无能为力。我们的看法是,年长一些的人能量更大,或者至少目的更明确,可能是因为他们思想比较狭窄,能够认同一些小观念。

现在我们能解释,为什么我们登陆的那天晚上遇到的那些年轻人都走开了。有些人已经向当局报告过,坚称他们见到了形状各异的奇怪装置和物体,但遭到了劝阻或威胁。他们会在自己的小报上公布他们的所见所闻,或者进行口头传播;但是,与他们的长辈不同,他们中间的大多数人似乎不理解到底在多大程度上他们得屈从于战争的需求。他们绝对不会让自己落到当局可以抓捕或传讯他们的地步。但是这个地区见过我们都在这里登陆的前十二艘飞船的年长者,逐步形成了不同的态度。有些人曾经报告过他们见到了什么,遭到了劝阻。有一两个人坚持自己的观点,被说成是疯子,并遭到了监禁的威胁。但总的来说,他们接受了当局的指令,让他们莫管闲事。他们在自己人一起讨论时,同意各自去观察,但不多讲他们看到了什么。在这群人中有两个间谍。他们向军事部门上报看到了什么以及农友们的一些反应。

首次警告尝试

现在我们终于要首次尝试传达警告了。既然现场已经有二十来位长者,而且他们并不害怕,待在他们以为我们会再次降落的地方——他们并不知道,是强烈的阳光让他们无法看见我们——我们决定利用他们,并再次接触他们的脑流。这一次是为了传递我们的信息。但是有个壁垒,至少是我们无法理解的某种东西,要花很多时间才能予以解决。此时我们已经知道我们的动力可能不足。

不会害怕

目前我们当然知道,我们估计错了。原以为灾难即将到来的消息会使他们的思维器官陷入慌张状态,所以我们花了整整一天一夜,小心翼翼地传递着这个信息。当我们遇到障碍或阻力时,我们以为那是恐惧。我们错了。这是一个对恐惧具有免疫力的物种。但是这一点要放到以后再阐述,如果我们的动力能够维持的话。一天一夜过去了,我们还是遇到同样的阻力,就又花了一天一夜来重复这个信息,希望那种恐惧——当时我们是这么认为的——能得到克服。第二次传递结束时,他们的心理结构没有出现任何变化。我再说一遍,没有。这时我们才知道,我们是在告诉他们某件他们已经知道的事。在当时,这是我们根本无法理解的。由于那时我们还不想承认这种假设,我们得出的结论是,由于某种原因,这批人不适用于我们的目的,我们得试一下根本不同类型的人。最好是不同年龄的群体。我们已经试过成年人了。我们曾经怀疑,在那以后也已经确认,在这个物种中,年龄越大,对新鲜的思想素材的接受能力越差。好,我们飞船登陆的地方恰好是常用来举行上述婚礼的地方。在我们尝试与年长的那群人沟通的两天两夜里,已经有几批年轻人坐着各种金属车辆从城里过来,他们即使没看见我们,也感觉到了我们的存在,所以很快就走了。他们都是白天来的。但是在第三天太阳下山时,四个年轻人乘着金属的交通工具来了。他们从那里走了出来,坐在离我们很近的一座小山岗上。

二次警告尝试

他们看上去是健康、强壮的家伙。我们开始传递信息,不过比我们用在长者身上的更密集。不过,尽管加强了功率,这四个人还是吸收了我们输送给他们的信息,只是他们的反应同他们的长者一模一样。我们不理解这一点。为了让他们惊惶地逃窜,我们把所有的信息(在那批成人身上花了整整两天两夜)集中在太阳落山和升起之间的时间里输送出去。他们的头脑没有拒绝我们所说的一切,也没有害怕得瘫倒。他们在机械地相互说着我们输送给他们的话。听上去就像这样,一次又一次地重复,不过略有变化:

"据说,我们只有五年了。"

"这很糟糕。"

"是的,的确很糟。"

"到时候,还会有最糟的事。"

"半个城市的人会死掉。"

"据说,会糟到这种程度。"

"据说,在今后五年中的任何时候。"

这就像往一个有洞的容器里灌液体。那群年长者坐在这里两天两夜,重复地说,这座城市要毁灭了,就好像是在讲他们可能会头痛。现在这四个人做着同样的事。有一阵他们中止了这种单调的交谈。有一个人,一个年轻的女性,弹着一把有弦的乐器,为自己伴奏,开始了他们所谓的唱歌。也就是说,不是两个人或更多人之间交替着说话,而是一个人,或者是一群人,用比一般谈话的音量大得多的声音在发表声明。我们输给这四个人的信息,变成了那位年轻女性嘴里说出的话:

> 我们知道,我们居住的地方
> 将要塌陷。
> 我们知道,我们行走的大地
> 会摇晃。
> 我们知道,所以
> 我们吃呀,喝呀,爱呀,
> 要欢乐,
> 要爱情,
> 因为我们会死亡。

放弃第一阶段

他们继续进行着他们的结婚仪式,而我们中止了思想资料的发射。唯一的原因是我们已经用掉了四分之一的动力供应,但没有获得任何效果。第一阶段就此结束。这个阶段本来是试图将警告的资料传递给这个物种里面的杰出人物,让他们自动通过传心术传给其他人。我们开始了第二阶段。要在有计划的运行中控制一些适当的人员的脑子,利用他们来传递口头警告。我们决定放弃第一阶段,是因为那些资料直接从他们的心理器官中流过,就像水流过筛子一样,因为这对他们心灵中现有的心理设施来说太陌生了,他们无法意识到我们在说些什么。换句话说,我们仍然不知道他们没有反应的原因是这个概念太寻常了。

尝试第二阶段

因此,我们中间三人在那四个年轻人回城时搭上了他们的车,因为我们觉得,同他们在一起,我们能最快速度地找到合适的接班人。我们已经认定,年轻人可能比成熟的人更有用。他们开车的方法让我们十分吃惊。那是自杀性的。他们运输的方法是致命的。在到达城郊的那段时间里,也就是从暮色降临到太阳升起之间,他们同其他开得同样鲁莽的车辆几乎相撞了四次。但是这四个年轻人一点也不害怕,他们的反应是所谓的大笑一阵,也就是一再猛烈地挤压肺部,发出喧闹的声音。一路走来,他们的鲁莽,他们对死亡或痛苦无所谓的态度,让我们得出个结论:这四个人同那二十个长者一样,可能是非典型的。我们还在瞎想,这个物种有大量有缺陷的人物,是我们选择不当。车停下来加油,那四个人下车去溜达。一条长凳上坐着另外三个年轻人,他们不省人事地相互偎依着。像所有的年轻人一样,他们穿着各式各样的衣服,头毛很长。他们带着几样乐器。我们的四个家伙想叫醒他们,没完全成功。那三个人的反应很慢,我们觉得他们更笨拙,更差劲。他们要么是不懂别人在说什么,要么是懂了,但说不出来。这时,我们发现他们是处于某种毒品的控制之中。他们有很多毒品,那四个人也想陷入毒品的控制。这种毒品能在抑制正常反应的同时加强敏感度。因为这三个人比那四人更能感受到我们的存在——那四个人刚才根本不知道我们在车上。这三个人从半醒的状态给叫醒以后,似乎看到了,或者至少感觉到了我们,并对我们发出了含糊的赞同或欢迎的声音。他们似乎把我们同在加油站屋顶上出现的太阳联紧在一起了。那四个人让这三个人给了他们一些毒品后,就朝他们的车走去。我们决定留下来,同这三个人待在一起,觉得他们能感受到我们的存在是个好兆头。我们在测试他们的脑流时,发现它们是很自由和松弛的。这是整个这次任务中唯一真正危险的时刻。你的使者很可能完全失去自制能力,陷于我们很难描述的混乱和暴力之中。一方面,我们当时不知道如何来区分毒品的作用和他们感官的作用。现在我们知道了,会设法简短地描述一下。毒品会让处理走路、谈话、吃饭等功能的结构变得又慢又混乱。同时,对声音、气味、视觉、触觉的感受是开放而灵敏的。但是,对我们来说,进入他们的头脑总归是一种攻击,因为他们是用称之为美的现象来描述他们的感官在正常情况下摄取的东西。对我们来说,这就像进入了迸发的色彩;因为这是我们认知方式与他们之间最惊人的不同:他们物理结构的水准体现在鲜明的色彩共鸣上。我们一个人要进入一个不吸毒的头脑,是很困难的,因为很难维持一个人的平衡。他在凝视鲜艳的色彩时,很可能就把我们给赶走了。

必须压缩报告,动力不足了

尽管非常想细谈这种状况,但是,如果我们想继续使用这频道,就必须压缩这个报告,因为当地材料的压力越来越大了。简而言之,那三个年轻人的那种豪放心情是我们大家通过推论当然会知道,却是我向你保证,我们从来都想象不到的。他们兴奋得东倒西歪,高喊着,高唱着,这个城市要毁灭了。他们就站在路边,一直等到无数车辆中有一辆停在了我们面前。我们很快就给送到了城里。车上有两个人,都很年轻,对我们通过我们载体的脑子或声音告诉他们的警告毫无反应。车子很快到达了目的地,我们进了城。这是一个很大、人口众多的城市。它建造在海岸广阔的凹口处。它极其活跃、多彩,对判断力具有巨大的影响,并且增强了对我们平衡行动的攻击。我们临时做出一个决定,我们这个物种要采取真正占有人选人的头脑来传递信息的方法,是不切实际的。对我们来说,这是一种太剧烈的变革。不过,我们既然已经在那里了,而且也成功地没有卷入十分混乱的欢乐,我们同意留在原地。受到我们控制的那三个人下了车,走进了街道,把我们想的话大声喊出:毫无疑问,从现在到今后的五年之间,这个星球的这个地区将发生一次强烈震动,这个城市的大部分地区将遭到毁灭,人员伤亡严重。当时天色尚早,但周围已经有很多人了。我们在等待人们对我们所说的话做出某种反应,或者至少表示出某种关注,提出些疑问,有某种反馈。那么,我们就可以提出建议,或提出给予援助。但是我们遇到的那么多迅速穿过街道的人中间,根本没有人表示关注,最多是一瞥或短暂而冷漠的凝视。

被当局逮捕

不久,出现了尖锐刺耳的呼啸声。我们起初把它当成是这些家伙对我们所说的话产生的反应,也许是对居民的某种警告,或者表示必须采取一些措施来进行自卫;但这是另外一辆车,是军车,它把这三个人(我们)从街上送进了监狱,原因是我们制造了混乱。这是我们事后得知的。当时,我们还以为是当局要把我们召集在一起,询问我们有关我们必须揭示的事情。在卫兵手中,在街上和军车上,在监狱里,我们一直在不间断地大声高喊这些事实,一直喊到一名医生给我们三位载体注射了另一种药,让他们立即失去了知觉才罢休。当我们听见医生同卫兵的谈话时,我们才第一次听说前一次灾难的实况。这让我们非常吃惊,一下子都无法意识到它的含义。但是我们决定马上离开我们的载体,因为不管怎么说,他们都已经失去了知觉。即使这种传递警告的方法是有效的,在一段时间内,他们对我们也毫无用处,更何况它显然是无效的。我们决定另作打算。那位医生还说,他得治疗许多人,特别是年轻人的"多疑症"。这就是人们认定我们三个载体所患的疾病。很明显,这是人们对即将到来的危险表示恐惧并想要警告他人的状况,然后,在遭到当局的阻碍时表示出来的愤怒。这种分析,再加上医生和当局知道面临的危险和过去经历过的灾难——换句话说,他们认为,知道面临的威胁并试图采取措施来避免或缓解它,是一种疾病,或者神经错乱——是如此奇特,令我们当时都无暇做出仔细的评估,事后我们也没时间去那么做,因为……最后,**这次快讯结束时,要报道一件真正暖人心的事。五个普通人,不是富人,是的,是像你我一样的人,捐出了一个月的工资,将小贾尼斯·沃纳梅克,那个心脏上有个洞的小孩,送到了佛罗里达闻名世界的心脏治疗中心。两岁的小贾尼斯本来要度过残疾的一生,但是现在爱的仙境改变了这一切。她将于明天上午飞去接受手术。非常感谢阿蒂西亚街的那五位好邻居**……这是波段中常出现的干扰;不过由于我们无法得知干扰何时开始,如何去排除,我们就让医生和卫兵继续讨论过去的那场灾难。当时有二百英里的地面被撕裂,千百人死亡,整个城市震为碎片,接着发生了一次大面积的火灾。

幽默是一种手段

那位医生在幽默地(请注意以前关于大笑的描述,这是一种可以用来释放紧张的手段,来避免或减轻恐惧,从而让这些家伙能面对可能的毁灭表现被动的一种技巧)回忆起,在上次灾难发生后的几年中,这个地区的人们常提起那场大火,而不提地震。这种迂回的说法很流行。换句话说,火灾规模小一些,是更可以掌控的现象。他们过去是,现在有时还是,宁愿用这个词,而不用地球本身无法控制的震动那个词。这是一种值得同情的手段,表明无助,甚至恐惧。但是我们要在这里再一次强调,在宇宙的其他地方,恐惧是保护或者警告的一种手段,而在这些人身上,其功能是错误的。至于无助,这在任何地方都是可悲的,即使是在那些杀人的野兽之间也是如此。但是从表面上看,他们无须落到无助的处境,因为有各种方法可以全部从这个城市撤走,所以……**新郊区计划建在西部,可以安置十万人,将于明年秋天开放。这里会有商店、电影院、教堂、学校和新建的高速公路。我们美丽的城市,有着独特的气候、环境、海岸线,在继续迅速扩展。这个新郊区将有利于克服人口过分密集的问题并且……**

放弃第一、二、三阶段

考虑到第一、二阶段的失败,我们决定放弃第三阶段。我们本来计划在这个阶段把第一、二阶段结合起来,利用一些合适的载体,把他们当作扩音器。同时,将资料投到现成的思想意识流进行再传播。在为交流做进一步努力之前,我们需要更多的信息。总结一下第二阶段的成果,我们在控制那三个吸毒青年时知道,我们必须非常小心地装成长者和技术上训练有素的人的样子。从我们在监狱中获得的经验中可以清楚地看出,当局并不喜欢他们物种中的那些年轻人。我们还不知道他们是否能倾听按照当地习俗装扮成的长者的说教。

不能认定真理

尽管在那个阶段我们还弄不清楚,我们到底发现了什么,但我们至少明白了一点:这个物种在别人告诉他们某些事时,他们没有能力来辨别这是否正确。在我们的星球上,我们认为,如果由于资料的积累,或迄今尚未想到过的理念出现了,让大家看到了一个事实,那大家就会接受这个事实,这个真理,除非事物的进化发展超越了它。因为这是我们的心理结构,也是我们曾经测试过的所有物种的心理结构。但这个物种并非如此。它只有在确信来源可靠时才能接受信息、新的资料。这对它发展的阻碍程度,是怎么夸大也不为过的。现在我们要建议,尽管必须简明扼要,我们将来要带着对这个物种(如果它能存活下来)有用的信息到这个星球来访问时,必须极其慎重地挑选一些权威人士。他们在各方面都必须很像这个社会上最正统、最无辜的人士。因为恐惧这个装置本应放在有用的地方，用于防止和减轻灾难，在他们的脑海中却放错了地方，因此他们除了熟悉的事物外，对一切都表示怀疑。举个例子，在监狱里，由于那三个青年服了毒，有点颠三倒四，也因为（这点我们已经弄清楚了）管理社会事务的那些年长的家伙鄙视与他们制定的标准不同的家伙，所以他们无论说什么都没有意义。如果他们说，或者叫喊，或者高唱，他们确实看到了从另一个星球来的访客，事实上他们意识到了我们，也感觉到了我们是一些用光显示出来的更美好的物质结构，不过根本不会有人去注意他们。但是他们如果是社会上受过训练，专门从事那种工作的阶层（这是一个区分得很细的社会）中的一分子，说，他用他的仪器（他们非常依赖机器，从而丧失了对他们观察力的信心）发现了三个迅速变动的光体，人们至少会相信他。同样地，必须非常注意措辞。用一组词来描述一件不熟悉的事实，大家是可以接受的。用他们不习惯的套话来阐述，他们的反应就可能是种种惊慌的迹象：恐惧、奚落、害怕。

适应他们为那些要人规定的标准

我们化身为两个成熟的男性。我们打扮得非常仔细，连细节都让他们很放心。衣服的剪裁样式如果与那些长者不同，都会引起非议或怀疑。素净的色调是可以接受的，亮丽的不行。不过要是一些不起眼的饰片，还可以。我们向你们保证，当时我们的服饰哪怕只有一丁点儿不符合他们的标准，我们就可能什么也干不成。那些男性要人选择服装必须有限制。妇女的装束则完全不同，而且总是在变化，突然而急剧，从一种标准样式变成另一种。年轻人，只要不参加政府机构工作，可以任意着装。他们的发式也很重要。妇女和青年在这方面也喜欢自由，但我们必须剪短发，而且保持平整。我们走路的姿势也要显得持重而克制。根据我们的观察，我们的脸部表情也要能让他们放心。例如，他们有种办法是把嘴唇往两边撑开，露出一排排牙齿。他们称这种脸部表情为微笑，表示他们不持敌对态度，不会攻击你们，他们打算保持和平。

我们这样伪装好了，去城里进行观察。总的来说，是感到很惊讶。居然没什么人注意我们。因为我们是一般的仿制品，并不完美。如果仔细打量，肯定能看穿我们。但是他们的特点之一，是他们事实上很少相互关注。这是一个特别不关注别人的物种。我们在不引起别人怀疑的情况下发现，我们与之交谈的每一个人都知道，在今后的五年中会有一次地震。尽管他们"知道"此事，但他们并不真正相信，或者看上去是如此。因为他们的生活安排毫无变化，就像没有任何事情会发生一样。有一个实验室或研究所在研究过去的地壳隆起，并为即将到来的这一次制订计划……**在今天下午的棒球比赛场上，部分看台倒塌，造成六十人死亡。总统、大不列颠女王陛下和教皇都发来了慰问电。体育场经理泪流满面地说："这是我一生中见过的最可怕的事。我眼前一直出现那些死者的脸庞。"**事故原因是这些看台的建筑、管理以及防护栏的安排，都取决于是否能为老板赚取最大利润。在这些尸首从体育场抬出去的时候,所设立的基金已获得了二十万美元,还有更多的在源源不断地涌进……

研究所

我们作为地理二区的访客进入了地震预测及防预研究所。当时地理二区是这个地区的关系户,所以可以随意观察它的工作。

对这个机构做一番简短的描述,可能是有用的。这里有五十个最熟练的技术员,全都在使用最先进的设备来分析振动、小震、摇晃。同我们在这个领域的设备一样先进。这个研究所存在本身,就是因为他们知道,这座城市无法,或者不大可能,再存在五年。所有技术员都住在城里,在那里度过他们的业余时光,而研究所本身却处于危险地带。出事时,他们很可能都会在现场。但是他们都很快乐,毫不在意,而且,简直就是,非常勇敢。但是在他们中间待了一小会儿,讨论了一下他们用来预测地震的装置之后,就不难做出这样的结论:就像车上的那些年轻人开起车来就像必然会杀死或弄伤自己或别人那样,他们在某种程度上也顽固地不相信自己说的话,即他们正处于危险之中,很可能同其他人同归于尽或受伤……火灾发生在凌晨,当时街上行人稀少。火势很猛烈,几分钟之内就从地下室烧到了四楼。楼中的几十个人被火势往上赶。少数几个人设法冲出大部分被火焰吞没的安全出口。街上的一个陌生人冲进楼内,不顾浓烟和火焰,从二楼救出两个在那里哭喊的儿童。再等两分钟，就来不及了。他马上又钻回火海，背出一个老妪。他不顾当时已经聚集的人群的反对，坚持要回到那着火的大楼。人们最后一次看到他，是在二楼的一个窗户旁，他从那里把一个婴儿扔给了下面的人。婴儿会活下来，但是这位无名英雄却倒在了火焰中，并……

一种基本的手法

我们觉得我们已经确认了他们让自己保持不作为和优柔寡断的一种手法。这就是：他们确实是在一而再，再而三地讨论和分析。例如，这个研究所的技术人员总是在对该城市的官员和居民发出警告。他们的预测——在这个地区或那个地区会发生小震——一个接一个地证实了。只不过警告还在继续发出，讨论还在继续。他们已经非常习惯于这种状态，所以我们觉得没办法同他们讨论积极的预防措施。他们会怀疑我们是一些麻烦制造者。总之，他们认为，讨论地震可能发生的时间、性质和强度，都不可怕。但是他们十分讨厌有关可能转移居民或在异地重建这个城市的建议。我们已经说过，这是一个分工极细的社会：研究所的任务是警告，预报，没有责任提出解决方案。但是这种机制——谈话的作用——仅仅是更深层次的机制的一部分。我们现在怀疑，他们自以为是进一步改变、拯救生命、改进社会的许多行动实际上是阻止变化的方法。他们似乎在为抵制变化的无能为力和缺乏生命力而感到苦恼，因为生命力很容易消耗殆尽。他们口头和文字上的形形色色的活动是在消耗生命力。他们能提出问题,就感到安慰和宽心了。不过做到了这点,就没有精力去按照他们的书面陈述采取行动了。我们甚至觉得,他们认为,提出问题,在某种方面,更接近于解决……有人抗议说,拆除三街上的三栋摩天大楼是为了造三栋更高的大楼,而不是把钱用于为这个城市的穷人提供低房租的住处。最近的调查显示,这里的穷人有一百万以上,几乎占总人口的四分之一。他们的住处非常缺乏,以至……例如,各种辩论、讨论、书面争论,无论是公开的,还是私下的,都一直在继续。他们所有的活动,无论是公开的,还是私下的,也仅限于谈论,公开的,或私下的。他们的本性很可能表明,对他们来说,如果没有经过讨论,用语言来进行陈述,这件事就从来没发生过……仅仅在五月一个月内就举行了三十五次大会,来自大陆各地的代表总数达七万五千名。此外,五月份的旅游人数超过了以往任何一年。今年在开大会和旅游业方面已经创造了纪录。这说明我们城市在环境、气候、设施、好客的声誉方面的吸引力,在这个文明地球的每个地区都处于增长的地位。必须加快建设新旅馆、汽车旅馆和饭店,还有……他们无法考虑的一件事,就是我们在看到了他们未来可能发生的情况并决定用我们自己星球上的资源来帮助我们姐妹星球时看得一清二楚的解决问题的方法:搬迁整个城市。我们知道,这是无法相信的。当然,你们也会这么认为的。

对死亡漠不关心

我们只能报道我们的发现:这个城市的居民甚至从来没有考虑过,可以抛弃这个城市搬到肯定不会遭到毁灭的地区。他们的态度是生命并不重要。他们对自己的苦难并不关心,认为他们的物种由于自然灾害、饥荒、持续的战争总是会不断地减员,实力和健康都会不断下降。与此同时,他们又非常关心和热爱个人或一些小群体。这种态度似乎让我们觉得……捐献的钱是用来建一座竖立在广场上的纪念碑。形状是一个纪念柱,一边用浮雕刻着死者威廉·安德斯克赖伯的头像。

在
大地的怀抱中
安息
虽死,但不会被忘却

将镌刻在另外一面。琼·安德斯克赖伯五年前失去了丈夫。她在一家街道汽车旅馆里工作。每周七天,每天从清晨六点干到夜里十点,为的是挣到必需的钱来建造这块简单而动人的纪念碑。她说,她身体不行了。五年持续的劳动给身体造成了伤害。但是她不后悔。他是一个女人能得到的最好的丈夫,她这样告诉记者……我们当时正要做出结论,对一个根本不在乎自己处境的人来说,我们真是一筹

莫展。但是既然他们愿意谈谈情况,我们就做了安排……**有史以来最盛大的文娱节目,有世界顶级的马戏、冰上舞蹈、整整一周通宵达旦的通俗音乐会,还有由常年受关注的不列颠国家剧院、一流国际文化巨星"三姐妹"带来的三场最棒的歌剧,这些歌剧是我们的第一夫人和她可爱的女儿以及其他闪亮的明星,包括鲍勃教皇都要去观看的……"召开一次会议"**,是把许多人集中在一个地方交换一些口头的想法。这可能是他们安抚忧虑的主要手段。在任何情况下,他们都必然会采取这种手段。有时就用这个名义,由各级政府、行政机构、行政当局来召集。有时也用别的名称,因为这通常是社交活动。例如,一次会议可以称之为聚会,看似娱乐性的,但是其主要活动实际上是讨论一个主题或几个主题。基本的要素是许多人聚在一起,同别人交换口头信息。事后告诉不在场的人,当时发生了什么情况……**本市的资源保护年过去了,应该看成是个重大的胜利。它燃起了一种可以深深印入我们脑海和心中的信念。现在看来,这种兴趣不会消失。要开一次会来……**意见。

他们的教育

他们教育的一大部分内容就是确认这一切,并把它同其他人的特点区别开来的能力。当两个人首次相遇,他们会着手找出另一人的想法并相互容忍。不刺激的、很容易得到容忍的意见可以称之为"公认的理念"。这意味着,一种理念或事实已经获得某种形式的权威机构盖章和认可。话是这么说的:"这是公认的理念","那些全是公认的理念"。这并不一定意味着人们曾按照这个理念或事实采取过什么行动,或者人们的行为有过什么改变。从本质上说,一种公认的理念,不管是否有效,都是大家熟悉的,不会再引起仇视或恐惧。一个有教养人士的标志是:他花了多年的时光去吸收那些公认的理念,并随时能复述它们。那些吸收了与当前标准思想相反意见的人,不会得到信任,并且会被认为是武断的。妇女和青年最容易得到这样的描述。

那时,研究所里人人都很熟悉我们了。赫伯特·邦德,35岁,男性,以及约翰·亨特,40岁,男性。我们已经学会了不直接去问:"你们为什么不采取这样、这样的步骤?"因为我们知道这种方式会造成他们机能上的某种障碍或错误。我们采取的方法是这样的:"让我们来讨论一下影响采取这个、这个抉择的因素";例如,为了确保那些新大楼不建造在必然会发生大小地震的地区附近。

这种做法一开始是很成功的,能够在不勾起敌意的情况下,引起活跃的讨论。但是不久,一些词组和单字引起了强烈的情绪。我们在这里举几个例:如利润动机、冲突的商业利益、既得利益、资本主义、社会主义、民主——这类令人激动的词很多。我们无法确认这些词组的意义,或者无法用我们经济专家觉得满意的方法来确认它们的意义。因为人们的情绪会演变得异常激烈,连会议都无法继续。这些家伙肯定会开始相互之间的肢体冲突。换句话说,大家的看法五花八门

(如上所说),无法调和。那是指他们对人口安置的看法,对地震的看法却非常一致。

宇宙中独特而野蛮的城市规划方法,但请看二号和四号行星的历史

看来,他们的人口安置,他们的城市规划,不是根据住在该地区的居民需要决定的,而是许多冲突的机构和个人之间平衡的结果。那些机构和个人都是为了自身的利益来参加这些规划的。例如,在这个话题引起的激烈言行中止这次会议之前,我们了解到,要在地震最严重的地带建立一个特别大而昂贵的楼群的原因,是城内那个地区的"房租"贵。人们愿意支付更多的钱去居住并工作在那个地区而不愿意去别的地区。也不能把建筑商和规划者在最危险的地带建造大楼的意愿归结为冷酷无情,因为在很多情况下,有关人员自己就在那里居住和工作……**医院的急诊部有一个由十位医生和护士组成的团队在昼夜工作,抢救生命。要是没有这个团队,这些人同五年前一样,不久就会死亡。在没有配备急诊部的医院里,这些人还在死亡。病人通常是车祸或街斗的牺牲品,到达急诊部时已处于严重休克的状态。仅仅是五分钟的差别就能决定人的存亡。所以伤者一抬下急救车,治疗就开始了……**由于愤怒大多是针对他们自己的年轻人的,所以我们离开了研究所,回到市中心,再去接触年轻人。

研究所原来是无用的

在研究所里干粗活和辅助工作的年轻人都属于一个不同的亚文化群体。他们的服饰和行为是仿照长者的。我们在城里遇到的年轻家伙是成群的,或者是三三两两的。赫伯特·邦德和约翰·亨特要同他们接触很不容易,因为他们俩年纪大一些,穿的又是男性要人的制服,会被人怀疑为某种间谍。所以我们又化身为两个年轻人,一男一女,并决定用我们剩下的动力的四分之一来说服他们同意一个问题,并就此采取措施。由于他们同他们的长者一样,只是没完没了地讨论、谈话、唱歌,享受着满意和同意别人意见时的快感,仅此而已,我们就建议这些年轻人考虑到城市会出现的状况,设法说服他们所有的同龄人离开这里,到其他地方去生活。如果造一个新城超过了他们的能力,他们可以为自己建一个营地,至少是一个能欢迎并照顾难民的地方。

在年轻人身上失败了

当时就是唱了几首新歌,全是伤感型的,主题都是无可逃遁的悲剧。我们同这些年轻人是在海滩上阳光逐渐消逝的时刻相遇的。这种时刻对所有的动物都会产生一种令人伤感的强烈影响。但是事后我们才懂得,我们应该选择一天中的任何其他时刻,而不是这种时刻。当时有大批年轻人,许多人带着乐器。他们中间五六个人把这场合变成了如前所述的会议,不过不像他们的长者那样,通过谈话,而是通过歌唱,也就是高昂和激动的声音,向大家发表演说。当时的情绪同研究所会议上的情绪是不同的。那次是激烈的、进攻性的,差一点造成肢体冲突。这次是沉重的,忧伤的,被动的。由于没法让他们去讨论,不管是通过谈话还是歌唱,大批撤离城市的事情,我们就试图讨论如何防止人们集结在最危险的地区(当时我们就处在这样的一个地区),以及在发生震动时如何去避免大量的死亡和受伤,以及如何来治疗伤员,等等。

年轻人的绝望

所有这些尝试都失败了。我们本应该从起初为我们控制的那三个人吸毒的状况以及开车的四个人对死亡的漠视中得到线索的。我们得出的结论是,年轻人处于令人无所作为的绝望之中。尽管在某些方面他们的头脑比他们的长者清楚一些——也就是更能说出并坚持对错事和错误的批评——他们无法相信自己能起什么作用。在海滩上,随着天色渐晚,他们一次又一次地交换着这样的谈话:

"不过你说你相信会出这样的事,而且是在五年之内。"

"他们是这么说的。"

"不过你觉得这种事不会发生?"

"如果要发生,那就发生吧。"

"不过不是如果——这事确实会发生。"

"他们全是些腐化分子,我们能干什么? 他们想把我们全杀了。"

"谁是腐化分子?"

"那些老年人。他们统治着一切。"

"但是你们为什么不向他们发起挑战?"

"没法向他们挑战。他们太强大了。我们必须避开。我们得流动。我们得像水一样。"

"但是你们还待在要出大事的地方。"

"他们是这么说的。"

一首歌传遍了整个人群。这时天已经很黑了。水边聚集了好几千人。

> 这事即将发生,
> 他们是这样说的,
> 我们活着不是为了
> 再战斗一天,
> 他们都瞎了。
> 他们吹走了我们的思想。
> 我们活着不是为了战斗,
> 我们活着是为了死亡。

集体自杀

成百上千的年轻人自杀了——当一些人在黑暗中游入大

海时,那些站在水边高坎上的人跳进了……**有一笔五十万美元的捐款将用于在公园里建一个鸟类禁猎区。这里将拥有世上所有的已知品种。希望那些由于人类的残忍和疏忽濒临灭绝的品种能把这个禁猎区当成一个实用的栖息地。在这里它们可以繁衍并强化遭到威胁的品种**……剩下的动力很少了。我们决定做最后一次尝试,把我们的资料集中在一个地方。我们决定离开那群年轻人,回到年长一些的家伙那里,因为他们是掌权者。我们不去研究所,因为我们已经确认他们的情绪是不稳定的。关键是要选择一套不会造成激动的话语——一种公认的理念。

现在,个人或团体的行为可能同他或他们的自我描述相距甚远的理念,在他们看来已经是理所当然的事,并且已经融入许多套话中了。例如:"不要根据一个人的言语,而要根据他的行动,做出判断。"

我们决定用他们另一种减轻忧虑的手段来强调这一安抚性的公认的理念。我们已经注意到开会是这样的手段。另一种手段就是把这些想法用高亢而激动的声音说出来,就像年轻人在海滩上的行为那样。我们决定这两种手段都不适合我们最后的尝试。我们考虑并抛弃了我们尚未提到的第三种手段。那就是以人们惯用的方式将这些令人不安的、不快的想法公开对小社团宣讲,或通过技术手段用"电视"转播,同时向千百万人民传播图像。我们会展示一系列可能超出他们的传统道德观,或处于临界线上的事件,引起强烈的赞许或反对。这是一种发泄的方法。过了一段时间,所展示的那些事件会为人们所熟悉,还经常出现。这种尝试和适应陌生理念的做法,一直与熟悉而陈腐的情景惯常的展示同时出现,从而让它们显得更加有趣。这种方法能使人感到那些无法忍受的乏味和重复更令人振奋,并使他能够顺从地接受它。这些剧本,包括第一种和第二种在内,不管怎么说都是不落俗套的。但是我们决定采取第四种手段或方法:做文字游戏。这是他们的一种游戏,是一两个或更多的人讨论一些套话,上述手段常常会把它们传播出去。

我们又恢复了赫伯特·邦德和约翰·亨特的身份,因为我们又要去同当权者打交道,并且用一个叫大不列颠的地区的伪造证件进入一个电视中心。近来,大不列颠可是一个斗争性很强大的亚种,由于过去的侵略性和军事威力,享受着某种威望。

大笑的各种功能,如上所述

我们建议搞一个文字游戏,题目是"不要根据言语,而要根据行动做出判断"。辩论在昨晚举行。一开始,就有许多笑声。这种迹象对我们来说,本应该是一种警告。这不是对抗性的做法。"嘲笑"让人感到不舒服,但是与"一起笑"、表示同意、让人感到奉承的笑声相比,这是一种安全得多的反应。这第二种笑声是由一些少数派的理念引起的,少数派认为他们超越了群众。那种非常自信的、仇视的大笑,是比较安全的反应,因为它让旁观者放心,平衡是保持住了,而同情的笑声却会引起那些观察者的担忧,不知道提出的那些理念是否会不符合他们已接受的标准。我们的主题很简单,而且已经阐明:这个社会对于死亡和苦难是漠不关心的。他们没有经历过恐惧,或者是没有经历过有利于保护社会或个人的那种恐惧。没有人察觉这些事实,因为所有描写行为的套话都是与事实相反的。那些官方的套话都是与保护自己和他人、对未来的警告、可怜和同情别人有关的。在整个过程中,也就是在我们阐述我们主题时,我们遇到的都是笑声。

这些游戏都把观众请到了现场。这样,在他们的电视前,节目制作者可以判断外面、全城人可能有什么反应。笑声很大,持续时间很长。与来自大不列颠的语言学教授赫伯特·邦德和约翰·亨特对垒的是当地大学的两位语言学教授。他们有辩论的规则,最重要的是每次发言的分量要与前一次相当。对方教授发言的长度与我们相等。他们阐述了相反的观点,语调是轻松而幽默的。又轮到我们了。我们列举事实,说明这个城市在面对某种灾难时的行为。但是我们没讲多久。我们一脱离理论和一般原则谈到具体的事情时,笑声就消失了,出现了强烈的仇视。这里有这样一个规矩:如果看节目的观众不喜欢这个节目,他们就会给转播站发出仇视的信息。赫伯特·邦德和约翰·亨特的言论引起了非常强烈的情绪,连收听那些信息的技术设备都给烧坏了。尽管当地那两位教授在这游戏中保持着应有的冷静的风度,他们也感到很紧张。在节目结束后,他们说,他们估计会失去他们的工作。他们对我们很不友好,因为他们很负责任。他们埋怨说,作为"外国人",我们不懂得这些节目的气氛应该是轻松的,主题应该笼统一点。

等我们走到大楼门口时,外面已经聚集了一群人,主要是一些年长的家伙,他们都怀有强烈的敌意。节目经理把我们拉了回去,带我们上了楼顶,派了保安照看我们,因为那群人显然气愤到了极点,想要杀死我们。他们愤怒的焦点又是因为我们是外国人。我们服输了,因为进一步制造混乱已毫无意义……**把你们的死者送到我们这里来,我们是你们家人的朋友……他们获得的照顾会同母亲、父亲、丈夫、妻子、兄弟或妹妹还与你在一起时你给予他们的照顾一样。长眠者会来到最后的家,平静地安息在你可以来探视和沉思的花鸟丛中……在闲暇的时刻,你总能有一个憩息的地方,你可以细细地回忆你逝去的朋友和充满深情的幸福的时光,他们……**我们的动力很少了。我们再也没有什么可干的了。这次任务可以说是失败了。我们什么也没做到。我们也不能理解造成他们缺陷的原因。在我们熟悉的其他星球上也没有与此类似的物种。

在我们监禁地的保安放松警惕的时候,我们就不动声色地消失了,回到飞船上。他们会以为我们是逃跑了或者被我们从楼顶上可以看见的那帮仍然很仇视的人绑架了……**在本评论员的记忆中,没有另一个节目像这个惊人而可恶的节目那样令人生气。问题不是我们两个来访者说了些什么,而是他们说话的方式。我们大家毕竟得面对他们天真地以为是对**

我们揭示的"那些事实"。在十足的低级趣味、残忍的口气、恶劣的态度以及漠视观众内心感情等方面,昨晚的邦德和亨利教授是无与伦比的。

离开这星球

现在,我们原来的六人又会聚在一起,很快就要回去了。我们得到了一个初步的结论。那就是:在一个势必要遇到灾难,又不能为此采取防御措施的社会中,除了已经适应混乱和灾难的那些人以外,没有多少人能活下来。地震一发生,那些讲礼貌、驯服的、守规矩的、脾气好的人,可能都牺牲了。但是那些流氓、罪犯、疯子、极端贫困者,会有办法活下去。因此,我们的结论是:在今后五年内发生地震时,只会剩下现在的社会管理人员认为是不受欢迎的那种人,因为他们无法适应不容改变的现代社会。如上所述,我们不知道为什么应该是这样。他们有什么错。但是在这个城市里也许还隐藏着我们没有接触到的人群。他们觉得没有理由要同我们接触,他们不仅预见到了未来,而且正在采取措施……

西海岸观察哨

朗里奇的一个农民萨姆·贝克说,昨天傍晚太阳下山时,他看见一个"发光的圆形物体"在离他家篱笆一百码以外的地方起飞了。萨姆说:"它飞入空中的速度极快,我的眼睛几乎跟不上它。然后它就消失了。"同一地区的另外一些人说,在过去的几天中看到了"不寻常的景象"。官方的解释是,过去的这个月中,异常艳丽的落日造成了岩石和沙滩的强烈反射和幻景。

第三防区给总部的报告(绝密)

在14日夜里某个时候登陆的那个不明飞行物,原封不动地在那里整整待了七天。没有看见有人离开该飞行物。这种现象完全符合以前在同一地区十二次登陆的情况。这是这一系列中的第十三个不明飞行物。但是这一个比以前十二个的体积更大,功率也更大。15号声波镜记录的差别是很大的。这个不明飞行物同以前的十二个一样,人们一般视力只能勉强看到它。一年前不明飞行物第一次登陆后,我们招募了农民詹森·H.布莱克森为观察员。他这次说:这一个看起来要清楚得多。"要看其他几个,得使劲地瞪大眼睛,但是这一个是我看着它降落,也看着它起飞的。只是它起飞得非常快,一眨眼就看不见了。"M 8认为,这十三个都是中国人造的观察机。本部认为,它们来自我们的海军15部。我们觉得它们无权接近由陆军4部管辖的这个地区。下次它们要敢再来,我们会把它们彻底炸掉。

空军14部给中央的报告

这种不明飞行物仍在继续降落。上周是第13号。这次也是无人驾驶的。确认为俄国制造。必须报告,还有两次在城南着陆,地点相同,时间间隔为三周。这两艘飞船同属于去年城北着陆的 55 系列。城南的两次着陆与十一人失踪发生在同一时间,第一次失踪五人,第二次六人。从而使过去两年中的失踪人数增加到四百五十人。我们认为,不能再无视这些飞船的着陆总是"碰巧地"意味着二至十人失踪的这一事实。我们应该承认,它们有可能会是人工驾驶的,或者有些是人工操纵的。但是那些人的构造同我们很不相同,所以我们看不见他们。我们要指出,4 号声波镜只能把这类飞船纳入视线,所以可能无法发现能表明"人员"存在的密度。我们进一步认为"小绿人"这种诙谐的说法,可能掩盖着一种不利于清醒地评判或估计这种可能性的态度。

要尽早确认,我们是否要继续执行极力低估这些失踪的政策。我们仍然找不到给带走的那类人的共性。他们唯一的共同点就是,出于不同的原因,他们当时正处于这些飞船选择降落的地区内的某个地方。

西海岸观察哨

我们在洛斯特派因加油站的观察员报告,大批人驾车离开城市,朝南向着据说是最近有不明飞行物降落和起飞的地区开去。昨夜已超过五万人。

空军 14 部给中央的报告

尽管有 19 号总政策,但仍有谣言传出。我们建议封锁该地区。不过这可能会加剧极端恐慌的局势。但是我们别无选择。所谓"要准备好那一天的到来"的狂热已经异常严重,横扫着全城和邻近地区。建议宣布该地区因放射线的偶然泄漏而受到污染。

一个并不美好的故事

这个故事很难讲。重点放在哪里?从谁的角度讲?要是从情人的观点来讲(但这确实不是他们的用词,那么从做错事的人的观点来讲),那就像通过难得在生活中出现的某个人的眼睛描述生活,譬如就像来自加拿大的一个表兄,曾经到康沃尔①的一个农民家里做过五六次不重要的访问,然后就把这些会面当作这个农场和家庭的历史来写。或者就像把几年的时光当成闰年中那多出来的一天来写。

要是按照常规的写法,那很简单:两个婚姻,像一般的婚姻那么幸福,从社会的角度来看,都是模范婚姻,但是存在着惊人的瑕疵,暗藏的癌症,隐蔽的罪孽。

但是这个恐怖的秘密并没有腐蚀婚姻,似乎根本不重要。所以这个故事不能用这两个背叛者的观点来谈,因为他们看不到这一点。他们什么也看不到。那就没什么可说的了。

不过,这一切确实延续了二十来年;然后出了件事,改变了这情况。说得确切一点,就是相关的四人中,有一个死了。

---

① 康沃尔(Cornwall),英国一地名。

不过在那二十年中的任何时刻,上面所说的都是事实。常规的道德观会认为,具有一张秘密的脸的婚姻全是谎言和贪欲;通奸者的观点是,他们的所作所为,仅仅是医生说过不行还共同享有吃巧克力的滋味罢了。

然而,在那人过世以后,重点转移了。吃了二十年巧克力的无足轻重的事,可以成为非常不同的某件事的序曲;可以被看成是没心没肺的轻浮和冷酷,神助似的由责任心弥补了。但如果那人没死呢?

很难不去想,从不同角度看待这件事的一切方法,都是毫无意义的……

在同一个时间,也就是在1947年,弗雷德里克·琼斯娶了奥尔茜,亨利·史密斯娶了穆莉尔。两个男人和两个女人都经历了战争,有几次还很危险。但现在都过去了。他们知道,对他们影响最大的,是那场战争拖了又拖,简直是没完没了。

没有必要多讲他们结婚时的激情。作为他们那种类型的人——中产阶级,开明,有文化——处在他们的境地,感情上有着各种渴望,特别是在长期战争中对安全、爱、温暖的超过常人的渴望,弗雷德里克和奥尔茜,亨利和穆莉尔当时的感觉就像他们应该感觉的那样。他们四人了解自己的处境,能够用他们那种人的幽默而容忍的眼光来看待他们自己。因为他们在任何时候都确切地了解他们的感情的脉搏,而且很喜欢理智地讨论各人的心理。

尽管他们自己的父母都会觉得无法忍受他们对自己的看

法,但是他们对自己的计划和目标都类似他们父母在这个年纪时的计划和目标。两对夫妇都希望并期待他们的婚姻将是他们生活的基础,他们会有子女并且很好地将他们抚养长大。情况也真是如此。他们也期待着他们相互之间会是忠诚的。

在这两对人结婚的时候,他们还没有见过面。史密斯医生和琼斯医生各自都有个想法,想找个合伙人,可能的话,在贫困地区建一个诊所。战争让两人成了理想主义者,甚至是非思想范畴的社会主义者。他们登了广告,用书信进行了联系,相互产生了好感,就在英国西部一个乡村小镇上买了个诊所。在那里,除了照看富人以外,他们还可以照看很多穷人。

住房也买了,相互离得不远。当两个男人已经成为朋友,相信能一起工作时,两个妻子还没见过面。大家都同意,这件事该办了。还要把它当件大事来办。四人将在离小镇五英里的一家酒店里见面并吃晚饭。他们都知道,两家人的和睦共处是很重要的。事实上两个女人已经有点幽默地埋怨过,如果她们之间的"相处"真的很重要,那为什么她们的会面要拖延这么久?

在两辆车驶近乡村酒店时,每辆车里的气氛是相同的。大家的情绪都不好。两位妇女觉得委屈,男人觉得她们可能是对的,但是没有理由要大惊小怪,因为毕竟安排好工作和安好家才是主要的。四人对这次晚餐都抱有很大的希望。这家酒店的菜肴很有名,不过出于不同的原因,他们根本不想去那儿。他们相互见面时都很兴奋,但心情复杂。两个女人马上知道相互有好感——毕竟她们完全可以不喜欢对方的——并且对男人具有相同的要求。四人进了酒吧,在那里,他们是一群活跃而且好斗的人。

一进入餐厅,他们的糟糕情绪就消失了。他们坐在那里,喝着酒,享受着佳肴。他们引起了别人的注目,因为他们显然是为一个特殊的场合打扮了一下。但主要是因为他们感到自己很幸福。现在是他们生活中的顶峰。长期的、乏味的战争过去了;两个男人三十刚出头,女人只有二十几岁。他们觉得,他们真正的生活似乎刚开始。他们都长得很好看。两个男人是同一类型的,关于这点,已经有人开过玩笑了。他们都是皮肤微黑的,身材魁梧,具有医生的权威,如妻子们所说的,看上去"很舒服"。两个女人很漂亮。她们很快就确定(犹如相互出示了护照或品行高雅和可靠的证书),她们对生活有着相同的看法:艰苦,但有意义;上帝——死了;子女——应该在正确地协调放任和纪律的情况下养大;社会——要用常识及温和的坚定性来加以整治,但不要任何极端的措施。

对他们来说,事事如意,一切都会变得更好。

他们坐了很长时间,吃着佳肴,品着红酒,享受着他们的幸福,到酒店关门时才离开,走入寒冷而明亮的夜幕中。外面已白霜遍野。碰巧,弗雷德里克·琼斯同穆莉尔·史密斯,奥尔茜·琼斯同亨利·史密斯之间的谈话仍在进行,这两对人就这么站在各自的车旁。

"去我们那儿,再喝一杯。"亨利说着,帮助他同事的妻子坐到他旁边,就开车回家了。

弗雷德里克和穆莉尔,一句话都没说,看着他们离开,然后互相转过身去,拥抱了一下。这个拥抱完全可以当成是他们进行着的交谈必然的继续。然后,弗雷德里克将车开了几百码,进入了一个草地上闪烁着白霜的小树林,把车停下,把自己的大衣扔下,然后他和穆莉尔就做爱了——不,这么说不对,是发生了性关系,精力充沛地、津津有味地、享受地。当时,他们和他们的裸体与层层霜冻之间只隔着一件花呢子衣服。然后他们穿好衣服,回到车上,再回到镇上。弗雷德里克把穆莉尔送到她家中,同她一起进去,按照约定喝了一杯,把自己的妻子带回家中。

那天晚上,两对夫妇长时间地做着爱,就像那整个傍晚的气氛预示他们会这样的。

穆莉尔和弗雷德里克没有像这些强制性的行为检察官所期待的那样,对他们的行为进行考查。问题是这件事是意料之外的,不像他们,根本不符合他们的信念。他们不知道怎么来想这件事,更不要说有什么感觉了。穆莉尔过去一直是反对一夜情的。她曾说过,这是无足轻重的——"肮脏"这词儿就过分一本正经了。弗雷德里克从专业和个人来说,都有许多可以指出偶然性关系的不良性质。在他的咨询室里,他会对这种关系的后果——性病或怀孕——表示字斟句酌的反对。他总是说,他所做的不是道德上的判断,而是保健性的。人们还曾听他用过"污秽"这个词。从原则上来说,这两人都主张认真而深切的关系。即使在战争时期,两人都不曾有过随便的性关系。

因此,即使这种出轨的行为不大可能被忘却,两人都不去想它,因为这件事同他们对自己的看法格格不入。

再说,当时有这么多事情要做,开始新的工作,安排新家。

此外,两对夫妻都很喜欢自己的配偶,有那么多爱要做。

酒店那晚过去了约六周,弗雷德里克必须到亨利和穆莉尔家去取点东西,发现穆莉尔一人在家。又一次,一句话都没说,他们就去了卧室……不过,我觉得,在这里,那个恰当的词是扭曲的。非常痛快,并且延续了很长时间。

他们分手了;又一次无法理解他们自己,让思考所发生的事情的机会溜走了。

这事情太荒谬了! 譬如,他们不能说,在酒店那个很棒的傍晚,他们第一次见面时,就开始带着欲望打量着对方或者释放了需要或有意的信息。他们最多是像某个人那样,对自己说,如果我不是已经有了好的配偶,我会喜欢同这个男人,这个女人做爱。他们当然不可能说,在中间相隔的六周内,他们一直思念着对方,不满意他们真正的伴侣。远非如此。

因为,如果说,穆莉尔和弗雷德里克是天生的性伴侣,那么弗雷德里克和奥尔茜,亨利和穆莉尔也是。

如果我们现在往前移十年,再回头来看那对奸夫和淫妇,弗雷德里克和穆莉尔的所作所为——或者说两对夫妻的所作所为,因为十年是这些强制性的自察者做出得失判断的合适的时间或阶段——那么,只是为了找出事情的真正重点。

因为确实很难找到正确的视角。假如我描写了两件非常激情的追求、婚前激动而满意的关系、激动地发现婚姻的幸福以及两对夫妻感受到的深度和谐,然后再简单地说,这四人中的两人多次发生奸情,事前和事后都没有经过考虑,而且这些奸情尽管非常愉快却没有对婚姻产生任何影响,从而让它们听上去就像吃了满口蜂蜜时的一些小沙子。不过,即使是最好的婚姻也不能被描写成蜂蜜。也许,奸情这个词太重了?散发出离婚和法国滑稽剧的气味?但是它还是在用的,而且用得很多,因为这是人们心目中的那个词,不仅是用在法庭上。

考虑到这些性关系对婚姻的影响,也许根本不要提这件事?但是不提也是不可能的——且不说最后,故事最后发生的事。因为同共同的亲密朋友随便发生性关系,从而背叛他们的婚姻、他们的关系,而这些背叛对他们毫无影响,确实是超越了我们大家知道的建立在真诚、爱情和无私奉献基础上的幸福婚姻模式心理上的可能性。

不内疚?私下没有感到不安?当他们看着自己充满深情的配偶十分坦率而真诚的眼睛时,会有什么样的感觉。弗雷德里克、穆莉尔是否该想:我怎么能这样对待这么信任我的配偶?

他们没有这种想法。十年来,两家的婚姻肩并肩地、顺利地保持着。琼斯家生了三个孩子,史密斯家两个。两位年轻的医生辛勤地工作着,就像其他医生那样。在那两家带花园的舒适的住宅中,两位动人的年轻妻子像妻子和母亲该做的那样努力地干着活。在整个那段时间内,人们常用非常不同的标准来衡量这两桩婚姻,但同那些微不足道的、不雅的性行为没有关系。只要条件许可,这种行为还在继续,而且很经常,尽管两个罪人并没有去寻找机会。在整个时期中,这四人继续习惯地享受着他们的激情。婚姻还是令人满意的;不,不那么令人满意了;是的,又很不错了。第二年比第一年好,但是第三年不如第四年。子女们在某些方面将这两对夫妇拉得更近了,但在其他方面却并非如此,等等。弗雷德里克很高兴自己娶了个讨人喜欢而性感的小奥尔茜,她也很高兴嫁给了弗雷德里克,他镇定的力量与她是极好的互补。亨利也很喜欢穆莉尔,那么活泼、无畏和自信;穆莉尔也同样高兴自己选择了亨利,他安静而诙谐地对待生活的方式,总能解决她可能遇到的暂时的不安。

当然,这四人有时也会想,他们是否应该像别人那样结婚;这四人会各自、相互或四人一起讨论婚姻作为一种制度的可怕,怎样才能取缔它,用什么来取代它。有时,对另外某个人产生一时好感时,四人都可能后悔,现在他们的选择只能限于一人了。(在这种时候,弗雷德里克和穆莉尔都不曾想到对方;因为他们觉得他们之间的关系是理所当然的,总是唾手可得,就像婚姻中的伴侣一样。)简而言之,在十年结束的时候,在进行反省和回忆的过程中,两对夫妇回顾过去,觉得婚姻在各方面都达到了他们的预期,甚至在逆来顺受方面都是如此。因为怎么可能只有甜蜜没有辛酸的快乐呢?尽管,或者是由于,性激动的时刻和冷漠的时刻、暂时的仇恨和融洽、外出或生病、短时间对别人的渴望——由于这一切,他们享受了十年丰富的情感经历。有快乐,有痛苦,但他们不能埋怨说是平淡或缺乏激情。不过,激情毕竟是我们任何人都觉得不够的。

这两对夫妇经历了多少酸甜苦辣！这两个女人流过多少眼泪！有多少怡人的夜晚在长时间的性欢乐中度过！有多少争吵、危机和戏剧性的场面！到处都有深切的体会！还有那五个孩子，每一个本身就是一种情感，每一个都是情感的延伸，都要求未来要有相似的愉快或至少是激动的情感交流。

大概是在第十一年的光景上，出现了一个对他们大家来说都是危险的时刻。奥尔茜爱上了一个年轻的医生。他是在两位资深医生外出时来帮助工作的。这两家人通常是一起去度假的，但是这一次，两个男人长途跋涉去了苏格兰，把妇女和儿童留在了家里。

奥尔茜对穆莉尔说出了心事。问题不是要离开她的弗雷德里克，当然不。她不能伤害他和孩子。但是，她感到非常痛苦，一方面由于欲望和突然发现的各种不足，另一方面也为了她偷偷地——多可怕的词！——在孩子们去花园玩耍或在夜里睡着的时候与之睡过五六次的那个年轻人。她的整个生命就像是灰尘和废墟构成的沙漠。她活不下去了。活着有什么意思？

这两个年轻的女人坐在奥尔茜家的厨房里谈着。

她们坐在早餐桌的两端。他们大家曾围着这张桌子度过那么多快乐的时光。奥尔茜在抽泣。

也许这是描述这两个女人合适的地点。奥尔茜，个子小小的，皮肤黝黑，身材圆圆的，总是很讨人喜欢。她丈夫把她描述为娇柔和明事理这两者最令人满意的结合。至于穆莉尔嘛,她是一个强壮的、骨骼粗壮的女人,皮肤白皙,很容易晒黑,因此她总是显得很健康。她穿的衣服是那种所谓的便装。她在这方面花很多心思。这两个女人当然常常想能像对方。

这两个不同的女人坐在那里搅动着咖啡杯,就像她们曾经成百次干过的那样。五个孩子在花园里叫着,争着和爱着,而奥尔茜哭泣着,因为她说,这是她婚姻中的分水岭,就像在伊甸园吃苹果一样。如果她告诉她心爱的丈夫,她——暂时地,她的确希望并相信是这样——迷上了这个年轻的医生,那么他们之间的一切都会结束。但是她要是不告诉他,那就是背叛。不管她怎么做,都会产生可怕的后果。她觉得,不告诉弗雷德里克,甚至比不忠本身更坏。她从来没有,从来没有对他隐瞒过任何事。完全坦白和忠诚一直是他们的准则——不,不是准则,他们从来没有定过行为准则,一切都是真挚而单纯地出自他们的爱和信任。她无法想象向弗雷德里克隐瞒什么。而且她也确信,他把一切都告诉她了。如果她知道他对她撒谎了,她会无法容忍,会马上离开他。不,她不会在意某种不忠——她怎么可以在意呢?——她现在已经在这方面失去了一切权利!但是,谎言、欺骗、偷偷摸摸——不,那就完了,一切都完了。

那一整天,第二天一整天,以及接下来的几天,奥尔茜都和穆莉尔待在一起,一个在哭诉,一个在听,只有孩子们进来时才停一下。因为穆莉尔懂得,重要的是说和眼泪,说什么并不重要,很快,折磨的力量、紧张的冲突,自然就会消失,一切都会显得不那么重要。但是穆莉尔决定适可而止,一分钟都不多听。等到眼泪减少了,她就劝奥尔茜根本不要告诉弗雷德任何事,劝她得学会带着谎言生活。

现在她当然得想一想,认真地想一想,她是不是喜欢过去那样轻浮地,有些人可能说是肮脏地,同她最要好的朋友的丈夫做爱——或者发生性关系。她是被迫去思考的。她十分肯定,她不愿意去想,她不去考查她生活的那个领域的本能的力量是少有的。

然而,在考查或轻碰一下这事时,她可以祝贺自己,或者是自己和心爱的弗雷德,他们从来没有在他们的配偶在场时享受那最可怕的背叛,不顾他们伤心的配偶去享受他们之间的私通关系。她不记得大家在一起时他们曾对看一眼,挑逗对方,想要做爱或发生性关系。她可以肯定,他们从不允许他们的眼睛发出信号:这两个可怜的傻瓜不知道我们的秘密。因为他们确实从未有过这样的感觉。他们从来没有,哪怕是一次,设法单独见面。只要有机会,他们就会落入对方的怀抱,似乎不可能有其他的行为,但是他们没有创造机会。就是进入了对方的怀抱,又笑又乐,也从来没有一种比跟奥尔茜和亨利更妙的感觉,也从来没想在哪方面贬低他们。分开以后,他们也不想刚才发生了什么,也不考虑他们的性伴侣;似乎这些场合完全属于另一个范畴——存在于两桩如此令人满意的婚姻旁边、上面或里面的那个微不足道的、肮脏而不重要的,友好、快乐而非常愉快的范畴。

穆莉尔觉得,它的本质、实质,是缺乏激情。她对弗雷德里克的感情,弗雷德里克对她的感情,都是理智而愉快的感觉,没有一丝我们称之为爱情的痛苦的渴望。

她同哭泣和痛苦的(既享受又痛苦?)奥尔茜待了那么久,让她考虑了这一切。她知道并且决定要坚持她的信念,即她决不去考查、深思或考虑她与弗雷德里克的性关系在感情上的得失的本能或强制力是健康的。因为只要她一重视那件事,开始估量和权衡,之前与这种关系无关的各种感觉就开始涌动、增长、坚持,并提出要求。其中之一就是内疚。

她得出了一个结论。这四人和他们那类人共有的任何看法都具有很大的煽动性,过去她总是不想考虑此事。事实是:爱上年轻的医生很可能根本不像奥尔茜所想的(像任何人可能想的)那样;重要的不是做爱——爱,不是性——这期间必然充满狂喜,虽然由于他们那种特别的、扭曲而文明的意识,必然是无声的,重要的是事后的感情发泄,是那种痛苦,是那种内疚。重要的是激情。感受到了强烈的激情,感受到了折磨。奥尔茜受到了折磨,非常痛苦。人们都做出了错误的理解:这种关系的真正动机是需要承受痛苦和事后的渴望。

这两家的婚姻继续像大树似的在成长,保护着在树下茁壮成长的子女。

很快,他们结婚已经十五年了。

这时又出现了一次危机,更糟糕的一次。

它的序曲是这样的。由于一系列不重要的事情:奥尔茜得去看她生病的母亲,带走了孩子;史密斯的子女去看祖母了。弗雷德里克和穆莉尔独处了两个星期。表面上,他们住在各自的家里,但开车五分钟就能见面。即使在一个生来就喜欢说闲话的英国小镇上,邻居们看到两人常在一起,也觉得没什么不对,多少年来他们就是经常在一起的。

这是一个放松的时刻,享受的时刻,安静的时刻。他们夜里在一张床上睡觉——这是第一次。他们长时间地、亲密地单独用餐——这是第一次。认真地想想,他们很少单独待在一起。琼斯和史密斯两家人一起生活的情况,真是少有的。

他们的关系不再像过去那样——在草堆上(实在地)或者在雪地里翻滚,在客厅的地毯上过一小时,在电话亭里很快地碰一下——一闪即逝,或者飞快地过去,而是突然变成了非常庄重、隐私和休闲的事。

这时,弗雷德里克表现出一种负责的感情意向,他坚持要用爱这个词,而穆莉尔紧张地求他不要那么一本正经。他指出,他背叛了他心爱的奥尔茜,她背叛了她亲爱的亨利,但这是他们多年来一直干的事,没有丝毫内疚或片刻迟疑。

穆莉尔指出,也没有感情。

是的,她说的不错,多可怕呀,他真的开始觉得……

她喊着,看在上帝面上,别说下去了,不要把一切都毁了,你没看见,毁灭的苦恼已来到我们跟前,别说了,亲爱的弗雷德,我不让用爱这样的词,不,不,那是我们获救的想法,我们的力量——我们没有相爱,我们从未为对方伤心,从未渴望过对方,从未想念过对方,从未要过对方;我们甚至对对方没有任何"感觉"……

弗雷德里克表示,他觉得,这么来看待他们不是太无情就是太冷酷了。

但是,她指出,他们过去的所作所为是在各方面帮助对方,是为了成为四人行中坚强的支柱,欢庆每个孩子的降生,交换意见并阅读对方推荐的书籍。在可能的时刻,他们享受着随意的、愉快的、不负责任的性关系,而不受到良心的谴责——总而言之,亲密而和谐地度过了十五年。

弗雷德里克称她为明智的女人。

在那两周内,至少有十二次已经逼近了爱。她却抗拒着。

但是,毫无疑问,穆莉尔的自知之明让她感到更加烦恼。她当然会很喜欢与弗雷德里克"相爱",为他伤心、抽泣和夜不成寐。她看到,弗雷德里克在妻子回来时感到自己完全被剥夺了。他的穆莉尔剥夺了他激情的经历。

啊,激情,激情,让我们为你陶醉吧!

例如,电视,这面我们大家的镜子:

一个男人撞车了,他妻子和三个孩子都被烧死了。

"出这事儿时,你有什么感觉?"那个满不在乎的,但有点人道关怀的年轻记者问道,"请告诉我们,你当时有什么感觉?"

或者是,两个宇航员刚度过他们分分钟都可能死去的三十六小时。

"你们有什么感觉?请告诉我们,你们有什么感觉?"

或者是,一位妇女的两个孩子整夜露宿在山顶上,但是给救活了。

"你有什么感觉?"那记者喊道,"你在等待时有什么感觉?"

一位老妇被过路人从着火的楼房中救出,但是有几分钟她完全有理由觉得她要死了。

"你有什么感觉?你觉得你的大限已到,你这么说了,是吗?你想到这里有什么感觉?"

你觉得我有什么感觉,你这个傻瓜。你处在我的境地,会有什么感觉?每一个看节目的人都清楚地知道我会有什么样的感觉。你已经知道了,为什么要问我?

怎么了,夫人?当然是因为感觉取代了我们受折磨的奴隶和濒死的勇士。我们必须得感到伤心、焦虑、担忧、快乐、悲伤、愉快。我感觉到了,你感觉到了。他们曾经感觉到,我曾经感觉到。我们在感受……如果我们没有感觉,那我们怎么能相信我们发生了什么事呢?

我们中间没有一个人的感觉像我们受到过的训练那样会相信,为了证明我们是渊博而真诚的人,我们应该有感觉。所以好在有电视。在那里我们可以看到别人对我们深表同情。所以请告诉我,夫人,当你站在那里,确信你会被烧死的时候,你有什么感觉?与此同时,观众会咏唱我们的信条:我们有感觉,所以我们是存在的。

奥尔茜回来了,孩子们回来了。生活继续着。弗雷德里克几乎马上就疯狂地爱上了一个来申请在手术室当接待员的二十岁姑娘。而穆莉尔的感觉,不过是在感情层面上,完全像一个贞洁的、性冷漠的妻子的感觉——我们是这么听说的——就像她丈夫去找妓女时的想法:如果我给了他所要的,他就不会去找她了!

因为她知道,如果她当时允许他与她做爱的话,她的弗雷德里克是不会爱上那姑娘的。他有一些"爱"的限额要用掉,因为他当时不懂——他只是说他懂——他需要爱一次;他需要恋爱的情景,需要感受这一切。或者,正如穆莉尔喃喃说的(不过是很隐秘的自言自语),他需要受折磨。她本应该允许他受折磨的。很明显,人人都需要。

现在危机来了,情况严重,震动了四个人。奥尔茜感到很不幸,因为她的婚姻遭到了威胁;弗雷德里克在谈离婚。她当然记起了四年前她同那个年轻医生的过错以及此后她如此巧妙地守住的活生生的谎言。弗雷德里克在毁掉自己,因为他没有傻到不知道为了一个二十岁的姑娘放弃他心爱的、一起过得很幸福的妻子是愚蠢的。他已经过了四十五岁了。但是,他说,他以前从未爱过。他确实是这么说的,并且对亨利说了,亨利又告诉了穆莉尔。

亨利迄今没制造过危机,此时也透露几年前他也曾经很痛苦,但是"看来并不重要"。他向穆莉尔坦白了此事,穆莉尔感到有点生气。一方面她觉得她从来没有给予亨利应有的、真正的赏识,因为他说,"看来并不重要",应该是对她而言的。可是事实并非如此。她可笑地觉得自己被看轻了,因为他不重视当时的事——肯定的?一次深刻的经历?如果不是如此,又为什么不是?再说,她感到自己遭到了背叛;她可以对自己说,她是荒谬的,可是无济于事。总而言之,穆莉尔的心情也不好了。主要是因为弗雷德里克,而不是亨利。多年来不清醒的她,沉浸在对那个年轻姑娘嫉妒的波涛中,觉得自己被剥夺了——但是剥夺了什么？什么？实际上她没有被剥夺任何东西！无论是性欲还是感情上的孤独。她早就知道,她的亨利是个冷静的家伙。他们的幸福一直是不完满的。她自己的潜力一直是冷藏着的。于是她就生气和痛苦,为了弗雷德里克,她的真爱——当时她是这么感觉的。她唯一的爱。她怎么可以这么傻,没有去享受真正的爱情,两周的爱情。她怎么会这么多年都没有觉察到真实的情况。她怎么能……

这是她当时的感觉。她觉得,也知道,自己是疯了。她当时感觉到的一切与她同弗雷德里克的长期关系无关,一点关系都没有。此前他们两人的关系就像一种有益于健康的饮食那么愉快和平凡。同她和亨利的婚姻也毫无关系,她深爱着亨利,亨利让她感到幸福,她喜欢他诙谐而文雅的陪伴甚于其他人。

弗雷德里克中止了他那伟大的爱情。或者准确地说,被中止了,因为那个姑娘嫁人了。有一阵子他很郁闷;他无法原谅生活,因为他快五十岁了。奥尔茜帮他找回了自己和他们共同的生活。

穆莉尔和亨利恢复了他们爱的平衡。

穆莉尔和弗雷德里克在一起时已经有很长一段时期没有发生性关系了。这个阶段结束了,他们在讨论时是这么告诉对方的。以前他们从来也没有这么讨论过。他们在讨论此事本身就证明了他们之间的关系已经结束了。这次谈话发生在他的车中。他刚才接她去参加为当地医院筹集基金的某个游乐会。奥尔茜不能去参加。孩子们以前很喜欢这样的活动，现在太大了，不喜欢去了。穆莉尔是代表他们大家去参加的。现在弗雷德里克要送她回家。弗雷德里克把车停在一个小树林旁边，因为是冬天，此时又潮又阴沉：这种荒芜的情景就像是他们自己暗淡而苍老的情景的一面镜子。突然，一句话也没说，他们就抱在一起了——一会儿，在新生的白桦树丛中，他们就躺在他的大衣上面，身上盖着她的大衣，白桦树在冬天那亮晶晶的树枝将大颗有湿树皮味道的水珠纷纷掉落到他们赤裸的面颊和胳臂上面。

但是，对心理学感兴趣的读者会问，那些孩子怎么样了？这时当然应该是青少年了吧？

一点不错。这四人已经成为年轻人青春期的戏剧性场面的背景人物了。他们的激情反映了他们子女的激情；他们部分的自知之明，如弗雷德里克需要恋爱和相关的创伤，就是由于成年人持续地受到他们五个可爱的后代的刺激而激发出来的，这几个孩子当然永远是在恋爱或者仇恨。

也不用说，父母们会感到更加内疚和欠缺，因为他们担心，他们的过错、过去、现在和幻想都会造成子女的极大痛苦。我们大家都了解得一清二楚，不想再经历一次。但是多么强烈！吵得多厉害！多么痛苦！青春期就是这样。我们都知道，孩子们也知道。琼斯家和史密斯家年轻人的表现同人们期待的一样。啊，那么多戏剧性场面，那么叛逆，离家出走，抑郁地回家；啊，吸毒的威胁，然后是吸毒，恢复谨慎；差一点怀孕，退学又入学，在学校里表现时好时坏，大声谴责父母愚蠢透顶、落后、冒傻气,要他们为世上一切坏事负责。

但是就像本书要描写危机那样,也要描写危机的结束。那五个可爱的年轻人,受益于稳当的中产阶级的背景及习俗,受到良好的教育,有明智而关爱的父母——会出什么差池呢?什么也没有。他们在学校里学习很好。很快要上大学了。他们的未来只会是他们父母主旋律的变调。

二十年过去了。

这时,两个医生有机会去参加伦敦一个规模庞大的医生联合会。它设在一个工人阶级居住的区域,但是资深医生在哈莱街有咨询室。史密斯和琼斯医生一直是理想主义者,有条件的社会主义者,想到他们也可以过他们心目中杰柯尔和海德①式的生活,感到很震惊。

两家人决定在伦敦北部买一幢很大的住宅,将它一分为二。这样他们拥有的空间要比各自有一幢房子大得多。而且孩子们更像兄弟姐妹,不应该因为搬新家这种任意的行动而分开。

搬到伦敦后不久,亨利逝世了。他五十多岁就死了,真没道理。他一直以为自己很健康,几乎是长生不老的。但是他抽烟一直抽得很凶,比较胖,而且工作非常卖力。人们认为这些原因足以使他得了中风,而穆莉尔在四十多岁时成了寡妇。

---

① 杰柯尔和海德(Jeykll and Hyde),出自英国作家史蒂文森(1850—1894)的作品《化身博士》。主角杰柯尔是位善良的医生,他把自己当作实验对象,结果导致夜晚会变成邪恶的海德的双重人格,最后杰柯尔以自尽来停止海德的作恶。

穆莉尔和她的两个孩子,男孩十八岁,女儿十四岁,留在分到的房子里。经过同奥尔茜的认真讨论,弗雷德里克就做了些安排,帮助供养穆莉尔,当孩子们的父亲,去赡养另一个家庭,因为他肯定,如果中风的是自己,亨利也会这样对待奥尔茜和三个孩子的。而且这是很可能的,因为弗雷德里克的生活习惯和体质同亨利很相似。弗雷德里克心中很害怕,决定少吃饭,少抽烟,少工作,少忧虑;但是他样样都干得更多,因为亨利走了。

为了承担起更大的责任,弗雷德里克每周在哈莱街门诊两天和一个上午,穆莉尔在那里当他的接待员,也为其他两个共用他诊室的医生服务。他也努力地在联合会的医院里工作,通过加夜班和晚上出诊来弥补他出去赚钱的时间。这么一来,弗雷德里克和穆莉尔现在是在一起工作,又经常在很多时候共享的家庭生活中相见。穆莉尔同弗雷德里克待在一起的时间比奥尔茜多。

再说穆莉尔成了寡妇,机会就多了。因此这两个人的性生活就像结了婚的和谐的性生活一样稳固。

想到这一点,穆莉尔觉得,弗雷德里克故意"增加"他们之间的性生活,是因为他知道,她一定感觉到自己的性生活被剥夺了。这很像多配偶婚姻中会出现的友好的性关怀?让她得出这样的结论的原因是,他们现在常常会像夫妻一样亲热地偎依在一起,譬如说在哈莱街的屋子里工作以后待上一个多小时,胳臂搂着对方,讨论着这一天的问题,或者开车去汉普斯特德荒野,讨论子女们的事。他们就像结了婚的人一样,分享着温暖和爱意。

因为弗雷德里克几乎不能没有这种爱,不仅如此,他给她的爱一定是出于自觉的决定和善意。

他们有时的确对对方说,他们大家一起拥有的——但只有他们两人知道——就是多配偶的婚姻。

在众人面前,当人们讨论婚姻、西方人的婚姻问题、由于妇女解放引起的问题、一夫一妻制、忠诚,以及是不是应该"说出来"时,这两人要么保持沉默,要么说一些无关痛痒的话,听上去是情不自禁的不耐烦——就跟人们在商讨一些不容考虑的想法时表现的一样。

这两个人,男人和女人,曾经发现自己在考虑,甚至大声说出这些考虑的结果。"多少垃圾,多少谎言!"以表明我们大家对于西方出了名的成问题的婚姻,居然都持有那些明智而合理的想法。

穆莉尔开始考虑再婚的时候,只知道她已嫁给了弗雷德里克。不过,也没有人会愿意娶一个四十五岁的女人,还带着最麻烦、最难带时的两个子女。她无法想象再婚,因为这将意味着她和弗雷德里克婚姻的结束。他们很可能会一直这样走下去,进入老年,或者等到他们中间的一人死去。

穆莉尔对当时的情况是这样考虑的。

弗雷德里克认为穆莉尔是对的。他的确曾仔细考虑过他老朋友的孤独。她很可能不会再婚。说到底,她不属于男人比女人多的那个时代。而且她身上带有某种过分独立和别碰我的神气。她的沉默是富于挑战性的。她那绿色的眼睛是直率的。一个身材高挑、四肢修长、头发呈古铜色(她染的)的女人,人们会注意她,称她为漂亮或惹人注目的。对她,人们常用一些强有力的形容词。她年龄越大,讲话的方式越枯燥而冷漠。敌人们称她为不友好或男人气;朋友们称之为明智。他喜欢这些品质。但是,如果它们不是,在某种程度上,奥尔茜的反面,他还会吗?人们总是用"小"来称呼奥尔茜。他也是。亲爱的小奥尔茜。

他会尽力给予穆莉尔温暖,性生活,当然给他妻子的不会更少。多年来,他与穆莉尔的关系就像是果酱,不需要付出,是一种额外的奖励。现在亨利死了,他感到她是他突然增加的一部分责任,他应该为两个孩子付出的一部分责任。他喜欢穆莉尔,真的,他能肯定他是爱她的。他知道,他爱那两个孩子就像爱自己的孩子那样。这是一种全心全意的付出。但是他心中还有其他的什么,另一种痛苦在折磨着他。现在弗雷德里克心中最强烈的感情是他妻子和穆莉尔都不知道的。那就是他对那个已经结婚生子的姑娘弗朗西丝的渴望。他的两个女人都不知道那种渴望有多深。当时连他自己都不懂。

现在,过了多少年,他觉得他的生活是一分为二的,一边是黑暗,或者说是一片清一色的灰暗,一边是光明——弗朗西丝。一边是一切都那么沉重、吃力、困难,一边是一切都那么美好——弗朗西丝。在他的现实生活中,没有什么能给人愉快或者是快乐的源泉,在其他的某个地方,存在着他爱弗朗西丝时品尝过的甜蜜和悠闲。

到了现在,他确实知道,弗朗西丝,一个可爱的,但是十分普通的姑娘应该是其他什么东西的替代品。应该是这样。没有一个渺小的人能顶得住这么强烈的渴望、希望、需求的力量。他不时想从道义上和肉体上（因为这就像肉体上的痛苦）振作起来，抵御遍及全身的痛苦时，或者当他清晨从一个充满失去的痛苦的梦中醒来看到几英寸以外另一个枕头上奥尔茜睡着的脸庞时，他必须告诉自己：这不可能是因为我在疯狂的几个月中爱上的一个姑娘才这样年复一年地承受着痛苦。

不过，这就是当时的感觉。一方面是他的现实生活，另一方面是"弗朗西丝"。

他的理智把该告诉他的一切都告诉他了。例如，他当时要是傻到抛弃奥尔茜去找弗朗西丝，或者弗朗西丝傻到要嫁给他，那么在很短的时间内，弗朗西丝就会成为共同的枕头上的那个可爱的熟悉的脸庞，而弗朗西丝所代表的一切会移到别的地方去了。

但是他当时的感觉并非如此。尽管他工作非常卖力——他现在实际上是在干两份工作，一份是为他仍然很关心的穷人和无知的人们工作，一份是为富人工作，尽管他维持着对两个女人最温情的爱，兼顾着她们在感情和肉体上的需求，尽管他是五个孩子的老练的好爸爸，他还是觉得自己一无所有，什么都缺。

奥尔茜……我们想一想这个不谙世故的人物的处境或者看一看她的内心世界。

亨利的死亡让这三个人都加重了负担。穆莉尔去工作了，奥尔茜得管理整个大住宅，采购，煮饭，随时满足孩子们的需要。她不在意这一点，她从来没想过要工作。但是活很累，很快她就觉得自己干的全是苦活和家务活。本来孩子们大一些了，她希望活儿会少一些。但是这种压力与真正的压力比起来不算什么。实际上她一直很重视保持妩媚动人的外貌，并且很重视此事。重视的心情没有减少，她对自己日益衰老的容貌甚至提出了更高的要求。她无法想象自己很快就要进入老年，弗雷德里克很快就会不要她了。当她站在镜子前用她悲剧性的姿势和她感到的缺陷同她丈夫的爱相比时，她知道自己是不理智的。好吧，也许这就是"变化"。

她看了许多医学书籍，并咨询了另外一位医生——不是她丈夫认识的那个——拿了一些药片，并且考虑了她的感情状况，全部状况，以及她毫无根据地认为并觉得是症状的每一件事。

她知道她和丈夫的关系是温暖的，良好的，美妙的。其他人的婚姻发生摩擦，产生裂缝，破裂了，而她知道，她的婚姻是稳固的。

但是，当她审视她的生活，回顾过去时，她也把她看到的一切一分为二。对她来说，阳光明媚的时光，不是同年轻医生发生关系的一段。她感到遗憾的不是事情本身，不；而是她没有告诉她丈夫。时间根本无法削弱她的内疚。弗雷德里克和她曾经有过一段完美的时光，充分相信和信任的时光。然后，她，奥尔茜，决定去破坏它。他会那么爱上那个弗朗西丝姑娘，是她的错。啊，他很可能在某个时刻爱上某个人；当然了，人人如此。她不就是吗?但是这么强烈?这只可能是因为他们之间极端缺乏某种东西。而她知道那是什么,因为她曾对他说谎,没有信任他。

现在她拥有的已经大大超过了她应得的。如果她现在必须和别人——穆莉尔——分享一点他,那是她活该。再说,如果她,奥尔茜,当了寡妇,她肯定也会如此严重地依赖亨利。否则能依赖谁呢?

有几次,奥尔茜很激动,决定把年轻医生的事告诉弗雷德里克;但是这么做,会显得很荒唐,很过分。现在讲这件事,肯定会毁了他们还拥有的一切吧?就说:十多年来我一直在对你撒谎——她无法想象自己真能做这样的事。

有时,她听别人谈论他们的婚姻,觉得他们对待不忠行为的态度要随和得多。对待谎言也是如此。奥尔茜老是告诉自己,她总想这件事,感到担忧、伤心,肯定是非常错误的。

例如,有些人去集体易妻奸淫。他们根本不在乎大家在一起,成堆成群地做爱。其中有些人说,他们的婚姻还得到了巩固,也许是如此吧。也许,要是她和她的弗雷德和其他夫妻交换……谁,穆莉尔和亨利?不,那可能太危险,太亲密了?他们,那些易妻奸淫的人,当然定过一条规则,不能涉及与家庭太亲近的人?但是这根本不重要,重要的是说谎、欺骗。

事实上,世上唯一了解她真相的人是穆莉尔。穆莉尔知道年轻医生的事,也知道这些年的谎言。真奇怪,你的女性朋友会比你自己的丈夫更亲密!这是不能容忍的,无法承受的。奥尔茜觉得,要告诉自己我对穆莉尔的信任超过了对弗雷德里克的信任,是很可怕的。而我的行为却证明了我确实如此。

当然,她有时会想到弗雷德里克和穆莉尔。最近她感到妒忌,一点点,不多。这是因为现在穆莉尔和弗雷德里克在一起工作。

常有这种情况:当他们三人在一起时,奥尔茜会望着那两个人,她的丈夫,她最亲密的朋友,想着:当然了,如果我死了,他们会结婚的。这不是妒忌,而是她妥协的方法。她甚至想——不过穆莉尔会说类似的话,人们估计穆莉尔也会说的话:我觉得,这是一种群婚。

但是奥尔茜没有怀疑他们有性关系。并不是他没有常说他觉得穆莉尔很可爱。但人们总会有这种感觉的。当然了,这么多年来一定发生过什么:一个吻,或者两个?或者在聚会之类的活动后多一些?但不会太多。那两个人永远不会欺骗她。她能把任何事都告诉穆莉尔;她的老朋友就是一泓泉水,秘密会消失并忘却在那里面。穆莉尔从来不搬弄是非,从不进行谴责。如果用一个老套的词儿,那她就是道义的化身。至于弗雷德里克,当他坠入爱河时,不仅是他的妻子,全世界都知道此事:他不是一个能够或者想要掩饰自己感情的人。不过实际情况是:他们三人建立了一个友好、负责而体面的大厦,现在正生活在里面;这里根本不可能存在欺骗。这是无法想象的。所以奥尔茜不去考虑此事:她感到的不是性妒忌。

但是,她感到另一件让她感到羞愧的事,她必须默默地、偷偷地加以思考。她没法不去想,如果亨利可以看上去很健康地、毫无预兆地死去,弗雷德里克怎么就不可能呢?

奥尔茜是一个遇事大惊小怪、细心的妻子,不过弗雷德里克不喜欢她这点。她真想说:不要那么紧张,少工作一点,少操心一点,放松一点。她知道他觉得他必须这么干,要不也是职责所在。

她常常会在夜里从噩梦中醒来。如果弗雷德里克出诊了,她会看着身旁的空床想,她能期待的将来就是这样。于是她就走到楼梯口去看穆莉尔的灯光是否还亮着;灯光经常是亮的。于是奥尔茜走下楼梯,来到穆莉尔的厨房。她们会喝着茶或可可,一起等弗雷德里克回来。穆莉尔从不问奥尔茜为什么晚上会这么经常下楼,但她总是很高兴并且很能安慰人,很仁慈。她很仁慈。是的。他们大家都很仁慈。

有时,难得有几个晚上,弗雷德里克不需要去工作,他们能够都聚在一起。奥尔茜清理了餐桌以后,来到那两人中间——她丈夫,一个戴着眼镜的魁梧又心事重重的男人,坐在一盏灯和一堆医学杂志旁边,徒劳地想要跟上新的发现;还有一个瘦削的、静不下来的女人。她可能是在帮哪个孩子做家庭作业或者解决心理问题。有时,奥尔茜会看到房间缺少了中心,缺少了弗雷德里克。她和穆莉尔单独同孩子们待在屋子里。是的,最后就会是这种情景,两个上了年纪的女人,带着孩子们——他们很快就会长大并出走。眼睛一眨,一个男人就会像亨利那样消失。

在弗雷德里克待在医院或去出诊的那些漫长的夜晚,整幢房子和里面的居民似乎都在等他回来。这时,奥尔茜忍不住会看着坐在起居室那边的穆莉尔,想着:未来的事件会事先投下它的阴影。你感觉不到吗?

不过,穆莉尔会抬起头来,微笑一下,大笑一声,提出给他们大家冲茶,或者会说她听见弗雷德里克的汽车到了,她累了,要上床去了。她很乖巧,在不需要她的时候,她从不在夜晚多待一分钟。

不过,奥尔茜会想,这就是我们的未来。她们的未来,她和穆莉尔的,就是彼此。

她知道这一点。但是这么想是神经质的,她必须设法抑制这种想法。

另一座花园

据说,树林里藏着另一座花园。在找到它之前你会推测,在脑海里设想许多画面。也许,它之所以隐藏着是因为它与公园里的一切非常不同,人们会觉得它不协调?如果不同,不协调,那么在哪些方面?公园里已经有那么多形式各异的东西。那里有世上各种鸟类和动物。一棵树是从黎巴嫩移植过来的,另一棵是加拿大来的。海鸥来自大海,迁移中的鸟类在从一个大陆飞向另一大陆的途中,会落到这里广阔的水面上。运河边上有一片荒地,可以在那里摘黑莓,有野草丛生的田野可以躺,滚,做爱,或者遛狗,或者踢足球和打板球。有些地方像意大利,有些地方只能是英国。走过一座一定是从茶杯上复制下来的小桥,可以到达一个全要园丁们弯腰护理的名贵植物的小岛。玫瑰、微型瀑布、杨树、湖泊、喷泉、剧院……什么东西可能是不合适的,可以说是怪诞的?就像东方拥有的,一个沙地花园?不过,当然很难想象它那里没有吹落的树叶。一个色彩缤纷,而且搭配得很妙的卵石花园?一座除了沙砾还有金属和石头的雕塑花园?

当你的眼睛从橡树和柏树移到岩礁上的熊或伸在鲜花盛

开的树丛上面的长颈鹿的脑袋,然后看到一个小男孩拉着一只上面有张人脸的黄色盘子形的风筝在奔跑时,你会发现你看不到比眼前更不和谐的地方。

小孩子会从他们母亲的厨房里拿来一只发芽的洋葱和两三根胡萝卜,在一个角落里找几英寸的空地,把它们种下去。母亲会提供几袋种子和一把花园里用的叉子,还有专门知识。可是孩子们强烈地捍卫着他们自己的观念:夜里洋葱会变成好多个,胡萝卜会长出许多。"不,不,这么干,我们要这么干。我们不要你的不新鲜的种子。你说几个星期。可是那要长多久……我们要它们现在就长出来!"也许人类最早想让自然界繁殖的努力就是这样的?不,你无法想象那花园。只有园丁和管理人员的住房藏在公园各处。在这些屋子周围也许就有一些胚胎式的花园。一个小女孩在上学途中,常在一幢遭到过轰炸、几年前重建的房子里逗留。她用十几块砖和一些抹了灰浆的碎石为自己搭了一个屋子。在这个屋子周围,她有一座花园,里面种着枯萎的连翘穗和小草。每天早晨,她都带着一种新植物跑进去,从她母亲花园里摘来的番红花,然后是春天冒出来的樱桃枝。到处都有盛开的鲜花,而这个孩子每天过来,为的是培植一座她自己的花园:几平方英寸的土上长着一些零乱而枯萎的植物。她用夜间为雨水泡透的树枝上的水来浇灌它们,她从这房子的瓦砾中拖来一块木板为它们遮挡阳光。可是做什么都没用,它们必然会死去。于是她拿来了贝壳、玻璃和瓷器的碎片、卵石、小珠子,拼成一个图案,装饰成她那永远不会死去、干枯和消失的花园。

那么说,如果另外那座花园不是因为奇特而隐藏起来,那么它也许是这座公园的精髓,集中的表现?结果真是这样。当你在公园里漫步,观望着树木和灌木丛时,蓦一回头,就看到了。就在那里。

我第一次看到它时是在一月的一天。前一夜天气很冷,当时的天空是寒冷的蓝色,满天飞云。

我当时正在观望一大块长方形的整齐的草地,四周都有深沟为边界。在另一边是一些浅浅的台阶,几乎就是草地的宽度,把那花园推到了另一个水平线。台阶很宽,足以让十来个人并肩走上去,赋予这幽雅而神秘的地方一种好客的气度,好像它正在等待客人。可是在那里看不到一个人影。

当然,一月份去看它,意味着你要想象六月的情景。当你出乎意料地看到那花园时所感到的混乱,因为一下子看到两座花园而更激化了。在冬天景色里看到夏天。在那天上午很容易有这种感觉,因为当时阳光洒满大地,沐浴在阳光中的小鸟在喧闹。

在花园里位置低一点的、西边照不到阳光的草地上,盖着一层那一天都融化不掉的冰。冬天开花的荚蒾花、粉色的碎屑状的花蕾,散发出淡淡的刺鼻的香味,就像雪地里吹来的微风一样。

脚步声被小草吸进去了,你静悄悄地走着。

圆弧形的台阶很浅,两旁都有矮矮的柱子,上面都有涡卷形的装饰,就像冰冻的溢水槽。在每个涡卷形装饰上面都放着贝壳,就像萨拉曼卡①的那面墙上的贝壳一样,人们常去那里观望在无光泽的粉红石头上移动的影子,石头的颜色同科茨沃尔德②丘陵地带用的石头一样。

现在,那四周的植物修得很短的绿色长方形草地,已经甩在身后了。到了春天,那些植物会长成什么样呢?夏天呢?当然了,薰衣草和石竹,芸香和迷迭香,牛至、百里香、樟脑草和芍药。这些花草发出阵阵香味,蝴蝶飞舞,蜜蜂采蜜。人们会站在那里,用鼻子嗅着它们,就像昆虫一样陶醉。草地将是温暖的。现在,在那些分界线后面,是一些光秃秃的灌木和大树。但是在叶子长出来以后,这块低洼地会遭到双重包围,先是篱笆,再就是一片绿油油的树叶。

即使是现在,你已走进花园,站在台阶上了,你也不可能看到它的全景。

在第二层有一座喷泉,四周种满了玫瑰,还有草地,到处都是草地。玫瑰将盛开在草地上,而不是柏油地上。脚步声永远不会侵入此地。一个抓着一条美人鱼的顽皮的黑人男孩与栗树街上抓着海豚的男孩的塑像以及从杨木林中喷泉射出来的鱼相互呼应。池水是上冻了,但是人们为了鸟把冰凿开了。混浊的水面上漂浮着摇摇摆摆的冰块。在寒冷的阳光普照的水边,一只歌鸫和一只鹩哥在等我离开,它们好去饮水。

到处都是鸟。鹩哥用它的黄喙啄着玫瑰丛下的土壤。肥

---

① 萨拉曼卡(Salamanca),西班牙西部城市,为萨拉曼卡省省会。
② 科茨沃尔德(Cotswolds),英国西南部盛产羊毛的地方。

肥的鸽子露着胸脯晒太阳。麻雀在喧闹,似乎春天已经来到。乌鸦在一些树上忙来忙去。一只本应该冬眠的松鼠在观望我下一步的行动。

在这座圆形的花园边上,还有一尊塑像,那是一个姑娘抱着刚刚长出小角的小山羊。

这类塑像只能引起真正的艺术家们鄙视的那些想法,例如:"那个雕塑家该多爱这个姑娘呀!"她很美,脸部轮廓很清晰。她的头发看上去是湿润的。人们肯定会想,那个雕塑家在说:"现在去洗洗你的头吧!今天我要给你做头发。"而这位主人公在摆出模特坐姿的当儿,肯定会带着冷幽默含蓄地说:"天哪,这座塑像看上去会像那只小山羊总是想转过头去迅速地吮上一口。"但是,那位艺术家没有理她,坚定地做下去,把小山羊塞在一只胳臂下,高高地贴近她赤裸的胸口。

这是最温柔、最可爱的塑像,它是

　　献给所有保护弱者的人们

它是用深色的青铜制成的。那个姑娘望着那只小动物,而小动物却望着远处从冰冻的水中升起的闪光的黑人男孩和美人鱼。

几周后的一天,天空阴沉,一切都是湿漉漉的,忧郁的,那只小山羊的脖子上却出现了一个花环。那是用粉紫色的香月桂缠在浅褐色的枝条上制成的。有人爬上去给山羊戴上了花环,看来就在最近几天,因为那些花还很新鲜。

如果不声不响地踩着草地走进这座雅致的花园的下一条

环形小路,它看上去就像一个又一个的泡沫。但是你还看不清这里的整个面貌;你根本无法一下子看清全貌。这个"泡沫"比第一个要小一些。那个曾经提起这里有另外一座花园的人,也说过,它的布局就像一个人体。第二个泡沫是胸脯。

它很像玛丽王后的玫瑰花园,不过是一个很精美的复制品。成片的土地上全是长在草地里的玫瑰。这些圆形的园圃就像是摆在草地上的花环。四周围着酸橙树的树篱,全是中心树干两边的又平又硬的黑色多节树枝。那黑色的树木闪闪发光,滴着水珠,在阳光的照耀下,飘洒的水珠犹如水晶。每个树节上已冒出黄色的嫩芽,春天一到就会变成绿色的嫩枝,又会重现花环的景观。

各种各样的小鸟栖息在冰冷的树枝上,等待着春天的来临。

这些草地的尽头,是一个很小的圆圈,或者泡沫:那是脑袋。又有好多玫瑰。这是一个生机盎然、十分怡人的小地方。在夏天,它一定就像埋在一束花草之中。你抬头看看那蓝莹莹、不再发黑的嫩枝,穿过酸橙树那光秃而零乱的枝丫,可以看到下一个泡沫。

还是看不清总的构图,不过你现在知道了,你的脑海里已经有了一个小圆圈,一个大一点的,一个再大一点的。然后是四周都有树篱为界的那长方形的草坪。

一阵微风吹起了十来片在去年秋天冰冻的树叶,让它们噼里啪啦地落到有人影的冰面上。在夏天,落下来的将是蝴蝶和玫瑰的花瓣。

默默地往回走,穿过草地,那只鹩哥还在你身后跳着,因为你可能是个园丁,园丁意味着翻过的土壤。这里没有别人,根本没有人。

往回穿过一个圆圈,又一个圆圈,然后走过台阶那边的草坪。在你离去时,那地方在后面跟着你,就像用石头搅动过的水面在重新恢复原状。这就是它,整座花园,在它的树篱中间,在它光秃秃的树木中间,像伴唱一样,重复和附和着外面那座大公园里的每一个主旋律,不过那里是粗野的、原始的。

现在已走得很远了。那只鸽子露着它那闪闪发光的胸脯,鹩哥和歌鸫在啄着泥地。

但是那只松鼠很快地跑到大门口,举起了爪子,似乎在乞讨。然后它用它的前爪抓我的腿,就像一只要求照护或喂养的猫。

你转过身,拐一个弯——一切都消失了。

意大利套衫

妒忌从未折磨过这历时十年的婚姻。看着他们身边来来去去的婚姻,他们经常会说,这是一段好姻缘。他会总结说:"在这方面,我们干得不错。"等着她用滑稽的嘎嘎笑声(这是在他们结婚前的一段日子里养成的习惯)来加以确认,并且说:"我们很聪明,是的。聪明的詹姆斯。聪明的吉尔。"然后他说:"聪明的吉尔,聪明的詹姆斯。"接着是一个吻,或者是很多吻。

有一个孩子,一个讨人喜欢的小女孩,长得很好。

1991年的衰退,或者萧条——人们显然觉得这个词儿不会造成很大的惊恐——使她失去了健康美容院中接待员的工作。这家美容院破产了。但他不会失去工作,因为他是所得税征收局的官员。两人开玩笑说,总得有人做这工作。他们得勒紧裤带,但还没有到日子过得不舒服的地步。他们没有去度假,估计明年也去不成。他们没有换车。肉吃得少一些了,也不去收费的公园或博物馆了。跟其他人一样,他们的衣橱里塞满了衣服。有时,他们带着陷入危机时可能有的心情说,如果击退萧条,要靠大量的人出去买他们并不需要的东西,那前景是十分糟糕的。

她说,她不去工作,也有很多事可干。她粉刷了浴室和卧室,整理花园。她和朋友们在家里会面,不像光景好时那样去泡咖啡馆。

当詹姆斯问起这一天她怎么过时,她常说,她在图书馆或者在公园里遇见了琼,或者贝蒂,或者丽贝卡。当几对夫妇带着丈夫一起会面时,女人们会说,她们曾经在某个地方会过面。然后,有一天傍晚一些朋友来吃晚饭,詹姆斯想起吉尔曾说她们在诺拉家喝咖啡来着。但是当他提起此事时,诺拉一脸茫然,吉尔羞得满脸通红。由于幸福的习惯或者婚姻持有的良好的风度,这件事就这么过去了。它在什么地方留下了一丁点儿怀疑的伤害。然后,大概一星期以后,詹姆斯在骑士桥看见了他妻子,当天晚上对她说起了此事。她的脸扭动了一下,因为什么?啊,那是害怕。

此时,他陷入了极度伤心的妒忌之中。一开始,他还不承认,但不得不说,这是妒忌!这是一种由于抑制冒火的目光而形成的可怕的面红耳赤的景象。但是,狡猾的心理马上让他的脸上露出了关心的假笑。然后他说:"那一定是个很像你的人。在哈洛德百货门外?"①

这次抖抖嗦嗦的询问并没有得到回答。她只是皱皱眉

---

① 哈洛德百货(Harrods),世界最负盛名的百货公司,贩售奢华的商品,位于伦敦的骑士桥上。

头,咬着嘴唇,试图微笑一下。

于是开始了一段时间,他会随意地,不过他自己也知道是明显地,问她一天中干了些什么事。她去超市,或者看电影了;她送孩子去学小提琴或者去看她的好朋友,或者去游泳池了。

但是,他觉得在每一天中总有几个小时是说不清的。当他问道,"但是午饭后你干什么了?你要到三点四十五分才去学校接乔伊斯吧?"或者一些类似的让她出丑的问题,她会显得很紧张,微笑一下,向他投去短暂的哀求的目光,他把这些都看成是供认不讳。

他恨她。但又一次全心地爱上了她。他们的性生活又恢复到这种习以为常的行为削减之前的情况。起初他甚至觉得准备犯下将自己强加于她的罪孽,因为她爱着他的一个情敌。但是她根本没有退缩,或者表示出一种容忍的态度,而是以一种他几乎已经忘却的高兴而自然的心情顺应着他。

第二次蜜月!他们说,这就是。但与此同时,她那内疚的神气和微笑折磨着他。他们之间美好的性关系让他更受折磨。他无法不予理会。

他去吃午饭的路上又出乎意料地看见她进入骑士桥上的另一家商店。他没有去吃午饭,反之,走进了这家像个小镇那样的大商店,在手提包、帽子、围巾之间逛游,然后看见她就在他上面的那部电梯上。他小心翼翼地跟着她上去,在电梯上等她下去了再下去。他徘徊在顾客之间,内疚地到处张望,生怕自己看上去像个小偷。正当他要离开那层楼时,他看见一个仙女般的人物,一个容光焕发的姑娘,穿着一件挺括的薄衣料制成的黑色短套装,正朝他漫步走来,那是他的妻子吉尔。在她转身、摆姿势、摆好姿势站着的时候,她那穿着银光闪闪的浅色袜子的优美的长腿一开一合像剪刀似的移动着。而三个售货员像她一样思想集中,着迷地站着。他认出了她那沉迷在自我陶醉中的神气。他在她脸上看到的是她在做爱极端快乐时,进入自我陶醉的着迷状态。那些售货员也着迷了,因为他妻子穿着那身薄薄的黑色套装美极了。可是谁来买单呢? 不是他,她的丈夫。在目前紧缩的时期不行,任何时候都不行,因为那套装是贵妇人穿的。一定要几百英镑。她真美! 真清秀! 根本不是一个能刷天花板,摆上一排生菜、烤土豆,周日上午同他一起去街角上小酒店的平凡女人。如果说,他此时比以往更加充满了妒忌,那么,他也感到,什么呢? 同情。是的,就是这种心情。因为他第一次想到,女人稍纵即逝的美,以及对它的拥有者的含义。就好像有几盎司重的东西从你头顶上溜过,马上变成了仙人掌花那么奇异的东西,然后完全消失了。那该是种什么样的感觉……但现在她确实该去学校接孩子了? 她必须走了……他偷偷地溜下电梯,站在人行道上盯着,最后他看见了她。又变成了平时的样子,穿着她蓝色的雨衣,头上围着一条围巾,但她没有看到他。她跳上了公共汽车;她去接孩子了。她手里没有包;她没有买那套装。现在,他除了松口气之外,还对不让她拥有这么合身的套装的不公平现象感到十分气愤。不过,如果她真的拥有了它,她能在什么地方穿它呢?难道说,有什么地方可以让她穿着这样的衣服去的吗?如果是这样的话,她会跟谁一起去?疑心又燃烧起来了……等她不在的时候,他得查看一下她的衣柜。怎么查?他们以前是不监视对方的。

那天傍晚,一家三口在有点破落的、舒适的旧厨房里吃晚饭。他们吃了沙拉、烤土豆、干酪,给小女儿吃了一块比萨。她很快就跳起来去同隔壁的女孩子们玩耍了。她的父母很融洽地坐着喝咖啡,没有说话。她的脑袋靠在一只煮饭时弄脏了的纤细的小手上,似乎在幻想什么。他知道她当时看到的是什么。他看到的却是一个非常瘦弱的、近四十岁的女人。她很苍白,也许有点贫血?她的眼睛一直是她最美的部位,大大的、蓝绿色的眼睛,眼睑的轮廓很优美,边上是金色睫毛,她有时把睫毛染成这种颜色,有时不,染成黑色的。此时的睫毛是黑色的。给那张出神的脸庞赋予一种埃及修女的神气。她穿着一件褪色的蓝色 T 恤和染上污迹的牛仔裤。她的头发……他想起来了,那些金色花瓣式的温柔的头发剪得非常漂亮……花了很多钱去剪的。这种发式在马路对面的理发店里是剪不出来的。疑心又像毒药似的让他变得束手无策。

他必须要查她的衣服。什么时候查?他在家里干什么,她都知道。就像他知道她干什么一样。电话铃响了:邻居叫她去讨论某个共同的问题,她就走了。她说,她马上就回来。再说,小女儿很容易进来发现他……

他飞快地走进他们的卧室,打开了她的柜门,立刻就被包围在一种温暖的、香喷喷的面包气味中,用来擦头发、皮肤、双手的香草味中。一切都在谴责他,因为他怀疑她了。这种真实的气味告诉他,他那疯狂的、拙劣的想象是毫无道理的。但他还是拖出一件毛衣、一件旧连衣裙,一件又一件——他件件都见过,就像蜕下来的蛇皮,或者树木生长的年轮,他自己和她记忆中的片断。

这时,他几乎接受了撞击他拙劣而激动的神经末梢的真理。但是,他这种激动的心态也有着某种愉快?他毕竟是过着相当清醒的生活,这种极端的激情,不管好坏,并没有让他的日子变得更生动。或者,与晚上有关。他们早早地上了床。他伸手去抱她时,她急迫地进入了他的怀抱。但他抱着的是他在大商店里见过的美人,他渴望并惊讶地看着她那因为做爱而汗渍渍的细嫩白皙的皮肤,还有她那像鹳或鹭一样过分瘦削的身材,因为他的妒忌心而变得年轻而敏感。

第二天早上,他看着她穿着旧牛仔裤和毛衣在忙碌,这样一个在公共汽车站上没有人会注意的普通女人,会变成那样——他昨天见到的那样,该多奇妙呀。

他干的不是走开一两小时不会有人说话的工作。他工作很卖力,常常是不享受真正的午休,只是出去匆匆吃个三明治。他整个上下午都在工作,脑子里却想着他妻子可能在做什么,同谁在一起。然后,在他勤恳的一生中,第一次编了一个家里有急事的借口,请了一星期假。他本来积攒了很多假期。而且是第一次没告诉吉尔。

那天傍晚,她似乎是容光焕发。她的心不在那小女孩,也就是她女儿,身上,也离他很远。跟谁在一起?

第二天早晨,他假装去正常上班。他欺骗他的另一半,什么事都离不开的伴侣,而不感到内疚,表明他确实很糟糕。暗中监视家里的住宅是不可能的。这住宅是处于邻里保卫委员会的监视之下的。在公共汽车站附近有座小公园,他就去了那里,尽管这很危险:万一有人告诉吉尔:"上午十一点我看见了你丈夫……"

很快,她就像小姑娘似的沿着人行道跑过来,轻快地登上公共汽车,走到前面,进了底层。她脸上带着微笑,没看到什么。他坐在上层。当她下车时,这次不在骑士桥,而在邦德街附近,他也下了车。

这次不是大百货商店,而是一片小店。在这里跟踪她,要困难得多。他在人行道上来回漫步,小心翼翼地往店里张望着。她就在那里。这次穿的是一套为海滩设计的服装。今年他们不会去海滩了——哪一年都不会去,不会去可以穿这种服装的海滩。她穿着类似三十年代的那种浅色绸子的海滨睡衣,戴着一顶松软的细草帽。售货员们又望着她。一个给她拿来一块手绢好扎在她的手腕上,另一个拿来一只漂亮的手提包,第三个拿来一串彩色珠子。他又一次看到那些女人目不转睛地盯着他妻子的躯体和她这个人。这是一家以世界顶级设计师冠名的商店,看来对她很熟悉。如果她不打算买这些服装,那为什么……可是她长得如此可爱,这就是原因。那些售货员整天卖衣服给一些胖女人、丑女人,或者是相貌平平的女人,每天要受好几次罪,就像遇到不合适的主人时,艺术品就会失去光泽那样。现在来了这么一个富有魅力的美人,他的妻子,这些衣服就该穿在她身上。情况就是这样……可是她是在为谁展示这些衣服?现在他得承认,是为她自己。它们是她实质性的白日梦。过去他不知道,她渴望魅力,渴望昂贵的海滩,能展示自己如此优雅的美貌的聚会……也许,她认为这并不重要,并不真正重要,只是有点重要。他至少希望是如此。

她离开了这家店,他又跟着她。她走进旁边街上的另一家店。她又一次穿着价值几百英镑的服装来回展示。这次顾客们把她当成了模特。售货员们保守着秘密,而吉尔扮演着她的角色。她丈夫看到她那么快乐,干得那么好,为她感到心痛。这件衣服穿在她身上,就像是她的身材,她那芭蕾舞演员那样的动作的延伸。这该是在重要舞会上穿的一件浅桃色高档时装,穿在那位买主,阿拉伯夫人的身上显得很粗俗。但是没关系。那些售货员,还有她——他的妻子,更不用说他了,都已经看到了这套服装的本来面目,至于它堕落成了平庸,那就无关紧要了。

他看着她走进一家在五大洲都有名的理发店。他并没有埋怨她这一点:她肯定是在日常开销中,东一点西一点省出来的,不过她蜻蜓式的本性让她有权这么做。他甚至懂得,不让他知道此事,一定也是挺有趣的。

他坐了几站地铁,为的是确保他们两人不会在同一家咖啡馆里碰面。他花了一个小时吃了一块三明治。他觉得自己似乎是跪在一个很深的水池边上,往里张望着,在深处是他的妻子,他自己的吉尔,他的另一半,但是离他很远。他并没有意识到自己在亲切地微笑,带着一种似乎同冒出来的痛苦的妒忌一样强烈的同情心。

他要等到平时回家的时候才能回去。这意味着他有几个小时要打发。这时,他干了一件他过去从来没有想过的事。他来到昂贵的商店的男装部去试穿他一辈子都没穿过的服装。他现在怎么能穿这些衣服?穿了去哪里?穿了这些西装,这些夹克,与他的职业生涯是不匹配的。他和家人的生活中没有什么是适合它们的。他离开了大商店,发现在同等档次的商店里,西装、夹克和大衣的样式在全城都是雷同的。他以前不知道这一点,因为他买衣服向来是很随便的。他进了一家同那天上午他看到吉尔去的商店类似的商店。那价格——喔唷,他能看出,人们为了自己的怪念头是必须付出代价的。一个青年一眼就看出他在这种地方感到很不自在,但还是帮他试穿了几件套衫。最后有一件让他很留恋。它似乎采用澳大利亚土著绘画的灵感,用蓝色和绿色,加上一点深赭色和少许黄色画成的另一种规格的图像。意大利的工艺。那材料像是柔韧的绒面革或者是较厚的绸缎。这件套衫确实是应该为泰特陈列馆设计,并挂在那里的。比它差许多的服装都曾在泰特展示过。

詹姆斯长得并不难看。身材高挑而瘦削,脸上露着总是比较幽默的(最近并非如此)微笑,头发不再漆黑,因为已经花白了。但是他穿这件套衫,显得非常帅,用这个词再恰当不过了。价格是……他犹豫了一会儿,不相信地看着自己。售货员也是如此。这是他推荐的。"我会降点价……你穿着绝对好。"但这还远不是他、他家里能承受得起的。

"它太贵了。"詹姆斯说。

那个售货员想要他买下。出于审美,还是有什么别的原因。那个没精打采的青年很欣赏他。詹姆斯通常不知道的各种压力改变了他体内无形的平衡——他买下了这东西,觉得就像接受一场灾祸一样,走出了这家店。知道那个青年的眼睛一直在盯着他。

现在拿它怎么办呢?他不能把它拿回家。吉尔会被吓坏的。它的价格等于两个月的生活费。如果他把它拿到办公室,他在那里的地位同他在家里一样,这件衣服马上会给亮出来,大家会赞美,惊讶一番。"你中奖了?赢了落袋台球?"而且这些问题都会带着嘲弄的口气,他知道。他们会认为他疯了……他能把它放在哪里呢?他仔细地把它包起来,放在办公桌最底下的那只抽屉里。

那天夜里,他抚摸着他爱人的金发,触摸着她柔软的脸颊,无助地说,"我爱你,我爱你……"她激动地笑着说,"你怎么了,我想知道……好吧,我不埋怨。"

他仰面躺在床上,伸开了双臂,由于心中起伏的过度的激情而放声大笑,看见吉尔通红的脸俯在他上面,想着,他和她,要是穿着他们不该穿的服装,该是怎样的一对,一起走向……嗯,哪儿?

他还剩下四天"假期"。他不要它们了。他不知道该怎么打发这时间。

第二天午餐时刻,他偷偷地来到办公室,说他忘了要用的东西。他把套衫拿出来,在男厕所里把它穿到身上,然后像个罪犯似的溜出了办公室。他能去哪里呢?他去了豪华的餐厅,坐在可以看到别人而不让人注目的地方,要了一杯茶。他马上就知道,如果他穿的外套在这里不引人注目,那么他身上的其他一切都是错的——他的鞋子、裤子,甚至是发型。只有他的意大利套衫是同这里相配的。甚至,也许,更胜一筹。应该在什么地方穿它?也许是同朋友们一起去乘游艇,在阳光普照的海滨别墅,在天色很晚,颇有凉意的时候?同一些人——问题就出在这里——同那些会关心人们穿什么,会觉得穿这件衣服是对他们表示尊敬的人在一起吗?实际上,他觉得他是在错误的地方,做了错误的展示……屋子里全是人。人们忙着喝茶,吃蛋糕,等等。没有人注意他……对了,有一个人注意了。一个独处的年轻人在望着他……一个像店里售货员那样的青年。现在有人在看詹姆斯,在评论、在估价。除了这个青年,又有人参加了进来。两个人都意识到了詹姆斯,看了看他的套衫,然后看看他这个人。最轻松的想法就是他们两人都是干高级时装行业的……詹姆斯付了茶钱,离开了。他觉得很内疚,好像自己洗劫了商店,甚至是自己工作的部门。

他坐上公共汽车,回到那家商店所在的那条街,走进店里。那里没有顾客。现在毕竟是萧条时期。还是那个无精打采的年轻人,正站在那里望着街上。这当儿他显然是希望有个借口可以发泄一回。他马上知道詹姆斯为什么来了。两个人站在那里盯着对方。詹姆斯的脸上是抱歉和请求的神色,年轻人一开始是感觉受到了冒犯,准备进行谴责。

詹姆斯说:"我买不起它。我一定是疯了。"

年轻人挑衅的神气消失了。他似乎考虑了一会儿这世界的不公平,然后点了点头,并且客气地说,"嗯,当时我想过……"他拿过那件他知道已经穿过的衣服,找了几张当时常用的咖啡色的薄纸,把它包了起来,放进了一个抽屉,它就独自待在那里了。然后,他去找詹姆斯的支票,还在那里。他就把它撕了,花了些时间处理了各种文件。

"请相信我,"詹姆斯说,"我真的很感激。"

"有时会有这种事的,"那青年说,然后,"好了,说不定哪一天你也能为我做同样的事情。"

那青年看着詹姆斯,甚至可以说是直勾勾地盯着詹姆斯,青年能坦然接受这件荒唐之事及其暗含之意,让他们一起大笑起来。

然后,詹姆斯边笑边离开了商店,来到办公室,说家里的急事已经处理好了。如果需要,他明天就可以回来。他们的确需要人。所得税管理处常年处于编制不足的状态。他只离开了两天——事后他一直觉得这是个可能会毁了他的危险时刻。

想一想,一件套衫,只是某个天才的脑中设想出来并织好、染好的一样东西,一件有颜色的物品,就能启开……就像穿在吉尔身上的那些漂亮的衣衫能够启开……只要……但是她充满幻想的长途跋涉没有持续很久。即使像吉尔那样的绝色美人,一次又一次地进入商店,沉湎于自己和售货员的幻想之中,毕竟是有限度的。而且离开了那里,她又能去哪儿?这就是问题所在。她像詹姆斯一样,尽管曾迷失在狂热的拜金和危险的世界之中,但到了时候一定会问自己,"离开这里,我又能去哪儿呢?"

他感到心疼,为她感到伤心,为她永远无法感到满足的另一个化身感到伤心。她会继续当他心爱的好妻子,他会是她心爱的好丈夫。当他抱着她时,他永远知道,她的另一个化身,像一只纤巧的蝴蝶似的正在看不到的某个地方飞舞,她能看到那化身,但永远也不会知道他也能看见。因为他没法告诉她,他曾在暗中监视她,因为存在于清新和真诚气氛中的婚姻,无法承受这样的坦白。

不过有趣的是,他的这位妻子,这位干着园艺、煮饭、送孩子上学的妻子;其化身却是人人一见到就会仰慕、尊敬、渴望的。而他穿着他的意大利套衫:嗯,他只能想象不光彩的场面。为什么是这样?当然,在某些场合总会有不平衡的?

对杰克·奥克尼的考验

他父亲快死了。来了一份电报,上面还说:**给你电话打不通**。那天上午从七点开始,他一直在打电话。发电报的是房东。马卡姆太太难道不知道,有急事可以要求电话局中止他的谈话吗?这时,这位正在处理难以驾驭的人们和事务的组织者,把愤怒全集中在马卡姆太太身上了。但是他控制了一下情绪,告诉自己,马卡姆太太不仅是他父亲的房东,也是另外十来个老人的房东。

他已经很久没有真正组织过什么政治行动了。有人很高兴来组织他,利用他的名字,他的出席,他的赞同。但是那天上午,七点不到,一个老朋友沃尔特·肯汀激动地给他打了一个电话,说他们"大家"应该用某种方式为那些难民举行一次示威。这次涉及的可是孟加拉九百万难民。还说他是唯一可能从事这一组织工作的人选。这让他回到了积极从事政治活动的过去。他一边打着电话,一边很快就发现,即使是他们想象中的小型示威,也会是有限的,因为大家都在议论,觉得示威起不了什么作用,电视、广播和所有报纸干的就是告诉全世界这几百万灾民的处境。十几二十个人在某个显眼的地方

"静坐"或"游行",或者甚至绝食二十四小时,能起什么作用呢?在过去,这些行动的意义当然是要引起公众对某件坏事的注意。

现在,他对马卡姆太太缺点的强烈反应让他明白了,那天早晨他对沃尔特做出积极的回复,主要是因为他几周、几个月以来,一直无所事事。如果他不是无事可做,他不会那么夸大细节。他一直在为自己找事做,可以说是在进行盘点。他在看旧的日记、二十多年来自己写过的文章、别人的来信,其中有些人二十多年来都没见过。将自己埋在自己的过去当中,当然是不舒服的。这是发生在朝鲜、以色列、比勒陀利亚的实际情况,当时有这种这种情况。记忆出错了。人人知道是这样的,但他相信自己是例外。他整天在蓄意寻找过去,但是每过一天他都觉得自己在其中的作用似乎都是很不值得的,从而降低了他的目标和力量。他现在不是没有工作机会,而是缺乏每一样工作都需要的那种热情。在许多可能性中,最能吸引他的,是到尼日利亚的一所小型大学里去教新闻,可是他下不了决心去接受这份工作,因为他妻子不想去。他要把她独自留在英国两年吗?不;不过,在过去,他当然不会有这种想法!

他也不想再写一本冒险小说,过去,在这种空闲的日子里,他曾经用 noms de plume ①写过一些小说,其吸引力在于他对小说背景国家的描述。作为士兵或新闻记者,他一生中

---

① noms de plume〔法〕,笔名。

曾经常在这次或那次战争中危险地旅行。

他也可以写一本关于社会分析或政治分析的严肃的著作。他已经写过几本了。

他可以做电视,或者回到生机勃勃的新闻工作岗位。

问题是现在三个子女都已经大学毕业,他不需要去赚那么多钱。

休闲,终于可以休闲了!他曾经这么高呼,他的许多朋友发现自己处于相似的境地,也是这么做的。

但是半个上午积极的组织工作,足以告诉他——就像他年轻时母亲曾告诉他的那样——"你的问题是肩上的担子还不够重!"

他发了一份电报给马卡姆太太:**近傍晚时火车到**。坐飞机可以省去他一个小时。正常的心情无疑会选航空。但是他需要火车的速度来让自己适应面临的事情。他打电话给沃尔特·肯汀,告诉他,组织工作还没做好,但家里有些急事需要他去处理。沃尔特听了没有作声。于是他说:"实际上,我老爸会在一两天内死去。这种状态已持续了一段时间。"

"我很遗憾,"沃尔特说,"我会联系一下比尔或莫纳。过十五分钟我得去都柏林。周六以前你能回来吗?——啊,当然了,你也不知道。"他意识到自己有点漠不关心,或冷酷无情,就说:"我真希望一切都很顺利。"这么说,更糟糕;于是他放弃了:"你觉得绝食二十四小时会比其他可能采取的行动更合适吗?你觉得大多数人是这么想的吗?"

"是的。但是我觉得他们不像以往那么热心。"

"嗯,当然了,各式各样的事情太多了。一天二十四小时示威都行。不过,我得去乘飞机了。"

杰克知道如何在十分钟内把行李打好。在打行李的当儿,他想起了他有家人。是否要让每个人都去死者的床头?啊,当然不必了!他找他的妻子,她不在。当然了!不用管孩子们了。关于休闲的魅力,她有很多感叹,但是她几乎马上就去报名上心理学,这是她计划当家庭顾问的一个步骤。她给他留了一张字条:"亲爱的,有一些冷羊肉和沙拉。"现在他给她留了张字条:"老爸要走了。什么时候来都行。告诉女儿们和约瑟夫。爱你们。杰克。"

坐在火车上,他在想,他会遇到什么情况。家人聚会,当然了。他哥哥并不坏,但是上次他遇见艾伦时,她称他为童子军①,他称她为大英帝国的女儿。她觉得这是一种称赞,似乎是赢了一着。真是个可怕的女人。至于她的丈夫,他当然不会也去那儿吧?作为一个男人,他得去?他们这些人会住在哪儿呢? 当然不是那座小公寓。他在给罗斯玛丽的便条里应该让她打电话到 S——城的旅馆里。其他的孙辈会去那里吗?嗯,不管出什么事,塞德里克和艾伦一定会办得很妥当的。至于他自己嘛,等他弄清楚了场面上的安排,可以打电话回去的。但是天哪,出于……迷信而让他们三个很明智的成年人——不管怎么说,都成年了——不得不坐在一起等待父

---

① 童子军(Boy Scout),在英语中,"Boy Scout"还有"幻想而不切实际的人"之意。

亲的逝去,是够糟糕的。是的,当时的情况就是如此。这当然只是陈旧的社会习俗,而且还可能要持续好几天。不过,老爸也许会感到高兴的? 在考虑适用于死亡和葬礼的用词时,他又感到很恼火:一不留意,又会搞成自我嘲笑,一场闹剧。不管怎么说,如果艾伦、塞德里克和他自己待在一个房间里,这种情况总有点像闹剧。

很可能,老人甚至已失去知觉。他在这么匆忙——像个新闻记者那样拿了两双袜子、一件备用衬衣和一件套衫——出来之前,该打个电话给马卡姆太太的。他应该买一条黑领带? 老爸会喜欢吗?(杰克想到了一个确实"合适"的词儿,并担心不久的将来会更糟。)

老爸在他妻子去世时没有穿黑色衣服,也没改变他快乐的神气。

他的妻子,杰克的母亲。

他原以为会出现的抑郁情绪,现在真出现了。他意识到,他已经郁闷了一段时间了:这就像黑暗进入浓雾一样。他过去不承认自己感到郁闷,他本该知道的,因为他每天早晨醒来,想的不是自己该有点作为,或者有些成就,而是他妻子的情况。

如果罗斯玛丽死了……不过,他不会去想这些,这会是很可怕的。

母亲逝世时,父亲为她办了最简朴的葬礼——当然是宗教仪式的。多少年来,所有的家人第一次一起待在老屋里,孙辈也如此。老爸的举动就好像他知道他不应该把他的悲痛强加在他人身上似的。杰克同母亲不亲,他不喜欢她。他同家里任何人都不亲。现在他知道他爱他妻子,但这也是最近才如此。他有漂亮的女儿,还有儿子约瑟夫,人人都坚持说他们爷俩像是用一个模子刻出来的。不过约瑟夫听到很生气。而且他们两人一见面就吵架。这是一种亲近么?

母亲过世时,他本该更关心老爸一些才是。老爸很可能在温和的尊严后面隐藏了很多想法。当然啦!回想十年以前的情况,杰克知道他是理解父亲的感情的,也感到同情,不过觉得很尴尬,不能主动地提供些什么——是害怕对方会提出更多的要求?——就装聋作哑着。

那幢老房子是教堂的财产,分割成一些单元,供常来教堂做礼拜的老人居住。在到那里去居住之前,他们都不是朋友,但是现在他们似乎都成了亲密的朋友,或者至少能在马卡姆太太的监管下,按不同的方式,相互做伴。马卡姆太太也住在那里,照看着这房子,也照看着他们。她在教堂里摆鲜花,修补法衣之类的衣服。她五十岁了,可怜的家伙。这时杰克告诉自己,他虽然是"家中最小的",也已经五十出头了。要同他一起待不知多少天的姐姐艾伦,是五十五岁,而他那个无聊的哥哥塞德里克年纪更大。

火车里没有坐满,它正愉快地奔驰在英国绿色怡人的大地上。车厢内还有两个人。这是二等车厢。杰克旅行时尽可能坐二等车厢;这是他用来表明自己没有因为成功而变得娇气。当然前提是你能把他拥有的一切称之为成功。他的哥哥和姐姐是这么认为的,但这是他们对生活的看法。

同行者中一个是中年妇女,一个是二十三四岁的姑娘。那姑娘把一只胳臂靠在窗框上,凝视着夏日白天的一片葱绿而和煦的白金汉郡,然后是伯克郡,然后是威尔特郡。她的脸藏在闪亮的黄色头发下面。杰克把她归入回家探亲的伦敦秘书一类的人物,他能与之相处的那种年轻人,那是说,像他与女儿们相处那样,而不是与儿子相处那样。

他发现,与女儿们相处非常快乐而欣慰。他觉得,嘉丽和伊莉莎白都慷慨地给了他以前在女人身上寻找的一切。这并不是说,她们总是那么肯定他,远非如此。是她们的美丽安抚并逗乐了他。她们柔软的头发让他感到喜悦,她们的微笑,即使是对别人的微笑,也能满足他现在觉得是一生对女人的要求。

虽然他们是住在同一幢房子里,但他确实不大见到她们,因为她们住在楼上,有她们自己的生活。

那个不年轻、不漂亮、因而不讨他喜欢的女人下车了。他知道他应该为自己的这种反应感到羞耻,但还是把这种羞耻心放到以后去考虑吧!这时窗边的姑娘朝他转过身来,剩下的旅程应该是很愉快的了。他估计得一点不错。当然了,他对人的判断总是正确的。她在大波特兰街工作,她是去探望父母——不,她同他们"相处"得不错,但还是很喜欢回到自己的公寓里和朋友们在一起。她对杰克的世界并不陌生。也就是说,她熟悉那些一生都在关怀公共事务、公众的冤屈和苦难的人们的名字。她说起他朋友们的名字时,有一种监护的神气,实际上,她曾如饥似渴地学习他们来塑造自己,就像他,杰克,当年曾贪婪地阅读基尔·哈迪①、马克思、弗洛伊德、莫里斯②等人的著作一样。她,像她那样的人,现在掌握了"老近卫军"③,他们的历史、他们的观点、他们的诉求。对她来说,沃尔特·肯汀、比尔、莫纳,就像基座上的雕像,每一个都代表着一种观点。等到他要向她报自己的名字时,他说他是杰克·塞巴斯蒂安,而不说是杰克·奥克尼,因为他知道,否则他就会跻身持有父辈观点的名人之列。而且正如他已了解到的,作为父辈,他会受到批评。

上一次他当杰克·塞巴斯蒂安,是在一场小革命中。当时他要设法摆脱在厄瓜多尔的困境,他是用这种方法逃避了监狱和可能的死亡。

他知道,如果他把这事告诉了这姑娘,那么,由于他正坐在她对面,她会用明智而审慎的钦佩的目光盯着一个离开了她走入历史的人。他听她聊着自己的事情,而且知道,如果是另一种情况,他指的不是他父亲将死,而是他最近与妻子的关系良好,他很可能跟那姑娘一起下车,劝她向家人表示歉意,并同他一起度过剩余的假期。或者,他可以在伦敦同她见面。但是现在他只想听听她的声音,允许自己激动地看着她的目

---

① 基尔·哈迪(Keir Hardie,1856—1951),英国工人运动右翼活动家,第二国际右派领袖之一,参加创建苏格兰工党(1888年)、独立党(1893年)、英国工党(1900年),主张通过议会道路实现社会主义。
② 莫里斯(Morris,1834—1896),英国诗人、画家、工艺美术家,并组织社会主义联盟(1884年),主要作品有《地上乐园》《社会主义歌集》《乌有乡消息》等。
③ 老近卫军(Old Guard),原指拿破仑军队中的一些老兵,现指某一政客的长期、亲密的追随者,有点贬义,表示这些人的观点已经过时。

光和头发。

她带着让他心跳的微笑下了火车,大步穿过月台,黄色的披发在她身后飘动,把他一个人留在那充满混浊空气的灰暗的车厢里。

他在车站上找出租车时,看见了他哥哥塞德里克。他穿着一件将小小的肚子紧紧裹住的棕色西装,朝他走来。这种西装只能穿在专业人士身上,因为那温和而苍白的脸上是一副认真负责的神气。

塞德里克说话的口气,就像是一下子要解决所有急事似的:"马卡姆太太说,应该是这趟车。我来,是因为艾伦自己也刚到。我是第一个到达的。"

他开着一辆罗孚车①,深蓝色的,已经不新了。在这种农村的小镇上,规定特别严格。这辆车只能坐两个人。所以他和杰克就沿着那些安静的老街驶去。

在朝教堂的院落驶去的路上,兄弟俩基本没说话。当他们通过一扇十三世纪的石头拱门时,塞德里克说:"艾伦为你订了一个房间,在罗依阿姆旅馆。我和她也住那里。离父亲只有五分钟的路。"

他们默默地走过草地,来到教堂拨给老人居住的坚固的砖房后门。这当然不是慈善事业。都是些有积蓄的老人,或者他们的子女能支付他们的房钱和马卡姆太太工资的人。贫穷的老人待在别的地方。

---

① 罗孚车(Rover),英国一种多功能越野车。

马卡姆太太从自己的起居室里走了出来,对杰克说,"你好吗,奥克尼先生?"同时像女主人似的对塞德里克笑笑。"我想你们现在一定想喝点茶,"她发号施令地说,"我给你们送些上来。"她很像火车上的那个女人,也很像艾伦。

他跟着他哥哥走上那透着亮、散发着薰衣草和地板蜡味道的陈旧的木头楼梯。同往常一样,这个小镇的年代、常住这里的人们的习惯、传统的味道,让杰克处于一种安详的气氛中。他必须提醒自己,他是为了一件不愉快的事情来到这里的。在楼梯顶端几扇没有标记的不同的门背后,住着四个老人。塞德里克没有敲门,就推开了其中的一扇。杰克跟着他走进一个房间。以前,作为礼节性访问,他曾来过这里两次。这是一个小巧而舒适的房间,窗户朝着教堂周围的草地。

艾伦姐姐穿着厚厚的灰色花呢服装,坐在那里打毛线。她说:"啊,杰克,你来了。我们总算到齐了。"

杰克坐下了。塞德里克坐下了。他们得把脚放好,免得在这块小地板中间绞在一起。他们交换着一些消息。在他们三人身上发生的主要事情是孩子们都长大了。

孙子辈一共有八个。他们相互都熟悉,而且有着复杂的关系。他们是家人,不像他们的父母。

马卡姆太太拿来了茶点,很适合这个房间、这个小镇气氛的茶点:司康饼、黄油、果酱、蜂蜜、水果面包、樱桃蛋糕、水果蛋糕。还有奶油。她离开时看了三人一眼,那是说:总算一切都就绪了。

杰克问:"你们见到他了吗?"

"没有。"塞德里克抢先艾伦一点点说。很明显,在完美安排这次死亡事件中是有竞争的。杰克想起了这两个人以前是如何想方设法要控制对方,当然也要控制他。

"这是说,"艾伦说,"我们看到了他,但是他没有知觉。"

"再次中风?"杰克问。

"在圣诞节以前就再次中风了,"塞德里克说,"但是他没告诉我们,他不想让我们担忧。"

"我是从吉莉那里听说的。"艾伦说。吉莉是她女儿。

"我是从安那里知道的。"塞德里克说。安是他的女儿。

这时,杰克得提醒自己,这些名字代表的是成人,而不是可爱的婴儿。

"他同安很亲。"塞德里克说。

"他也喜欢吉莉。"艾伦说。

"我想,那里会有个护士吧?"杰克问,"噢,当然了,应该有的。"

"有一个日班护士和一个夜班护士。她们在清晨和傍晚交接班。"艾伦说,"我得说,我很喜欢这样的茶点。火车上没有餐车。"

"我想,我是否能去见见他?"杰克问,然即又改口说,"我要进去看看他。"他说出了口,才意识到他在火车上一直就是在等待能够走进那小小的卧室的一刻,他父亲会对他笑笑,并且说……他无法想象会说什么,但一定是他多年来想从他或什么人口中听到的话。这确实是他来这里的真正的目的?他实际上期待的是一种人们相互提出重要忠告和相互安慰的

"临终场面"。但这些想法让他感到尴尬,他觉得自己很傻。现在他懂了,尴尬的是这个房间里的气氛:哥哥和姐姐之间的争斗是表面现象;他们习惯性的争斗,只是为了掩饰他们的感情。这表明他们正处于他们生活习惯中无法释怀的处境。杰克觉得,他们的生活就像飞快奔跑的火车;但是,由于这次不适时的死亡,他们必须让火车停下,他们必须去拉动紧急刹车绳。这给大家带来极大的不便。死亡必须是不适时的?这就是它的本质?为什么是这种感觉?他当时所处的场面有点可笑:三个中年子女坐在一个房间里,无所事事地想着他们停滞下来的现实生活,而在另一个房间里,一位老人躺在那里,快死了,伺候他的是一个陌生的妇女。

"我进去了。"他说。这次,他站了起来,本能地保护着他的脑袋。在这间天花板很低的房间里,他是个高个儿。

"别敲门,进去好了。"艾伦说。

"是的。"塞德里克坚定地说。

杰克在门框下弯了弯腰。一幅不恰当的画面出现在他的脑海。他姐姐穿着猩红色的无袖连衣裙和湛蓝的格子袖套,在拉一匹被一个苍白的胖男孩拽着的木马。当时,杰克很害怕,要是艾伦抢到那木马,会出现一场真正的搏斗。但是塞德里克咬紧了牙,坚持着。艾伦一拉,他就一抽,就像一只狗被另一只咬住一块肉或一根棍子的狗拉着一样。这场面是发生在那座老花园里。花园的四周是粉色的八仙花,脚下的碎石在嘎吱嘎吱作响。他们当时应该都很年轻,因为艾伦还是那个标准的金发美女,后来她才胖起来变成了普通女人。

他真正看到的是他父亲靠在堆高的枕头上。一个穿着白大褂的年轻妇女十指交叉地坐在那里,望着那个垂死的病人。但是他看上去是睡着了。只有在看到那个健康的年轻女人时,杰克才意识到他父亲已经成了一个小老头。他肯定是萎缩了。屋子里很暗。直到杰克直接站在父亲跟前时,才看到那嘴是张着的。但出人意料的是,那眼皮肿胀,而且泛蓝,似乎那里已经开始腐烂了。那些瘀青的眼皮给杰克造成的印象,就像是某种低俗的东西,类似在正式的宴会上或在浪漫地求爱时放了一个屁。他祈求似的望着那护士,她没有压低声音,很自然地说:"他刚才的确动了一下,但没有真正醒来。"

杰克点了点头,不想打破床边安静的时刻,弯下腰去,不去看那垂死的眼皮,而是想记起父亲冷静、敏锐而审视的目光。他觉得那瘀青、肿胀的眼皮似乎在颤动,可能会抬起来。但是他的凝视无力唤醒他父亲。所以杰克很快就挺直了身子——小心翼翼地,他想知道,教堂把那些高个子的老人放在哪儿了。他退出房间时,眼睛还一直望着那小老头。他身上穿着条纹睡衣,在一件黑灰色的开襟毛衣下面显得非常干净。衣领下面别着一枚金领带扣针,赋予他一种正式的、穿着整洁的样子。

"他看上去怎么样?"艾伦问,她又开始打毛线了。

"睡着了。"

"没有知觉。"塞德里克说。

杰克坚定地认为——这很容易,因为他放心地看到了——"我觉得他没有失去知觉。相反,我觉得他几乎醒了。"

他们知道,傍晚在渐渐逝去:他们的表是这么告诉他们的。天还很亮。一个漫长的夏日傍晚充斥在教堂钟楼的上空。一个年轻妇女穿过了房间,她的白大褂外面披着一件大衣。过了一会儿,另一个护士从他们身旁走过,出去了。

"我觉得,我们可以去吃晚饭了。"艾伦说,她已经在折叠她的织物了。

"也许我们得留一个人?"塞德里克纠正她说。他留下了。于是杰克和他姐姐一起在旅馆里吃了一顿晚饭,喝了一瓶葡萄酒;他没有像他预期的那样不喜欢和她待在一起。他甚至想起了他曾经喜欢艾伦的日子。

他们回去守护,让塞德里克去吃晚餐。大约十一点钟,医生来了,在卧室里待了五分钟,出来说,他已经给奥克尼先生打了一针。他们还没来得及问打的是什么针,他已经说,他建议他们大家好好地睡一觉。说完就走了。每个人都犹豫了一阵才说他们想接受医生的建议:在这种场合,传统上会产生内疚心理,总是这样的。

他们还没有走下楼,那个护士跟在他们后面出来了:"奥克尼先生,奥克尼先生……"两个男人转过身去,但是她说,"杰克?他要见杰克。"

杰克跑步上楼,穿过一间屋,来到另一间。但是那老人似乎从他刚见过时没有动过。护士已把窗帘拉上,把那很亮的夏日天空挡在外面了。她已把灯调好,让暗室中有一个明亮的空间。这里有一把木头椅子,上面铺着一块绿色的坐垫,坐垫上放着一本杂志。那照亮的空间就像画面上的一个放大了很多的细节。那护士说:"说真的,打了那一针以后,他现在是不该醒的。"她回到她的座位,把杂志放在膝上,坐在那光圈里。

但是他曾经醒过,他还要见自己,杰克,而不是其他什么人。杰克密切地注视着,反复地想着父亲会说些什么。但是他却无助地站在那儿,想看清楚阴影遮住的眼睛上面的瘀青。"我要留在这儿守夜。"他精力充沛地宣称,然后大步往外走去,只是及时记起要低头,去告诉已经回到楼上的姐姐和哥哥。

"护士认为他不大可能醒,但是我觉得他肯定是想要我们中间留下一个人来。"

杰克又一次用了十分肯定的词汇,这让自己感到很有趣,现在这些肯定的词汇一再出现,就好像是在保证他的行为是得当的,保证一切都会顺利进行,而不出现尴尬的场面。他可以期待父亲的眼睛从那腐烂的眼皮下面露出来,他会说出杰克想要听的话。塞德里克和艾伦很理解他的心情,只是要求万一⋯⋯马上告诉他们。他们一起穿过那碧绿的草地,走向旅馆。

杰克坐了一整夜:不过当时没有黑夜,仲夏将黑暗吞没了。午夜时分,教堂仍在闪闪发光,人们还在草地上散步,低声交谈着。他已经翻阅了一遍特罗洛普①的《阿林顿小屋》,

---

① 特罗洛普(Trollope,1815—1882),英国小说家,以虚构的巴塞特郡系列小说著称。作品包括《养老院院长》《巴彻斯特大教堂》《索恩医生》等。他一生共写了47部小说和一些游记、传记。《阿林顿小屋》发表于1864年。

并且沉浸于他自己的一本书《与危地马拉游击队在一起》。书脊上的名字是杰克·亨吉。现在他不记得他是否曾告诉他父亲,这是他的 noms de plume 之一。他想如果告诉过,那么这表示他父亲动人的关心;如果没说过,那么他父亲有意或不在意地把它放在书架上,同特罗洛普全集、乔治·爱略特①和沃尔特·司各特②的书放在一起,表明他对这本书具有某种特殊的内在的好感。但是,现在他当然不大可能知道了……整整一夜,他父亲没有醒过来,也没有一点动静。他曾踮着脚走进去过,护士抬头朝他笑笑;很明显,虽然老人已经日夜不分了,活着的人还要遵守日夜的区分。白天的护士说话很大声,可是现在是夜晚,护士低声耳语道:"那一针很管用。你想法去休息一下,奥克尼先生。"她从那个黑屋子的亮洞里传来了对他的关怀,不眠之夜将他们拉得很近。白班护士来了,夜班护士脸色苍白,打着呵欠,像睡了一夜后进行梳理似的把缕缕黑发塞好,像一个一起经历了苦难的同志那样朝杰克笑笑。

那个白班护士几乎马上就回到了起居室,说:"有谁是安吗?"

"有啊,一个孙女。他要找她?"

---

① 乔治·爱略特(George Eliot,1819—1880),英国小说家,真名为玛丽·安·埃文斯。她开创了现代小说心理分析的创作方法。代表作有《亚当·比德》和《织工马南》等。
② 沃尔特·司各特(Walter Scott,1771—1832),英国小说家、诗人、浪漫主义运动的先驱,主要作品有长诗《玛密恩》《湖上夫人》和历史小说《威弗莱:六十年的事》《艾凡赫》等。

"是的,现在他醒了一会儿。"

杰克没问,"他没找我吗?"就跑进卧室。现在那里是满屋闷热的阳光,将那瘀青的眼皮呈现在护士和杰克眼前。

"我去告诉我哥哥,他在找安。"

早晨新鲜的空气已经将一些人带到教堂周围的草地。杰克就在这种空气中来到旅馆,发现塞德里克和艾伦正在吃早饭。

他说,不,没找他,现在是在找安。艾伦和塞德里克商量了一下,都觉得,如果不去叫安,她永远也"不可能"原谅他们。杰克发现,这些话安抚了他们两人,也安慰了他自己。这时他突然感到很累。他喝了点咖啡,没吃早餐,决定去睡上一小时。艾伦去打电话,向别人问好,并告诉他们,她家里没什么变化;塞德里克去叫安,而杰克不知道他是否该打电话给罗斯玛丽。但是没什么话可说。

他倒在床上,做梦,醒了,又做梦,醒了,强迫自己再睡,可是给吓醒了,从床上跳起来站在旅馆房间的中央。他梦见形状吓人的、阴暗的人造自然景色:金属的,像机器一样,耸立在寒冷、灰色的光线中,散落在一片平地上,地上到处泼着冷水,闪闪发光。他知道,这水反映着死亡或者死亡的消息或信息,但是他站在平地上很远的地方,看不清水面上的景象。

而杰克是个从不做梦的人。他一直以自己从不做梦而自豪。他当然看过那些"新的"资料,说每个人每晚都会做梦,但是他不相信这资料。一方面,他也跟普通人一样,不相信科学,不相信它坚持的一些观点。另一方面,在周游世界时,他早就认同了一个事实,即有些文化所接触的生存方法是他杰克禁止接触的。他早就把它们排斥在外了。他知道有些人说见过鬼,害怕他们死去的祖先,去找巫医,做梦。他怎么会不知道。他曾经同这些人生活在一起。但是他,杰克,不去考虑这些疑点,也不允许自己害怕黑暗,或者做梦。他不做梦。

他感到头昏脑涨,不仅是累。梦中的寒冷在侵蚀他,让他浑身发抖。他又回到床上,因为只睡了一小时,所以继续做着同一个梦。现在,他和沃尔特·肯汀闯入了充满死亡的地方。由于一些莫须有的罪名,他们要被枪毙了。每人一颗子弹。他又醒了,这才睡了十分钟。他决定不睡了。他洗了澡,换了衬衣和袜子,把脱下来的衬衣和袜子洗了,挂在浴缸上让它们滴水。他曾经在那么多的旅馆房间里,那么多的国家里做过这样的常规小动作,让他的精神恢复了。他叫了新鲜的咖啡,用一种服用补药或处方药的心态,把它喝了,然后穿过阳光普照的草地,走回到老人的屋子里。

他见到了他离开时的场面。艾伦和塞德里克坐在那里,脚都快碰在一起了。一个在打毛线,一个在看《每日电讯报》。艾伦说:"你没睡多久。"塞德里克说:"他又找你了。"

"什么!"当他睡觉的时候,他的精力花在耗人体力的梦中的时候,他本来终于能听到他爸要说的话的,"我想,我去陪他坐一会儿。"

"这个主意不错。"他姐姐说。她很生气,因为没有"找"她?如果是这样,她没有表现出来。

这间小小的起居室里光线十分充足,阳光洒满了陈旧的木头窗台。但是卧室里很暗,很暖和,散发着多种药味。

护士坐在那唯一的一把椅子上,今天这椅子只是许多家具中的一件。他让她继续坐在那里,自己慢慢地坐到床上,似乎这样缓慢地坐下,可以减轻他的重量。

他望着父亲的脸。从昨天开始,瘀青已向眼皮四周扩散。眼睛周围的皮肤,一直到颧骨都变色了。

"他一直烦躁不安,"护士说,"不过医生快来了。"她说话的神气,似乎医生可以回答任何可能提出的问题。于是杰克就像刚才听从姐姐和哥哥的指示那样,顺从地等着医生的到来。上午过去了。他姐姐进来问,他要不要同她一起去吃午餐。她饿了,可是塞德里克不饿。杰克说,他要留下。她一走,医生就来了。

医生坐到床上。这时杰克已经站起来,退到窗边去了。医生拿起老人的手腕,似乎在同发黑的眼皮交流。"我想,也许……"他从箱子里拿出一个塑料盒,里面有各种创造奇迹的东西:注射器、小封袋、甲基化酒精。

杰克问:"这起什么作用?"他想问的是:在他该死的时候,你要让他活着吗?

医生说:"镇静和止痛。"

"心脏兴奋剂?"

这时,医生说:"我认识你父亲三十年了。"他是在说:我比你更有权说,他想要什么。

杰克不得不同意他的观点。他根本不知道他父亲是愿意像大自然指示的那样死去呢,还是希望尽量活得久一些。

医生给打了一针,又轻又快,就像蛇咬了一口一样,用一根手指轻轻地揉了揉针眼,说道:"你父亲过去很注意身体。他身上还有很多生命力呢。"

他出去了,杰克生气地望着护士,这到底意味着什么?他父亲是快死了吗?护士胆怯地微笑了一下。从那笑容中,杰克得知,这些话是说给他父亲听的。要是他能听见这些话,理解这些话,就能从中得到力量。

他看见护士的脸色变了。她朝老人俯下身去,杰克跨了一大步,站到她身边。在那瘀青的皮层间,眼睛睁开了,向上直视着。这不是他想见到的人的眼神,而是受损的皮肤裂缝间混浊的目光。

"安,"老人说,"安在这儿吗?"

杰克不能期待这双愠怒眼睛的主人再说什么,作为离开这房间的借口,他对护士说:"我去告诉安的父亲。"

在起居室中,阳光已经离开了窗台。塞德里克不在那里。"他要的是安,"杰克说,"他又问了。"

"她快来了。她得从爱丁堡过来。她同莫林在一起。"

艾伦这么说,似乎他应该知道莫林是谁。她很可能是塞德里克可怕的妻子的一个可怕的亲戚。想到塞德里克妻子的可怕,让他感到艾伦的亲切。艾伦并不是真坏。她坐在那里打毛线,又累,又伤心,但是不表现出来。认真地想一想,她同罗斯玛丽并没有多大区别。令人难以置信的,她也是一个中年妇女。但是一想到这里,杰克对过去的忠诚就不乐意了。罗斯玛丽尽管是一个气色很好、头发花白的高大的女人,她永远不会穿一件裙边可以剪短一些的衣服,头发也不会梳成翘起的波浪形。她穿柔软而美丽的衣服,头发总是又直又长。她一直保持着这种发型,这是他曾经要她保持的发型。但是如果认真地想一想,这两个女人过的生活很可能是类似的。也许她们之间的相像之处会超过她们中间任何一个人愿意承认的界限。包括塞德里克可怕的妻子。

他望着艾伦的眼睑。她在数针时眼睑是下垂的。它们是她爸爸的眼睛和眼睑。在她临死躺着的时候,她的眼睑也会呈现瘀青和肿胀。

塞德里克进来了。他长得很像老爸,比他们中间任何一个更像。他,杰克,更像他们的母亲。不过,在他临死的时候,他自己的眼睑也可能……艾伦抬起头来,朝塞德里克笑了笑,然后朝杰克笑了笑。他们大家都在相互微笑着。艾伦放下了毛线活儿,为自己点了一支烟。两个兄弟看得出来,这是她要哭的时刻。但是马卡姆太太走了进来,后面跟着一个头发梳得很整齐的男子,有全白的袖口、领子和粉色有弹性的皮肤。

"教长。"她细声细气地说,带着姑娘般的微笑。

教长说:"别,别站起来。我是路过。我是你们父亲的老朋友,你们知道。我们在这间屋子里下过那么多盘象棋……"说着,他就跟马卡姆太太走进了卧室。

"昨天他做了最后的敷擦圣油礼。"艾伦说。

"噢,"杰克说,"我不知道最后的敷擦圣油礼是属于他……"他打住了,不想伤害别人的感情。他以为艾伦和塞德里克都是信教的。

"最后他变得很兴奋。"塞德里克说。

艾伦咯咯一笑。杰克和塞德里克都不知所以。"听上去很滑稽,"她说,"你们知道年轻人常说对什么很兴奋。"

塞德里克的笑容是怪怪的;杰克记起了有人谈论过他的大儿子曾经有可能成瘾。对什么成瘾?杰克不记得了,他得问问女儿们。

"我想他要举行一个宗教仪式,并进行土葬?"杰克问。

"啊,是的,"塞德里克说,"我拿到了他的遗嘱。"

"你当然会拿到的。"

"嗯,我们就是得经历这一切。"艾伦说。杰克觉得她很可能是在说,或者是在想她自己的一生:嗯,我就得经历这一切。这种想法让他感到惊讶。艾伦一直在让他感到愉快而惊讶。这时他听见她说:"嗯,我想有些人必须信教。"

这时,杰克不相信地望着她。

"是的,"塞德里克说,同样让人难以置信,"对他们来说,这一定是种安慰,人们可以看到这点。"他用那双有力的小手握着交叉的膝盖,并让指关节发出噼啪的声音。

"喔哟,塞德里克!"艾伦就像小时候那样埋怨道。塞德里克从小就这样来表现他的紧张情绪。

"对不起。"塞德里克说。他把双手垂在身边晃着,有意识地努力放松自己,接着说,"实际上,我常常量脉搏。现在我已经奔六十了,可以有些症状了。我在找上帝吗?我还是自己吗?是的,不是,很可疑?但是我很高兴地告诉你们,到目前为止,我可以说,我还很平稳。"

"啊，可以理解，"艾伦说，"天知道，太理解了。但是我真的会感到羞耻……"

艾伦和塞德里克都在望着他，等他表示同意。对于这一点，他们当然是很肯定的。但是他没法说什么。一个月以前，他在一群"老近卫军"中间开过一个一模一样的玩笑，说他会摸摸自己的脉搏，看看他是不是信教了。而且人人都承认干过这样的事。在文明的理性主义中度过了一生之后去找上帝，将是最可耻的投降。

现在他的感觉就如同一个被迫要接受低层会员的特别排外的俱乐部的成员，或者就像传说中的那个维多利亚主教去某个生番居住地区给一些改变信仰的人行洗礼时所说，他但愿他的教堂能吸收真正优秀的人士，因为他无法相信他一生无可挑剔地对上帝的侍奉，其分量同那些不久前还那么愚昧的人一样。

再说，杰克感到震惊，听见艾伦那样的人，过着她那样的生活，居然说出那些感觉。她无权这么做！听上去很粗俗。

她还在说："当然我有时也去教堂，为的是让弗雷迪高兴。"——那是她丈夫——"不过，我很高兴地说，他热衷的程度似乎没有升温，反而下降了。"

"是的，"塞德里克说，"我想我同穆里尔的情况也差不多。我们在圣诞节和复活节的事情上达成了妥协。她说，不上教堂对我的形象不好。你们知道，彼得斯班克是个小地方。善良的人们都喜欢他们的律师和医生是社会的支柱。但是我觉得那种欺骗很讨厌，我也是这么对她说的。"

他们又一次等着杰克。他又一次不得不保持沉默。不过,事到如今,他们当然会认为他们的看法是理所当然的。他们为什么这样?如果他们能成为无神论者,那么他成为什么人,不都是可能的吗?他想,下一步,他们会变成社会主义者了。当然,这种无神论应该是一种新的发展?他可以发誓,艾伦过去对教堂曾经是很虔诚的,而塞德里克的态度是正确的,而对杰克来说,教堂是他整个童年时期的烦恼、屈辱和令人讨厌的东西。即使是现在,他一想到毫无意义的宗教仪式、主日学校、愚昧的牧师、与教会有关的社会习俗,就感到他似乎是逃脱了一个棘手的陷阱。

艾伦在说:"至于我,我觉得我年龄越大,越难相信了。我指的是上帝。在这个可怕的世界上,每分钟都有新的恐怖事件发生。不,我觉得这一切太多了。"

"我很同意,"塞德里克说,"更像魔鬼。"

"是的,"杰克说,他终于能开口了,"是的,我想,差不多就是这样。"他只能做到这一点。这时,屋子里充满了友好的气氛。他们本来是会开始谈论他们的童年的,只是卧室门打开了,教长走了出来。他刚才给予护士的微笑依然留在他健康的嘴唇上,现在他把它给了这三个人,同时像祝福似的抬起了手。"别,别站起来!"他几乎马上就从另一扇门走了出去,马卡姆太太紧跟在后面。

这时三人共有的神气是否定教长和他所有的工作的。艾伦朝她弟弟微微一笑,神气同他妻子一模一样。杰克没有预料到这种场面,完全屈服了。塞德里克点了点头,表明了他个人对人类愚蠢的评价。

过了一会儿,塞德里克去了趟卧室,回来报告说,老爸看来是深度昏迷。然后,艾伦去了,回来说,她不知道护士待在那间又热又暗的房间里怎么受得了。但是她坐下时说:"要是搁在过去,我们中间总得有一个人一直待在里面吧?"

"是的,"塞德里克说,"我们全体都得待在里面。"

"不仅是一个护士,"艾伦说,"不是一个陌生人。"

杰克在想,当时他如果能坚持到底,那么父亲找他的时候他就会在那里;但是他说:"我很高兴,是个护士。我觉得他没有多少时间了。"

安到了。杰克首先看到的是一张果断而干净的小脸,她穿着绿色的夹克衫和长裤,不是牛仔裤,而是像她姑姑艾伦所说的"好东西"。艾伦总有些可以穿很久的"好"衣服。安的风格,不像,譬如说,杰克的女儿们。那两个孩子总穿一些破烂、垃圾和扔掉的衣服,但看上去很迷人,就像伪装的公主。她吻了她父亲,因为他正等着她去吻他。她站在那里仔细地观察着他们。在她那种随便的、毫不觉得尴尬的观察中可以看到她父亲的影子:她有权,有责任这么做。这时,杰克发现她个子很小,白皙的皮肤在挡光的地方显得有些泛绿,浅色的头发同她父亲以前一样。她的眼睛像她父亲,是绿色的。

她说:"他还活着吗?"

她说话的声音也像她父亲,让她姑姑和叔叔想起了遥远的过去。她不知道他们看着她时为什么会露出一丝紧张而勉强的微笑。

他们在承受着那种缩影。对家人来说,这是对个性最糟糕的打击:某个无形的家伙,把鼻子、手、肩、头发挪动了一下,并把它们改组成了,譬如说,小安。这家伙用各个部分拼成了一个整体,它的主人就要喂、养、洗、医一辈子,觉得这是"我的"。除非像现在这样,让大家清楚地知道,每个人都是从家族中繁衍出来的。

"喂,"安说,"你们大家看起来都那么忧郁。为什么?"

她走进卧室,让门敞开着。杰克理解,安对待死亡的态度是有原则的:就像他自己的女儿们一样。

三个人都挤进了那个房间。

安坐到床头上,离枕头很近,把老人的脸给挡住了。她向前俯过身去,那护士——安根本不理她——准备要干涉了。

"爷爷!"她说,"爷爷!是我!"

没有动静。然后,他们知道,她已经叫醒了拉撒路①。他们听见了老人的声音,就像他们记忆中那样:"是你,是吗?是小安吗?"

"是的,爷爷,是安。"

他们朝前拥去,从她肩上看去。他们看到了他们的父亲,微笑得很正常。他看上去像一个疲倦的老人,仅此而已。他的眼睛周围是肿胀的淤青,但目中有光。

"这些人是谁?"他问,"这些高个子都是谁?"

---

① 拉撒路(Lazarus),基督教圣经中的人物,耶稣曾在他死后四日将他复活。

三人退了出来,让门敞开着。

卧室中一片寂静,然后传来了歌声。安用清晰的声音轻轻地唱着《一切都璀璨而美丽》。

杰克望着塞德里克。艾伦望着塞德里克。他也不以为然:"是的,我就怕她这样。你们看,这就是情结。"

"唉,"艾伦说,"我知道,这很说明问题。"

歌声在继续。

> 一切都璀璨而美丽,
>
> 一切生物,无论大小,
>
> 一切都英明而美好,
>
> 他们都是上帝的创造。

歌声在继续,一曲又一曲,就像摇篮曲。

"她曾经来陪过他一阵,"塞德里克说,"在复活节。我想是的。她睡在这里,地板上。"

杰克说:"我的女儿们是信教的。不过我儿子当然不信。"

他们表示非常同情。杰克突然想起他儿子的知名度到底只限于很小的范围。

"他像我。"杰克说。

"啊。"塞德里克说。

"他们中间许多人是信教的。"艾伦轻快地说。

"这种宗教就让人生气。"杰克说。

"简单的信仰和凯尔特式的十字架。"

"我同意,"塞德里克说,"相当低级的货色。"

"级别重要吗?"艾伦问,"当然了,c'est le premier pas qui coûte①?"

听到这句话,杰克不相信地望着艾伦,还故意让他们看出自己的神气。不过塞德里克显得并不惊讶。当然了,他与艾伦见面次数更多些。他温和地说:"我不同意,如果他们转向比较高级的事,那就无所谓了。问题是那种仆人居住村、未成年母亲会议之类的事。人们花了多少钱想好好地培育他们,最后却是……例如,我的大儿子就当了几个月的耶稣迷。让他上了温切斯特②、贝利奥尔③之后。"

"耶稣迷是什么?"艾伦问。

"就是字面上的意思。"

在正常情况下,杰克一听到"仆人居住"之类的话,就会从感情和思想上与之一刀两断。可是他还同他们待在一起。他说:"让我恼火的是,他们吹得天花乱坠,你知道,那么巧妙而美丽,让人感到这可能是他们找到的或抓到的什么东西……pour épater les bourgeois④,你知道。"

这时,他不得不去想,他们两人一定在想,他自己的社会主义,离开他十几岁时的完全共产主义只差一两个等级,并没有更深的含义,他们只是出于礼貌,不好意思说出来罢了。这

---

① c'est le premier pas qui coûte〔法〕,重要的是第一步。
② 温切斯特(Winchester),英国一贵族中学。
③ 贝利奥尔(Balliol),牛津大学一学院。
④ pour épater les bourgeois〔法〕,让有产者为之愕然。

个没说出口的评语,中止了这次谈话。

歌声也已经停了。天色渐暗。

"好了,"艾伦说,"我告诉你们,我打算干什么。我要去洗个澡,然后吃晚饭,再往后就好好睡一晚上。我想,安比我们更能满足父亲的需求。"

"是的。"塞德里克说。

他走到门口,把情况告诉了他女儿。她说,她没事,她很好,她会陪她爷爷。如果她累了,她可以睡在地板上。

好久没有碰头的几个人在旅馆的晚餐桌上重聚在一起。他们喝了点红酒,都很伤感。

但是这短促的温暖的时刻,随着大厅里送上咖啡而结束了。每次有人进来,就会从街上吹来一阵风。

杰克说:"我要上床了,昨夜我没睡。"

"我也没睡。"

"我也没睡。"

他们相互点了点头;吻别就太夸张了。杰克上楼去了,塞德里克和艾伦去给他们家里打电话。

在卧室里,杰克站在窗口旁观察着光线如何普照着外面的酸橙树。树的气息吹到他脸上。他充满复杂的感情,遗憾的是,都同他父亲无关。这些感情是关于他哥哥和姐姐、他的童年。这些日子发生的每件事似乎都在唤醒他的过去,深刻而清晰,大都是痛苦的。他觉得他无法入睡,他太激动了。他躺在床上休息一会儿。过了很久他醒过来了,周围一片寂静,说明他周围的夜已深了,人人都已沉睡。他又开始心潮起伏,令他无法面对,所以他又一次躲进睡眠,在那里会遇到……很难说是什么。

说恐怖吧,不是。也不是害怕。但是他不知道有其他词可以描述他当时的处境。这就像一种高度的关注,似乎他整个人——记忆、身体、现在和过去的人际感情,都遭到了警告,他必须关心它。实际上他是站在那里,非常警觉地在听着什么,它在说:时间在一点点消逝,要快,听着,关注着。

知道时间在消逝与那恐怖有关,所以他发现自己挺立在黑暗的房间里,喊着:"啊,不,不,我懂,对不起,我……"他像只小狗似的在呜咽。黑暗紧紧地包围着他,他不知道自己在哪里。他觉得自己在坟墓里,所以他冲向窗户,使劲想把它推开,似乎在卸掉一副重担。窗子很难打开。他终于使劲把它推开了,探出身去想让树的气息吹到他脸上,但是吹来的不是空气,而是一股臭气。这味道证实了他早已忘却的他以前的某种选择的失败。迫切的感觉让他醒过来了:他正躺在床上。现在,他是真的冲到了房间的中央,而梦中的那股味道在他周围渐渐消失了。他感到很恐怖,但这么说不确切……他怕这种恐怖会消失,他会忘记刚才的梦境;知道该干什么事,要快干的感觉会消失,他甚至会忘记他曾经做过的梦。

他梦见过什么?某件非常重要的事。

但是他站在那儿,感到紧迫感在逐渐消退,他白日的自我正在回归,即使他知道,如同他曾经知道过什么一样强烈,这个梦是给他的最重要的启示,而他的另一半已经在维护旧的思想模式,说做梦是神经质,考虑死亡是病态。

出于习惯,他把灯打开了,就像小孩子要驱逐夜间的恐惧一样。然即又关掉了,因为光线很亮。梦逐渐缩小成一种细微的感觉,用一种唠叨的口吻细声地说着他应该做些什么事,而杰克正在追逐那梦:别,别,别走……

但是,梦的感觉消失了,而他正站在窗旁,告诉自己,不过现在这是一种明智的陈述,非强制性的。他收到了警告。警告?是这样吗?谁发出的?给谁的?他得干点什么……可是干什么呢?他被死亡吓坏了,他不得不害怕它。他平生第一次不得不感到对死亡的恐惧。他知道,当他处在他父亲的境地,靠在枕头上躺着,周围都是等着他死去的人时(如果世界局势会允许他的死亡具有这种程度的文明!),他会有这种感觉的。

他一生都在轻松地说:啊,死亡,我不怕死,它就像一根蜡烛灭掉了,就这么回事。在这种场合,当他像他哥哥塞德里克一样审查自己内心的弱点时,他曾对自己说:我会像猫或狗那样死去,如果我死了,那太糟了,可是就是这么回事。当然,他曾经知道恐惧的恐怖:他作为士兵,曾参加过两次战争。他知道在脑子里排练一切可能的死亡,是种什么感觉,通过熟悉痛苦和恐惧来排斥它的,选择适当的应付办法——话语、姿势、沉默、坚忍——来为自己和人类带来荣誉。他很清楚,像斧子那样在头上敲一下,在喉咙被切开之前就昏过去,是他能希望的最好的办法。他选择的是毁灭。

但是他的梦是对毁灭、对灭亡的威胁的恐惧……它似乎已经远去了。他将双臂伸向头的后方,感觉到身躯的力量。

他的身躯是由他母亲和父亲以及他们的母亲们和父亲们的碎片组成的,与小安、他的女儿们,当然还有长得同他一模一样的儿子一样。是的,他的,他的身躯,很强壮,脉搏跳得很有力。他赶走了梦中的警告,再次把灯打开,觉得那事已经过去。当时是凌晨一点,在英国的乡村旅馆中不是可以要茶、要咖啡的时刻。他知道,他不敢再躺到那床上了,所以他走下去,出了门。他去看他父亲。

安裹着毛毯,躺在起居室的地板上。他跪在她身边,望着那张年轻的脸,那完美的眼睑让她的眼睛像婴儿似的闭着,清晰而秀美,阳光,安详。

他在安坐过的父亲的床边坐下,发现老人的情况越来越糟了。杰克说不出为什么他知道,但是他确实知道死期就在今朝:他突然觉得,如果他没有做那个梦,他就不会知道;没有那个梦,他没有准备好知道此事。

那天夜里剩下的时间,他都在踱方步,有时停下来,观看那老教堂的身影在晨曦照耀的天空下逐渐变小。鸟儿开始活动时,他回到了旅馆,洗了澡,很自信地叫醒了他姐姐和哥哥,并说,是的,他们可以吃早餐,但不能花太多时间。

八点三十分他们到了,看见安又蹲在床上,紧挨着老人,轻轻地给他哼着赞美诗、老歌、摇篮曲。他死前再没有睁开眼睛。

塞德里克说,他会安排一切。他会通知他们安葬的日期,很可能是在周一。老人的三个子女感情很好地分开了,相互都亲吻了下,并说,他们的确应该多见见面。杰克还对安说,她一定要去玩。她说,太棒了,她又能见到伊莉莎白和嘉丽了,周末如何?届时会有为孟加拉人举行的祈祷抗议①。

杰克回到家里,或者说是回到他妻子那里。她不在家。他有点伤心,因为她没有留条。不过,他也没打电话。他估计,她去上另一门课了。

他去看看姑娘们的公寓里是否有人。嘉丽和伊莉莎白在顶楼为自己安了家,并且为此付了房租。她们两人都有很好的工作。阁楼上有一个房间,约瑟夫偶尔会去待一阵。

他听到里面有声音,就带着打扰的歉意,敲了敲门。嘉丽让他进去。看到他,她似乎觉得很矛盾。这是因为她同别人一样,都在等他的到来,等待着死亡的消息。她已经准备了适当的回应,但她刚煮好饭,在摆桌子。他没见过面的一个年轻人正在朝桌子走过来,准备吃饭。

嘉丽的脸一下子涨红了。她长长的黑发散披在肩上,穿着一件像白布袋那样的衣裳,四边饰有白色的蕾丝。

"我父亲死了。"他说。

"啊,你真可怜。"嘉丽说。

"我不知道。"杰克说。

"这是鲍勃,"嘉丽说,"我父亲。爸,你愿意和我们一起吃一点吗?这实际上是工作午餐。"

"不,不,"杰克说,"再见。"她在他身后喊着:

"爸,爸,爷爷的事,我很难过。"

---

① 祈祷抗议(Pray-in),一种非暴力的抗议形式。

"啊,他也该走了。"杰克回答道。

他为自己切了几片面包和奶酪,给沃尔特的办公室打了个电话。沃尔特已经从都柏林回来了,但是当天下午得飞格拉斯哥:他得出现在电视上,参加对共同市场的辩论。周六中午他会回来:二十四小时的绝食将于周六两点开始。届时会有三十人参加。杰克回来了很好:他可以把这工作再接过去。

但是还要干些什么?

实际上没有太多的事了;他得跟踪这些人名。有些人可能又决定退出。考虑到当前印度发生的恐怖事件的规模,大众的痛苦,这只是一个小得令人惊讶的聚会,但他很遗憾,他得走了,车在等着。

通常一个人外出以后再回到自己的住处,总会觉得似乎根本没有离开过一样。可是杰克此时的感觉并非如此。不知是由于他累极了,还是因为他父亲的死亡给他的冲击超过了他的预料。他觉得与他平时的自己有了一段距离,特别是远离了那个杰克·奥克尼,他曾经非常了解如何去组织一次静坐,或者一次游行,或者如何在记者招待会上或电视上提出这些事情。

沃尔特将涉及孟加拉悲剧的人数与准备在伦敦公开绝食二十四小时的人数进行了对比,这让他觉得很极端,很荒谬。但是他知道,在平常情况下,他自己的反应也会是这样的。

此时,他试图去想一些行之有效的事让自己振作起来。每次打开收音机或电视,每看到一份报纸,都有九百万这个数字,还有报导说,这些难民没有未来,或者是正常的未来。

(印度短暂的、剧烈而有效的战争解救了这九百万人,不过这当然是几个月以后的事。)但是,当时却没有办法。这次灾难给人的感觉同上一次尼日利亚的一样:许多人会饿死,或被杀死,但是没有足够强大的力量能制止这一切。

这种无助的感觉似乎就是新的因素:每次有类似的事情发生,人数总是越来越多,普遍的无助感觉也在蔓延。然而,这一切是因为这些灾难比过去更强烈地呈现在公众前的缘故。不久前,就像三十年以前,报纸上经常会有几小段文字,讲到中国已经有七八百万人饿死或正在饿死,而共产主义已经结束了这一饥荒,或者让世界听到了此事。不久前,就十年的光景,在印度,由于收成不好,几百万人可能死去;绿色革命已经(可能是暂时地)中止了这种现象。在俄罗斯,几百万人死于这个或那个大规划,譬如,农民的集体化。

在他那代人身上发生的最惊人的事件是归结为"六百万犹太人"这个措辞的事件。尽管在那次战争中杀死和死去了千百万人,而且有上千种可怕的死法,但是这件事,这六百万似乎是最糟糕的。因为人人当然都知道,这是任意的、肆意的谋杀……还有怎么来看白人在将文明输入非洲大陆时造成那里永远无法知道的黑人死亡的人数——是九百万,还是九千万?这个数字,不管是多少,都不具有希特勒统治下的死亡集中营和煤气室中的死亡数字所具有的疯狂而恐怖的性质。为什么不?在今后的十二个月内,世上将有一千二百万到二千四百万人死于饥饿(数字取决于统计的来源)。再过十二个月,这个数字将增加一倍。十年后,每年饿死的人数将无法计算……这些数字,还有更多的数字,在他这个博学的记者脑中掠过,在这些数字的衬托下,响起了沃尔特很暴躁的、批判性的声音:只有三十个人会参加二十四小时的绝食。

是的,去想这些事,特别是累的时候去想,当然是很可笑的。他失去了平衡,情况比他想象的更糟。他要去睡一会儿,不,不,最好不要。他宁愿不睡。要是罗斯玛丽不同他在一起,他宁愿不上床。是的,有些事是他该做的,他可以肯定,比如,他已经三天没看报或者听新闻了。他把每天看所有的报纸当成他的责任,似乎知道什么是坏事可以预防更坏的事。他不想看报,他想坐下来静静地等待他的妻子。这让他感到内疚。他把不愿意陷入报纸中的痛苦和威胁的心情与每个人的兽性化,每个人都把恐怖当成正常的心态联在一起了。是的,这是正常的。地球上什么时候没有血腥和毁灭的风暴?

他的意志力遭到了打击,他没有意志力了。这就是为什么他需要见罗斯玛丽。他知道,这种想法让他脸上出现了离奇的怪相,这怪相是做给一个观察者看的。这个观察者就是他自己:这是出于他的自尊心,他和妻子之间发生的一件很奇特的事。很长一段时间,实际上,在结婚以后的大多数时候,他们都可以说,他们的婚姻不幸福。当然,那是一桩冲突不断的婚姻,就像与他们同时代的大多数人一样。开始是激情、分手、紊乱。他们结婚了将近六年,才开始第一次生活在一起,当时他们觉得他们的美好时光从他们身边被偷走了。然后是三个孩子,他们把罗斯玛丽变成了一个心神不宁、爱抱怨的女人。他以前就觉得她是这样的人。现在她也是这么看当时的自己的。他经常不在英国,有过许多风流韵事,有些还相当认真。他知道她曾与另外一个人相爱,但她同他一样,不考虑离婚,怕对孩子们造成影响。当然,这段历史没有什么特别,但他认识的人中,有些人离婚了,让原配妻子去养大子女。他知道,他许多朋友的妻子,都像罗斯玛丽一样,喜欢抱怨命运,但她们一直是尽责的母亲。

他自己和罗斯玛丽曾达成各种不幸的平衡,总觉得这不是最好的。最好的只存在于幻想中,或者为别人所有。然后,孩子们长大了,不用为他们烧饭,为他们担忧,为他们采购,也不用服侍他们了,已经结婚三十年的这两个人,突然发现他们很喜欢对方。他们不能用"第二个蜜月"这样的措辞,因为他们从未有过第一个蜜月。杰克记得,在现在看来像是漫长的责任、担忧、内疚——借由频繁的逃避才得以解脱,但这种享受引起了更多的内疚——隧道的另一端,曾经有一个他比后来的任何一人爱得更多的年轻妇女。他放松地享受着家庭、同罗斯玛丽在一起的乐趣,而罗斯玛丽终于获得了他的欣赏,变得精力充沛和镇定自若,抛弃了她倦怠的神态、她的谴责、她用不在意来掩饰的容忍。

只是她的完全振作给他们再次坠入爱河带来了困扰。杰克惊喜地发现,他本人的一点点关心就足以滋润这个人,让她高兴得容光焕发。他忍不住再次感到内疚,他本来只要稍微努力自律一点,就可以变得体贴一些,让这个女人过上幸福而不是殉道的生活。然而,他知道,他过去甚至不能做出这些小小的努力。他觉得她令人无法忍受,觉得婚姻是个负担,事实就是如此。但是令他无法忍受的想法是：她是什么样的人，像他自己这种人的爱，就可以让她感到满足和幸福？

而罗斯玛丽并不是他看到的享受新生命的唯一的女人。在"老近卫军"的聚会上，只要看看周围与他妻子同年龄的妻子们，那些最近从婴儿室和厨房中解脱出来的妇女，就很容易看到许多人处在同样的状态。都不用去问他们是不是在度第二个蜜月——这是不安的另一个原因。他根本不能问，不能公开地讨论，甚至不能提出这个问题。可是这些人是朋友，他曾经同他们待在一起，同他们一起工作，同他们一起面对无数紧急状况。但是他们之间的友谊，还不能让他们谈论相互之间的关系，同妻子的关系，他们的妻子同他们的关系。但这就是友谊，或者至少是他可能获得的最亲近的友谊关系。他有过亲密的关系，不过，只是与他有过风流韵事的女人之间才如此。他内心毕竟存在着亲密、坦诚、信任，要给予他爱的女人，那种爱因为他已婚而结束了，于是这一切又收回去了。所以问题不是他不曾有过非常亲密的关系，问题是他曾经同几个人，一个接一个，有过这样的关系。现在，当他再次遇到这些女人时，这些关系只留下了简单的理解。有些人他再也没有遇见过，因为许多关系毕竟是在其他国家发生的。但是即使是在当前，尽管现在他同妻子之间的关系非常好，他也不得不承认，他们之间从未这样过，因为他无法同她分享他无法控制的一种感觉：这么一丁点儿，也就是他这个人，就能让她感到满足——不仅如此，还感到充实——不得不令他看轻她。

不过，尽管有这些保留，最近的两年，的确超越了他对女人曾经有过的期待,当然不算很久以前他在梦想婚姻时的盼望。他们一起去度假,周末一起去看老朋友,看戏,到饭店去享用各种特色菜肴,一起去长时间地散步。他们相互款待,赠送礼物,用一种情人间的私语。她的兴奋和精力与日俱增,而且总是忍不住注视着他,不自觉地害怕原来那个暴君,粗鲁的家伙又会回来,这让他感到丢脸和苦恼。他总是觉得他们的幸福缺乏基础。

可是应该有什么样的基础呢?

现在他想告诉妻子,他做过的关于死亡的梦。这就是他非常想见她的原因。但是他无法让自己理解这个事实,即他不能告诉她。她害怕他发生变化;她会觉得那个梦是一种威胁。实际上也是如此。另一方面,他们现有的那种新的、舒适的感情无法接受他将使用的那些词语。什么样的词语?他知道的词语都无法传递那个梦的实质。他们在一起的生活习惯必然会导致这种情景:如果他说,罗斯玛丽,我做了一个可怕的梦。嗯,不,问题不在这儿,不是可怕的问题。等一下,我得告诉你……她会回答说,喔唷,杰克,你一定是吃了什么东西,你身体还好吗?——她会跑去给他拿一杯什么药水。她把药水递给他时的微笑表明,她知道,他们两人都知道,他并不是真的需要它,而是她喜欢照顾他,而他至少是很享受被照顾的感觉。

喝茶的时间到了。杰克看见那个年轻人下楼走进了夏日浓密的树荫。电话铃响过两次,都是找罗斯玛丽的。他记下了口信。他看见伊莉莎白从小道走向边门,差一点要叫她了,但还是决定不叫了。他在夏日的午后继续坐着,觉得感到忧郁是正常的:这是人们对他的期待。但是情况并非如此!就好像他根本不是个实体,他感到什么都无所谓,没有目的,没有价值……有什么东西在默默地从他身上溜走,一直是这样,已经很久了。

伊莉莎白跑进来说:"啊,父亲,我太遗憾了。你现在心情一定不好。"卡罗琳跟在她后面。嘉丽①现在身穿紧身的红色棉质长裤,披着的一条紫色方巾垂下来。伊莉莎白还是穿着上班时的服装,一套深绿色的长裤套装,但回家后已经恢复了她自己的个性:用一根异国情调的红布把头发扎到后面,金色的鬈发像泡沫似的围着她的脸庞。他那颗冰冷的心开始跳动,感到了温暖。她们在他对面坐下,准备分担他的悲伤。

这时罗斯玛丽进来了,这是一个又高又大的女人,脸上带着微笑,精神焕发。

"啊,亲爱的,"她说,"你没来电话。我很抱歉。我想,你们喝过茶了?"

"他死了。"伊莉莎白对她母亲说。

"他是今天上午死的。"杰克说,无法相信,这事就发生在上午。

罗斯玛丽放慢了她在室内的动作。当她朝他转过身去的时候,她的脸和她两个女儿一样,都没有了笑容。

"葬礼定在什么时候?"

---

① 嘉丽(Carrie)是卡罗琳(Caroline)的昵称。

"我还不知道。"

"我同你一起去。"伊莉莎白说。

"我不去,"嘉丽说,"我不喜欢葬礼,不喜欢我们那种葬礼。"

"如果你不介意,我也不想去,"罗斯玛丽说,"也就是说,除非你要我去。"他身旁出现了一只玻璃杯和一只饮料瓶,罗斯玛丽在将威士忌像金色的溪水一样倒进那杯子。

威士忌不重要,女人们慎重的脸色不重要,葬礼和谁去参加,都不重要。

"你们谁都不必去,"他说,然后又加了一句他曾担心自己会说的话,"也没有人期待你们这么做。"

三人的心情都放松了下来,连伊莉莎白都这样。

罗斯玛丽讨厌葬礼,觉得这些都是病态的。嘉丽有点信佛,显然觉得应该让兀鹫把尸体吃掉。伊莉莎白相信的基督教教义同安的一样,不需要教堂的宗教仪式。

"啊,不,我要同你一起去。"伊莉莎白说。

"好,看吧。"

他跟她们谈了死亡,就像是一件平淡的、有条不紊的事。他说,艾伦和塞德里克也在那儿,等着他妻子幽默的目光,以便做出回应:她想对他不得不同家人一起哪怕只待两天的事表示同情。接着他开始讲二十四小时绝食的事情。他没有问她们是否会同他一起参加,但是他希望她们会这么做。

尽管他很早就向罗斯玛丽灌输他的左翼观点,但是在他们那么多年的不幸相处中,她一直觉得他的活动是以某种微妙的方式针对她的,或者至少是剥夺了她点什么。不过,最近她同他一起去参加过几次会议和示威。她显得很内疚地说,她不能去参加绝食,因为周六晚上她要去听报告,讲家庭中的压力。她像个聪明的孩子屈服于官方的迂腐那样,让这件事听上去很滑稽;但是毫无疑问,她会去听讲座的。嘉丽什么也没说,因为她认为无论哪种政治都是愚蠢的。伊莉莎白说,她本来会参加绝食,但是周六她自己也有个示威行动。

这时,杰克记起了安的计划,说安会在周末来参加一个祈祷抗议。结果就是伊莉莎白的活动。两个女孩子很高兴安要来,就开始谈论她以及她同她父母的关系。他们之间的关系不大好。安觉得他们功利、俗气,是典型的中产阶级。杰克对此不感兴趣,他发现自己同情塞德里克,甚至可能同情他嫂子。伊莉莎白和嘉丽也很可能对她们的朋友说,他们的父母功利,是典型的中产阶级。他知道他儿子约瑟夫是这么说的。

两个女孩子本来要出去参加晚会,但是想到那件丧事,并且想让她们的父亲开心一些,就留下来吃晚饭了。罗斯玛丽几十年来不得不煮饭、采购、忙碌,现在已成过去。她的新办法是吃最简单的伙食。她给他们端来了汤、吐司和水果。两个女儿表示抗议,而她们的父母能看出来,这是因为她们需要做些什么来表示她们的同情。罗斯玛丽和杰克手拉手地坐在沙发上,而两个女儿为大家提供了一顿丰盛而漫长的晚餐。

他们很早就上床了,当时外面还没有完全暗下来。但是他需要和妻子做爱,感到至少在这里那威胁着他的寒冷能被挡在外面。

只是他的躯壳在爱,他的躯壳搂着罗斯玛丽。她一睡着,就翻过身背朝着他。他还醒着,听着他体内的血液在奔腾。

他又爬下楼去。他看报,他强迫自己这么做,作为对麻木不仁的惩罚。他听收音机,不听新闻公报。直到天大亮时,他才上床。一小时以后他被塞德里克吵醒:因为一些实际问题,所以把葬礼定在明天,周六,十一点。

周五他用在记者擅长的那些活动上。对坐火车和飞机来说,周六都不是个好日子,要及时去 S——城参加葬礼,并在两点前赶回来,是需要运气和安排的。他查了一下天气预报:会有雨和雾。他安排停当以后,打了个电话给莫纳,因为沃尔特还在格拉斯哥。莫纳不仅是一位"老近卫军"的妻子,她自己也有地位。原来说好,是他,杰克,十点钟在教堂的台阶上迎接那些绝食者的到来,并且安排宣布这件事的海报张贴到位。现在他请莫纳去处理这一切,并说明了理由。

"啊,天哪,"她说,"你父亲的事真让我伤心。是的,还好我能办此事。都有谁要来?——等一下,我拿支笔。"

他在电话上告诉了她那些名字,她把它们记下了。

战后,他曾在十来次不同的活动中同这些人联络过。现在看来,战争好像是一个工具,可以筛选出今后一辈子一起工作和活动的人,或者是相互敌对的人。在这个过程发生时,他们并不知情,但那是"老近卫军"组成的时候。"老近卫军"这词当然是个玩笑,只用在家人之间,他当然绝对不会对沃尔特、比尔、莫纳和其他人说这个词儿,会伤他们感情的。有一天嘉丽在传达一个电话时说:"我没听清他的名字,但听上去像个老近卫军。"

这些人的名字曾持续地一起出现在几十封几百封信的抬头上,申诉信、抗议书上。如果你看到一个名字,就能想出其他的名字。但他们的背景是五花八门的,来自各个阶级,不同的国家,甚至不同的种族。有些曾经是共产党人,有的是反对共产主义的。他们是工党、自由党、素食者、和平主义者、孤儿收养者、在非洲和印度建造村落者、难民和自然灾害或人为灾害的幸存者的救助人员。他们是记者、编辑、演员、作家、制片人、工会会员。他们写作的主题是《苏格兰高原地带的失业状况》和《技术的未来》。他们参加各种会议、委员会和半慈善性机构的董事会。他们是市镇委员会委员、议员、纪录片的策划人。他们在朝鲜和肯尼亚、塞浦路斯和苏伊士、匈牙利和刚果、尼日利亚、南方腹地①和巴西、南非和罗得西亚和爱尔兰和越南和……一些问题上的立场相同,现在他们在九百万孟加拉难民问题上,又持有共同的观点和感情。

以前,如果他们走到一起,发表一个观点,那总是属于少数派的观点。想公开宣传他们的信念,有时是很难,或者是不可能的。现在发生了他们不甚了了的某件事:当他们发表这种或那种观点时,他们的观点越来越经常同各地多数派随意提出的通常观点相雷同。以前,他们对社会,对如何改变社会持有积极、乐观的观点。现在他们却预报灾难,无法防止灾

---

① 南方腹地(Deep South),指美国最具有南方特点和保守的一片地区,尤指南卡罗来纳、佐治亚、亚拉巴马和密西西比等州。

难,然后设法去缩小灾难。

对老近卫军的这种看法是同他长得一模一样的儿子告诉杰克的。

当杰克读完名单时,莫纳说:"我们当然能干得更好一些,对吗?"他抱歉地(为什么,这又不是他的错)说:"我觉得,许多人认为媒体替我们办了。"

然后,他决定打电话给儿子。他还没听说他爷爷的事呢。要找到约瑟夫可不是件容易的事,因为他在为各种"地下"组织工作,在不同的地方睡觉,甚至可能出国了。

最后杰克打电话给伊莉莎白,她已经在工作地了。杰克知道了约瑟夫可能在什么地方,终于找到了他。约瑟夫听说爷爷死了,就说:"噢,那太糟了,我很难过。"杰克问他,如果他和他的朋友们没有"更好的事要做",是否愿意参加二十四小时绝食。约瑟夫说:"你没看报吗?"杰克不想说他没看到他儿子的计划,结果却是"我们大家"都在组织那个星期天的抗议游行。

从他儿子因为祖父死亡而变得缓和一些的尖刻口气中,杰克听到了他自己年轻时说话的声音。为了公平起见,他对儿子说话的声音也有点抱歉的味道。他也开始感到精疲力竭。这是因为他努力要做得公平,所以在同约瑟夫谈话时必须让自己回到青年时代的样子。而且要花很多精力才能幻想让约瑟夫懂得他的观点。他最近一直在幻想对约瑟夫说:"瞧,我有很多重要的话要说,你能给我一两个小时吗?"现在他正想这么说,但约瑟夫说:"我得赶快走了,对不起,再见,问大家好。"

他确实知道他想说什么,不仅是对儿子,对年轻时的自己,还要对整整一代人,或者更确切地说,是对从事政治的那些人,对政治青年说。他知道,他的感觉是自相矛盾的。由于他儿子这么像他,让他产生一种他没有儿子,没有继承人的感觉。他想要他儿子接过他杰克现在所在的位置,成为他的继承人。

这并不是说,他年轻时是那么自大,不成熟,缺乏经验并且偏执。他知道得很清楚,他自己中年的策略和其他能力只是将这些特点的棱角磨掉了一些,一切还是照旧,没有多大的改变。他不是一个欣赏中年的泰然和技巧的人。

令他无法忍受的是,他儿子、他们大家,将不得不走他和他的同龄人走过的老路,去接受那些教训。就好像从前没有过这种教训似的。

这,就是著名的"代沟",一直是这样的。不是年轻人不像他们的父母,开辟了新的途径,具有新的思想,展现出新型的勇气。相反,他们的行为同他们的父母一模一样,想法同他们一样,而且同他们的父母一样,不能听取这么简单的信息:这一切都是以前做过的。

就是这一点,让人感到如此沮丧,而且使得中年人刚取得的对"青年"的容忍显得很生硬。这些青年就像他们过去那样,似乎觉得,他们必须"经历"的年轻和自由,是他们在生命中唯一能够拥有和期待的好事。

但是,现在,"沟"这个字要糟糕得多,因为人类意识中出现了一种新的绝望。情况太糟了。人类的未来取决于人类是否能够获得新型的聪明才智,能够从经验中获得教训。人人都可以看到,人类无法从经验中获得教训,因为新一代知识分子和有觉悟的积极青年的行为,同他们以前的每一代人一模一样。

这种无尽的循环,年轻人总是蔑视和排斥他们的父母,毫无意义地坚持要亲自去发现,才能成熟起来。这确实是很不经济的。世界承受不了这种行事的方法。

每一个中年人(就像他或她的父母曾经做过的那样)抱着失望的心情,看着他们的子女将全部聪明才智和勇气都投入到重复的事业中,最后必然会把他们都变成老近卫军。也就是说,如果灾难不先一步来临,就会出现这种情况。人人都知道情况会是这样的。

看着他的儿子和他的朋友们,就像看着实验室里的动物,它们除了按照以前受过的训练那样行动之外,不会做任何其他的动作,就像他做过的,老近卫军曾经做过的那样……幻想到这里,杰克觉得儿子已经接受或者至少听了这一切,于是就继续去想他真正的主题。最糟糕的是"青年"什么也没有学到,只是在重复社会主义老一套的指责和分裂。回顾他的一生——他最近毕竟有许多时间去干这件事,一个人经过了这么多搏斗和奔跑之后达到了平静,能够思考和反省,就不那么重要吗?——他能看到一个重要的信息。那就是社会主义无法达到它本可以达到的目标,其原因是很明显的:某个过程、某种机制起的作用是让每一次政治运动都不得不产生分歧和分裂,然后分裂了再分裂,成为很小的团体、派别、小组。每个组织都有某个强有力的人物,某个英雄或者是创始人,或者是领袖人物控制着,至少是暂时控制着,而且相互诽谤和辱骂。如果有一个团结的社会主义运动,而且不仅在他的时代——他指的是第二次世界大战以后——而是在那之前,再往前一个时代,再往前,那么英国早就会是一个社会主义国家了。

但是,就像夜晚总是在白天之后到来那样,那同一个自动的过程一直在继续着……他想象他儿子在说,既然是自动的,那为啥要对我这么讲?——啊,杰克会回答,但是你们应该超过我们,你不知道吗?你们必须如此,否则一切都完了,结束了,你看不到吗?你看不到这个过程吗?一代人出生了,纯洁的,无辜的——或者他们自以为如此——摆脱了他们逊色的先辈,有很多新东西要学,但是很快就必然会产生分歧,自以为是和责骂。你难道没看见你们命运中已经出现的事吗?有十几张报纸,因为有分歧,所以有十几张。但是假设只有一两张呢?有十几个小组,个个都积极地捍卫着他们对政治、性、历史的不同教条。假设只有一个呢?

不过,当然不可能只有一个。历史表明,这是不可能的——历史已经对那些准备研究历史的人明确地证明了这一点。但是年轻人不研究历史,因为历史是从他们开始的。就像历史曾经是从杰克和他的朋友们开始一样。

但是,世界已经承受不了这种状况了……这番想象并没有以令人满意的感情,例如,父子之间的拥抱,告终;而是以一堆乱七八糟的乏味的思索结束。由于这些想象越来越令人痛苦,所以杰克最近用一种不怎么涉及个人的方法,不那么刺激,不那么真实的方法来加以思考。他曾经想,他可以同老近卫军讨论这一切想法,然后或许可以召开一次大会?是的,老近卫军和新青年之间可能会有对抗,或者类似的情况出现。那些私下似乎无法谈的事情可以公开地讲?可以经过反复讨论,然后……现在要解决的是葬礼的事。

葬礼前的一天,周五的那天夜里,他刚睡着就做梦了。它与那晚在旅馆房间里做的梦不同,但实际上是来自同一地区。一条狭窄的、黑黑的长走廊通向那第一个梦的地方,但是在入口处站着一个女人的身影。起初,他以为是他母亲年轻时的身影。他之所以这么想,是因为他感到强烈的羞愧和不足,对他来说,这些感情同他以为他已经忘却的童年的某些经历有关。有时他觉得他快要记起来了。这个人影穿着一件白色的直筒连衣裙,宽松的袖子上饰有花边。那是他母亲的衣服,但伊莉莎白和嘉丽都曾经穿着它"玩"。这个引路人既是他母亲,又是他的女儿们,她这时正指引着他往前走进黑暗的隧道。

他妻子正在开灯并关心地望着他。他哄她再次入睡,自己却是上床以后不久就起来了。在这第二个夜晚逝去的时候,他看了一夜书并听着世界各地的广播电台。

第二天上午他在薄雾中来到机场,发现航班延误了。他有半小时自由活动的时间。过了半小时就叫登机了。他上了飞机,朝西飘入同他心情一样的乌云。他曾经在各种气候中平静地飞过世界上大多数国家的上空,这时却出现了幽闭恐惧症,不得不抑制想要冲出飞机,穿过天空中的薄雾和浓雾,逃之夭夭的念头。他迫使自己去想些别的:回到对大会的幻想。他想象着那种情景,大厅挤得满满的,门口都站着人,讲台上坐着各代社会党人中的知名人士。他看见自己也在那里,一边是沃尔特,另一边是他儿子。他想象着他,或者是沃尔特,在向年轻人解释时会说,世界的振兴要靠他们,他们有机会打破必须一再重复过去经历的循环:他们可以成为有意识地决定回顾历史,吸收它并且一跃而超越它的第一代。就像一种主动的变化。

他想象着大会的盛况——当然是一种清醒而明智的激情。他想象着大会结束时……这时,他的经验制止了他,告诉他会出现什么情况。首先,只有几个不同的社会主义小组来参加大会。的确不大会有人愿意为了结束小团体而放弃对他们小团体的支配权。大会会选出一些强有力的人士,他们会精力充沛地进行领导。但是过不了多久,这些人就会产生不同意见,并相互敌对,从而组织敌对的运动。要不了多久,这个为了结束分裂的运动会加深分裂。总是这样的。因此,既然杰克知道必然会发生这种情况,他为什么要……他们正在乌云中降落。S——城在下大雨。出租车在缓慢的车流中爬行。这时他知道他已经来不及赶到公墓了。如果他真的想一定要参加葬礼,他本应该昨晚来的。他为什么没那么做?这是他自己干的好事。现在完全可以往回走了,但是他还是继续往前走。在墓地,葬礼已经结束。两个年轻人在往他父亲躺在下面的洞穴里铲土,就像街上那些不断挖出、重埋下水道、水管和电线的人一样。他搭乘同一辆出租车回到教堂附近的那幢房子。他发现马卡姆太太正在那里打扫房间,准备让另一个男人或女人去度晚年,他哥哥塞德里克正在整理老人的文件。塞德里克说得很干脆:他很理解这次的延误;他要不是采取了预防措施,在皇家纹章酒店订了房间,他也会来不及参加葬礼的。不过他和艾伦都到了,还有他的妻子和艾伦的丈夫。安也在。如果杰克也在,那就好了。不过,没事儿。

天气这时变暖了,浓雾已完全散去。杰克找了一个合适的航班飞回伦敦。在高空的阳光中,他想知道他父亲是否感到他似乎没有继承人。他曾经是个律师。塞德里克继承了他的职业。年轻时,父亲当过工人运动鼓动家、认真的反对派的辩护律师,接受过那种案件:出于宗教信仰,而不是社会感情。不过,一件事既然干了,那么为什么干这件事,还有区别吗?这种想法引出了杰克的信念,盘踞在他脑海中,没有迹象要离去。杰克突然想起,也许老爸把他自己看成是他的继承人,而非那个一直是小心翼翼、毕恭毕敬的塞德里克?嗯,他不会知道父亲的想法了,他错过了了解他的时机。

也许,他可以同安谈谈,从而发现老爸一直是怎么想的?这种软弱加深了正在摧毁他的缺陷——这种缺陷似乎来自梦中那个穿着白色连衣裙的女性。为什么那个梦要把他两个可爱的女儿塞进那严肃而强势的人影中?他昏昏欲睡,但老是让自己醒过来,生怕做梦。飞机在穿过浓雾后飞过闪光的白云上面的艳阳,让他的时间概念,尤其是连贯性发生了错位。他是四天前接到马卡姆太太的电报的吗?

在希斯罗上空,他们又钻进了浓雾,不得不在周围的空中爬行了半小时才着陆。现在已经是四点钟了,二十四小时绝食两点就开始了。他决定不参加了,但是会过去看一下,说明一下原因。

他坐地铁去了特拉法尔加广场。

他和公众都很熟悉的二十个人,聚集在圣马丁教堂的台阶和门廊里。有的坐在垫子上,有的坐在凳子上。一面做得很专业的横幅上写着:这是为挨饿的几百万孟加拉人举行的二十四小时绝食。每个绝食者都有夜里用的水瓶、毛毯和大衣。而当时是雾蒙蒙的温暖的下午。沃尔特将一件黑色厚毛衣的两只袖子扎在脖子上。沃尔特是这件事的中心人物,其他人都同他有关。杰克站在马路对面,觉得他想同这些老朋友讨论和"青年"一起开个联合大会的想法是荒谬的,不实际的。现在,当他再次处在普遍的派性政治的气氛中时,他能看到这一点。

他渴望参与到他们中间去,但这是因为他想加入一个政见相同的团体,能得到他们的支持,能够安全而不受到疑惑或恐惧的袭击,不做梦。

站在沃尔特旁边的是他的妻子诺拉,一个矮小而可爱的女人。他一直把她看成是沃尔特门前的擦鞋垫。他曾经这么认为,这是说,在他理解罗斯玛丽有多么怕他之前,他是这么想的。有一次诺拉在会后对他说:"如果沃尔特是个普通人,我可能不肯放弃我的职业,但是嫁给了像沃尔特那样的人,当然会很高兴放弃自己。我觉得这似乎就是我对运动的贡献。"诺拉曾经是个记者。

沃尔特的脸庞通常表现出意志和权威,此时却红光满面,显得非常豪爽。杰克觉得他们大家似乎在野餐,很舒服。他会这么想,让他很吃惊,因为他知道,他爱他们,并且佩服他们。可是现在,望着沃尔特那张帅气的脸,人们从报纸和电视上那么熟悉的那张脸,他觉得它戴着张自负的面具。对朋友的看法产生了如此奇特的变化,让杰克觉得,似乎有个陌生人附在他身上了:一层薄膜遮住了他的双眼,歪曲了他看见的每个人的脸。他看见的是一些自负、自满、愚笨的面具,而沃尔特的诺拉是一副愚蠢的崇拜的样子。这时,杰克对当时情况的感觉发生了变化:不是他正在通过一张变形的薄膜在观看,而是一张薄膜从他所看的人脸上撕掉了。他正在看着那些让他害怕的脸,因为它们赤裸裸地以自我为中心;他寻找同他自己相似的脸,寻找他可以钦佩或者需要的脸。他匆匆地用手撸了一下自己的脸,因为他知道他脸上也戴着自负的面具,他能感觉到它在那里。在那下面,在正在长入他肉体的那个面膜下面,他能感到某种很小的东西,不成形的,难以识别的某种可怜而尚未出生的东西。

现在,他尽管厌恶自己的背叛,但还是无法将手从脸上拿下,无法防止自己去试图把固定在那里的面具拿下。他朝他的朋友们走去。看见他来了,大家都微笑着,朝周围看看,找一个他可以坐的地方。他说:"我怕不能加入你们了。交通出了问题。"他可笑地加上一句。他们脸上首先露出的是惊讶,然后是不理解。这时他看见沃尔特已经意识到了:

他父亲!并且看见这个天生的领导人在杰克转身时组织他的措辞:"他父亲死了,他刚从葬礼上来。"但这不是他不能参加他们活动的理由。他绝对同意。这时他走开了,但回头看了一下,挥挥手,微笑了一下。他们大家都凝视着其中包含的戏剧性情景:他的父亲刚死。他们的神气似乎很想看到这件事带来的刺激。他很不喜欢自己去批评那些他知道是体面而勇敢的人。自从他认识他们以来,他们曾经冒过各种危险,放弃过许多机会,献身于他们心目中的正义事业。献身于他心目中正义的……他也有点害怕。他一向认为他不能适应的那些想法正在他脑海中扎根:他觉得其他许多想法似乎正准备入侵。

他决定到河边去,如果他能在温暖的周六下午找到一条船,甚至去一趟格林尼治。他看见一个小队伍朝他走来,打的标语是:**耶稣是你们的救世主,耶稣与你们同在!** 标语下都是些年轻人的脸;这些人的服装同他过去十五年,或更久以前看到其游行并与之一起游行过的年轻人,没有什么大差别。他们的衣服是富丽而富有想象力的,他们的头发很长,他们的脸上充满希望。他朝安微笑了一下,她正举着一块纸板,上面写着:**耶稣关怀着孟加拉人。** 有个声音在叫:"你好,爸!"他看见了他的伊莉莎白,她的金色大辫子披在双肩。两只手,安和伊莉莎白的手,把他拉到她们身边。这么一来,老近卫军中最杰出的一个成员就发现自己走在一个标语下面,这个标语上写着:**基督来喂养饥饿者,记住孟加拉!** 安的小脸因为幸福和运动而容光焕发。"葬礼进行得很好,"她说,"我正在讲给莉兹①听。感觉很好。我可以肯定,爷爷是喜欢的。"

对此,杰克发现自己无言以答,只是笑了一下。于是,他同几百个热爱耶稣的人一起,在几个宽容的警察的帮助下,顺利地穿过了广场。过几分钟,他会走过坐在教堂台阶上的朋友们。

"我不该在这儿,"他说,"虚伪的陈述。"

"啊,为什么?"他女儿问,对他感到十分失望,"我根本不这么认为!"

安的神气是亲切而宽容的。

他们在他周围唱着《前进,基督的战士》。他们边唱边行进,或者说是缓慢而轻松地走着。他根据他们的步速调整着自己的步伐,随着自己沮丧的思绪想着,不管标语是世俗的,原则上是无神论的,还是受到耶稣庇护的,今年将有两千四百万人饿死,他可以打赌,在这广场上的每一个人,不可能再过上十年而不遇到任何灾难。

这时,他意识到莫纳正在盯着他。在她果断的脸上、她毫不含糊的蓝眼睛中,看不到一丝他通常见到的神色:对他们短暂而愉快的关系的记忆。她转过身去拉沃尔特的袖子,显得很慌乱。不管怎么说,超出一般的震惊。这时,他们大家都转过身望着他:大家显得很茫然,他们无法理解。他应该挥臂喊道:胡闹,你们没看见我是同女儿和侄女在一起吗?他觉得应

---

① 莉兹(Liz)是伊莉莎白(Elizabeth)的昵称。

该道歉。他受不了他们,他的团队,他的家人对他的谴责。但是即使是在他点头和尴尬地微笑打招呼的时候,他也看见沃尔特一开始确实是张大了嘴,但是看见了他从小就认识的伊莉莎白,一切都清楚了!在半小时之后,杰克第二次看到沃尔特在想办法为他开脱:杰克同他女儿在一起,是这么回事。杰克毕竟不是他们当中唯一的子女以各种奇特形式相信了上帝的人。

杰克同孩子们一起进入了广场,得知她们晚些时候会来看他后,就离开了。她们还在一个喷泉旁边起劲地唱着赞美诗。

他倒了几辆公共汽车回家。他希望这一天的失策能在同妻子一起的大笑中变得无足轻重。但他记起了她这时不会在家,也想不到他这时会回家。

有一张字条,但不是给他的,是给嘉丽的。上面说:"请喂一下猫。我回来会很晚,可能就住在朱迪·米勒家,请把所有的门都锁上,爱你。"

七点了,看上去像三四点钟。他把窗帘拉上,像个夜晚,手握一杯威士忌,坐在那里。过了一会儿,安来告诉他葬礼和耶稣的事。他在椅子上挪了下位置,以便能看到她闪光的眼睑。嘉丽进来了。他望着她,但她的眼睛是女人的眼睛。他了解她的爱情生活,因为她很坦率地对她父母谈论此事。但即使她一言不发,他也会从她显露出的情绪以及接吻时的笑容得知。她洋溢着对他的亲切和关爱,他很高兴她在那里,但是他想看的是安。

她们讨论着各自的信仰。安不需要去教堂,因为她同耶稣有直接联系。他爱着她,就像她爱他一样。嘉丽把她的宗教定义为"可能是东方的"。不,她认为不是佛教,甚至不是印度教。她相信转世,但不理解为何要信奉牛,尽管她觉得任何让人对动物友好的事都是值得做的。安看过《奥义书》①吗?嘉丽信奉的是它。她当然觉得她父亲过去不相信,今后也不会相信的。她想成为素食者,但她毕竟和伊莉莎白共用一个厨房,她会反对的……这时伊莉莎白走了进来。她已经洗过澡,穿上了一件袖子上有洞的古老的孔雀蓝的带花边的晚礼服。杰克记得罗斯玛丽穿过这件衣服,那是在二十年以前。伊莉莎白很生气地说,她根本不介意嘉丽成为素食者,她自己也准备吃素。但是她们用什么来喂猫呢?人类是否会杀了世上所有的猫和狗,就因为它们不吃素?听到这里,嘉丽火了,说:就是这么回事,我对你说过了,我知道你不想成为素食者!安嘲笑她们两人,大家的情绪好了一些。

她们继续讨论着她们信仰的真正微妙之处,我认为,不,我不同意这一点,不,我认为这更……当然不,啊不,你怎么能相信那个?一个多小时,就这么过去了。杰克拉起了窗帘:到处都是强烈的金色阳光。傍晚的天空中响起了雷声,树木射出令人沮丧的黄色光环。他把窗帘放下。他们就待在暗暗的小灯光下。三个女孩在讨论妇女解放问题。杰克不喜欢女人

---

① 《奥义书》(Upanishads),印度教古代吠陀教义的思辨作品,为后世各派印度哲学所依据。

讨论此事，不是因为他不同意妇女解放，而是因为他无法忍受这种讨论。他认为这太过分了。他越来越觉得，除了两三件超出常规的特别的恋爱关系之外，他几乎有理由对每一个与他有关系的女人感到内疚。但是即使他真的想改变自己，也不知道从何做起。这三个年轻的女子对女人的作用有着不同的，但非常明确的看法。嘉丽代表极端的女权主义，而安，令人惊讶的，是好斗的一类。伊莉莎白谈论着职业妇女的命运，没有时间去进行她所谓的"无用的心理分析"。这种观点让她们争吵了起来。杰克第一次看到安大声说话。争论还在继续。然后，她们看到杰克默不作声，想起他父亲刚过世。她们就为他烧饭，给他做很多道菜，每一道菜似乎都是给他承受的伤痛贴一张膏药。她们努力让自己理智一些，继续讨论着她们有关妇女解放的思想观点。杰克又一次处于他在广场上穿过川流不息的人群望着老朋友时的心境。他能够见到的就是各种不光彩的激情。在这些可爱的脸上能看到的就是妄自尊大。对她们来说，重要的是她们说话的时刻：我觉得是这样，这样的，不，我认为不是这样的。他知道，对她们来说，她们的信念没有她们持有的观点和她们为什么持有这样的观点的理由重要。她们有她们的信念或观点；这是她们的。

现在她们又回到宗教问题上。其他两人攻击安是基督徒，而基督教对待妇女的态度历来是很落后的。就这个问题，安对嘉丽说："那你可以谈谈印度的妇女是什么情况？"

"是的，"嘉丽说，"但是我不相信女人同男人是一样的。"

这下子又引起了争吵，她们的嗓门越来越高。

他得忍住不说她们听上去像是在开世界教会大会辩论教义的差别,因为他知道,如果谈到教义和对历史人物的争论,那么,他的信仰,社会主义,可以把它们全部击败。他看着,听着他的女儿们、他哥哥的女儿,知道再过两年、三年、十年(如果她们都能活那么久的话),她们会以一模一样的占有欲来谈论其他的教义、信念、观点。

他又一次感到自己像一座受到威胁的建筑物,有人已经在拆它的基础了。他就像在噩梦中那样,看到世界像一个小球,上面爬满了极小的生物,大家都在因为环境和地理位置而偶尔获得的信念猛烈地、喧闹地争论,并互相残杀。

他告诉姑娘们,他前一阵没睡好觉,该上床了,其实是因为她们提出了有关教义的明确主张,让他听不下去了。她们亲切地吻了他一下,走了。从那些温暖的吻中,他知道,她们刚才谈的是他对他们爷爷过世的反应:对他来说,心情一定更糟,因为他是个无神论者,不相信死后还会重生。

她们每个人对未来都持有不同的看法。例如,安相信她死后还会同现在一样坐着,只是更舒服一些。她会认出她的朋友和家人,而耶稣也会在场。

杰克在想,他自己对来世的态度是偶尔形成的。当他年轻,世界观正在形成(或获得)时,他所崇拜的人和作家都把无神论当作光荣的标志。不相信有来生,就像是一张勇敢的证书,尤其表明了思路清晰。如果他现在很年轻,他可能已经根据自己经历的各种机会,轻轻松松地在形形色色的信念中选择了一种。转世? 为什么不? 正如嘉丽所说,这毕竟是一种乐观的,向前看的信念。但是,他年轻时不可能相信转世的唯一原因是他从未遇到过持有这种信念的人。他知道,有少数怪人是相信的,还有印度人,仅此而已。

现在,他准备上床事宜了。天空那么亮。他把房间弄暗一点。喝了热牛奶。他极想入睡,这是他一生从未有过的事,可是一会儿就双手枕着脑袋,睁眼躺着了。但是他不能连续三个夜晚都在看书和听收音机中度过。这时,灯亮了,他妻子进了房间。她很抱歉,很理解他不想参加绝食的行动。他看得出,她还在想她的报告和会后遇到的那些朋友。他看见她在抑制自己的活力,收敛自己的好心情,因为她怕打扰他。她睁大眼睛,笑眯眯地躺到床上。问起了葬礼,她很遗憾她没去,也很遗憾他没赶上。可怜的杰克。她微笑着伸出了双臂,很高兴他进入了她的怀抱。他本想进一步整夜做爱,可是她睡着了。他在严密的保护性的黑暗中躺在妻子身边,想象着空中出现了晨曦。

他睡着了,陷入了梦境。在梦中他在考虑他整天故意不去想的事,因为想起来会很伤心。他父亲躺在潮湿的土壤下面一个狭窄的盒子里。他,杰克,同他躺在一起。他感到窒息和惶恐,身上压着重物,就像被活埋在湿水泥中一样。他醒了,发现尽管到处都是冷冷的、迷茫的光线,小鸟已经在草地上跳跃了。但是时间只有四点半。他打开收音机,在脑海中想象着这些广播电台所在的城镇的景象,以及他在这些城镇认识的一些人,然后又把这些人划分成朋友和敌人,然后又换一种分类,将他们分成死人和活人。接着又在脑海中回到他曾经参与或报道过的战争,在半睡半醒的状态中再体验一遍他可能被杀死的危急关头,危险时刻。现在这一切都让他出汗和颤抖,但当时他就简单地活了下来。当他觉得新的一天已经过了好几个钟头时,他回到楼上,上床躺在妻子身旁。

但是,吃早餐时,她露了口风,说,她知道他不在她身旁。她开始谈论尼日利亚的工作。他知道她不想出去两年,放弃她所有的新爱好、新朋友、新自由。到了那里,她又得担负起她已经逃避的责任。在那里会有正式的交往,许多社会生活。然而,现在听上去,她似乎在尽力让自己相信,如果他愿意,她也想去。她是在担心他。

他没有回答去尼日利亚的事,而是说他想去教堂。只是去看看这些日子教堂是什么样子。她茫然却耐心地吸了口气,然后又吐了出来,疼爱而又尊敬地望着他,他觉得就像诺拉望着沃尔特那样。她说:"啊,我能理解为什么。你的意思是你错过了葬礼?"

也许是因为他错过了葬礼。他穿上了西装,她穿上了连衣裙,他们就一起去了教堂。除了参加婚礼,这是第一次。嘉丽和伊莉莎白同他们一起去的。嘉丽是因为上帝无所不在,伊莉莎白是因为上帝就是待在教堂里的。安不去,她坐在地板上看周日报纸时,耶稣就在她身边。

他坐在那里做礼拜的整段时间里都感到非常愤怒;也许这是记忆中的愤怒;这确实是以前多少年在公学里被迫做晚祷和晨祷,或做早礼拜和晚礼拜时的感觉。他不介意这是一种盲目崇拜;这是必然的!他介意的,是一些人心甘情愿地服从一些显然不比自己强的人,而这些人的品德是写在他们脸上的。也许这就是最初让他走向社会主义的原因?他无法忍受人们甘心接受与他们一样的人说的谎言,受他们的欺骗和统治?他又一次遭到昨天那种无能为力的心情的折磨:一层薄膜从他所看的对象脸上撕去了。那个男人穿着饰有黑白色花边的绣衣,扎着各色飘带——嘉丽和莉兹可能穿的那种好看而无用的服装——在做礼拜的过程中又是吟诵,又是手舞足蹈,做着各种姿势,长着沃尔特那样的脸。他们两个都是公众人物、表演家。他们的相貌总是因为自负和妄自尊大而扭曲着。杰克一直用手撸着自己的脸,感觉到他脸上存在着爱好权势的丑恶。罗斯玛丽挽起了他的胳臂,问他是不是感到不舒服,是不是牙痛?他粗暴地回答说,他一定是疯了,才要来这里。他很抱歉,把她也拉来了。

"啊,就一次,没事的。"她温和地说,但是往肩后看了一眼,想知道嘉丽和伊莉莎白是否听见了:真奇怪,他们大家对子女怎么都那么卑躬屈膝,生怕得罪他们似的。

午饭后,他觉得他好像终于能睡了,也确实睡了一觉。

他在下午闷热的阳光中滚到床上后,一场梦把他拉了进去,他失去了知觉。这一次,他倒在他父亲身边,父亲很冷,他能感到那冷气传过来,进入了他的身体。那份重量把他们两人都往下压,压进了窄长的棺材下面的泥土。他父亲不见了,而他,杰克,独自在蔚蓝的海面上漂荡。这也消失了,但是在这之前,他一次又一次地承受着非凡的钻心的刺痛,这同时也是一种甜蜜。他以前从未有过类似的感觉;他在梦中对自己说:这是一样新东西,这种甜蜜。它很快就消失了,让人感到惊讶,所以他醒了过来,很高兴地醒了,就像是摆脱了一场噩梦,然而他高兴地摆脱的是那种强烈的、沁人心脾的甜蜜感觉。他觉得这不健康。还不到喝茶的时间。他只睡了一个小时,还没有神清气爽。他下了楼。他妻子像讲笑话似的告诉他,那天上午,有位记者曾来电话,想了解他对二十四小时绝食的看法:他没有去,是否意味着他反对此事?安接的电话。她说奥克尼先生去教堂了。安说,那名记者似乎很惊讶。她不得不一再重复。她是不是说奥克尼先生去参加婚礼了?去参加洗礼?不,不,在教堂做礼拜天的晨祷。

杰克认识那个记者;他们曾一起去过几个国外的战场。现在杰克真的很担心,就像面临着名誉扫地的境地。他对自己说:我年轻的时候从不担心别人怎么看我。他得到的回答是:你的意思是说,你不担心不是你一派的人说什么。他说:是的。可是现在不是个人的问题,批评我就是批评我的一派;当然应该操心,不要让我自己的那派人丢脸。

没有人对此做出答复;只知道他不诚实。

罗斯玛丽建议去做长距离散步。他看得出,她一直在想,如何能让他振作起来——如何来捍卫她自己的幸福,他没法不这么想。他十分愿意在天黑之前尽量多走几英里;他们刚相遇,还没有结婚之前,常干的一件事就是走上几英里,有时连续走上几天。这次他们一直走到天黑,十一点。他们算了一下,超过了十五英里。他们很高兴,在他们这样的年纪,在他们不严紧的生命的中间时段,还能这么容易地走下来。但是现在,杰克面临着黑夜,一条狭窄的隧道,在道口有一个穿白色衣服的人影在等着,示意他走向灭亡。

那天晚上,他没有睡觉。窗户是开着的,窗帘是拉开的,房间里洒满了光线。他假装睡着了,为的是不让妻子感到担忧,但她警觉地躺在他身旁,也装成是睡了。

第二天上午是马卡姆太太来电报一周的日子。他开始担心自己的健康了。他知道,像他这样整夜整夜地不睡,根本不行。在接下来的日子里,他进一步陷入这种更加严重的过分敏感状态,就像进入了他曾听说过流言但不曾信过的那种地区。他妻子和女儿们在边上微笑着,为他担忧。他睡得很少,一旦睡着,就受到那个白衣女子的监控,现在她是他母亲、妻子和女儿们的综合体,但并不特指某个人。她利用她们的相貌,但是个冒名顶替者。这个人影变得像结婚蛋糕上或坟墓上的天使,完全是假心假意的;那甜蜜而钻心的激情就像一曲特别恶心而乏味的乐曲,伴随着它的出现。只是现在更糟了,那平淡无奇的本质,就像裹在白糖里给吞了下去,然后发出傻笑一样。这种萦绕不散的病态带来的恐惧,甚至超过了噩梦,他已经不记得噩梦的性质了,只记得它曾经发生过——那晚在旅馆里。他的床、卧室,很快整幢房子都沾上了这种情绪,不仅是情绪,更像一种感觉,甚至是恶心,就好像他偶尔吞下了浓缩的糖精,怎么也去不掉它的味道似的。他整天处于惊恐、不自信的状态,他制造许多借口,不愿上床。

沃尔特来看他。事先没有通知。杰克一见他从车上下来就记起了一件事,知道沃尔特为什么来这儿。大约四年前,莫纳给一本宗教书写过评论,那是一本有点神秘的回忆录。她的笔调让他们大家感到很吃惊。他们本来期待的是某种轻松、故意不严肃的语调,因为这是不用去重视的某件不值得重视的事。当然不是嘲笑,否则会达到同样的效果,而是用来对付孩子的腔调,譬如,就像在谈鬼,或者关于巫婆的故事,主题是不需要认真考虑的。但是莫纳没有采用这种玄妙的蔑视的口气。老近卫军的各色人等都对此发表了评论。然后她又为一本宗教诗集写了一篇评论。这当然不能用轻松的、消除不良影响的语气来着笔,因为诗集显然属于不同的范畴。但问题是他们中间根本没有人会为此写评论的。首先,没有编辑会想到要请他们写。这是件令人十分烦恼的事。当时在比尔家开了个会,莫纳没有出席。大家对她的事进行了讨论,因为她当时正处于妇女们"信"教的年龄。杰克喜欢莫纳,所以提出来要去看看她。他访问的目的,正如他对自己说的,是要了解她是否"还同我们在一起"。他发现她很友好,同往常一样,正在帮助组织下周的一次大会。他试探了一下,噢,当然说得很策略。他提到,在某个星期天有一篇文章,谈到某个著名的宗教界人物,他觉得那个人是一个令人恶心的、追逐私利的人。莫纳说,她倾向于同意。他漫不经心地说:"当然,我完全能谅解有些人无法面对年老等事,只好求助于上帝。"莫纳说,就她而言,她无法相信死后还能复活。是的,当然不能。但是,多年来她无法相信的事可能会变成理所当然的。他记得他对她有种保护的感觉。似乎他是在帮助救她脱离险境。一周后,在研究我们的交流危机的一次会上,他遇见沃尔特时说,他专门去看过莫纳。他觉得她神志似乎很清醒。

现在他知道沃尔特会做些什么了。

沃尔特显得有些鬼鬼祟祟。杰克当然知道,在平时,他根本不会觉得他鬼鬼祟祟。这是因为他当时的心态,是把别人脸上的每一种表情都夸大成漫画。但是沃尔特扮演的是双重角色,几乎像个间谍(现在想起来,他对莫纳,当然也是如此),因此,在他脸上,鬼鬼祟祟几个字写得很大。

沃尔特提到了绝食活动很成功。然后来了个笨拙的过渡,但杰克没听清。就谈起了路德①。杰克想知道他为什么提路德?然后他笑了一声,一个短促的笑声,出于惊讶。沃尔特没有注意,或者,更确切地说,没想到这里会有笑声,觉得它很不协调,似乎不予理睬,就像它没有发生一样。沃尔特想弄清楚,大家在传说,杰克皈依宗教了,他周日去教堂了,这是否包括相信奇迹,就是人们所说的在路德发生的那些奇迹。杰克说,他曾为日报的事去过路德一次,是为了报道几年前的所谓奇迹。沃尔特点了点头,似乎在说:这就对了。他已经感到放心了,因为杰克的语气是正确的。但是他还是表现出一个神甫的忧虑,他相信他的信仰是正确的,就怕一只羔羊迷路离开了羊群。他提到人们曾经怀疑莫纳成了天主教徒。"天哪,没有,"杰克说,"她不可能。"他的声音显得很震惊。这是

---

① 路德(Lourdes),欧洲最大的天主教朝圣之地。路德是法国上比利牛斯省一个市镇,与西班牙接壤,据说1858年一个小女孩儿在一个山洞里看到圣母马利亚显灵18次,由此成了天主教朝圣之地。连疾病缠身的重症人士也坐着轮椅来这里,希望能祛除身体的疾病。

因为他感到她骗了他,说了谎。他默默地坐在那里,想记起她当时说话的确切口气,还有她的表情。如果她是个天主教徒,她能说她不相信人会复活吗?但是他根本不了解天主教徒的想法,只知道他们不主张计划生育,但相信教皇。

他想起沃尔特还在那里,一声不吭,就抬起头来,看见他坦然的微笑。他觉得这笑容非常庸俗,但他明白,他看到的是一个好同志的愉快心情:沃尔特很高兴,没有什么会破坏他们长期的友谊。他对莫纳一事的由衷的回答,再一次让他放心了。现在,任务完成了,沃尔特已经在考虑他必须回去处理的各种事务。不过他还待了一小会儿,谈了一下他正在帮助建立的某个反污染委员会。

沃尔特在讲,杰克在听。杰克不知道,在这时提出"年轻人"的问题是否恰当。沃尔特的两个儿子都是优秀的革命者。他们看不起他们父亲的成就和他在社会党人世界的地位,因为他"对统治阶级的妥协"。杰克在想,在世上所有人中间,只有沃尔特的经历、地位,也许还有性格,同自己最相像,他应该能同沃尔特谈谈自己的心事。但是他开始意识到他们之间有差别,而且显然是重要的差别。杰克常处于政治的边缘,像一个自由撰稿人,而沃尔特一直处于每一次政治斗争的中心,总是要处理具体的组织工作。他从来没干过别的事。这就是为什么沃尔特现在距离杰克对事物的看法那么远。杰克看到他们大家,与他们相似的那些人,不停地在为伟大的目标计划、安排并进行组织工作,但注定会看到这些计划的失败,或者由于必然的压力变得毫无用处,以至结果与原来的设想完全不同。他坐在那里,看着他老朋友的那副坚毅、精力充沛的神情,出现了双重幻觉。一方面,他觉得,这是他认识的一个人,相信他这位朋友会带领大家摆脱任何公众或个人遭遇的困境。但同时,他想大吼一声,用一种痛苦的大笑去表示,如果天塌下来(很可能的),如果海水冲进来,如果所有的水都不能饮用了,空气里有毒,食物异常缺乏,人人都像动物似的在土里扒食,那时,沃尔特、比尔、莫纳、他自己以及一切与他们类似的人,还是会去组织委员会、大会、静坐、绝食、游行、抗议和请愿,并写信给当局,诉说警察的不民主行为。

沃尔特谈起同保守派的某次谈判的情况。通常杰克会听到他对介入冲突的人们所做的非常简要而明智的描述。现在他在他朋友脸上只能看到一种神气,那就是:我是实权人物。杰克突然做了个厌恶的手势,站了起来。沃尔特边讲,边自动地站了起来,没有注意到杰克的心情。杰克提醒自己,在批评沃尔特的时候他忘掉了必须注意自己的行动。他突然又一次意识到印在他自己脸上的表情,从沃尔特的表情中反射了出来。它们的自满或残忍让他感到害怕。而他的四肢、身躯渐渐地变成了自尊和自我赞许。

沃尔特在朝门口走去,口中仍念念有词。杰克尽量使脸部保持镇静的神态,不让四肢表现出他觉得是怪兽似的情绪,小心翼翼地跟在他后面。沃尔特站在门洞里,嘴里还在讲个不停。杰克想让他走。他累了,他无法抑制这种自省:门口站着的是他的化身,他忘却了世上的一切,只考虑自己对事物的分析。但是,当沃尔特终于说了声再见,再看一眼杰克时——

由于太自我专注,他有几分钟没望着杰克——脸上出现了忧虑的神色。杰克看到他这种神色,就知道沃尔特看见了一个僵直而不自然地站着的人,他双手捧着下巴,烦躁地摸着颌骨,似乎它错位了。

沃尔特用尴尬的神情平淡地说:"你老爸走了,会受点打击。我知道,我父亲过世时,我也过了很长一段时间才恢复正常。"

他走了,就像一个卫生巡视员似的。杰克想,沃尔特父亲过世时,沃尔特必须恢复常态。他也在想,要治疗他的病,就得安排一些活动。沃尔特比他更明事理:他把他的时间分分秒秒都填满了。

他决定去找家庭医生要安眠药。他们家的人很自觉地不喜欢吃任何药片。或者他们不知道罗斯玛丽在她现在所谓的"我愚蠢的日子里"——毕竟延续了好几年——曾经吃过很多安眠药。但即使是在她吃药期间,她也觉得这是违背她本性的。女孩子们用各种方法来保健:节食、瑜伽、家制面包。儿子身体很壮,当然不需要服药。杰克知道,他抽大麻,不过从原则上说,嗯,在他那个年纪,杰克也会这么做的。禁止大麻的法律是荒唐的。

他告诉医生,他睡眠不好。医生问,有多久了。他得想一想。嗯,大约一个月,也许六周。

医生说:"那不会杀了你的,杰克。"

"是啊,但是在我养成不睡觉的习惯之前,我想吃点什么,不过不要安慰剂,千万。"听到这里,医生望了他一眼,泄露出他真的想开安慰剂,但是杰克口气中的某种东西,让他改变了主意。

"还有什么地方不舒服?"

"没有。也就是说全都不舒服。"

"噢。"医生说,开了安眠药和抗抑郁剂。

杰克让他开了药方,过后又改变了主意。如果他开始吃这些药,那就是某种程度的投降。对什么投降,他却不知道。再说,他还在想,也许吃了更糟?"这"不仅是在听到电视广告铿锵的乐曲时、看到太阳出山时白云背后的一道光线和在隔壁花园里游玩的小猫时会感到的甜蜜的多愁善感,而是那种越来越糟的感觉,觉得自己是透明的,能自动地做出不讨喜的、可以预料的①反应。他就像自己家里的一个间谍,关注着他妻子和女儿们思想或情绪的最细微的反应,把她们当机器人。如果她们知道他是怎么看她们的,她们的墨守成规、她们的平庸让她们显得多么讨厌,她们会转过身来杀了他。而且完全有理由这么做。因为他不是人。他超越了人类。他甚至发现,在同罗斯玛丽,或哪个女儿一起坐在房间里的时候,自己会突然走出房间;他忍受不了自己对她们,对他自己,对每个人的恐怖和怜悯。

可是她们对他十分亲切。他知道情况确实如此:哪怕他觉得这一切都是假的,只是她们中任何一人都没有真正体会到的亲切、同情、关怀、乖巧的一些习惯,想让他恢复正常。这

---

① 原文如此。

样,生活才能毫无压力地过下去。

他妻子特别渴望这一点。尽管他小心翼翼地不想暴露自己沉浸在恐怖之中,但她已经很清楚,他们的日子,那快乐而迷人的时光,无忧无虑的时光,已经结束了。也许永远也不会回来了。她是个深思熟虑而体贴的人,是社会教她要表现体贴和同情,哪怕她并不真正具有这样的感情(他没法不这么想)。她想决定怎么办最好。有时她问,他是否觉得应该再写一本书,甚至他是否想不带她独立去国外旅行。她提到了尼日利亚。每次提到尼日利亚,他的反应就很强烈,因为这种想法是要在积极而计划周密的生活中完全忘却自己。

但是他不想让自己做出承诺。他觉得他会失去一个机会,但是什么样的机会?再说,他怎么能做出承诺呢?他觉得自己生了不可思议的、从未有过的大病;他必须集中精力为周围的人提供一种和蔼而无辜的假象,防止自己的手偷偷地去摸脸,去看看是否戴着贪婪式权欲的面具,注意自己身躯的姿态,一定不让别人看他时发现他的丑恶,如果人们不是专注于他们自己的"亲切",他们自己可怕的、自动的、毫无意义的"同情"而变瞎变聋的话,会看到的。在这种情况下,他怎么能接受一项工作呢?

有一天夜里,他儿子去了楼上。约瑟夫有时会来,而事先不打招呼。他穿过女孩子们的房间到阁楼上去睡觉。他从他姐姐的厨房里拿点吃的。有时还带朋友一起来。

大约一年前,他们曾经为那些朋友吵了一架。有一天晚上,杰克觉得屋子的顶层遭到了一群偷偷摸摸的人的入侵,上去一看,发现有十来个青年、两三个女孩子全躺在橡梁下的睡袋和毛毯上。他们全搬进来了。一个女孩正在野营的煎锅上煎香肠;约一英尺以外有一只桶,上面写着:**石蜡**。**易燃**。炉子上的火苗蹿得很高,弄得煎锅边上全是火。杰克往前一跳,把火灭了,把锅挪开,挺起身来,望着他们,手里还拿着那只锅。他通常对儿子的态度是道歉,或者因为努力要显得公允而筋疲力尽,这时全没了。他问,"你们这些家伙怎么了?出什么事了?你们傻了吗?"

他刚才上楼时还准备了一套幽默的词语。他怕听上去会显得傲慢,所以是这样想的:能把我介绍给我的客人们吗?这时他却瞪着他们,那些年轻的脸庞也瞪着他。刚才在做饭的那个女孩儿脸上露出一抹恐慌的笑容,但是谁也没吭声。"我想你们最好还是出去。"杰克终于说了一句,就下楼去了。过了一会儿,他看见这一群人像一个行进中的部落,有的扛着炉子,有的举着漫画,拿着纸袋、吉他、睡袋,从花园里穿行过去了。

现在他想起此事,觉得这就是他那无法忍受的抑郁心情的开始。他花了几天、几周、几个月,考虑此事。他觉得,在那种粗心中包含着某种轻蔑,让他不知道该如何应付。他不理解这事儿,不理解他们和他的儿子。可是他儿子还是老习惯,在没有更好的地方睡觉时,还会来睡上一两夜。杰克推想,这么说,约瑟夫并没鄙视他这样的家?当时大家都太惊慌,不知道自己在干什么?不,似乎并非如此。他们没有费心思去看一下那只桶,不知道里面装满了东西吗?不过这很难成为借口,不,这一切太过分了,无法理解……在那以后,他没同他儿子讲过话,只是看见他从身旁走过。

楼上来了个电话。嘉丽说,如果杰克"没有更重要的事要做",约瑟夫过一会儿要下来见他。

杰克马上采取了守势。他知道,约瑟夫曾经批评他,在三个孩子成长的过程中,他老是不在家。这个口信指的是那件事——又是它?如果,那只是他想到的粗心,那更糟,这在某种程度上……约瑟夫轻快地从楼梯上跑下来,进了起居室。一个体格强壮的青年,穿着紧身的蓝色牛仔裤、紧身的蓝色长袖运动衫,一条红色的小围巾像海盗似的围在他脖子上。衣服都是旧的,但都是花了很多精力去挑选的,打扮得像一个模特准备拍照一样……杰克知道,他已经开始比较了,这总让他感到筋疲力尽,却又无法停止。他在想:我们以前是不是也这么注意我们的穿着,只是我已经忘了? 不,不是这样的:我们当时的观念是,只有资产阶级才花时间和金钱在服装上,就是这么回事。但是他们的观念不同,仅此而已,这并不重要。

约瑟夫长着一对敏锐的蓝眼睛,嘴唇显得坚定而大方,藏在硬直的金色胡须后面。浓密的金色长发直披在肩上。杰克想,他蓄着胡须和长发,是因为这些很时髦,只要它们一过时,就会不见的……嗯,为什么不呢? 他很希望自己当年也能显摆胡须和长发——这是实话。

这位生龙活虎的年轻人坐到杰克对面的椅子上,把手掌十指相对地放在大腿上,肘部朝外。他用这种警惕地观察的姿势望着他父亲。

杰克比他看见的那个人衰老一点,魁梧一点,温和一些。他在等着。

约瑟夫说:"我听说你信教了。"

"人们的鸦片,"杰克用一种正式的、深思熟虑的口气说,"是的。如果就是它,那我是信了。"

由于他儿子很强势,杰克觉得特别透明。他知道,他的姿态,他脸上的微笑在表示歉意。他已经知道,这次会面注定会不欢而散。然而他还是在找话来恳求他儿子,开始他们应有的"真正的"谈话。

约瑟夫说:"好吧,那是你的事。"他听上去有点不耐烦,因为是他提起的这个话题,或者至少用它来做开场白,现在又来说,他父亲的事没有关系或不重要,"你不是一直在关注鲁宾逊事件吗?"

杰克一下子记不起那是怎么回事,但是不想说。

"我们得给辩护律师付钱。还有保释金。我们至少需要三千英镑。"

杰克什么也没说。这不是策略问题,而是做不到。不过,他看见他儿子开始做一些急躁、有力又自信的动作,但抑制了,忍住了。他脑中闪过一个念头,儿子当然把他看成是有力而自信的,所以会挑衅、仇视他,对他那么冷酷。这时,杰克脑海中形成了一些经过修饰的言辞,却不是他当时的想法,所以让他很吃惊。"为什么非要这样不可,一个阵营的人们之间为什么要有那么多仇恨,让我们无法组成一个共同的阵线,无法去打垮敌人?"这是他经常在脑子里想着要同约瑟夫说的话。只是现在他确实感到很惊讶,他从未幻想过他们个人之间的关系,譬如一起去度个假,或者就是一起过个傍晚,或者散步一两个小时。"你难道看不出,"那个内心的修辞学家在继续说,"你们强烈的批评,你们打破旧传统的主张,你们诅咒过去而不从中学习,会让你们持续地站在为你们蔑视的长者现在所站的地方?"

杰克突然意识到,他否定了自己的过去,这还是第一次;这可把他吓坏了。这么一来,他就被抛到空中,没有了同志和盟友,没有了家人。这让他几乎忘却了约瑟夫的存在。他在想:自从老爸去世以后——已经好几个星期了——甚至更早一些?我一直在想,我是否已经抛弃了社会主义。

约瑟夫在说:"我不必告诉你,监狱里是什么状况,他们受到什么样的待遇。"

杰克看到,"我不必告诉你"这句话表明,不管约瑟夫说什么,他实际上还是承认他父亲是个盟友。"你是来找我要钱的?"他问,好像还可能有什么别的理由似的。

"是的。是的。我想就是这样。"

"你为什么要当美国人?"杰克突然很生气地问,"你不是美国人。为什么你们都要这样?"

约瑟夫不好意思地微笑着说:"这是风度,仅此而已。"然后他又显得很镇定,神气活现。

杰克说:"我是你们不久以前公开鄙视的一个有钱的老左派。你们说过不想同我们有任何关系。"

约瑟夫皱起眉头,做了一些生气的动作,表明他觉得这种批评别人没有正好与自己站在同一立场的辩论,就像是出一口气,只不过是传统。他确实觉得,他父亲把这些话当成是对他个人的批评,是很不理智的。然后,他觉得似乎不能期待会有更好的结果,就说:"那么我就当你拒绝了?"

"是的,"杰克说,"我很遗憾。"

约瑟夫站起身来,但显得有些犹豫。即使是现在,他也可能坐下来的,前提是杰克说一些恰当的话。只要他放弃一直想说的那些夸夸其谈的话。可是这些话怎么能不说呢?他曾经在脑海中花了许多小时要保证把它们说出来!

杰克突然听见自己在用低沉、颤抖而激动的口气说:"我太难受了。一切都是一再继续。一次又一次。"

"嗯,"约瑟夫说,"据说,总会发生这样的事,所以我觉得,这可以让我们感觉好受一些。"他的笑容同他爸一样,不勉强,也不做作。

杰克发现约瑟夫把他说的话当成是请他谅解他们个人之间的关系,因为他以为父亲的意思是,他为他们之间的关系不好而感到难受。

他说的是这件事吗?他觉得他是在谈政治循环的问题。这时杰克懂了,如果他真的做出足够的努力,约瑟夫是会响应的,那么……他听见自己在说:

"就像那些讨厌的机器人。一再重复。你难道看不出,花上二十来年,你们这批人也会成为有钱的老左派?"

"啊,如果我们不先死光的话,那是可能的。"约瑟夫说,就像杰克会做的那样,心平气和地,几乎带着快活的笑容,了结了此事。他走时,说了一句:"如果我们什么也不干的话,鲁宾逊兄弟很可能要判十五年。"

就像按了一下按钮似的,杰克充满了对鲁宾逊兄弟的愧疚,几乎要站起来当场签支票了。但是他没有,这完全是一种自动的反应。

表面上看来,杰克又过了几天和以前几周一样的日子;但是他知道,他已经到达了某种漫长的内心过程的尽头,这个过程对他来说已经太过分了。他同儿子的这次会面就是它的结束,就像在阁楼上的那场面很可能就是它的开始一样?谁知道?谁能知道,杰克可不知道。他累坏了,就像长期失眠结束时那样。一天早晨,他发现自己站在起居室的中央,一遍又一遍地说:"我再也受不了了。我不行。我不愿意。"

他找到了那些药片,带着某种痛苦的决心把它们吞了下去,就好像他要毁灭某种必须毁灭的东西那样。他几乎立刻就入睡了,紧张心情解除了。他觉得他似乎不再存在一个就像需要包扎的伤口一样的他自身的紧迫问题,但不知道他能用什么样的语言去回答。他再也感觉不到那种能引起精神恶心的腻味的甜蜜,这比肉体恶心糟千百倍。过了几天,他发现,他妻子和女儿们已不再像按一下责任或习惯的按钮就能提供温暖、魅力、同情的大娃娃了。最重要的,他不需要时刻防范那种自我厌恶的情绪。现在,他的手指不再去脸上找面具,他也不总操心他的身躯和四肢在表现着什么。

他在想,左派阵营里很可能都把他当成叛徒了。然而,他检查了一下脑中的思想,发现没有很大的变化。

他快速并明智地考虑了一下,觉得奇怪的是,他能马上坐下来参加有关历史、社会主义、共产主义思想和现状以及相关运动的考试,并且相信他甚至能回答出在某个遥远的国家的某个不重要的派别的一些细节。然而他对宗教历史却一无所知,觉得他根本无法回答任何问题。对于宗教问题,他就像头一回听说社会主义的人那样,会说:"啊,是的,我经常想,有些人拥有的东西比另外一些人要多,这是不公平的。你同意的,是吗?"

他决定到大英博物馆阅览室去一趟。他的很多书都是在那里撰写的。他妻子很高兴,知道这意味着他已经度过危机了。

他把他的卡片递进去,借了几本有关宗教史、比较宗教以及宗教与人类学关系的书籍。

开始几天,他的思绪似乎仍处于最近经受的魔力的影响下。他的注意力忍不住会离开书本,而且觉得在他周围埋头看书的男男女女都是疯子,因为从书本中吸收知识来解决所有问题的习惯是一种自我催眠的方式。他觉得,他们和他自己都是只能通过这种方式来获取信息并思考的物种。

但是,这种状况很快就过去了,他能掌控自己了。

他一边看书,一边在认真地检查他的思想:难道这就是变化吗?不,他对这整件事的厌恶,可以用他过去的一种想法加以总结,那就是,如果他,譬如说,是在巴基斯坦长大,他完全能以穆罕默德的名义杀死其他人。如果他出生在印度,他会不假思索地去杀死穆斯林。他要是生在意大利,他会成为一派基督徒,如果他坚守他家庭的信念,他一定会怀疑罗马天主教。但是他首先感觉到的是,这一切都过时了。他干吗要在历史书、图书索引以及评注和基督教解经学的包围中坐在这里?他认为干什么都要比现在这样好。一百年以前,是的。嗯,那当然不一样。在教会中替一个维多利亚人去争论,是有某种意义的;在当时,一个男人或女人说:"如果我出生在阿拉伯,我会朝着麦加一天祈祷五次。"——在当时,这么说是需要勇气的,努力这么做是值得的。

当然,神秘主义者是有的。但是对他来说,这个词是与最近折磨他的那种不愉快的甜蜜的感觉,与自我放纵、装模作样、浮夸的行为有关。不过他看了西蒙娜·魏尔①和德日进②的著作。这两个人的名字他是知道的。

他坐在那里,仔细地体味着自己的反应。他更同情西蒙娜·魏尔,因为她和穷人的关系好,不怎么同情德日进,觉得他同别的知识分子没有很大差别。譬如,他可以成为一种有用的政客?他想起来,他就像在烟斗展览会上选择烟斗,或者在商店里挑选夹克衫一样,在选择一个或一种信仰,能够很容易地同他原有的信仰融合起来,尤其是不要去扰乱他的同伴。他能想象自己对沃尔特说:"啊,是的,我在某种程度上确实

---

① 西蒙娜·魏尔(Simone Weil,1909—1943),法国哲学家和神秘主义者。她的作品有《寻根的需要》(1949)、《等待上帝》(1950)和三卷《笔记》。
② 德日进(Teilhard de Chardin,1881—1955),法国古生物学家、哲学家、耶稣会神父,主张进化论,两次来中国进行地质考察(1923,1926—1946),曾参加鉴定北京人头盖骨化石(1929)。著有《人的现象》《华北旧石器的发现》等。

是信教了。我能看出西蒙娜·魏尔的主要想法,她考虑到贫困的问题。在某种程度上可以说,她是一个社会主义者,真的。"

他买了西蒙娜·魏尔和德日进两人更多的著作,拿回家来,但并没有看。他提不起兴趣了。再说,一种陋习又起作用了。他意识到,坐在阅览室里时,自己一直在考虑写一本书,来描写他确实见到过的各种宗教行为,不过,完全从一个旅游者的视角来写,例如:在锡兰的节日上,有神圣的大象。这本书的构思倒很容易,把他的见闻写一下就行。整本书的情调、风格——嗯,倒有点困难,当然不能有丝毫蔑视的口吻。如果加点轻松、友好的逗乐会更恰当。他发现自己在想,那些老近卫军看到这本书时,就会对他思想的健康状态表示放心。

离开了阅览室以后,他发现嘉丽正认真地喜欢上了一个青年,那是通过她弟弟认识的。他是一个很出名的新一代青年革命者,他勇敢,直率,完全有一个年轻革命者应有的品格。嘉丽是要嫁一个她父亲那样的人?但情况有点困难,因为这个年轻人最近同约瑟夫吵了一架。他们在某个政治问题上分歧十分严重,结果,约瑟夫脱离这个团体,另起炉灶了。罗斯玛丽觉得吵架的真正原因是约瑟夫不喜欢他姐姐爱上了他的朋友,只是没意识到这一点罢了。杰克责备他妻子有这种想法,说,因为社会党人的活动曾经有过或者可能有心理诱因而诋毁它,是反动派的老一套的手段。但是,罗斯玛丽说,每一个行动都有心理基础,不是吗,那为什么人们不能实事求是地说呢?杰克在这次讨论中的激烈态度,让他自己也吃惊。实际上,这是一次争吵。因为他同罗斯玛丽一样,觉得约瑟夫的反应可能太激动了。他一直很珍惜他的姐姐们。不管真相如何,嘉丽当然已经在忘却她的"东方东西",她已经把它当成是幼稚的、过时的阶段。罗斯玛丽在把此事告诉杰克时,一直抱歉地看着他。她说,她最不愿意做的事,就是诋毁他可能正在经历的任何事件。或者是已经经历过的事件。

已经经历过了。

当时,要召开一次题为"从人类手中拯救地球"的大会。他很担心他们不会邀请他去参加。他接到了邀请。莫纳打电话来说,她想同他一起去。她说了几句话,让他有机会和她持有共同的立场,就是将信仰上帝和进步的行动结合在一起。他看得出,她想在他面前表明她以前曾详细说过的这一立场。他把那扇门关上了,只是希望听上去不像是一种怠慢的态度。他又在考虑所谓的"宗教",觉得它就像地图画成粉色或绿色的地区;相信来世就是给成年人的一个涂上蜜的橡皮奶头。此外,他脑海中有两种想法或感觉:一种是他一直有的,从他刚成人时就有的;另一种,不是一种想法,而是一种不安、不平静、内疚的感觉,让他感到他错过了某种机会,而这一错失在他最近的经历以前早就发生了。现在他用沃尔特的话把这一切总结为:你老爸的死是个打击。他的一生早就定格于一种潮流;现在,一种新鲜的潮流,或者至少是一种不同的潮流,从另一个源头冲了进来。但是它同神话和童话中的泉水和河流不同,它是泥泞而混浊的。

他看得出,他的老朋友们在大会上看到他准备积极参与,感到特别开心。他坐在讲台上,发了几次言,都不错。大会结束时,他无疑又是一个坚定的老近卫军,值得信任而且可靠的。

由于这次大会获得的关注,人们给了他一个上电视的相当好的工作。他差一点就接受了。但是他需要的是,离开英国一阵。罗斯玛丽又提到了去尼日利亚。她的理由很充足。他会喜欢的,这是他能干得很好的一项工作,他会做出很有价值的贡献。她真诚地补充了一句,她也会喜欢的,她当然会喜欢了。在很多方面都是如此。再说,毕竟只有两年,等她回来,很容易就能把丢失的东西捡回来。家庭咨询员毕竟还是会需要的!过去觉得困难的事,现在看来很简单,就像去欧洲长期旅行一次。他们把此事看得很容易,当然是因为他们不考虑不想做出决定会产生的后果。在非洲过上两年会让他们两人发生变化,他们不想承认他们已经不愿意改变了。

在他正式同意去尼日利亚的那天晚上,他又做了个梦,最糟糕的一个梦。但是说最糟糕,合适吗?在他身上,不同的法则都能适用。他正跌入死亡、真空状态。他挣扎着朝窗户走去,把那里的窗框打碎,让空气流进来。在他用拳头捶打着喊救命的时候,周围的空气越来越稀薄,枯竭了。他也就不存在了。

他已经忘了那梦有多可怕,或多强烈。

他在屋子里来回走动,等那黑夜过去。太晚了。他要去尼日利亚,是因为他不知道他还能干其他什么事。

在夜里,他能感觉到,他脸上出现了类似他父亲脸上的那种纹路和皱褶,那是他父亲上了年纪,但尚未成为老人时的脸。他父亲成为老人时,脸是开朗的,快活的,但是在变得那么美好之前——就像马路尽头的旅店,你没有选择,只能去那里——他的脸就像面对着黑夜的天主教徒那样:眼睑下垂,疑心重重,但又坚强不屈。他的骄傲和力量来自自觉地默默承受走向死亡的能力。

在以后的日子里,全家人都在计划,打包,安排。人们跑进跑出,杰克却在考虑,现在的他同"那次小打击"之前的他之间只有一点差别。过去,睡眠对他来说,是小事一桩,没有问题的,他睡得像孩子。现在,不管怎样,尽管他知道睡眠中会有恐惧,他的睡眠变成了藏在他白日后面的另一片天地。每天晚上,他会带着警惕的,哪怕是讥讽的兴趣,进入那片天地。那讥讽源自他屈从于过去的习惯,那是他拥有的一个礼物。在这多疑的世界的外表后面,还有一个世界。他任何自觉的决定都无法让他不去探索那个世界。

雪人的思考

几年前我看过一本回忆录或游记,我只记住书中谈到,在当时苏联的高加索,有一只更像人而不像猿的动物"耶蒂"。它从山上的家下来,观察村民的生活。它有时还帮助他们干地里的活,在茅屋里住上一晚,吃他们的食物。人们把它当成朋友。那是第二次世界大战的时候。来了一些当兵的,不顾村民的反对,杀死了这只动物。此时,关于雪人的流言传到了文明世界。科学家们来到这个村庄,但是没有人能记得士兵们把那尸体埋在何处。科学家们就走了。

多丽丝·莱辛

以下摘自1992年3月29日《星期日泰晤士报》的一篇文章,作者斯图尔特·韦维尔:

嘭,嘭,嘭。如果今年夏天一支法俄考察队成功地在哈萨克斯坦边远的高加索山区抓住了耶蒂,即雪人和北美野人,那么,属于弱智的尼安德特人①种的很难抓到的阿尔玛的这种谈话的声音,就会在世界各地震荡。

领导这次追猎的是玛丽-珍妮·科弗曼,一位七十三岁的老医生。二十年来,她一再骑着马或坐着吉普车驶过卡巴尔达-巴尔卡尔这个人烟稀少的荒芜地区,已经收集了500个目击证人对这种神秘动物的描述。她总是比她追捕的对象晚到一步。但是她拓下了它们巨大的脚印,研究了它们大量的粪便。她的同行格里戈里·帕琴柯夫说,去年八月,他曾在同一地区观察了阿尔玛六分钟。这给她的探索提供了新的动力。"它的出现与其他目击者所见完全吻合,"'92考察队的组织者西尔万·帕里克斯上周说,"那是一只很大的灵长目动物,完全用两只脚走路的二足动物。5英尺8英寸至6英尺6英寸高,身上长着约6英寸长的红毛。它的脸是猿和尼安德特人的混合……帕琴柯夫是在一个养马的羊圈里发现它的。阿尔玛喜欢马是因为它们喜欢用马鬃编辫子……"据科弗曼医生说,阿尔玛习惯于袭击牧羊人的茅屋,为的是寻找零碎的食物和衣服。尽管它们有皮毛保护,但有时也会穿衣服……

根据一个目击者的证词,它的新生儿同人类的婴儿一模一样,就是小一些。它们的皮肤是粉红色的,同人类的婴儿一样;一模一样的脑袋,一样的胳臂,一样的腿。

---

① 尼安德特人(Neanderthal man),旧石器时代中期的古人化石。

身上没有毛……生活在8,000至12,000英尺的高原上,有时还会到更高的地方去避难。

因此,耗资百万英镑的考察队会带上全套技术装备,包括红外线摄影机,带有摄影机的小型直升机式的"无人机",装了发动机的悬挂式滑翔机,四个轮子的车辆和摩托车。他们最重要的装备是一支能发射皮下注射飞镖的枪。"我们的目的是在当地人的协助下抓住一只阿尔玛。我们要做一个它脸部的模型,要一些它的毛发、皮肤、血液的标本,然后在它身上装上无线电追踪环,再把它放走。不会像金刚①一样,将它带回来。

我第一次越过雪线走到比以前更远的地方,看到那些另类居住的地方时,一间茅屋顶上的茅草中间正在冒着浓烟。我以为那茅屋着火了。我很担心。过了几个月的炎热天气,地面干燥,有时什么东西都会燃起来,树木也是如此,而我们没有食物。我躲在茅屋后面一座小山头上的岩石后面,观察着,但是浓烟虽然不停地穿过那发热的屋顶,茅草却没有燃起来。过了一会儿,我看见他们把一些木棍堆在茅屋之间的一块空地上,用一根带槽的棍子将那点火用的通红的东西拿出去,放在木棍之间,火就着起来了,但火势并没有到处蔓延,烧着茅屋、茅草或树。他们大家都去河边了,他们那地方就没人了。我爬下去,进了那冒烟的茅屋。像他们那样,把一些通红的东西放在一根木棍子上。我烧疼了手指。然后,我迅速地

---

① 金刚(King Kong),1933年摄制的美国电影中的巨猿名。

跑回到我们住的山洞里,对我的兄弟们说,瞧,我带来了他们已经驯服,不会烧他们的火种。我告诉过你们,你们还记得吗?它们不记得了。我把那像很轻的石头那样的通红的东西——那是大火过后已经死去的大树中还在烧的东西——放进一堆棍子中,它变黑,然后变冷了。当时我就想,我们为什么不像他们那样,利用一下火呢?我说,他们在居住地腾出一块地方,让火就像小鸟似的待在那里,不会给他们带来危险。可是我的兄弟们不相信我。当时,它们第一次说,我现在不是它们中的一员了。我说,可是我说的都是真的,我们可以学着做做看,它们却打了我。

另一次,我试着去偷火。等我爬回到我和兄弟们的住所时,那红得发烫的东西又变冷,变黑了。当时我想了很久,以后也常想着他们是怎么堆木棍并把火放到棍子堆上,然后又把小木片放到火焰上的。有时,有个人坐在火堆旁边看着,把柴火放进去,然后又加一些。他们大家都围火坐着,聊天。有时像我们那样,相互交谈着,但不是总像我们那样。有时一个人讲很长时间,其他人坐着不讲话。然后,他们张大嘴巴,发出的声音就像我们害怕或相互叫喊时一样,或者像那些要告诉我们老虎来了的叽叽喳喳的小鸟。但是我觉得他们并不害怕。他们看上去很高兴。我们是这样的吗?我一直在观察我们自己,并且听着。但是我们不同。我们从来不会坐很久去听一个人讲话。我们只说,那儿有一棵蜜树。或者,小心,这儿的坡很陡。或者,你要这么干的话,我咬你。有时,他们的谈话跟我们完全不同,更像小鸟在一起聊天,或者像月圆时老虎的歌唱。有时,当我的兄弟们不在近处时,我试着发出他们那样的声音,但是我发出的却是猪或熊那样的声音。这时我很伤心。自从我第一次下山看到他们以后,就常常感到伤心。有时我真希望我从来也没有发现过他们的住处,没有见过他们,因为我的心好疼。

为什么他们是如此的不同?他们有什么特点?有时,我觉得,哪方面都不同。然后我又想,他们的外形同我们一样,我们走路的方法也是一样的。

我第一次见到他们时,我觉得,他们可像我们了,后来我知道他们不像。现在我比开始时能更清楚地看清他们和我们。

在我第一次见到他们以后的那个冷天里,外面飘着雪,我和兄弟们待在山洞里,觉得很暖和。我想,尽管我们不像他们那样有火,但我们也很暖和。我们身上有毛,让我们感到暖和。然后,我又想,不过,他们也有遮的,就像天热时我们遮在头上的树皮或树叶。在那寒冷的岁月里,我一直在想他们和他们遮盖的东西。然后,天气一返暖,我就去躲在岩石后面,朝下面的河流望去。这时,我看见一个女的,单独待在河边。她身上没披东西,她把它拿走了。我看见她只有头上和下面生孩子的地方有毛发。她全身光滑,那棕色就像棘刺树皮的内侧,身上闪闪发光。她头上的毛发很长,而且像黑色的小草或者他们的大牲口脖子上的长毛那样光滑。它又软又长,不像我们的那么硬硬的,泛着红色。只有在那时我才知道,光滑而全身无毛是多么的不同。这就是他们为什么要靠火来取暖。没有火,他们会死的,即使有那些我不知道用什么做成的覆盖物也不行。我一直在想,他们是多么不同啊。我在我们山洞附近的水池里照了一下,发现我不像他们,而像我兄弟们。我觉得我们真丑。我很伤心地想到,我们同样有胳臂,有腿,脑袋的大小也一样。但他们有从头上垂下的柔软而发光的黑色长发,而我们全身都是丑陋的淡红色的毛。

有一次,我长时间地看着他们大家在用棍子挖土的时候,发现自己从岩石后面走了出来,站在他们能看到我的地方。他们全停止了工作,紧紧地靠在一起,就像我和兄弟们遇到有老虎和熊的危险时那样。我站在那里。我没有靠近他们。我想要他们知道,我不会伤害他们。他们都站在那里,然后发出他们响亮的鸟叫声。有些人尖叫起来,于是另外一些人从茅屋中出来,站在那里望着我,并发出他们的声音。有人朝我扔了一根棍子,然后另一个人制止了他,接着,他们大家都朝那个扔棍子的人吼着。我开始朝他们走去。我必须这么做。我觉得我必须同他们在一起。我需要他们。一开始,有人往后退,有一人跑掉了,但是其他人还站在那里看着。我走到离他们几步之遥的地方,站住了。我不知道他们是否像我需要他们那样需要我。这时,我以前看到她一丝不挂地站在河中的那个女的从她的覆盖物中掏出一块食物,朝前走来,那只拿着食物的手朝我伸过来。其他人发出了风一样的呜咽声,但是她很慢、很慢,一步又一步地朝前走着,我把食物收下了。我知道,她要我把它吃了。我不知道这是什么。既不是水果,也不是动物,只是一块软软的、毫无味道的东西。我把它吃完了,因为这是她给我的。他们大家都站在那里观看。其间,他们一直在说啊,说啊,不像我们那种说法,而是像小鸟在聊天时那么温和地、不断地交谈着。我不想离去。他们当中有一个人离开了大伙儿,跑进了树林。这时,有几个人去追他,把他带了回来。他大叫着,挥动着双臂。我看得出,他想伤害我。然后,其中有些人回到地里去了。他们就像我们挖昆虫和树根时那样挖掘着。我看到这种情况,就拿起一根棍子开始干他们干的事。这时他们发出的喧闹声就像有时一人说话,他们大家听着时发出的声音。但是我继续干着,于是那个女的就走过来,教我怎么拿那根尖尖的棍子,后来,另一个人给了她一根有很硬的冰冷的尖头的棍子。我就用它和他们一起在那里干活。我离他们不太近,因为我不要他们以为我会伤害他们。然后我看见暮色渐浓,有从山上的凉意袭来,天很快就要黑了。所以我说了声再见。但是我知道他们听不懂,就走到岩石后面,回到山上去了。我告诉了我的兄弟们。它们很生气,也很害怕。它们说我不该这么做。它们说,他们会来追猎我们。它们说,我们之所以在这座山上,是因为老一代把我们从我们能看到的远处的另一座山上带过来的。很久以前,他们曾在那里追猎过我们。我们应该当心他们,不要让他们看见。我知道我的兄弟们是对的,但是我无法不想他们。我要同他们在一起。我要他们。

第二天,我下去,发现他们在挖土。有一两个人走到我跟前,咧开了嘴,拍了拍手。他们很高兴。一会儿,下雨了。一下雨,他们就走进他们的茅屋了。我跟着他们。我想要同他们一起待在暖暖的火边。在第一家茅屋门前,他们朝我喊叫并挥动着他们的胳臂,但是在那个女的住的第二家门口,她不让他们再把我赶走。我犹豫了很久,站在茅屋的门外面,看着里面的火焰在缓缓地跳跃,但是那女的一直在用手做着动作。我知道那意思是说进来。我终于走了进去,尽量坐在离他们和火远一些的地方,背靠着墙上的圆木。火在那里安全地跳跃,红彤彤的,舒适而温暖地照在我伸出的腿上,而外面的雨水是寒冷的。火焰上面有一块空心的石头,里面装着食物。然后,他们把食物放在一个像石头那样的扁平的东西上,递给了我。我吃了那食物,并且用我的方法说了我很喜欢。他们说了很多。他们从不停止谈话。然后,他们一个一个地走过来,总是怯生生地碰碰我,碰碰我又硬又粗糙的毛,碰碰我的脸和胳臂。然后,有一个半大的小子把手放到我的痛处,笑着拉了一下——这时他们都很生气,有人打了他一下,他大叫一声,水就从他的眼睛里流出来了。

那女的用她没有毛的柔软的手摸了摸我。

她那又长又软的毛发离我很近,我就用手去摸她的毛发,但是她一扭头,离开了我,回到她同其他人坐在一起的地方。

那天下着冰冷的雨水时,我一直待在茅屋里。天黑时,我想走了,但他们向我表示,我可以留下。所以那天晚上,我就像在我们山洞里那样睡了:背靠着墙坐着,双臂围抱着取暖,因为那里没有我的兄弟们可抱。第二天雨还在下,我开始担心我的兄弟们。它们可能以为他们把我杀了,会来朝着他们的屋子扔石头。所以我朝他们举起了双手,上下挥动了几下,发出一种声音,对我们来说,这是表示,我很伤心,但我要走了,然后走入雨水之中,回到了山上。

我把事情告诉了我的兄弟们。这时,它们不仅是生气,还感到很害怕。我看得出来,它们不想靠近我。它们不断地嗅着我,这表示我身上有另类的气味。那天晚上,当我们为了安全和睡眠去我们的山洞时,它们都抱在一起待在山洞的一端,而我,就像前一夜同他们在一起时那样,独自待着。我的兄弟们就像他们那样看着我。似乎我变化太大,它们不想靠近我。我觉得我不应该回到他们那里去了,因为我不想让我的兄弟们把我从它们身边赶走。所以我同兄弟们一起去了水果已经成熟的山谷。那天晚上,我们就睡在水果成熟时我们用来睡觉的大树上。第二天我们三个去追野兔,并把它杀来吃了。但是我在想,他们是如何把肉放在那薄薄的空心石头中,加上水,放在火上。它就变成别的东西了。我没有告诉我的兄弟们。我在想他们。我要他们。我要待在他们待的地方。我还想要那种软软的,好嚼的食物,因为这是他们吃的东西。我想看火焰照耀下那女的黑色头发,就像夕阳照着的河水一样。我要他们的一切,他们像小鸟一样响亮而流动的声音,还有他们温暖的火。我要他们。

我必须回去。一天清晨,当我的兄弟们还在睡觉时,我走了。我发现,那些茅屋不冒烟了。我知道他们常常会离开一个地方的茅屋去另一个地方。但是这次他们不会去很久,因为他们把他们的动物圈在一个地方,四周堆着很高的石头,不让它们跑出去。那些动物很大,比他们和我们都大。而且它们有四条腿,像鹿,但是比我们最大的鹿还要大。它们的脖子上垂下长长的毛发,黑色的毛发。这让我想起那女的毛发。我去了那些动物待的地方。起初它们怕我,后来就不怕了,继续吃着他们放在那里让它们吃的干草。我走近一只脖子上垂下黑色闪光毛发的黑色动物,摸了摸那毛发,不过它不像那女的毛发那么柔软。然后,我就把它编在一起,就像我看见他们有些人编他们的毛发一样。把毛发分开,然后就像我们将树枝放在一起做床或者把长长的草放在一起遮太阳那样,把它编起来。我一边编着,一边想着那女的和她的头发。我觉得,我很想让他们的女的当中有一人能去我和我兄弟们住的地方。不过我知道,她太弱,太小,也不强壮,身上没有足够的毛发可以让她在我们居住的高高的雪山上保暖。

当我站在动物旁边,玩弄它的毛发时,我没有朝茅屋的方向看。等我朝那儿看去时,发现有些小孩子已经爬出来了,手里拿着石头和棍子,把我围在中间。但是我大叫了一声,越过那些石头,跑回到山上去了。

日出,日落,好多次了,我还待在那里。而且我一直在想,为什么他们那么好看,没有毛,还知道怎么来遮盖自己,生火,并让植物在光秃的泥土中生长出来。他们是怎么让他们的声音起伏歌唱的。为什么他们像他们那样?为什么我们像我们这样?

当雪花飘到他们身上时,他们把植物的种子放在茅屋里。他们用空心的石头把这些种子磨碎,做成柔软的食物。我躲在岩石堆里,等他们走出来,这样他们会邀我同他们一起进入茅屋,但是进入茅屋的门没有开。有一次,那茅屋的门开了,那个女的和一个男的一起走了出来。她朝我招招手,但是同她在一起的那个男的,把她拉回到茅屋里,把门关上了。所以我知道,我必须回到山上。

这是一个漫长而糟糕的下雪季节。很冷。我们一直很饿。大部分时间,我们都在睡觉。天冷得我同它们抱在一起,我们的胳臂相互搂着,我不让它们把我推开。过了一阵,我大概已经失去了他们的气味,因为我的兄弟们很高兴我和它们温暖地抱在一起。有时我觉得它们忘却得很快,比我快。这种想法让我很害怕。有一次暴风雪停了一会儿,我们出去,发现了一只病兔,就吃了它。树上有坚果,我们饱餐了一顿。这时我记起了他们和他们干的事。于是我把一些带有坚果的树枝拉下来,拖到山洞里。我的兄弟们骂我,还打我。不过后来他们看出我做的事是有用的。如果我们能做草床来过冬,为什么就不能贮存坚果和草籽呢?没有别的食物时,我们总是吃床上的草籽的。有几次雪停了,我们出去,发现坚果和小鸟留下的浆果。于是在最糟糕的日子里,我们能有一点食物。那是一段非常、非常漫长的日子。月亮八次变大又变小,我才发现,在我们下面很远的地方,在雪地下面,那绿色又回来了。在那么漫长的一段寒冷的日子里,我都在想他们待在他们生着火的暖和的茅屋,在怎样谈话,发出像小鸟或流水那样的声音。只要我醒着,我就在想他们。有时,我对他们的思念将我从睡梦中唤醒,我就坐在山洞口,希望我能和他们在一起,直到感觉太冷了,才不得不回去搂着我的兄弟们。

当气候变暖了,我们四个就穿过正在融化成溪水的厚厚的雪地来到母的同它们的公的住在一起的地方。我们发现它们都在山洞外一块没有雪的地方。每个怀里都有个小崽。它们的公的不在那里:它死了。它很老了。这时,我的兄弟们和我生气地对视了一下。我们吼着,甚至打成一团,然后个个穿过树林和半融化的积雪朝那些母的跑去。它们站在那里等着,个个都紧搂着怀里的小崽。现在那个公的不在了,我们就不必等它走开或等它同一个交配时偷偷地溜进去了。但是我们有四个,它们只有三个。我的兄弟们在相互打架,搏斗,我很快地走了进去,同上次天变暖时我找的那个交配了。它们看见我在干什么,三个都过来打我。这时,有一个利用机会抓住了一个母的,然后又是一个。很快,大家都轮到了,一次又一次地。我在想着他们和他们披着黑色长发的娇小而柔弱的女的。现在的这些母的长着粗硬的红毛,显得又硬,又大,又丑。

我发现,如果我愿意,我可以跟它们待在一起,成为它们的公的。但是我的心说,不。不过我们逗它们的小崽玩了一会儿,而那些母的都盯着我们。我们抱它们的小崽时,它们总是很紧张。可是我们从不伤害它们。我们待在那里,直到它们山谷中的雪化了,树上冒出了嫩叶。我们在森林中漫步,吃着树叶和毛虫以及鸟巢里的蛋。而无论何时,我都在想他们,我一直都只想着他们。我知道我病了,或者正在生病,因为我的心很疼。一天清晨,当我的兄弟们还高高地睡在一棵树上用树枝搭成的窝里时,我溜了下来,沿着山坡跑掉了,然后跑啊,跑啊,来到了绿地和他们的地方。他们都在茅屋外,整理另一块地,准备下种。他们一看到我,就大叫起来。我以为那是生气,他们要伤害我,于是就跑开了一点。然后,我往后一看,发现他们很高兴,在朝我招手。孩子们跳上跳下,喊着,击着手掌。我慢慢地回到他们那里。我站在离他们有点距离的地方,就像第一次那样,寻找着那个长发的女的。我看见她了。她抱着一个婴儿。同我们的小崽没有很大的区别。我们的小崽生下来时也没有很多毛,不过比他们的婴儿更粉色一些,皱纹更多一些。她同她的男的在一起。她走上前来,给我一些食物,我看见他不喜欢这事。我想抱抱她的婴儿,刚伸出手想去抱,他就把她拉回去了。我的心很疼,发出了一个婴儿不高兴时发出的声音。她看到了。当他用手拉着她胳臂时,她把婴儿递过来让我看。他的眼睛是黑色的,闪闪发光,他光滑而苍白,很小,头顶上有一撮像小鸟似的软软的黑色绒毛。

然后,他们做给我看,他们想要我做什么。他们正在把石头从地里搬走。有些石头很大。我开始把大石头搬到清理好的地边上。我们在那里把石头垒了起来。这时我发现他们用来为他们脖子上长着长毛的四脚动物筑造安全的大地方的石头是从哪里来的了。但是这些动物现在不在那安全的地方,它们到树底下去吃青草了。

我同他们一起在那里干了一整天。当太阳高挂时,他们给我食物。我坐在他们附近吃着。天黑时,我想同我喜欢的那个女的和她的婴儿一起走,但是她的男的说不行。我心疼啊。有些小伙子让我进了他们的茅屋,我靠墙坐着,望着他们的火,想着如果我们有这么安全的火,我们的冬天会多好过啊。

我在那里同他们一起干了几天。我又因为我的兄弟们感到伤心了。这次我做给他们看,我要拿火,他们就帮我忙,把那通红的火石放进一根长长的有洞的竿子里,在那火上又盖了些叶子。我把它拿上山去,当我来到我兄弟们待过的山洞时,它们已经走了。我试图去找一些木头和干树叶,但那时火石发黑,变冷了。

我看到,如果我要让火不灭,我得捡许多木柴和草,但在高山的雪地里,没有木柴和草。而且我的兄弟们会怎么说?他们从未见过在茅屋内安全的地方燃烧着的火。

我花了很长时间考虑火的事。除非我的兄弟们也愿意,否则我是无法让火永远燃着的。在下面,总是有人看着火,并为它添加木柴的。我们必须沿着山搬到低一点容易找到木柴的地方去。为了有安全的火,我们必须改变我们过去的一切习惯。

我到处走,终于找到了我的兄弟们。现在只剩两个了,一个去当那些母的配偶了。两个兄弟正在树上吃着花。这棵树散发出一股气味,闻久了就得变成四条腿,或者坐着或睡到你能再次用两条腿站立为止。我的兄弟们不愿意理我。当我走近时,它们就走开了。我给了它们一些他们给我的食物。我的兄弟们闻了闻,尝了一下。它们不喜欢。我一开始吃的时候也不喜欢。我的兄弟们不喜欢我。我很怕失去我在它们心目中的位置,所以我留下来,等它们再次习惯我。我同它们一起去看我们的母的,还有我们的小崽。那个现在成了它们的公的的兄弟,让我们用它们交配一小会儿。但是我一直在想他们,我能够在内心感觉到他们,我渴望他们和他们温柔而响亮的鸟一般的声音以及闪亮的长发。

尽管我怕离开我的兄弟们,但我还是回到他们那里去了。我发现他们在搬走了石头的地里挖着。我同他们一起干活。有时我忘了保持距离,靠他们很近,似乎我就是他们之中的一员,但是我看得出,他们不喜欢这样,总是和我保持着距离。我不知道为什么。我从未伤害过他们,从未发出过警告或威胁的声音。后来,有一天,我在离一个人不远的地方拉屎,看到了他们脸上一种我懂得的神色。那是现在我同兄弟们在一起和母的在一起时看到他们多大、多丑、多粗鲁时常有的感觉。我突然明白,他们总是在一个专门的地方拉屎。我在岩石间找了一个地方,把我的粪便放到那里。他们看到了,我听见他们在指着我说话,发出喧闹的小鸟般的声音。他们很高兴,我看得出。我要让他们高兴。我要像他们。当他们去河里的一个水塘里,站在水里朝自己身上泼水时,我很害怕,但是他们去的时候,我也去了,而且想让自己直接走到水里,甚至让自己像他们那样躺在水面上。可是我做不到。我待在边上的浅水里,像他们那样朝身上泼着水,擦着身子。他们指着我,发出的声音表明他们很惊讶,也很高兴。现在我知道许多种不同的声音,我们的和他们的,但是,我在同他们相处之前,从未想过此事。他们从水中走出来时,用放在他们光滑发亮的皮肤上的覆盖物把冷水从身上擦干了,但是整个上午我的毛发又冷又湿,于是我感冒了。那天的风很冷。

我坐在茅屋的角落里,出不了门,只是咳嗽,我的头很疼。我喜欢的那个女的来了,让我从他们用来喝水的东西中喝了点什么。那东西像我们常用的一片卷起来的很大的树叶,但是它又硬、又冷,像块石头。她来了几次。现在她男的不来了。我发觉他不怕我了,或者不担心我会伤害她了。

他们都来搓我的背和按摩我的头。我很喜欢,因为我想我的兄弟们,以及我们亲密地睡在一起或坐在一起相互搂抱的情景。有时,一个小孩过来搂我的脖子,或坐在近处玩我手臂上的毛,我很高兴。有一次,我看见一个女的,伸长了脖子,把头发放在一根圆木上,然后拿一块薄薄的石头,把她的头发末梢割掉。她要把那些黑头发扔掉,但是我把它拿来了,想办法放在我的胳臂上,头上,想它或许会长在那里变成我的毛发。她发出了像喧闹的鸟儿那样的声音,把其他人叫来了。他们没有生气,只是过来揉揉我和抚摸我。我能听见自己发出婴儿般的声音。我觉得我的眼睛也像他们伤心时他们的眼睛那样,出水了。

后来,还是那件事。我担心我的兄弟们。尽管我不想离开他们,但我还是离开了,并且找到了我的兄弟们。一切都同从前一样。它们知道我曾同他们待在一起。我谈起他们时,它们不高兴。但是我发现了一些新情况。在山洞的前端有一大块空地,它们正往那里堆放冬天的食物。有一个蜂窝和它们晒干的水果,还有带坚果的树枝。我意识到,天气很快又要冷了。于是我同它们一起采集坚果和水果。我想知道它们是否喜欢我,因为我曾告诉它们,那些另类是如何为漫长的冬季储存食物的。但是它们已经忘了我对它们说过的话。现在它们以为,那是它们自己的主意。当那里堆满了食物,我就说,我们应该去告诉我们的母的,让它们也采集过冬的食物。尽管它们不想喜欢我说的任何话,但都表示同意。

我们走出了山洞,到了平地,这时……不过,我不知道怎么来形容当时发生的事。有一种可怕的声音。我们从未听见过这样的噪音,比石头滚下悬崖的暴风雪似的声音,或者冷天在山洞周围呼啸的风声,还要糟糕。那噪声就像一只大鸟在拍打翅膀,可是它比我们见过的任何鸟都要大。然后,从树梢上飞来一些黑色的鸟,但它们不是鸟,鸟怎么可能那么大呢。那种噪声似乎震动着我们的内脏,猛击着我们的头脑。我的兄弟们想跑到树林里去,但是那些大鸟会在那里看见它们,所以我让它们走进后面的山洞。因为我知道这些大鸟是在追猎我们。它们一直俯冲得很低,就像老鹰追捕野兔或沟田鼠一样。那些大黑鸟找了我们很久。我的兄弟们又喊又叫,不过我想法让它们安静。这时一个静下来了。当那些大鸟飞走时,一个兄弟死了。它是吓死的。当时我们只剩两个了,死的那个很重。我们不知道该怎么办。我们不能把死者抬出去,再从悬崖上将它滚下去,因为那些大鸟可能看见它,从而知道附近还有其他的。我们等到一切都安静下来,一般鸟儿又开始像往常一样谈话了,才把那死去的兄弟拖出来,拐过那座山,到一个比我们山洞低一些的另一个山洞里,把它留在那里了。我们知道,老虎会来,或者是成群的狗会奔跑过来。

我的兄弟在喊叫,它浑身发抖。等它能说话时,它说,这都是因为我,因为我去了另类那里。现在他们在追捕我们。我说,我觉得他们不会追捕我们。他们是我们的朋友。但是它朝我尖叫,从我身边跑开,到我们的母的同另一个兄弟居住的地方去了。而且它说,它会让它们马上离开它们的住所回到老辈很久以前带我们去的山区。我说,老辈从那些山区过来,就是因为它们担心会在那里被抓住,但我兄弟说,那里比这里安全。我说,我同它一起去找我们的母的,但它朝我尖叫,并扔石头。它边跑,边叫,边扔石头。并且喊道,如果我去的话,它会让我们的母的和它们的公的把我杀了。

现在我没法同我的兄弟们待在一起了。我也怕去另类那里。但我还是缓慢地朝他们的住所走去。我时刻警惕着那些大鸟。我没看见它们。一切都很安静。等我走到他们的地方时,他们出来迎接我。我看得出,他们很高兴。他们朝我挥手,并用他们悦耳的声音呼唤着。但此时我发现了以前没有的东西,新东西。起初,我不明白,后来,我在他们中间发现了另一种人。他们苍白得像蛆或软体虫。他们身上披的东西也同我以前看到的不同。他们在告诉我认识的那些人,应该做些什么。他们一直望着我,并伸出了他们的胳臂,我不喜欢那样,就开始往外跑。我没跑多远,就觉得臀部刺痛,摔倒在地。然后,我知道,我被抬走了。我在想,他们,我的朋友们,最终还是给我设下了陷阱。尽管我不能动,但我知道,那些新来的人,不是我的朋友们,抓住了我,用锐利的石块割去了我的一些毛发,用什么东西紧箍着我的脖子。然后,他们在我脸上贴了一样紧紧的、潮湿的东西。我知道,我要给杀死了。我无法呼吸。不过我无法挣扎,有什么东西让我变得沉重而呆滞。后来,我完全醒了。新来的他们,我以前没见过的那些人,正在走到下面的树林里去。这时我看见,树林里有一只大黑鸟,他们正在往那里面走去。我开始像一个婴儿害怕时那样大叫。我完全吓醒了。我还是又僵又痛。在我的手心里,有一块流血的地方,很疼。那只大黑鸟飞上天空,它的声音又一次侵袭着我的内脏,让我发抖。我觉得我会像我兄弟一样死去。这时,那些另类,我认识的那些,走过来,坐在我周围。那个女的在抚摸我的脑袋。水从她眼睛里流出。有些小孩在揉我的背。我感到很不舒服。我感到非常伤心。现在我知道,他们不是我的朋友,不是我想象中的朋友。而我的兄弟们不再是我的兄弟。如果我走近它们,它们会杀了我。再说,它们可能已经同我们的母的去了遥远的地方,而我不知道它们在哪里。

我逐渐恢复了体力,坐了起来。这时,我发现,我腿上有一样东西,紧贴着我的皮肤,我的一些毛发夹在里面,很痒。这是一件光滑的硬东西,像我们从树皮内取得的绳子一样,但是很硬。我想把它拿掉,他们就对我说话,并且摇头。他们发出婴儿般的声音,我也发出同样的声音。

水从他们的眼中流下,水也从我的眼中流下。一直有一两个人摸摸我,拍拍我。那女的把脸埋在我的毛发中,等她起身时,我的毛发是湿的。

我慢慢地站了起来。我很虚弱,摇摇晃晃的。尽管我的心在喊着要他们,我还是慢慢地离开了他们。我回到山上的洞穴里。现在只剩下我一个了。天空低垂,漫天飞雪。很快,雪就会堆得很厚。我听见自己在发出婴儿般的声音。我一直在等我的兄弟们来,尽管我知道它们不会来了。我一直在对自己说,等它们来了,我不能像同他们在一起时那么做了——把粪便放在一个隔离的地方,或者在河水没有结冰时去河里往自己身上泼水。我一定要像我的兄弟们那样,但是它们不会来了。而且我拿腿上的那个紧紧的硬东西怎么办呢?如果我的兄弟们看到了它,它们会杀死我的,我知道。我害怕。有时,我觉得这东西是活的。我试图取走它。我用锐利的石头和我的牙齿试过。我觉得它在听着我,似乎它知道我在干什么。它知道我在想什么。

而我一直在想他们,他们在下面的住所里干什么,他们因为寒冷而坐在他们的屋子里,室内安全地燃着火。他们在用响亮的鸟叫声相互聊天。有时一个人在说,其他人在听。

为什么我们不像他们,为什么我不能去找他们,他们为什么追捕我,设陷阱抓我?为什么我不能像他们那样,而是一只像我的兄弟们一样巨大、笨拙、丑陋的、带毛的野兽?

有时,我想,我要到山顶附近的悬崖上往下跳去。这样,我就会死去,我心中沉重的痛苦就不会伤害我了。这种想法把我吓了一跳。我可以肯定,我以前从未有过类似的想法。我可以肯定,如果我说给我兄弟们听,它们不会理解的。它们不懂我在说什么。我不能告诉它们我在想什么。但是我腿上这结实而光滑的硬东西有时似乎在对我说话,我不喜欢它说的话。我现在是个囚犯。

有一件事是我可以做的。我可以用牙齿咬掉我的脚。这么一来,那光滑的硬东西就会滑掉。可是没了脚,我怎么活呀？不,我想等雪化了,我会走上高高的悬崖,往下跳。我不要带着胸中这么沉重的痛楚活下去。我要去找他们,并告诉他们我的感觉,但是,现在他们不是我的朋友了,我怕他们,可是我总是想他们。我睡觉的时候想他们,他们的形象出现在我的睡梦中,我似乎听到他们鸟叫一样响亮的声音,我感觉到他们柔软的双手在抚摸着我,我感到那女的脸埋在我的毛发中以及她眼睛里流出来的水。我一直在想他们。我要同他们在一起。我要成为他们。为什么我不能成为他们？为什么我们如此不同,我不能成为他们？

说　明

《福蒂斯丘太太》最早刊载在麦克米伦公司出版的《冬天的故事》第九辑中;《崇高职业附带的好处》刊载在《党派评论》中;《喷泉》在《欢迎光临》中;《一个并不美好的故事》在《女士》杂志中;《我们的朋友朱迪思》《相互之间》《向伊萨克·巴别尔致敬》《在部办公大楼外面》《对话》和《个案随笔》收在《一个男人和两个女人》中;《一封未寄出的情书》《摄政公园的一年》《一位老妇人和她的猫》《狮子、树叶、玫瑰……》《有关一个受威胁的城市的报告》《另一座花园》和《对杰克·奥克尼的考验》收在《一个不结婚的男人的故事》中。《意大利套衫》于1992年首次刊载在香港国泰航空公司的杂志《发现》中,《雪人的思考》于1994年首次刊载于《党派评论》中。

下面的这些故事曾刊载于《一个男人和两个女人》的平装本中:《我们的朋友朱迪思》《相互之间》《向伊萨克·巴别尔致敬》《在部办公大楼外面》《对话》和《个案随笔》。